Mit ›Des Teufels General‹ hat Carl Zuckmayer kein Dokumentarstück geschrieben – wie hätte er dies 1942 im amerikanischen Exil in den USA auch tun können –, sondern er hat die Tragik des deutschen Widerstandes symbolisch auf die Bühne gestellt. Er hat sich nach eigener Bemerkung mit der Handlungsweise seines Generals Harras und des Ingenieurs Oderbruch nie abfinden können – er konnte die Verhaltensweise, Gegner der Nazis zu sein und ihnen dennoch zu dienen, nicht gutheißen – er konnte den Sabotageakt des idealistischen Widerstandskämpfers Oderbruch, der letztlich den Tod seines Vorgesetzten Harras zu verantworten hat, nur als Verzweiflungstat sehen. Zu spät weiht der Ingenieur den General in seine Verschwörung ein; Harras bleibt konsequent: »Wer auf Erden des Teufels General wurde und ihm die Bahn gebombt hat – der muß ihm auch Quartier in der Hölle machen.« Oderbruch bleibt »– wie der Rächer Agamemnon – fluchbeladen und schuldverstrickt«.

So intensiv die Wirkung dieses Dramas um Soldaten Nazi-Deutschlands ist, so effektvoll ist Zuckmayers nächstes Stück, das seine historische Vorlage »frei behandelt«. Mit ›Des Teufels General‹ hat ›Barbara Blomberg‹ das Grundsätzliche der Thematik gemeinsam – das Verhalten eines Menschen, die individuelle Entscheidung in schwieriger Zeit. Die schöne Patriziertochter Barbara Blomberg ist die Mutter von Don Juan d'Austria – der Vater ist Kaiser Karl V. Nach der Geburt und der Trennung von ihrem Sohn wird sie mit einem Major in spanischen Diensten verheiratet. Da sie auch nach dem Tod des Kaisers ihr Geheimnis nicht preisgibt, wird sie von einem Mitwisser erpreßt; dieser ermordet ihren Mann; sie weist ihn zurück und beginnt, ganz Tochter ihrer Zeit, ein neues, ein skrupelloses, diplomatisch geschicktes, leidenschaftliches Leben: man anerkennt sie als indirektes Mitglied der Herrscherfamilie und bietet ihr ein Leben im Schloß bei Brüssel. Doch ihrem Sohn zuliebe und um ihren Geliebten, einen englischen Abenteurer, zu retten, verzichtet sie auf ihren politischen Einfluß und zieht sich in die Einsamkeit zurück.

Carl Zuckmayer wurde am 27. Dezember 1896 in Nackenheim am Rhein geboren. Nach dem Abitur in Mainz meldete er sich als Kriegsfreiwilliger und wurde an der Westfront eingesetzt. 1918 begann er ein kurzes Studium der Geistes- und Naturwissenschaften in Frankfurt a. M. und Heidelberg; wichtiger als alle Theorie waren ihm jedoch die in diesem Umfeld geschlossenen Freundschaften. 1920 ging er nach Berlin. Erste Stücke blieben ohne Erfolg, obwohl sie ihn »dichterisch legitimierten« – ›Der fröhliche Weinberg‹ brachte ihm 1925 den Durchbruch und den Kleist-Preis. 1933 verhängten die Nationalsozialisten ein Aufführungsverbot über ihn. Er zog sich daraufhin mit seiner Familie nach Henndorf bei Salzburg zurück; dort besaß er seit 1926 ein Haus. 1938 floh er in die Schweiz, ein Jahr später emigrierte er in die USA, wo er bis 1946 als Farmer in den ›Grünen Bergen‹ (Vermont) lebte. Von 1947 bis 1957 hielt er sich abwechselnd in der Schweiz und in den USA auf; 1958 kehrte er endgültig in die Schweiz zurück und wurde in Saas-Fee (Wallis) ansässig, seit 1966 als Schweizer Bürger. Am 18. Januar 1977 ist er als einer der über Jahrzehnte erfolgreichsten deutschsprachigen Autoren in Visp (Wallis) gestorben.

Carl Zuckmayer
Gesammelte Werke in Einzelbänden

Herausgegeben von Knut Beck
und Maria Guttenbrunner-Zuckmayer

Carl Zuckmayer

Des Teufels General

Theaterstücke 1947–1949

Fischer
Taschenbuch
Verlag

Veröffentlicht im Fischer Taschenbuch Verlag GmbH,
Frankfurt am Main, April 1996
Lizenzausgabe mit freundlicher Genehmigung
des S. Fischer Verlags GmbH, Frankfurt am Main

Gesamtherstellung: Clausen & Bosse, Leck
Printed in Germany 1996
ISBN 3-596-12707-6

Gedruckt auf chlor- und säurefreiem Papier

Des Teufels General

Drama in drei Akten

Den ersten Entwurf zu diesem Stück widmete ich
im Jahre 1942
DEM UNBEKANNTEN KÄMPFER
Jetzt widme ich es dem Andenken meiner von Deutschlands
Henkern aufgehängten Freunde
THEODOR HAUBACH
WILHELM LEUSCHNER
GRAF HELLMUTH VON MOLTKE

Barnard Vermont, Juli 1945 Carl Zuckmayer

Personen

HARRAS, General der Flieger
LÜTTJOHANN, sein Adjutant
KORRIANKE, sein Chauffeur
FRIEDRICH EILERS, Oberst und Führer einer Kampfstaffel
HARTMANN
WRITZKY
HASTENTEUFFEL
PFUNDTMAYER
} FLIEGEROFFIZIERE
SIGBERT VON MOHRUNGEN,
Präsident des Beschaffungsamtes für Rohmetalle
BARON PFLUNGK, Attaché im Außenministerium
DR. SCHMIDT-LAUSITZ, Kulturleiter
DER MALER SCHLICK
ODERBRUCH, Ingenieur im Luftfahrtministerium
ANNE EILERS
WALTRAUT VON MOHRUNGEN, genannt Pützchen, ihre Schwester
OLIVIA GEISS, Diva
DIDDO GEISS, ihre Nichte
LYRA SCHOEPPKE, genannt die Tankstelle
OTTO, Restaurateur
FRANÇOIS
HERR DETLEV
} Kellner
BUDDY LAWRENCE, ein amerikanischer Journalist
ZWEI ARBEITER
EIN POLIZEIKOMMISSAR

Ort: Berlin
Zeit: Spätjahr 1941, kurz vor dem Eintritt Amerikas in den Krieg
Erster Akt: Höllenmaschine
Zweiter Akt: Galgenfrist oder Die Hand
Dritter Akt: Verdammnis
Die Handlung ist erfunden und, wie ihre Träger, nur zum Teil durch tatsächliche Ereignisse und lebende – oder tote – Personen angeregt.

Erster Akt

Höllenmaschine

Reserviertes Zimmer in Ottos Restaurant. Solide ›altdeutsche‹ Einrichtung. In der Mitte ein festlich gedeckter Büfettisch, zur Selbstbedienung für etwa fünfzehn Personen. Im Hintergrund, durch geraffte Portieren halb verdeckt, eine ›gemütliche‹ Ecke, mit Rauchtischchen, Klubsesseln, Likör- und Zigarrenservice. Wenn der Vorhang aufgeht, brennt noch die volle elektrische Deckenbeleuchtung, aber François und Herr Detlev, die an die Tischdekoration letzte Hand anlegen, Flaschen entkorken und Aperitifgläser füllen, beginnen eine Menge großer Kerzen in silbernen Tisch- und Wandleuchtern anzuzünden und drehen später das grelle Hauptlicht ab. Alle Fenster sind mit dicken schwarzen Vorhängen verhüllt. Ein Ventilator summt leise.

DETLEV Wie spät?

FRANÇOIS Minuit moins le quart.

DETLEV Wird ne lange Nacht geben.

FRANÇOIS Ça y est. Dicke Marie, pour nous.

DETLEV Wenn Harras mal wieder richtig auffahren läßt – Mensch – das ist noch alte Schule. Da bleibt kein Auge trokken.

FRANÇOIS Que fais-tu donc? Pas de Porto, pour Harras. Il va commencer avec un Armagnac. Double. Donne-moi le grand verre.

DETLEV Woher weißt du, Sibylle?

FRANÇOIS Je le connais. Il vient de la Reichskanzlei – d'une réception officielle d'Etat. Alors – il lui faut plus fort que du Porto. C'est logique. N'est-ce pas?

DETLEV Stimmt wie ne Baßgeige. Wenn er seinem Führer ins Auge geschaut hat, dann braucht er ne innere Spülung.

FRANÇOIS *mit einem Blick über die kalten Platten* Dieu merci, que nous avons des pays occupés. C'est le confort du patron. On ne mange que des fruits ... les fruits de la victoire. Voilà: Les hors-d'œuvres – de Norvège. Le homard – d'Ostende. Le gibier – de Pologne. Le fromage – de Hollande. Le beurre – du Danemark. Et les légumes – d'Italie. Pas de caviar – de Moscou ...

DETLEV Aber französischer Sekt. *Läßt einen Pfropfen knallen, kostet einen Schluck* Prostata. Das schmeckt besser als Ribbentrops Hausmarke.

STIMME OTTOS *von draußen* François! Le Pâté de foie gras pour Exzellenz! Die Terrine ist nicht geöffnet.

FRANÇOIS *vor sich hin, gelangweilt* Ouvrez-la vous même. J'm'en fiche. *Kostet einen Schluck Champagner* Vive la collaboration.

OTTO *erscheint aufgeregt in der Tür* Herr Detlev!! François! Wo steckt ihr denn, hier ist doch noch gar nichts los. Was soll ich denn drüben machen mit den drei Ungelernten, wo heute Reichstag war. Die ganze Bude voll großer Tiere – vier Exzellenzen, zwo Minister, ein Feldmarschall, ne Hucke Gauleiter und die bessere Creme von der Krolloper –

DETLEV Verzeihung, Herr Otto, wir sind im Dienst. General Harras hat uns ausdrücklich für seine Gesellschaft abkommandiert. François und mich. Von wegen zuverlässig. Sie wissen.

OTTO Das hat Zeit, er ist ja noch nicht mal vorgefahren, aber wo bleiben die Waldschnepfen für Herrn Jannings. Herr Jannings schreit schon!

DETLEV Laß ihn schrein. Herr Jannings kann mich, bei Mondenschein.

OTTO Unerhört. So wird man im Stich gelassen. Verraten und verkauft, und kein Ersatz zu kriegen. Was hab ich nicht alles für euch getan, die Unabkömmlichkeit, die Schwerarbeiterrationen, und alles das, wenn ihr mir jetzt in den Rücken fallt –

FRANÇOIS Doucement, Otto, doucement. Si vous avez marché pour nous – nous avons fait quelqu'chose pour vous, n'est-ce pas? Rappelez les wagons de Bruxelles – et nos affaires à Paris – et –

OTTO Taisez-vous! – Sprich doch deutsch hier. Kannst du genausogut. Also – wollt ihr jetzt drüben helfen – oder nicht?

FRANÇOIS Exaltiere dir nicht, Otto. Sei ein guter Bubi.

DETLEV Gib Tantchen 'n Küßchen, François!

OTTO Herr Detlev – in anderen Zeiten – würde ich Sie auf der Stelle hinauswerfen. *Schreiend, krebsrot* Auf der Stelle!

DETLEV *amüsiert* Auf der Stelle. In anderen Zeiten.

François lacht.

OTTO Still – die Herrschaften! *Man hört Stimmen von draußen – er spricht nach rückwärts durch die Tür* Willkommen zu Hause – Herr General! Herr Präsident – Herr Oberst – Herr Baron – Herr Doktor – Kompliment, meine Damen – Garderobiere! – Wollen bitte ablegen – alles vorbereitet, Herr General. Der Hummer ist schon errötet.

STIMME HARRAS' *draußen* François! 'n doppelten Armagnac.

FRANÇOIS Voilà. *Eilt mit dem vollen Glas hinaus.*

DETLEV Wir drehen besser rasch die Glühbirnen raus.

OTTO Glühbirnen raus? Wozu denn?

DETLEV Sie wissen doch – wenn Harry geladen hat, schießt er sie gerne runter.

OTTO Lassen Sie zwei oder drei drin, damit er nicht wütend wird; sonst schießt er nach den Kerzen und trifft die Spiegel. *Läuft auf den Gang hinaus* Ganz große Ehre, Herr General, dito Vergnügen.

DETLEV *einen Augenblick allein im Raum – öffnet blitzschnell eine unsichtbare Klapptüre in der Wandverschalung – schaltet einen vorbereiteten Kontakt ein – schließt die Verschalung wieder.*

HARRAS *tritt ein, von Otto gefolgt. Er ist in großer Galauniform, aber in Haltung und Benehmen leger, eher etwas salopp. Das geleerte Glas hält er noch in der Hand, eine Zigarette hängt im Mundwinkel. Sein kluges, trotz gelichteter Haare noch jugendliches, ja jungenhaftes Gesicht – er mag nicht älter als fünfundvierzig sein –, das von Natur aus heiter ist, freimütig, liebenswürdig und ein wenig verschmitzt – scheint von einer kaum bemerkbaren nervösen Spannung erfüllt. Er sieht sich prüfend um* Na – das sieht ja ganz ordentlich aus. Fast wie in der guten alten Zeit, falls Sie sich noch erinnern, Otto.

OTTO Bei uns – immer gute Zeit, Herr General. Alt oder neu. Wir sind unverändert. Man tut, was man kann. Nur mit der

Mayonnaise – die vielen Eier und das Öl, wissen Sie – man darf ja nicht ganz, wie man möchte. Aber ich habe für Herrn General eine Art Sauce tatare zum Hummer angerichtet – die Herrn werden kaum einen Unterschied schmecken.

HARRAS Keine Sorge, Otto. Uns schmeckt alles. Wir kommen von einem Bierabend des Führers. Außerdem haben wir jetzt bei der Luftwaffe synthetische Gummizungen mit Kondensspucke eingeführt.

OTTO Köstlich, Herr General. *Lacht* Immer der alte treffsichere Humor.

HARRAS Humorersatz, mein Lieber. Brennessel, Zichorie und Eichenlaub. – Alsdann – Hauptsache, daß der Stoff noch echt ist. *Hält sein leeres Glas hin – François füllt es wieder* Sagen Sie mal – da tickt doch was.

OTTO Wie beliebt – wo tickt was, Herr General?

HARRAS Hoffentlich nicht in Ihrem Hirnkasten, Otto. Seien Sie mal still. Da tickt was.

OTTO Ich kann nichts hören – oder doch – irgend so was – bißchen Surren –

DETLEV Muß der Ventilator sein, Herr General. Oder die Heizung.

OTTO Natürlich, der Ventilator. Wir müssen ja, wegen der Verdunklung, wo man kein Fenster aufmachen kann, und dann der Zigarrenrauch –

HARRAS Klingt anders.

OTTO Herr General müssen Ohren haben –!

HARRAS Manche Leute werden vom Fliegen taub. Bei mir das Gegenteil. Ich kann Ihnen zwanzig verschiedene Typen beim Namen nennen, wenn ich nur von ferne den Motor laufen höre – stellen Sie das mal ab.

DETLEV *stellt den Ventilator ab.*

HARRAS Tickt immer noch.

DETLEV Dann ist es die Heizung. Da wird mit Kohle gespart und denn trippelt's in den Röhren –

OTTO Also, bei uns hat noch nie etwas in den Röhren getrippelt, da muß ich doch bitten, Herr Detlev –

HARRAS *ist in der Nähe der Wandverschalung stehengeblieben* Scheint wirklich irgendwoher aus der Wand zu kommen. Vielleicht doch von den Röhren. Na, meinetwegen. Wird ja keine Höllenmaschine sein. *Leert sein Glas.*

DETLEV Sicher nicht, Herr General. *Lacht, stellt den Ventilator wieder an. Während der letzten Sätze sind im Hintergrund, zwischen Tür und Angel, einige Herren erschienen, die – erst halb zu sehen – eine große Pantomime wegen des Vortritts aufführen, den jeder dem anderen überlassen möchte. Es sind Präsident Sigbert von Mohrungen, Oberst Eilers, Baron Pflungk, Dr. Schmidt-Lausitz und Lüttjohann. Sie drücken und drängeln sich um die Schwelle herum unter gemurmelten Höflichkeiten, wie* Nach Ihnen, Herr Präsident. – Aber, mein lieber Eilers – Sie als Ehrengast. – Bitte recht sehr, Herr Doktor. – Ausgeschlossen, Militär geht vor. – Kommen Sie, Baron. – Neenee, ich bin hier zu Hause – *und so weiter.*

HARRAS *hat die Szene grinsend beobachtet* Da soll nun einer sagen, es gibt in Deutschland keine Manieren mehr. Lüttjohann! Helm ab zum Gebet! Hier sind Hummern.

LÜTTJOHANN *kleiner, jovialer, pudelartiger Gummiball in Hauptmannsuniform, durchbricht die Gruppe und stürmt im Laufschritt zum Büfett* Denn man Schluß mit die Formalitäten. 'ran an Feind. Wo stehn die Roten? *Er beginnt ohne Übergang zu essen. Die anderen Herren treten jetzt ohne weitere Verwicklungen ein. Präsident von Mohrungen und Baron Pflungk im Frack, Dr. Schmidt-Lausitz in Parteiuniform, Oberst Eilers in Gala mit hohen Orden. Mohrungen ist ein gut aussehender Fünfziger mit grauen Schläfen, Repräsentant der alten standesherrlichen Schwerindustrie. Der junkerlich-konservative Einschlag ist durch süddeutsche Natürlichkeit gemildert. Baron Pflungk – eleganter Windhund, mit glatten Manieren und vollkommener Charakterlosigkeit, Dr. Schmidt-Lausitz, schmalstirnig, mit blitzenden Brillengläsern und unsichtbaren, eng zusammenstehenden Augen dahinter, schütteren blonden Haaren in ›vorschriftsmäßigem‹ Schnitt, verkniffenen Lippen, krampfhafter strammer Haltung. Oberst Eilers, nicht älter als fünfunddreißig, dunkelhaarig, hoch gewachsen, wettergebräunte*

Züge, an sich durchschnittlich, doch von einem ungewöhnlichen Ernst geprägt, der ihm manchmal einen abwesenden, fast traurigen Ausdruck verleiht.

OTTO *etwas unsicher* Heil Hi – Guten Abend, Herr Präsident. Guten A – Heil Hitler, Herr Doktor.

HARRAS Sagen Sie ruhig: Guten Adolf, das trifft jeden Geschmack *Zu den andern* Die Herrn haben sich wohl schon miteinander bekannt gemacht – soweit sie nicht verwandt sind? Das ist Kulturleiter Dr. Schmidt-Lausitz vom Propapopogandamysterium, ich kann das Wort nie richtig aussprechen, mein alter Afrikakomplex. Schmidt-Lausitz, zum Unterschied von Schmidt-Lützelsdorff, Schmidt-Pforzheim, Schmidt-Sodbrennen und anderen Herren ohne besondere Kennzeichen.

DR. SCHMIDT-LAUSITZ Ich möchte nicht stören, Herr General. Ich sehe – dies ist eine Privatgesellschaft. Ich bin nur mitgekommen, weil ich mit Baron Pflungk und Oberst Eilers noch ein paar Einzelheiten zu besprechen hätte, wegen des morgigen Empfangs für die neutrale Auslandspresse und der Kurzwellensendung nach Amerika –

HARRAS Dazu werden Sie im Laufe der Nacht reichlich Gelegenheit haben. Bleiben Sie ruhig, Doktor, uns stört keiner. Von meinen schlechten Witzen haben Sie sowieso schon gehört. Die sind alle beim Chef in meinen Personalakten eingetragen. Könnense nachlesen.

DR. SCHMIDT-LAUSITZ *mit saurem Lächeln* Man versteht einen Scherz, Herr General, wenn er nicht zu weit geht.

HARRAS Des walte Himmler. Stärken Sie sich, meine Herren, Sie haben es nötig, nachdem Sie in der Reichskanzlei am Heiligen Gral genippt haben.

MOHRUNGEN Hier sieht's ja aus – wie in Friedenszeiten. Da wird einem direkt warm ums Herz.

LÜTTJOHANN *essend* Und in der Magengrube. Sehr zum Wohl, Herr Präsident.

HARRAS Wir haben auch nicht alle Tage Schabbes. Aber wenn Friedrich Eilers seinen großen Abend hat, da muß es Manna in der Wüste regnen – verzeihen den nichtarischen Vergleich, Dr. Lausitz. Greifen Sie zu, Eilers. Es ist kein Raub an der Volksgemeinschaft, nur ein kleiner Ausgleich. Was wir hier übriglassen, das fressen da drüben die Bonzen.

EILERS *lächelnd, ein wenig verlegen* Zuviel Ehre, Herr General. Man kann das gar nicht verlangen, hier im Hinterland. An der Front sind wir ja immer erstklassig verpflegt.

OTTO Lauter markenfreie Ware, meine Herren, reserviert für junge Helden und alte Kämpfer. Nur für die Butter muß ich Ihnen leider 'n kleines Löchlein knipsen.

MOHRUNGEN *mit einem Glas Champagner* Da merkt man erst, wie provinziell man geworden ist. Büfett, Champagner, Mitternachtspartie – ich bin so was gar nicht mehr gewohnt. Bei uns in Mannheim ist um elf alles dunkel, kein Lokal mehr auf. Und wenn ich sonst mal zu Sitzungen nach Berlin komme, muß ich immer gleich im Nachtflugzeug wieder in den Betrieb zurück.

OTTO Offiziell schließen wir auch um elfe, Herr Präsident. Haben wir alles nur Vatern zu verdanken. Seit Vater uns die Spezialerlaubnis für Privatgesellschaften verschafft hat, hat die Sache erst wieder 'n bißchen Zug bekommen. Kraft durch Freude, heißt es so richtig auch in unsrem Geschäft! *Zieht sich zurück.*

MOHRUNGEN Ich dachte, sein Vater lebt nicht mehr –

HARRAS *lachend* Wenn in Berlin von Vatern die Rede ist, lieber Präsident, so ist immer der dicke Hermann gemeint, unser Reichsmarschall mit'm Ersatzreifen um die Taille.

BARON PFLUNGK Ein schönes Zeichen seiner Popularität.

HARRAS *ironisch* Bravo, Baron. Schenk mal ein, François. Da kommen die Damen.

Frau Anne Eilers und ihre Schwester, Fräulein von Mohrungen, genannt Pützchen, kommen frisch hergerichtet von der Garderobe. Beide in Abendkleidern, Anne Eilers elegant, doch betont einfach, Pützchen betont elegant, doch ziemlich schrill. Anne ist eine schöne, hochgewachsene Frau, Mitte der Zwanzig, mit ruhigem, etwas teilnahmslosem Blick, der nur Leben und Wärme annimmt, wenn er dem ihres Mannes begegnet. Pützchen, ein paar Jahre jünger, hat eine aufreizend gute Figur und ein fast zu hübsches, puppenhaftes Gesicht mit einem Stich ins Gewöhnliche und ruhelosen, unersättlichen Augen.

HARRAS *vorstellend* Kulturleiter Dr. Schmidt-Lausitz – Frau Oberst Eilers – Fräulein von Mohrungen. Den Baron Pflungk kennen die Damen wohl schon – vom offiziellen Teil.

PÜTZCHEN Fräulein von Mohrungen – das klingt so wahnsinnig förmlich – direkt reaktionär. Nennen Sie mich doch Pützchen, wie alle.

HARRAS Trau ich mich nicht, Pützchen. Kommt mir 'n bißchen hastig vor. Wir kennen uns doch kaum ein paar Stunden.

PÜTZCHEN Das macht der Liebe kein Kind, hätte ich beinah gesagt. Prost, Harry.

MOHRUNGEN Aber Pützchen.

HARRAS Halt, junge Dame! Noch nicht trinken! Man reiße ihr den Kelch von den Lippen. François, nachfüllen. *Tritt in die Mitte, es bildet sich ein lockerer Kreis um ihn* Also – ohne weitere Schmonzes, aber von Herzen. Ich trinke auf Friedrich Eilers, auf seinen fünfzigsten Luftsieg, den wir heute feiern, auf den hundertsten, und auf seine gesunde Heimkehr. Zum Wohl, Friedrich!

ALLE Zum Wohl, Friedrich!

EILERS *heiter abwehrend* Dank – Dank – Ich komme mir vor wie'n Kriegerdenkmal.

HARRAS Biste auch. Sag du zu mir, Fritze. *Sie trinken und schütteln einander die Hand.*

DIE ANDERN *einstimmend* Auf General Harras! *Man trinkt rasch.*

EILERS Bravo! Auf unseren besten Fliegerkommandeur, General Harras.

DR. SCHMIDT-LAUSITZ *allein nachklappend* Auf den Führer!

HARRAS Prost mit'm leeren Glas. Der Führer ist Abstinenzler.

LÜTTJOHANN *schon ein wenig betrunken* François! Ein Glas Milch der frommen Denkungsart.

HARRAS Halt die Klappe, Kleener. Wenn ich mir's Maul verbrenne, brauchst du's noch lange nicht nachzumachen.

EILERS Bravo! Auf unseren besten Fliegerkommandeur, General Harras.

LÜTTJOHANN Verzeihung, Herr General.

MOHRUNGEN *hat den Arm um Eilers' Schulter gelegt* Ich kann ja auf meinen Schwiegersohn wirklich stolz sein.

ANNE Das können wir alle, Papa. Unser ganzes Volk.

HARRAS Habt Grund dazu. Einen besseren Mann als Eilers haben wir nicht in der Luftwaffe – möchte sagen: in der Armee.

EILERS Leicht übertrieben. Ich möchte sagen: jeder unserer Jungens gibt sein Bestes her. Wenn ich selbst auf etwas stolz bin – dann auf meine Staffel. Vier Herren haben heute das Großkreuz vom EK bekommen, und jeder hat es verdient.

BARON PFLUNGK *leicht anzüglich, zu Pützchen* Ist nicht auch Leutnant Hartmann bei den Ausgezeichneten? Da haben wir ja heute abend doppelten Grund zum Feiern.

PÜTZCHEN *beiläufig* Kennen Sie Hartmännchen? Netter Junge.

ANNE Warum willst du nicht zugeben, daß du mit ihm verlobt bist? Es weiß es doch jeder, du hast ja bisher nicht soviel Geheimnis draus gemacht.

PÜTZCHEN Verlobt. So 'n ekliges Wort. Ich mag das nicht, es klingt so bürgerlich, ich meine – direkt reaktionär.

HARRAS Nämlich bei der Hitlerjugend verlobt man sich nicht mehr, das hält zu lange auf. Da könnte ja einer großjährig werden, inzwischen.

LÜTTJOHANN Da heiratet man auch erst gar nicht, da hebt man gleich die Geburtenzahl. Verzeihung, Herr General.

PÜTZCHEN, *auch schon ein wenig beschwipst, mit einer gewissen Anlässigkeit, die sich zwischen Harras und Baron Pflungk noch nicht entscheiden kann* Immer nur 'n armes Hühnchen veräppeln, was? Aber so arme Hühnchen sind wir Mädels von heute längst nicht mehr. Heiraten – ganz nett, wenn's der Richtige ist. Aber denken Sie doch mal, all die Scherereien, die man damit hat, die ganzen Nachweise, Arierblut bis in die große Fußzehe der Urgroßmutter, Gesundheitszeugnis, Gebärtüchtigkeit, Bolleproduktion, und so weiter, is ja alles nötig von Rasse wegen – aber wenn man darauf warten will, mit seinem normalen Triebleben, da kann man alt und ranzig werden dabei.

MOHRUNGEN Also wie du redest, Pützchen. Findest du nicht selbst, daß es zu weit geht?

PÜTZCHEN Ach wo, so reden wir alle im BDM. Das ist das Recht der Jugend.

EILERS Und was denkst du über die Pflicht der Jugend? Ich hoffe, du weißt, was ich meine.

PÜTZCHEN Mein lieber Herr Schwager, nur keinen tierischen Ernst heute abend. Der kleene Hartmann hat mich schon genug angeödet. Hat er das alles von dir?

EILERS *mehr zu Mohrungen und Anne* Der junge Hartmann, das ist wirklich ein ganz besonderer Fall. Unermüdlich im Dienst – und geradezu tollkühn. Fast zuviel, für meinen Geschmack. Sobald es irgendwo eine dicke Suppe gibt – schon meldet er sich. Dreimal am Tag, wenn's die Maschine schafft. Manchmal könnte man glauben, er – *Er vollendet den Satz nicht.*

PÜTZCHEN *mit Pflungk plaudernd* Er sieht gut aus, Hartmännchen, das muß man ihm lassen, und überhaupt, er ist ein schneidiger Junge, drei Sportpreise, zwölf Abschüsse, Tipptopp-Gesinnung. Aber es fehlt ihm was – der richtige Zißlaweck oder so. Er tanzt nicht, denken Sie.

BARON PFLUNGK Das ist ein großer Fehler. Sie tanzen wohl sehr gern, Fräulein von Mohrungen?

PÜTZCHEN Rasend gern, wenn's keine volkhaften Reigentänze sind. Pützchen, gefälligst. *Plappernd* Als Kind hab ich Trüdchen nicht aussprechen können, und Waltraut erst recht nicht, da hab ich mich selber Pützchen genannt, das ist mir hängengeblieben – *Sie lacht selbstberauscht.*

BARON PFLUNGK Süß. – Darf ich Sie vielleicht mal ausführen, Pützchen – zu einem unserer diplomatischen Tanzabende, solang Sie in Berlin sind? Geschlossene Gesellschaft, natürlich –

PÜTZCHEN Ob Sie dürfen! Ich bleibe ja in Berlin, wissen Sie das nicht? Ich hab mich als Anwärterin gemeldet für den Führerinnenkurs der Reichsfrauenschaft – wo haben Sie Ihre Tanzabende? Im ›Eden‹, oder in der ›Ollen Königin‹? *Sie ziehen sich angeregt in eine der Nischen zurück.*

MOHRUNGEN *hat Harras einen Augenblick beiseite gezogen* Sagen Sie, General – haben Sie was Neues in Erfahrung gebracht – in der bewußten Sache? Es wird morgen früh in der Sitzung zur Sprache kommen. Ich fürchte, man wird sich einmischen wollen – von seiten – Sie wissen schon – wenn wir nicht rasch eine Erklärung finden. Ich möchte nicht Stellung nehmen – bevor ich Ihre Meinung weiß.

HARRAS Meine Meinung. Hm. Offiziell – oder persönlich?

MOHRUNGEN Ich denke, wir können Vertrauen zueinander haben, Herr General.

HARRAS Offen gesagt – ich hab noch gar keine Meinung. Oder nur – Vermutungen. Es ist eine verfluchte Geschichte. Heute nachmittag sind wieder frische Meldungen eingelaufen – unter uns, Präsident – Tragflächenbruch bei einem Dutzend fabrikneuer Maschinen. Das Material ist zur Untersuchung unterwegs. Aber ich kann mir nicht erklären vom technischen Standpunkt aus, wieso – *Leise* – Achtung. Wir sprechen uns später.

DR. SCHMIDT-LAUSITZ *hat sich den beiden genähert* Störe ich? Oder besprechen Sie keine Berufsgeheimnisse, an einem heiteren Abend? Ich verstehe ja nichts von Technik – aber mich interessiert das kolossal – die ganze Flugzeugindustrie, und so weiter –

HARRAS Bei uns gibt's keine Berufsgeheimnisse, Dr. Lausitz. Da ist alles klar wie die Sonne. Der Präsident kontrolliert die Materialbeschaffung – ich kontrolliere die Herstellung unsrer Kisten – der Oberst und seine Jungens setzen sich rein und furzen damit in der Luft herum, und wenn sie fünfzig Gegner abgeschossen haben, dann hängt ihnen was zum Hals heraus, 'n Orden nämlich. Das ist der ganze Trick.

DR. SCHMIDT-LAUSITZ Geteilte Verantwortung. Hochinteressant. Wie gesagt, ich verstehe nichts davon. Mein Ressort ist die Kultur. Totale Mobilmachung der deutschen Seele. Sie wissen. Und Aufklärung des neutralen Auslands. Auch das ist Kampf. – Wenn auch nicht mit der Waffe.

HARRAS Ich weiß. Mehr mit'm Mundwerk. Da muß manchmal

eine Art von Mut dazu gehören – den ich nicht aufbringen würde.

DR. SCHMIDT-LAUSITZ Sie schmeicheln, Herr General. *Wendet sich ab.*

LÜTTJOHANN, *der dazugetreten war, leise* Scheißkerl.

HARRAS *zwischen den Zähnen* Paß auf, Kleener. Besauf dich nicht.

LÜTTJOHANN Keine Sorge. Ich tu nur so. Bin scharf auf'm Kasten.

HARRAS *nickt ihm zu, trinkt hastig.*

FRIEDRICH EILERS UND ANNE *sind zu ihm getreten.*

ANNE Das werd ich Ihnen nie vergessen, General Harras – daß Sie ihm einen solchen Abend geben – und was Sie über ihn gesagt haben – ich meine – nicht nur die Ehre. Aber soviel Wärme und Freundschaft. Ich weiß, was es für ihn heißt. Ich glaube, so froh war er seit seiner Kindheit nicht.

EILERS Dank schön, Anne. Du hast das ganz richtig gesagt. Ich würde das gar nicht so über die Lippen bringen.

HARRAS Ja, du bist 'n alter steifer Holzbock, Fritze. Aber ich kenn dich genau. Du warst mir immer der liebste von allen, obwohl du nicht säufst. Na, mach mal ne Ausnahme. *Er schenkt ihm ein.*

EILERS *lachend* Kann ja nichts schaden – auf Urlaub.

ANNE Wenn Sie gehört hätten, wie er mir immer von Ihnen erzählt hat. Eifersüchtig hätte man werden können. Harras ist der Erste – nach dem Führer natürlich – und dann kommt lange nichts.

HARRAS Und jetzt haben Sie den ollen Harry in Fleisch und Blut kennengelernt. Kleene Enttäuschung, was? Gar keine Würde, für'n General. Und noch nicht mal Parteigenosse.

EILERS Na ja, in der Beziehung – denken wir vielleicht ein bißchen verschieden. Aber wo's drauf ankommt, da gibt's keinen Unterschied. Soldat ist Soldat.

ANNE Es ist wohl auch eine Generationsfrage. Wir sind schon halbwegs damit aufgewachsen. Uns ist das heilig. Es hat uns ja das bißchen Lebensinhalt gegeben.

HARRAS Mein Lebensinhalt – das war immer die Fliegerei. Das hab ich gemacht von der Pike auf – schon als Freiwilliger im Jahre 14 – und nu kann ich's nicht mehr bleiben lassen. Das ist fast wie mit'm Schnaps. *Trinkt* Prost Kinder! Ich bin ja so froh, daß wir heut abend beisammen sind. *Schlägt Eilers auf die Schulter* Seit die Rußlandzicke losgegangen ist, hab ich den Ollen doch nur ein einziges Mal gesehen, und das war bei ner offiziellen Stabsbesprechung. Nun setzt euch mal'n bißchen zu mir und klappt euer Innenleben auf. Wie geht's denn überhaupt – ich meine – außerdienstlich? Daheim? Was machen die Kinder?

EILERS Ich hab sie noch gar nicht gesehen, denk dir. Bin ja erst heute von der Front gekommen. Aber wie ich mich auf die nächsten acht Tage freu – das kannst du dir vorstellen.

ANNE Na, und die Buben erst! Die können's gar nicht abwarten. Der Kleine versteht's ja noch nicht ganz. Aber er kann schon sagen: Papa fliegen! Und dazu macht er so: Ssss – –!

HARRAS Schön muß das sein – wenn man heimkommt – und Kinder hat.

EILERS *etwas abwesend* Ja – wenn man heimkommt – und – *Er verstummt, starrt auf das Glas, das er in der Hand hält.*

ANNE Was hast du denn – Friedrich?

EILERS *wie erwachend* Ach – nichts. Entschuldigt, bitte. Das war nur so komisch –

HARRAS Was denn?

EILERS Ich hab mich plötzlich – da in dem Glas gesehen. Bißchen verzerrt – aber ganz genau. Mein eigenes Gesicht. Komisch. Man weiß doch nie, wie man eigentlich aussieht. *Er starrt fast erschrocken vor sich hin.*

ANNE *mit etwas gezwungenem Lachen* Du – du hast'n Schwips, Friedrich.

EILERS *einstimmend, verändert, unbefangen* Ich kann nämlich wirklich nichts vertragen. Verzeihung, Harry.

HARRAS Na – iß mal was. 'n tüchtiger Happen wird dir gut tun. Besser als ne Pervitintablette – was?

EILERS *kopfschüttelnd, lächelnd* Ja, ich glaube, ich eß mal was. *Er geht zum Büfett.*

ANNE Was hat er denn? Glauben Sie, es kommt wirklich nur von dem Gläschen Wein?

HARRAS Er soll sich mal vierundzwanzig Stunden ausschlafen. Und wenn er aufwacht – dann soll er – mit'm ersten Blick – in Ihre Augen sehn, Anne.

ANNE *drückt ihm hastig die Hand* Dank, Harry. Sie sind – Sie sind wundervoll. *Geht rasch zu Eilers.*

HARRAS *vor sich hin* Verflucht nochmal. Verflucht nochmal. *Er trinkt.*

OTTO *kommt herein, strahlend* Ganz großer Abend, Herr General. Soeben telephonische Meldung gekommen – der Herr Reichsmarschall wird persönlich erscheinen, mit ein paar Herrn von seinem Stab und den Damen von der Metropolpremiere. Wir räumen gerade die niederen Chargen weg. Zutritt nur noch vom Obergruppenführer aufwärts. Übrigens: vier jüngere Herren sind draußen, Hauptleute und Leutnants, von der Staffel Eilers, sagen, Herr General habe sie herbeordert. Soll ich sie reinlassen?

HARRAS, *der zuerst kaum hingehört hat, elektrisiert* Aber klar! Rasch, damit sie nicht eingeschüchtert werden von all dem Brimborium. Bringen Sie sie her!

OTTO Zu Befehl, Herr General. Alles nach Wunsch? Der Sekt gut gekühlt?

HARRAS Nu mach schon, Otto.

OTTO *ab.*

HARRAS Pützchen! Nehmen Sie mal die Fingerspitzen von der diplomatischen Weste weg. Es gibt ne Überraschung.

PÜTZCHEN Schon wieder 'n Toast?

HARRAS So ähnlich. François! Frische Gläser.

Herein treten, mit ihren neuen Auszeichnungen geschmückt, Hauptmann Pfundtmayer, Oberleutnant Hastenteuffel und die Leutnants Writzky und Hartmann. Pfundtmayer etwa so alt wie Harras, Typus bayrischer Kraftlackel, Hastenteuffel mehr westfälisch, scharfäugig, mit großen Händen und schwerer Zunge, Writzky ›kesser Junge‹ aus Berlin, bißchen effeminiert, aber schneidig und elegant, Hartmann sehr jung, schmal, blaß, mit hübschem, gescheitem Knabengesicht.

PFUNDTMAYER *militärisch vor Harras meldend* Hauptmann Pfundtmayer und drei Herren von der Kampfstaffel Eilers.

HARRAS *offiziell – wobei er sich das Lachen kaum verbeißen kann* Danke. Meine Herren, ich habe die Ehre, Ihnen zu Ihren Auszeichnungen zu gratulieren und Sie in unserm kleinen Kreis willkommen zu heißen.

PFUNDTMAYER *salutiert vorschriftsmäßig* Die Ehre ist auf unsrer Seite, Herr General.

HARRAS *herausplatzend* Pfundtl! Alte Rübensau! Jünger bist auch net geworden!

PFUNDTMAYER Ja – Harry – alter Distelfink hätt i beinah gesagt, ja derf ma denn zu dir noch du sagen – so a Mordsviech, was d' geworden bist.

HARRAS *zu den anderen* Wir sind nämlich Frontkameraden, von 14 bis 18 –

PFUNDTMAYER Bis 17 – Winter 17, wos' mich am Steißbein derwischt ham – so a Freid!

MOHRUNGEN Die Herren haben sich nie getroffen, seitdem?

HARRAS Rein per Zufall, nein. Aber ich hab schon längst drauf gelauert. *Gibt Pfundtmayer ein volles Glas* Zehn Schritte zurück, Pfundtl. Kannst du's noch?

PFUNDTMAYER I? Klar!

Er geht zehn Schritte rückwärts, Harras desgleichen, dann marschieren sie in komischer Travestie des Parademarsches mit den vollen Gläsern in der Hand aufeinander zu, immer rascher, so daß es aussieht, als müsse es zu einem Zusammenprall kommen, bei dem jeder sein Glas dem anderen ins Gesicht stoßen würde, aber im letzten Moment schwingen sie, Bauch an Bauch, die Gläser seitwärts aus und setzen sie einander an den Mund – jeder leert das Glas des andern mit einem Zug, dann machen sie kurz kehrt, so daß sie einen Augenblick Hintern an Hintern stehn, und marschieren wieder im gleichen Tempo an ihren Ausgangspunkt zurück, füllen die Gläser neu. Allgemeines Bravo und Händeklatschen.

HARRAS So haben wir uns nämlich jeden Abend in der Fliegermesse begrüßt – damals, bei Cambrai und vor Verdun. Das war noch 'n Krieg.

PFUNDTMAYER Gsoffen hammer mehr, dos geb i zu. Gfressen hammer schlechter. *Tränen lachend* So a Hetz! So a Hetz! Kannst mir noch 's Glasl vom Kopf schießen, Harry? Oder traust di nimmer? *Stellt sich das wieder gefüllte Glas auf den breiten Schädel.*

HARRAS Lüttjohann! Mein Revolver.

PFUNDTMAYER *nimmt das Glas rasch herunter, trinkt* Naa, naa, den Kopf kann i net riskieren, der is noch Friedensware. *Er schüttelt sich vor Lachen.*

HASTENTEUFFEL *mit heiserer Baßstimme* Wenn Herr General schießen wollen, bitte sehr. *Stellt sich ein ganz kleines Schnapsglas auf den Kopf, nimmt stramme Haltung an.*

HARRAS Später, mein Freund. Nach der nächsten Flasche. Hab noch nicht die berühmte sichere Hand jetzt.

WRITZKY Darf ich dann vielleicht mit einer Zigarette Ziel bilden? Ich hab 'ne lange Spitze. *Er stellt sich Profil, mit einer überlangen Zigarettenspitze im Mund.*

HARRAS Ihr seid in Ordnung, Jungens. Kommt, ich mach euch bekannt. *Zu Hartmann* Sie brauche ich ja nicht vorzustellen, Leutnant Hartmann. Fühlen Sie sich hier nur – ganz wie zu Hause.

HARTMANN *etwas verlegen* Jawohl, Herr General. – Danke, Herr General. *Er steht mit Pützchen im Vordergrund, während Harras die andren umhergeleitet und sich lockere Gruppen bilden.*

PÜTZCHEN *salopp, aber freundlich und nicht ohne Stolz auf ihn* Na, Männeken? Wie fühlt man sich? Soviel Lorbeer um die junge Stirn!

HARTMANN Ich weiß nicht – ich bin noch gar nicht ganz hier. Gestern abend noch über Leningrad – und jetzt – so rasch geht das alles.

PÜTZCHEN Nu denk mal nicht dran, Kleiner, heb dir das Fronterlebnis für deine Memoiren auf, und sei ein bißl fesch. Hier biste in Berlin, bei Otto, am einzigen Ort im Deutschen Reich, wo noch was los ist. Kennst du Baron Pflungk, vom Außenministerium? Ein reizender Mensch. Er wird mich ausführen, auf einen der diplomatischen Tanzabende, außerdem fliegt er nächste Woche in besonderer Mission nach Vichy, Bern und so weiter, und er hat versprochen, daß er mir Schokolade mitbringt und 'n Kleiderstoff. Ist das nicht rasend nett?

HARTMANN Sehr erfreut.

BARON PFLUNGK *stellt sich, mit etwas gemachter Selbstironie, vor* Pflungk, Tröster der Witwen und Waisen. Aber das Ausführen kommt natürlich erst in Frage, wenn Ihr Urlaub vorüber ist, Herr Leutnant, und die junge Dame sich langweilt. Oder wollen Sie mir auch das Vergnügen machen – am nächsten Sonnabend vielleicht –

PÜTZCHEN Ach wo, er tanzt ja nicht. Und überhaupt, was wollen Sie denn, wir sind doch nicht verheiratet.

HARTMANN Ich – ich wollte meinen Urlaub eigentlich auf dem Land verbringen. Ich dachte – vielleicht am Rhein – in der Nähe vom Gutshof Mohrungen –

PÜTZCHEN Warum nicht? Hindert dich keiner.

HARTMANN Ich wußte nicht, daß du in Berlin bleiben willst. Ich dachte –

PÜTZCHEN Also mit dem Land kannst du mich jagen. Ich hab mir nie viel aus Natur gemacht. Aber heutzutage? Zappenduster, sag ich dir. Da laufense alle mit so Gesichtern rum – wie bei nem Staatsbegräbnis. Nee – leben kann man nur noch in Berlin.

BARON PFLUNGK Und das nur par occasion.

PÜTZCHEN Ja – man muß halt seine Beziehungen haben. Und die hat man, Gott sei Dank. Harry muß uns einen gemütlichen Abend geben, in seiner berühmten Propellerbar. Da soll's zugehn! Also Geschichten hab ich gehört. *Sie wendet sich an Harras, der mit Pfundtmayer und andern der Gruppe näher gekommen ist.*

HARRAS Das scheint Sie ja wahnsinnig zu interessieren, junge Braut.

PÜTZCHEN Einmal möcht ich bei so was dabei sein. Ist es wahr, daß die Serviermädels nur Feigenblätter tragen bei euren Festivitäten? Ich komm als Serviermädel, sag ich Ihnen.

PFUNDTMAYER Dös wär a Hochgenuß an einem fleischlosen Tag.

HASTENTEUFFEL, *seine heisere Baßstimme schwillt plötzlich aus einer andren Ecke herüber, wo er mit Mohrungen, Eilers, Anne und Dr. Schmidt-Lausitz steht* – kommt er mir grad von rechts oben aus ner Wolkenbank und faßt mich in der Flanke – mit ner schweren MG-Garbe. Ich drossele ab – tauche unter ihm durch – habe Dusel und erwische ne andre Wolkenbank, schraub mich hoch und reiß ne Harras-Kurve – Sie wissen, fast mit'm Kopp nach unten. Darauf war er nicht vorbereitet. Drei Minuten später laß ich ihn absausen – fffffft – mit'm rauchenden Schornstein. Aber ich kann euch flüstern – der Russe, der macht uns heiß.

DR. SCHMIDT-LAUSITZ Im Einzelfall mag das stimmen. Das Gesamtergebnis jedoch, wie wir es von hier aus überblicken, heißt: technisch und moralisch unterlegen.

EILERS Wie Sie meinen, Herr Doktor. Das Gesamtergebnis kennen wir nicht so genau. Und daß wir siegen, steht außer Zweifel. Aber ich sage Ihnen, mit den Boys von der RAF ist heute auch nicht mehr zu spaßen.

DR. SCHMIDT-LAUSITZ Ein Krieg um Leben und Tod der Nation ist ja auch schließlich kein Spaß.

HARRAS Bravo, Dr. Lausitz. Hauchen Sie den Herren mal den richtigen Kampfgeist ein.

DR. SCHMIDT-LAUSITZ Das liegt mir ferne. –

LÜTTJOHANN Müssen wir unbedingt vom Geschäft sprechen, heute abend?

PFUNDTMAYER Du hast dich ja rechtzeitig zurückgezogen, Kapitän.

LÜTTJOHANN Danke, ja. *Hebt mit der linken Hand seinen rechten Arm auf, der steif ist* Aber 'n kleenes Andenken hab ich noch da drinnen, vom Londoner Blitz. Mir genügt's, für schlechtes Wetter.

PFUNDTMAYER *zu Harras* Prost, alter Landsknecht. Die Hauptsach is, daß mir noch dabei san. I hab mir immer gewünscht, daß's noch amal losgeht. Lang genug hammer eh warten müssen. Jetzt sag i mir nur: wenn's ja net z'End geht, sag i, bevor i Oberstleutnant geworden bin.

HARRAS Keine Sorge, Pfundtl. Vielleicht wirst auch noch ›Generol‹.

PFUNDTMAYER *etwas angetrunken* Generool, Generool. Du hast's geschafft, Harry. Und wammer's recht bedenkt – i war immer in der Partei – schon beim Blutmarsch am Odeonplatz, im Jahr 23, gleich links hinterm Führer hab i in der Pfützn gelegn. Und du, Harry, no, i will nix sagn.

HARRAS Sag nur, sag nur, Pfundtl, immer frisch von der Leber weg.

PFUNDTMAYER Wir alten Kämpfer, mir ham kaa Zeit gehabt für die Karriere, mir ham erst den inneren Feind liquidieren müssen. Und dann das Gschäft, und die Familie, dös war a Kreiz. I hab ins Hopfengschäft eingeheiratet, weißt, aber es hat sich net rentiert. Der Jud is in der Konkurrenz gewesen un hat uns ausgschmiert. Mei Lieber – da lernst du hassen. Nach der Machtergreifung is mir scho besser gangen – da hab ich mich auf Arisierungen verlegt. Aber jetzt – beim Kommiß? Wos bin i jetzt? A klaaner Hauptmann – mitsamt meiner niedrigen Parteinummer. Und du – du bist der Generool. Dös is a Gerechtigkeit. *Verschlagen* I maan – dös is a Gerechtigkeit.

HARRAS Also hör mal zu, mein Alter. Wenn du das meinst: ein Nazi bin ich nie gewesen. Da hast du ganz recht. Immer nur ein Flieger. Und mein Geld hab ich mir selber verdient, hab oft genug den Kragen dafür riskiert. Ich hab auch nirgends eingeheiratet, nie aus der Parteikasse gelebt, keinen Juden bestohlen und mir kein Schloß in der Uckermark gebaut. *Eigensinnig – auch schon ein bißchen betrunken* General oder Zirkusclown. Ich bin ein Flieger, sonst nix. Und wem's nicht paßt, der kann mich – *Es ist ein betretenes Schweigen entstanden.*

PFUNDTMAYER *mit offenem Mund* Ja so was.

DR. SCHMIDT-LAUSITZ Der Herr General meint: der Führer hat seinem Leben, das leidenschaftlich dem Flugwesen und der Luftwaffe gewidmet war, wieder ein Ziel verliehen und ihm die Gelegenheit gegeben, mit seinen ungewöhnlichen Fachkenntnissen dem Vaterland an leitender Stelle zu dienen.

HARRAS Siehst du – da hast du gleich die offizielle Fassung.

Danke für die Übersetzung, Herr Doktor. Genau so hab ich's gemeint.

DR. SCHMIDT-LAUSITZ Ich zweifle nicht daran.

HARRAS Gewiß nicht. Sie kennen mein Inneres.

DR. SCHMIDT-LAUSITZ Ich glaube es zu kennen, Herr General.

HARRAS Na denn prost. *Leert ein Weinglas voll Armagnac.*

Im Hintergrund ist während der letzten Sätze Lärm und Bewegung entstanden, und jetzt kommen, von Otto geleitet, drei Damen vom Theater hereingebraust. Olivia Geiß, Operettendiva, mit der fülligen Büste der Berufssängerin, aber schlanken, fast zierlichen Beinen; sie ist etwa vierzig, viel zu jugendlich angezogen, hochblond, und ihr immer noch hübsches, sympathisches, schon etwas schwammiges Gesicht vom Abschminken aufgerötet, sonst nicht viel hergerichtet. Lyra Schoeppke, rothaarig, mit Monokel, sehr weiß gepudert, so daß man ihr Alter nicht beurteilen kann, in einem übermäßig eng anliegenden schwarzen Seidenkleid, das ihre gute Figur scharf heraushebt. Diddo Geiß, ein sehr junges blondes Mädchen, mit einem ungemein frischen, natürlichen Gesicht und großen dunkelblauen Augen. Sie wirkt mehr wie ein Schulmädel, das zum erstenmal auf einen Ball geht. Sie trägt einen Bund frischer Veilchen am Ausschnitt.

OLIVIA Harry! Also wie ich gehört hab, daß du hier bist – da war ich nicht zu halten! Wir sind eben eingetrudelt, mit der Premierengesellschaft vom Reichsmarschall. Gib dem ollen Harry 'n Kuß von mir, hat er gesagt – aber ich weiß ja nicht, ob du Wert darauf legst?

HARRAS *hält ihr die Wange hin* Von dir – immer. Von Vatern – nur wenn ich ganz besoffen bin, das bin ich noch nicht, heute abend.

OLIVIA Na, na, mir kommt vor, du kannst schon nicht mehr grade auf'n Strich gehn. Auf 'n Kreidestrich, mein ich. *Man lacht.* Hast du noch Selbstbeherrschung genug, daß ich dich meiner kleinen Nichte vorstellen kann? Für das Kind bist du nämlich eine Idealgestalt, also enttäusch sie nicht, wenn ich bitten darf. *Sie fällt in ihren angestammten Dialekt* Komm her, Diddoche, da kannste en Held kennelerne, aus der gute alte

Zeit, wo die Prominente noch vorne gestande hawwe und die Statiste hinne, beim Applaus. Heutzutage sin ja alles Helde. Hinne, vorne, un in der Mitt.

HARRAS *stellt sich vor Diddo in Positur* Nicht anfassen, bitte. Der alte Herr steht unter Denkmalschutz.

DIDDO, *die ihn mit kaum verhohlener Neugier betrachtet hat – lacht ein wenig.*

HARRAS *beugt sich kurz über ihre Hand – zu Olivia* Und so was hältst du seit neunzehn Jahren vor mir versteckt. Das nenn ich Freundschaft! *Er hält Diddos Hand fest – während sie unter seinem interessiert forschenden Blick mehr und mehr errötet.*

BARON PFLUNGK Darf ich derweilen die Honneurs machen – *Er beginnt vorzustellen* Präsident von Mohrungen, Oberst Eilers und Gemahlin... *Er murmelt rasch die anderen Namen herunter, während die Herren sich vor Olivia und Lyra Schoeppke verbeugen und die Damen, halb leger, halb förmlich, ihnen die Hand reichen.*

PÜTZCHEN Trau dich ran, Hartmännchen, hier kannst du die berühmte Geiß kennenlernen, für die unsere Väter und Onkels in der Pubertät geschwärmt haben.

MOHRUNGEN *peinlich berührt, entschuldigend zu Olivia* Nehmen Sie sie nicht ernst, Gnädigste. Meine Tochter hat manchmal eine sonderbare Art von Humor.

OLIVIA Kenn ich. Jugend von heute. Die werden's auch noch mal billiger tun, wenn die Männer rar werden, wie nach 'm letzten Krieg. Ist der interessante Leutnant ihr Bräutigam?

MOHRUNGEN Ja, das heißt – *Ablenkend* Was war es denn für eine Premiere heute abend?

OLIVIA Die ›Lustige Witwe‹ – immer mal wieder. Er will ja nichts anderes hören, außer Wagner. Das Ganze war mehr so'ne Galaangelegenheit – aber für mich eine Art Jubiläum. Vor fünfundzwanzig Jahren hab ich sie zum erstenmal gesungen, genau auf'n Tag.

MOHRUNGEN *fasziniert* War das nicht am Stadttheater in Heidelberg? Dann hab ich Sie gesehn.

PÜTZCHEN Na, siehste.

OLIVIA Sie erinnern sich daran, Herr Präsident? – Und wie hab ich mich verändert?

MOHRUNGEN *lächelnd* Wenn ich mir eine Vorstellung anschauen darf und Sie dann wiedersehn, dann werde ich mir erlauben, Ihnen meine unmaßgebliche Meinung zu sagen. Aber ich bin überzeugt, Sie sind immer noch die beste Witwe. Unerreicht.

OLIVIA Ach, den ollen Stiefel rassele ich Ihnen runter wie ne ausgespielte Grammophonplatte. Einmal wieder was Neues... aber dazu kommt's nicht mehr bei meinen Lebzeiten.

LYRA Mach dich nicht älter, als du bist, Olly.

OLIVIA Warum? Der Nachwuchs will auch mal ran. Meine Kleene hier – die hat heute abend ihr Debut gehabt, mit ner neu eingelegten Sprechrolle in der Maximszene, hat der Regisseur extra für sie in den zweiten Aktschluß gezaubert, und für den Vorhang war der Allerhöchste Herr angesagt. Aber nee, nix war's.

LYRA Scheibenhonig. Wenn ich schon in ner Aufführung bin – da kracht's im Osten. Mein oller Massel.

HARRAS *zu Diddo* Wenn ich das gewußt hätte – dann wären wir alle zum zweiten Aktschluß gekommen. Wie waren Sie denn?

DIDDO Ich hab keine Ahnung, Herr General. Ich war wie in Trance. Das Herz hat mir gebubbert bis in den Hals, wie mein Stichwort kam – also zu meiner Hinrichtung wär ich leichter gegangen.

OLIVIA So ein Pech, denkt euch nur. Gespielt hat sie nämlich wie ne junge Göttin. Und in der Pause hätte sie vorgestellt werden sollen. Der Reichsmarschall war ja riesig nett zu ihr, aber das ist doch nicht dasselbe, für die Kinder. Der heilige Petrus, statt dem lieben Gott, sozusagen.

DIDDO Ich wußte ja nicht, ob er wirklich in der Loge ist, ich dachte nur: so schlecht war ich auf keiner Probe. Und dann beim zehnten Vorhang, sagt der Roisterer zu mir: Essig. An die Front abgerufen.

EILERS An die Front abgerufen? Der Führer?

OLIVIA Na, dafür lernst du jetzt unsren Harry kennen. Auch 'n großes Tier. *Sie tätschelt seine Wange.*

DIDDO Das – hab ich mir wirklich fast noch mehr gewünscht –

Lachend Als Kind hab ich schon immer heimlich Ihr Bild angeschaut, das bei Tante Olly auf dem Nachtkastl steht –

LYRA Aber, aber!

OLIVIA Bitte ja, da steht es, mit Blümchen. Schon ganz gelb und blaß geworden.

HARRAS *fährt sich über die Haare* Mich hätten Sie vor zwanzig Jahren kennenlernen sollen. Ich war nämlich auch mal jung.

DIDDO Vor zwanzig – da war ich noch nicht ganz auf der Welt!

OLIVIA Aber ich, prost, Harry! *Sie trinkt aus seinem Glas.*

BARON PFLUNGK François! Herr Detlev! Wollen die Damen nicht vielleicht –

PFUNDTMAYER, *der Lyra Schoeppke mit den Augen verschlingt* Ja trinkmeran, trinkmeran, dös muß gefeiert werden. So a Sau!

LYRA Wen meinen Sie damit, Herr Hauptmann?

PFUNDTMAYER Verzeihn gnä Frau – i maan – die Sau wos i hab. Den ersten Abend in Berlin – und schon – Damen vom Theater. A Sau nenn i das. *Sie lachen.*

HARRAS *zu Lüttjohann, leise* Ruf mal im Ministerium an, was los ist.

LÜTTJOHANN B'fehl. *Geht hinaus.*

LYRA Sie kommen direkt von der Front, Herr Hauptmann?

PFUNDTMAYER Dös glaubst. Gestern hammer noch tote Russen zum Nachtmahl ghabt. I hab nämlich noch nie eine Dame vom Theater direkt angerochen. Über Kümmel und Korn, wie man sagt.

PÜTZCHEN Na, beißense mal rein, Herr Hauptmann. Sie haben ja gute Zähne.

LYRA, *Pützchen deutlich ignorierend* Da müssen Sie mir aber von Ihren Erlebnissen erzählen, Herr Hauptmann. Irrsinnig aufregend stell ich mir das vor – diese Zweikämpfe in der Luft – Mann gegen Mann – wie die Turniere der Ritterzeit.

PFUNDTMAYER Ganz genau, ganz genau. Hast gehört, Hastenteiffi? Mir saan die Ritterzeit, du und i! *Er lacht dröhnend.*

LYRA *mitlachend* Da hab ich wohl etwas sehr Dummes gesagt –

PFUNDTMAYER Aber gnä Frau! Gnä Frau! *Er tätschelt und küßt ihre Hand.*

OTTO *kommt wieder herein* Der Herr Reichsmarschall läßt bitten – das Souper ist angerichtet. Bedaure, daß ich zum harten Dienst rufen muß – aber – kleines Douceur für die Herren: der Herr Reichsmarschall erlaubt sich, die Herren und Damen von der Staffel Eilers auf'n Gläschen Schampus einzuladen. – Er erwartet die Herrschaften postwendend.

HARRAS Na, denn man los, Jungens. Den dicken Hermann seht ihr nicht jeden Tag. Da könnt ihr euch alle 'n Stück davon abschneiden.

OTTO Kommen nicht mit, Herr General? Der Herr Reichsmarschall haben ausdrücklich –

HARRAS Bißchen später. Er wird seine Leidenschaft für mich noch ne Viertelstunde bezähmen können. Eilers – übernimmst du die Führung?

DR. SCHMIDT-LAUSITZ Dürfte ich nicht rasch vorher – auf drei Minuten – damit ich den Text der Sendung wegschicken kann – muß noch kopiert werden heut nacht –

EILERS Natürlich, Herr Doktor. *Zu Pfundtmayer* Wollen Sie mich bitte vertreten. Ich komme nach. Stellen Sie die Herren inzwischen vor.

PFUNDTMAYER *strahlend, zu Lyra* Schaun S'? A Sau muß ma ham.

PÜTZCHEN Die Herrn und Damen, bitte sehr. Das geht auf uns, Anne. Bei so was läßt Pützchen sich nicht in die Ecke stellen. Was is denn los, Männeken – oller Träumer. Schon wieder Prinz von Homburg? *Sie hängt sich bei Hartmann und Anne ein, alle ab außer Harras, Eilers, Schmidt-Lausitz, Pflungk und Mohrungen.*

OLIVIA *im Abgehen, leise, zu Harras* Harry. Ich muß dich 'n Augenblick allein sprechen.

HARRAS Nicht leicht heute abend. Dringend?

OLIVIA SOS.

HARRAS Na – vielleicht später. Sonst – hast ja meine Privatnummer.

OLIVIA Später. *Ab.*

MOHRUNGEN *schaut Pützchen nach, die laut lachend und schwatzend verschwindet* Die beiden Mädels – so was von Verschiedenheit – man sollte kaum glauben, daß sie Schwestern sind. Pützchen – ich muß zugeben – manchmal bin ich ihr gar nicht ganz gewachsen. Ich konnte mich vielleicht nicht genug um ihre Erziehung kümmern. *Zu Eilers* Mama ist zu früh gestorben.

DR. SCHMIDT-LAUSITZ Ich nehme an, der BDM wird Ihnen einen Teil der Erziehungssorgen abgenommen haben.

MOHRUNGEN *etwas bitter* Ja – die – haben sie mir abgenommen.

LÜTTJOHANN *ist mittlerweile zurückgekommen, geht rasch zu Harras, flüstert ihm etwas zu.*

HARRAS *zu Eilers, der besorgt aussieht* Dicke Luft bei Moskau.

DR. SCHMIDT-LAUSITZ Es handelt sich um geringe taktische Umgruppierungen. Hauptsächlich der Witterung wegen. Wir waren im Propagandaministerium schon heute abend darüber orientiert. Der Sturm auf Moskau und Petersburg wird dadurch nicht wesentlich verzögert. Desto wichtiger ist unsre morgige Kurzwellensendung – um jeder Gerüchtemacherei die Spitze zu bieten. Darf ich Sie jetzt auf ein paar Worte bitten, Herr Oberst.

EILERS Sowieso, Herr Doktor. Sagen Sie mir nur genau, wie ich das machen soll. Ich hab schon furchtbares Lampenfieber.

DR. SCHMIDT-LAUSITZ *lächelnd* Kein Grund, Herr Oberst. Sie sprechen einfach aus Ihrem echten Erleben heraus. Das Manuskript ist vorbereitet. Sie brauchen nur abzulesen. Wir nehmen ja alles auf Schallplatten auf –

EILERS Mir ist die Hauptsache – ob ich den Mittagszug noch erreichen kann. Sie verstehen, die Kinder – ich bin ein Jahr nicht zu Hause gewesen und möchte natürlich keinen Tag versäumen –

DR. SCHMIDT-LAUSITZ Das läßt sich leicht machen, Herr Oberst. *Er hat das Manuskript aus einer Aktentasche genommen* Gehen wir vielleicht in ein Nebenzimmer – Sie verzeihen, Herr General –

HARRAS Bitte, gerne.

Nachdem Schmidt-Lausitz und Eilers sich entfernt haben, zu Lüttjo-

hann, der mit ihm, Mohrungen und Pflungk allein bleibt Reden Sie nur frei weg. Morgen erfahren es die Herren ohnehin.

LÜTTJOHANN Soviel man im Ministerium weiß – in Rußland scheint es unter Null zu frieren. Von Bock hat kalte Füße bekommen. Er soll an der Strippe geschrien haben: Sofort zurück – sonst keine Verantwortung, und so weiter. Darauf hat sich Manitu aufs Schlachtroß geschwungen. Ich ruf nochmal an – sie erwarten neue Berichte drüben. *Ab.*

BARON PFLUNGK Da werden wir bald einen Fedor von Sündenbock haben. Was halten Sie von der Sache, General?

HARRAS Fragen Se nich so tücksch, oller Sachse. Was *ich* davon halte, weiß jeder Laufjunge in der Reichskanzlei.

MOHRUNGEN Im Ernst, General. Glauben Sie – daß was passieren kann? Ich meine – was Entscheidendes?

HARRAS Ist schon passiert, Präsident. Sie wissen das genausogut wie ich.

MOHRUNGEN Sie meinen – der zunehmende Materialverbrauch –

HARRAS Ich meine: Rußland.

BARON PFLUNGK Strategisch gesprochen – wenn wir Rußland erledigt hätten –

HARRAS Haben wir aber nicht. Noch lange nicht. Ich versteh nichts von Strategie. Ich weiß nur, was es kostet – vom Standpunkt der Luftwaffe aus. Was es kostet – im günstigsten Fall. Und von dem sind wir weit entfernt.

MOHRUNGEN Glauben Sie, daß wir mit unserer Produktion nicht nachkommen können?

HARRAS Rechnen Sie sich mal aus, was der Westen in ein, zwei Jahren aufbringen kann – und wird. Nur der Blitzmilch glaubt noch, daß wir da nachkommen können – ohne Ersatzteile – mit Hopphopp-Fabrikation!

BARON PFLUNGK Überschätzen Sie nicht die Produktionskraft der westlichen Demokratien? Die sind doch psychologisch unterhöhlt. Und unsere U-Boote –

HARRAS Das muß ich schon mal irgendwo gehört haben. Kommt mir so bekannt vor. Nee – ich erinnere mich noch viel zu gut an 1918 – wenn man in seiner ausgepumpten

Bruchkiste gegen so 'n Dutzend psychologisch unterhöhlter Demokraten anstinken mußte. Und mehr Wasser in der Blase als Benzin im Tank. Scheiße. *Trinkt.*

MOHRUNGEN Und wie, denken Sie, kann die Sache noch gerettet werden? Sie wollen doch nicht sagen – daß – bei unserer sonstigen Position – trotz der Reserven, die wir noch im Hintergrund haben – und unsrer synthetischen Betriebsstoffe –

HARRAS *zuckt die Achseln* Fragen Sie das Außenministerium. *Weist mit dem Kopf auf Pflungk – füllt sich ein neues Glas.*

BARON PFLUNGK Meiner unmaßgeblichen Meinung nach gäbe es immer noch einen politischen Ausweg – falls ein militärischer Vollsieg vorläufig nicht erreicht werden kann. Vor allen Dingen: Amerika raushalten. Japan abblasen. Im Fernen Osten Frieden vermitteln. Dann irgendwie Separatfrieden mit Rußland – selbst um den Preis unserer Einflußzonen im Balkan und in Kleinasien – sanfter Druck auf London und Kompromißlösung zwischen uns und dem Empire – bis auf weiteres.

HARRAS *lacht* Marke Ribbentrop, 1941er Spätlese. Vor Tische las man's anders. Nee Kinder, der Sektfritze hat keine Ahnung, und nischt dazugelernt. Er hat geglaubt, er kennt die Engländer, weil ihm in London ein paar versnobte Lords auf die Schulter geschlagen haben und ein paar gerissene Börsianer beim Dinner zugezwinkert. Aber wenn der England kennt, dann kenne ich den Mond. – Wenn man 'n Bulldogg mit'm Hintern gegen die Wand gepreßt hat, dann beißt er – bis er verreckt, oder du. Da gibt's nur eines: den eignen Hintern freihalten.

BARON PFLUNGK Ich glaube, Herr General – mit England sind Sie doch ein wenig im Irrtum. Als Henderson im August 1939 –

HARRAS Interessiert mich nicht. Ich zähle die Häupter meiner Lieben und sage: ab dafür. Es war einmal eine deutsche Luftwaffe. Die stärkste der Welt.

MOHRUNGEN Vielleicht hätte man den Sprung nach Osten verhindern müssen –

HARRAS Wer? Ich? Oder meine selige Großmutter? Verhindern Sie mal, hierzulande. Mehr kann kein Elefant ins Fettnäpfchen trampeln, als ich's getan habe. Ich bin zu Hermann gelaufen und hab ihm Bescheid gestochen, wie die erste Geheimorder drüben bei der Luftfahrt durchgekommen ist. Hermann hat die Nase krausgezogen und mit der Schmalzbacke gewackelt. Dann ist er hingegangen und hat's dem Halder gesagt, und der hat's dem Keitel gesagt, und der hat's dem Brauchitsch gesagt, und der hat sich im Adlerhorst hörbar geräuspert – aber schon hat der Große Geist in Teppich gebissen und Intuition gespritzt. Pfui Teufel. *Er schüttelt sich vor Ekel.*

MOHRUNGEN *betreten* Immerhin – man muß zugeben, daß er – in gewissen Fällen – sogar militärisch –

HARRAS Nichts geb ich zu. Gar nichts. Die Jungfrau von Orleans mit Schweißfüßen. Zum Kotzen. Na, prost. *Trinkt.*

Von der anderen Seite des Restaurants, wo die Gesellschaft des Reichsmarschalls zu denken ist, hat eine leise Grammophonmusik eingesetzt, ein Walzer aus der ›Lustigen Witwe‹ – und jetzt erscheint Pützchen in der Tür – aufgeregt.

PÜTZCHEN Baron Pflungk! Drüben wird getanzt. Er ist ja wahnsinnig nett – und gar nicht so dick, wie ich gedacht habe, mehr imposant. Nur ums Hinterquartier – da krachen die Nähte, wenn er aufsteht. Kommen Sie, Baron? Langsamer Walzer mit Seele.

BARON PFLUNGK Allemal. *Faßt sie leicht um die Taille* Ist und bleibt ja doch der schönste Tanz.

PÜTZCHEN Wenn ein Herr führen kann – *Während Pflungk mit ihr tanzend verschwindet* Sie können führen – das hab ich gleich gewußt.

MOHRUNGEN *nervös mit einer Zigarette hantierend, zu Harras, mit dem er allein geblieben ist* Sagen Sie, General – trauen Sie dem Pflungk?

HARRAS Nicht um die nächste Ecke. Weshalb auch? Wem traut man schon.

MOHRUNGEN Sind Sie nicht ein bißchen unvorsichtig?

HARRAS Sicher, das ist meine Methode. *Steckt sich eine Zigarre an* Die wissen sowieso, was ich denke. Da sag ich's besser laut. Wenn ich mal anfange, vorsichtig zu werden, dann glauben die, ich hab die Hosen voll, und man kann mir auf'n Kopp spucken.

MOHRUNGEN Das ist ja wahr – man ist auf alle Fälle immer verdächtig – Jeder von uns – wer nicht zur Partei gehört oder zum innersten Zirkel. Aber vielleicht – sollte man ihnen doch nicht direkt die Gelegenheit geben – das Stichwort sozusagen –

HARRAS Gelegenheit haben die genug, wenn sie wollen. Ihre Schnüffelhunde lauern an jedem Eckstein rum. Der lausige Schmidt zum Beispiel – der Herr mit der deutschen Seele – der die Kultur vertritt, bis sie nicht mehr aufsteht – Ich weiß doch genau, daß er inoffiziell bei der Gestapo ist und jeden Tag zwei Berichte an Himmlern schickt. Mir können die Jungens nischt vormachen. Aber wenn ich einem von denen auf die Fußspitzen steigen kann – denn tu ich's. Mit Genuß.

MOHRUNGEN Sie denken, man kann Ihnen nichts anhaben – Sie sind unentbehrlich. Aber –

HARRAS Denk ich ja gar nicht. Weiß ich, bis zum gewissen Grad. Ihnen brauche ich nicht zu sagen, daß ich mir nichts drauf einbilde – aber es ist nu mal so. Schließlich wollen die Brüder den Krieg gewinnen – das heißt – sie können gar nicht mehr zurück. Und da gibt es nur eine Handvoll Leute, die an der richtigen Schraube drehen können und sagen: gewußt wo. Sie haben mich gebraucht – und sie brauchen mich jetzt erst recht. Außerdem – ist es mir wurscht. *Er lehnt sich in einen Klubsessel zurück und sieht plötzlich sehr müde aus.*

MOHRUNGEN *betrachtet ihn sorgenvoll* Sind Sie wirklich so pessimistisch?

HARRAS Das meine ich jetzt nicht. Mehr das Private. Ich weiß natürlich – sie können mich jeden Tag liquidieren. Trotz meiner Unentbehrlichkeit. Für die Jungfrau ist keiner unentbehrlich – außer dem Brückner, der mit'm geladenen Revolver neben ihm sitzt, wenn er ausfährt. Aber – es ist mir wurscht. Ich riskiere mein Leben seit 'nem Vierteljahrhundert – jeden zweiten Tag, mindestens. Und – es war sehr schön, alles in allem. Genug Mädchen – genug zu trinken – ziemlich viel Fliegerei – und – 'n paar bessere Augenblicke. Was will man mehr.

MOHRUNGEN Sie reden, als wollten Sie Ihren eigenen Epilog halten.

HARRAS Warum nicht? Lieber zu früh als zu spät. Aber – wenn ich nicht mehr sagen soll, was ich denke – und nicht zu rasch saufen, damit mir kein fauler Witz rausrutscht – und vorsichtig sein – nee. Dann lohnt sich die ganze Chose überhaupt nicht mehr.

MOHRUNGEN Was lohnt sich denn überhaupt.

HARRAS *beugt sich vor, schlägt ihm leicht aufs Knie* Nun fangen Sie mal nicht auch so an, Herr Präsident. Sie – ein anständiger Mensch – ein Ehrenmann – kein halber Abenteurer und Luftikus wie ich – sondern – ein Vertreter der soliden Wertbeständigkeit. Sie müssen den Kopf oben behalten.

MOHRUNGEN Das ist es ja, General. Man versucht, einen Wert zu verfechten – sagen wir: Deutschland – oder in meinem Spezialfall – die wirtschaftliche Gesundheit unserer Industrie – und unter der Hand zerrinnt einem alles in Dunst und schlechte Luft.

HARRAS Sie sollten das nicht zu tragisch nehmen – was ich vorhin gesagt habe. Es ist immer noch eine starke Chance, daß wir den Krieg gewinnen. Man kann ziemlich viel auf die Dummheit der anderen setzen. Wo wären wir sonst.

MOHRUNGEN Gewinnen – oder verlieren. Es ist doch nicht mehr dasselbe. Ich glaube manchmal, Harras – unser Deutschland – das wir geliebt haben – das ist dahin. So oder so. Unwiederbringlich.

HARRAS Was für ein Deutschland haben wir geliebt? Das alte – mit'm steifen Kragen und Einglaszwang? Oder das liberale – mit'm Schmerbauch und Wackelbeenen?

MOHRUNGEN Sicher nicht das – für das wir beide jetzt arbeiten.

HARRAS Das hätten Sie früher wissen können, Herr Präsident. Damals – als Sie und Ihresgleichen die Kerls finanziert haben.

MOHRUNGEN Man hat es sich anders gedacht. Man glaubte, man schafft sich eine Waffe gegen den Bolschewismus. Eine Waffe – in unserer Hand.

HARRAS Ja, ich weiß. Fritz Thyssen, der Zauberlehrling, oder die Starke Hand. Eine schöne Lesebuchballade für künftige Schulkinder. Man glaubt zu schieben, und man wird geschoben. Nee. Ich hab mir nie was drüber vorgemacht.

MOHRUNGEN Was ist dann eigentlich – Ihre Entschuldigung vor sich selbst? Verzeihung. Das geht zu weit.

HARRAS Das geht gar nicht zu weit. Die Frage ist ganz berechtigt – unter Freunden.

MOHRUNGEN *mit Wärme* Ich danke Ihnen für die Prämisse. *Reicht ihm die Hand.*

HARRAS, *seine Hand leicht schüttelnd* Entschuldigung – gibt es keine. Das heißt – wenn ich mir eine schreiben lassen wollte, für den Oberlehrer *Weist mit der Zigarre zum Himmel* – dann wäre es – wegen meiner Mutter. Aber sonst – ich bin ganz kalt in die Sache hineingestiegen, und ohne Illusionen. Ich kenne die Brüder – noch vom letzten Mal. Als die im Jahre 33 drankamen – da wußte ich genau, daß 'n kleiner Weltkrieg angerichtet wird. Na, und ich hab nun mal einen Narren dran gefressen – an der Fliegerei, meine ich. Luftkrieg ohne mich – nee, das könnt ich nicht aushalten. Daher – hab ich mir gesagt – man muß ja schließlich in der Ecke bleiben, in der man seine erste Runde angefangen hat. Man kann ja nicht gut – auf der anderen Seite.

MOHRUNGEN Natürlich nicht.

HARRAS Ist es so natürlich? Ich weiß nicht. Vielleicht – ist es mehr Gewohnheit. Bequemlichkeit – die Wiege aller Laster. Trägheitsgesetz, oder Mangel an innerer Wandlungsfähigkeit. Unter uns gesagt – hätte ich nicht ein besseres Gefühl im Leibe, wenn ich die Reichskanzlei bombardieren würde – statt den Kreml, oder den Buckingham-Palace?

MOHRUNGEN *ist blaß geworden* Aber – lieber General – um Gottes willen. Um Gottes willen.

HARRAS Erschrecken Sie nicht, Präsident. Ich tu's ja nicht. Den

Zug hab ich verpaßt. Und ich hätte auch bei den andren keine wirkliche Chance gehabt. Als Stunt Flier, Luftclown, Daredevil, hätte man mich drüben Karriere machen lassen. Bestenfalls beim Film – aber nicht mehr. Die haben keine Phantasie. Und das war ja das Positive an der Sache hier – für mich wenigstens. Nirgends in der Welt hätte man mir diese Möglichkeiten gegeben – diese unbegrenzten Mittel – diese Macht. Die fünf Jahre, in denen wir die Luftwaffe flügge gemacht haben – die waren nicht verloren. Und wenn ein alter Wolf mal wieder Blut geleckt hat, dann rennt er mit'm Rudel, auf Deubel komm raus – ob einem nun die Betriebsleitung paßt oder nicht. Spanien – das war natürlich 'n kleiner Brechreiz. Aber als es richtig losging, die ersten zwei Jahre – da hatten wir was zu bieten, da war immerhin Stil drin. Die beste, exakteste, wirksamste Maschinerie, die es in der Kriegsgeschichte gegeben hat.

MOHRUNGEN Das kann man wohl von der ganzen Armee sagen; unsere Heeresmaschine ist so vollkommen durchkonstruiert – daß sie jede Belastung aushalten kann.

HARRAS Möglich. Oder auch nicht. Ich kenne Maschinen, wissen Sie. Ich bin Techniker. Ich weiß genau, wieviel auf exakte Berechnung ankommt. Und doch. Da ist ein allerletzter Winkel – der ist unberechenbar. Der heißt: Glück – Griff – Gnade – Idee – Charakter – oder sonst was. Der kommt – woanders her. Der ist außerrational.

MOHRUNGEN Sie waren immer eine Art Künstler. Das haben Sie in sich.

HARRAS Nicht ganz so schlimm. Ein kleiner Schuß davon gehört wohl auch zur Technik. Jedenfalls – man ist dabei – und man hat keine Wahl.

MOHRUNGEN *nachdenklich* Und dann sind ja doch noch – tiefere Verbundenheiten. Oder was haben Sie vorhin gemeint, als Sie sagten: Ihrer Mutter wegen.

HARRAS *lacht leise, spricht beiläufig, Rauch durch die Nase blasend* Ach – die alte Dame. Die ist 'n Kindskopp, wissen Sie. Die sitzt da drunten in Bayern, in ihrem Landhäuschen, und ist stolz auf mich. Den Spaß möcht ich ihr nicht verderben, auf die paar letzten Jahre. Orden und Ehrenzeichen, Epauletten, Generalsstreifen und so weiter – mir könnte das alles gestohlen bleiben. Ich hab mir schon als junger Mensch nichts draus gemacht. Aber die Mutter – die strahlte. Wenn ich Erfolg hatte – dann war – ganz ehrlich – mein erster Gedanke immer: das Telegramm an die Mutter – Vermutlich hat jeder Mann irgendeine Frau wegen der er tut, was er tut. Sonst würden wir uns weniger abschuften, glauben Sie mir. Für mich hat sich nie eine bessere gefunden.

MOHRUNGEN *etwas abwesend, nickend, vor sich hin* Ja, ja – die Mütter –

HARRAS *leicht geniert* Gefühlsduselei. Damit kriegen wir unsere Karre nicht aus dem Dreck. *Steht auf, beginnt auf und ab zu gehen* Das ist eine verfluchte Geschichte, wissen Sie.

MOHRUNGEN *angespannt* Sie meinen – die Sache mit den Materialschäden?

HARRAS *nickt* Soviel wir bis jetzt wissen, handelt es sich um kleine Fehler in den Legierungen, die die Gewichtsberechnung verschieben. Aber wo die eigentliche Fehlerquelle sitzt – das ist völlig im Dunkel. Ich hätte der Sache nicht zuviel Wert beigemessen – es kann ja immer mal ein Irrtum oder Leichtsinn unterlaufen –, aber es hat sich mit einer gewissen Systematik wiederholt. Dreimal, bei drei verschiedenen Lieferungen neuer Kampfmaschinen, in einer Woche. Das geht nicht mit rechten Dingen zu.

MOHRUNGEN Glauben Sie an Sabotage? Kommunistische Umtriebe in den Fabriken?

HARRAS Möglich. Aber nicht sehr wahrscheinlich. Grade die Systematik gibt mir zu denken. Das setzt eine planmäßig geleitete Organisation voraus – wenn es kein Zufall ist –, wie sie die Untergrundleute nicht haben, soviel man davon weiß.

MOHRUNGEN Und wer hat eine solche Organisation?

HARRAS *grinst.*

MOHRUNGEN *perplex* Sie meinen – wirklich? Aber – was für Interesse sollte man dort haben –

HARRAS *zuckt die Achseln* Es ist nur Rätselraten. Ich hab keine Anhaltspunkte. Aber ich dachte schon – es sieht aus, als ob man mir eine Fallgrube schaufeln wollte. Mir persönlich. Ich trage ja die direkte Verantwortung für die Maschinen der gesamten Luftwaffe. Und es handelt sich um Materialien, die durch meine Ämter gegangen sind und von mir genehmigt sind.

MOHRUNGEN Dann müßten Sie doch auch eine gewisse Kontrollmöglichkeit haben –

HARRAS *nervös* Mein Gott, ja, sogar eine sehr gewisse. Aber das hat seine Grenzen! Ich kann ja nicht jedes Stück Aluminium abklopfen und an jeder Stahltrosse zerren. Ich kann Stichproben machen und die Arbeit der Unterämter nachprüfen. Vor allem ist es eine Personalfrage.

MOHRUNGEN Und die ist wohl etwas – kompliziert, bei dem enormen Betrieb.

HARRAS Nicht allzusehr. Man muß ein paar einzelne Leute haben, auf die man sich restlos verlassen kann.

MOHRUNGEN Haben Sie die?

HARRAS Die habe ich. Oderbruch zum Beispiel.

MOHRUNGEN Oderbruch – das ist der Chefingenieur im Materialamt, wenn ich nicht irre?

HARRAS Ja. Ich hab den Posten eigens für ihn geschaffen. Der ist unermüdlich, arbeitet Tag und Nacht – und er hat ein Auge, sag ich Ihnen, dagegen bin ich 'n blinder Hesse. Dem entgeht nichts.

MOHRUNGEN *lächelnd* Endlich ein Punkt, an dem der große Skeptiker in Ihnen verstummt.

HARRAS Sie wissen, ich trau so leicht keinem. Aber die paar Leute, mit denen man mal zusammen in einer richtigen Bredouille war – in einer abtrudelnden Maschine, wenn das Seitensteuer klemmt oder so –, die kennt man. Es sind wenig genug – ich brauch keine Hand, um sie nachzuzählen. Der kleene Lüttjohann zum Beispiel – und Korrianke, mein alter Chauffeur, und Oderbruch. Das sind die einzigen, auf die ich bauen kann. Aber da gibt's keine Zicken.

MOHRUNGEN An den Rohmaterialien kann es doch nicht liegen –

HARRAS Sicher nicht. Sie sind außer Obligo, Präsident.

MOHRUNGEN Nicht unbedingt. Unsere Leichtmetall AG Waldhofen und Käfertal arbeitet hauptsächlich mit Legierungen. Und dann – das Kartellsystem ist eine Großmacht – aber es ist heute hundertprozentig von der Zusammenarbeit mit den Regierungsstellen abhängig, die uns Umsatz und Preise diktieren. Man kann uns ohne weiteres den Hals zudrükken.

HARRAS Das heißt, Sie müssen sich im Beschaffungsamt hundertprozentig auf den Standpunkt stellen, den man höheren Orts von Ihnen verlangt.

MOHRUNGEN Ich werde mich nie auf einen Standpunkt stellen, der nicht meiner Überzeugung entspricht.

HARRAS *schweigt einen Augenblick, schaut ihn an.*

MOHRUNGEN Ich hoffe, Sie setzen nichts anderes von mir voraus.

HARRAS Dann wäre es am besten – wenn Sie sich morgen in der Sitzung auf gar keine Frage einlassen, die –

MOHRUNGEN *unterbricht, faßt ihn am Arm* Pst. Ich glaube – es hört jemand zu.

HARRAS *gleichmütig* So. Wer denn?

MOHRUNGEN Ich hab was gesehn – auf dem Gang draußen.

HARRAS Hee! Ist da jemand?

FRANÇOIS *erscheint in der Tür* Vos ordres, mon général? Plus d'Armagnac?

HARRAS *lacht* Sie haben auch schon Nerven, Präsident. Danke. François – da steht noch 'ne volle Flasche. Aber bringen Sie mir später die Weinkarte. Wir sollten mal wechseln.

FRANÇOIS Entendu, mon général. *Ab.*

MOHRUNGEN Glauben Sie nicht, daß der Franzose da rumspioniert?

HARRAS Nee, nee – die Jungens hier sind in Ordnung. Und wenn schon. Was kann er gehört haben – ich weiß ja selber nichts.

MOHRUNGEN Ein Komplott von seiten der Gestapo – das die

eigene Waffe sabotiert – das will mir nicht in den Kopf, General.

HARRAS Sie meinen, die könnten meinen Skalp billiger haben? Möglich. Ich weiß es nicht. Es sind nur Vermutungen. Sehn Sie – es handelt sich ja weniger darum, ob den Brüdern meine Nase gefällt – sondern –

MOHRUNGEN Ich weiß. Es geht um die Luftwaffe.

HARRAS Natürlich. Wer die Luftwaffe hat, der hat die Macht – im Fall einer Auseinandersetzung zwischen Armee und Partei. Deshalb versucht die Partei – das heißt die SS – mit allen Mitteln, die entscheidenden Positionen in ihre Klaue zu kriegen. Gelingt ihnen das, dann haben sie sozusagen den latenten deutschen Bürgerkrieg zum zweitenmal gewonnen. Und – da sind nur ein paar Köpfe, die dem entgegenstehen.

MOHRUNGEN Allerdings – die besten.

HARRAS Oder die dicksten. Wie dem auch sei – die Sache muß gestoppt werden. Es ist nämlich wirklich eine Gefahr – ich rede jetzt nicht von der Politik, sondern von unsren Jungens an der Front. Wenn die sich nicht mehr auf ihre Maschinen verlassen können –

MOHRUNGEN Was für ein Mann ist dieser Oderbruch? Wo kommt er her?

HARRAS *lacht – wendet sich an Eilers, der grade mit Anne am Arm hereinkommt* Friedrich! Was für ein Mann ist Oderbruch?

EILERS *aufleuchtend* Oderbruch? Ja, wie soll ich das ausdrücken? – Dem kann man sein Vermögen anvertrauen, ohne Quittung. Sogar Weib und Kinder.

HARRAS Bravo, Fritze, Ia. Du wirst zum Dichter. *Zu Mohrungen* Er kommt aus nem guten Stall. Schlesische Katholiken, soviel ich weiß, alte Beamtenfamilie, natürlich ohne Zaster. Er hat als Monteur angefangen und ist'n halbes Dutzend Jahre mit mir geflogen, und dann mit Eilers. Und er hat eine Sachkenntnis, ein technisches Fingerspitzengefühl – das gibt's nur einmal.

MOHRUNGEN Da müssen Sie ja froh sein, ihn zu haben.

HARRAS Können Se Gift drauf nehmen. *Zu Eilers* Euch ist's wohl 'n bißchen zu laut da drüben?

ANNE *lachend* Ja – tolle Stimmung. Pützchen tanzt schon Polka mit dem Reichsmarschall.

HARRAS Kommen Sie, Präsident, wollen mal 'n Blick draufwerfen. *Im Abgehen* Ich hab den Oderbruch auf die Fährte gesetzt, und ich wette, der findet heraus, wo der Hund begraben liegt – *Er und Mohrungen verschwinden.*

ANNE *legt den Arm um ihn* Müde, Friedrich?

EILERS *zieht sie an sich* Nicht so schlimm. Ein bißchen – abgespannt.

ANNE Ich glaube, wir könnten uns bald verziehn. Meinst du nicht?

EILERS Doch – es ist nur wegen Harras. Er hat eine solche Freude an dem Abend. Bleiben wir noch ne halbe Stunde.

ANNE Aber nicht länger. *Zärtlich* Du gehörst ins Bett.

EILERS Wenn ich mit dir allein bin – dann bin ich überhaupt nicht mehr müde. Das ist – besser als schlafen. *Er küßt sie* Ich hab mich so nach dir gesehnt.

ANNE *leise* Weißt du – daß ich immer bei dir bin? Tag und Nacht?

EILERS *nickt* Ich weiß es. Das hält mich aufrecht. Ohne das – wär es manchmal – schwer zu ertragen.

ANNE Ist es sehr hart?

EILERS *setzt sich, lehnt sich zurück* Die Trennung, weißt du. Das Wegsein von zu Hause. – Sonst – der Dienst – die Kämpfe – daran ist man ja gewöhnt. Obwohl – es ist auch nichts Schönes, auf die Dauer. Ich meine – Leute umzubringen.

ANNE *streichelt seine Hand* Es muß sein. Fürs Vaterland. Für die Zukunft. Für eine bessere Welt.

EILERS Ja – es muß sein. *Lächelnd, beruhigt* Manchmal – gibt es Momente – die haben so etwas Merkwürdiges. Ganz unwirklich, weißt du – ganz verzaubert. So – daß man alles vergißt. *Er spricht tastend – wie wenn man sich an einen Traum erinnert* Im Oktober, da sind wir einmal nachts aufgestiegen, bei Vollmond – es war schon ein bißchen Schnee unten – und alles wie von Silber. Ich saß ganz allein im Führersitz – und beobachtete die Ausschläge an den Schalttafeln – wie immer. Aber ich war gleichzeitig – woanders – daheim – im Siebengebirge. Plötzlich hör ich mich selber einen Vers sagen – über den Mond – den ich längst vergessen hatte, und nie dran gedacht – über den Mond, weißt du –

»Alt ist er wie ein Rabe,
Sah manches Land.
Mein Vater hat als Knabe
Ihn schon gekannt...«

Ist das nicht schön?

ANNE Wunderschön.

EILERS Von Matthias Claudius, glaube ich. *Kopfschüttelnd* Komische Leute, die wir sind, komisch. Guernica – Coventry – und Matthias Claudius. Wie geht das nur zusammen.

ANNE *stark, beschwörend* Nicht fragen, Liebster. Glauben. Glauben. Weißt du noch, was du mir geschrieben hast – wie du zum erstenmal weg mußtest? – Ich weiß es auswendig – und sag es mir immer vor. »Daß nichts dich beirrt – nichts dich wankend macht. Daß du glaubst, mit jeder Faser deines Innern. An Deutschland – an dich selbst – an uns – an unsere Sendung. Wer glaubt, wird überleben. Glaube!«

EILERS Das will ich, mein Herz. Bis zum Ende.

ANNE Bis zum Sieg.

EILERS Bis zum Sieg – und zum Frieden. Frieden, Anne! Das wird ja auch wieder sein eines Tages. *Er lacht* Denk mal – die Kinder – die werden sich das gar nicht mehr vorstellen können, was heute los ist in der Welt. Und vielleicht werden die einmal Maschinen fliegen – in denen kein MG eingebaut ist und keine Bombenluke – aber viele Fenster, und Beobachtungsgläser, und Meßapparate – um zu sehen, zu erkennen – zu erforschen – die ganze Welt zu erforschen, mit offenen Augen und leichtem, frohem Sinn – dafür – dafür macht man das alles.

ANNE *fast scheu, flüsternd* Ich liebe dich. *Sie sitzen einen Augenblick schweigend, Hand in Hand.*

Musik und Stimmenlärm sind im Hintergrund stärker angeschwol-

len – jetzt erscheinen auf dem Gang, Arm in Arm vorüberschlendernd, Pfundtmayer und Lyra Schoeppke, mitten im Gespräch.

PFUNDTMAYER – am Odeonplatz, glei links vom Führer in der Pfützn. I seh noch das Gehirn von mei'm Nebenmann am Preysingpalais picken. Dös war ein gewisser Eferdinger, Lorenz.

LYRA *schaudernd* Und Ihnen ist gar nichts passiert?

PFUNDTMAYER Mir passiert nix. A Sau muß ma ham. Dös – schaun S', gnä Frau – is der Blutorden. Und wenn Sie dann erscht meine Narben sehn, vom letzten Weltkrieg –

LYRA Wo waren Sie denn verwundet?

PFUNDTMAYER Unten herum, gnä Frau.

Er lacht dröhnend, wie über einen guten Witz. Lyra stimmt etwas gezwungen ein, sie verschwinden.

In der Tür erscheint Harras, rechts und links eingehängt in die Arme von Olivia und Diddo Geiß. Sie kommen, zu dritt, in einer Art Tanzschritt in den Raum und summen leise die Walzermelodie mit. Harras ist jetzt ziemlich betrunken, aber noch in guter Form.

HARRAS Schaut's euch um, Kinder, das ist aus meiner Gesellschaft geworden: leere Gläser – abgegessene Teller – und ein glücklich liebend Paar. Die traurigen Überreste. Wer hat hier eigentlich eingeladen – der Specklöwe oder ich?

EILERS *ist aufgestanden, lächelnd* Wir werden mal drüben zum Rückzug blasen, was, Anne?

HARRAS Ja, tut mir den Gefallen und sammelt die Versprengten. Aber nicht auskneifen, Fritze. Wenn du gehst, geh ich auch.

ANNE Er sollte wirklich bald schlafen –

HARRAS *Flaschen schüttelnd, einschenkend, mit etwas schwerer Zunge* Bitte sehr, bitte sehr. Gehn wir alle schlafen. Gehn wir schlafen.

EILERS Aber nein, Harras. Wir kommen zurück. Wir bleiben noch. Schlafen kann ich im Zug morgen.

HARRAS Du bist ein feiner Kerl, Fritze. Du bist ein feiner Kerl. *Haut ihm auf die Schulter* Ein feiner Kerl, obwohl du nicht säufst, und obwohl du so schmiedeeisern verheiratet bist –

ANNE *lachend* I am sorry, Herr General.

HARRAS Geht in Ordnung. Geht in Ordnung. Sie sind all right, Anne. Sie sind all right. Ich glaube, ich fange schon an, mich zu wiederholen. Nun macht mal, Kinder, bringt die andren zurück. Wir müssen endlich was trinken.

EILERS Komm, Anne. Wir sind gleich wieder da – mit den andren. *Er und Anne gehen, Arm in Arm.*

HARRAS *hat in einem Glas etwas gemischt – reicht es Diddo* Hier mein Kind, versuchen Sie das mal. Das ist kein Cocktail. Das ist die christkatholisch-judogermanische Atheistenmischung. Wenn Sie das drunten haben, glauben Sie wieder an Gott.

OLIVIA Um Himmels wille, Harry, mach doch das Kind nit besoffe. Du läßt es stehn, Diddolein.

DIDDO Laß mich doch, ich weiß schon, wieviel ich vertragen kann. Prost, Herr General!

HARRAS Herr General. Aus deinem süßen Munde. Kann ich gar nicht hören. Macht mich – direkt melancholisch macht mich das. Sag Harry zu mir. Willst du?

DIDDO Unter einer Bedingung.

HARRAS Erfüllt. Welche?

DIDDO Daß Sie nie mehr »mein Kind« zu mir sagen. Auch nicht Diddolein, oder Geißlein. Das macht nämlich mich melancholisch.

HARRAS Geißlein? Hab ich noch nicht gesagt.

DIDDO Sie könnten es aber sagen.

HARRAS Ganz nett – Geißlein.

DIDDO Aber Sie sollen es nicht!

HARRAS Abgemacht. Trinken wir drauf. Du nennst mich Harry, ich nenn dich Affenschmalz.

DIDDO Affenschmalz – meinetwegen. Nicht schön – aber lustig.

HARRAS Na, siehst du. Von jetzt ab werden wir beide nie mehr melancholisch sein.

DIDDO Wenigstens nicht, wenn wir so was zusammen trinken.

HARRAS Und wenn wir zusammen nüchtern sind, erst recht nicht. Die Hauptsache – daß wir zusammen sind. Und das werden wir doch, von jetzt ab – sehr oft?

DIDDO *trinkt, lacht* Ich kann ruhig ja sagen. Morgen früh haben Sie's doch vergessen.

HARRAS Mein liebes Ki – Verzeihung. Nie wieder. Mein liebes Affenschmalz. Du kennst mich nicht. Du siehst in mir einen alten vertrottelten Saufkopp. Bin ich auch. Aber wenn du glaubst, daß ich ein Wort vergessen werde, das einer von uns beiden heute abend sagt – oder – nicht sagt – dann bist du sehr im Irrtum. *Er steht nah bei ihr, beugt sich ein wenig über ihren Ausschnitt* Frische Veilchen. Hm. – Von wem hast du die?

DIDDO Von Tante Olly.

HARRAS Dann ist's gut.

DIDDO *etwas verwirrt* Ich glaube wirklich –

HARRAS Was?

DIDDO Ich glaube wirklich, ich möchte noch was von dieser christlichen Bolschewistenmischung oder wie es heißt.

HARRAS Dafür muß ich dir einen Kuß geben. *Nähert sich ihr.*

DIDDO Nein – bitte – Herr General!

HARRAS Herr General – das kostet zwei Küsse.

OLIVIA Sag mal, ihr schämt euch wohl gar nicht, hier in Anwesenheit einer alten Dame herumzupoussieren. Küssen, Harry, mit deinem Mundhauch! Wenn da ein Zündholz in die Nähe kommt, gibt's ne Explosion.

HARRAS *Diddo verfolgend* Bei mir – schon längst Explosion – ganz ohne Zündholz.

OLIVIA Diddolein – tu mir den Gefallen und laß uns einen Augenblick allein. Verstehst du? Ich hab ihm was zu sagen. Was Ernstliches! *Faßt seinen Arm.*

DIDDO *erlöst* Natürlich, Tante Olly. Ich geh hinüber und halte die anderen noch ein bißchen auf – ja?

OLIVIA Nur fünf Minuten.

HARRAS Aber – wiederkommen! Bitte!

DIDDO Vielleicht – *Läuft hinaus.*

HARRAS *ihr nachstarrend* Ganz – ganz bezaubernd. Ganz bezaubernd.

OLIVIA Du hör mal – Finger weg, gefälligst. Das ist zu schad für dich.

HARRAS Meine liebe gute Mutti. Du kennst mich. Rein väterliche Gefühle. Hand aufs Herz.

OLIVIA Dich kenn ich, alter Dachkater. Und die Mädels kenn ich erst recht. Die ist schon verknallt in dich bis über die Ohren – obwohl man sich wirklich was Schöneres denken könnte, für ein junges Blut. Aber so sind sie nun mal. Du imponierst ihr – mit deinem Nimbus und deiner Persönlichkeit – und du nutzt es schamlos aus.

HARRAS *plötzlich ganz nüchtern* Ja, du hast recht, Olly. Es ist unfair. Verdammt unfair. Ich werd mich zusammennehmen, verlaß dich drauf. Nun sprich mal. Was ist los?

OLIVIA Bist du jetzt halbwegs klar?

HARRAS Wie reiner Alkohol. Mach rasch, die kommen gleich.

OLIVIA *nah bei ihm – leise, verzweifelt* Bergmann ist raus. Seit letzter Woche. Du weißt, er war sechs Monate in Buchenwald, und sie haben ihn so kaputt gemacht, daß er im Spital liegt. Polizeispital, natürlich. Aber Jenny kennt einen Chefarzt dort, der Leute totschreibt und nachts abholen läßt, es kostet zehntausend, die hat sie aufgebracht. Sie ist entschlossen, mit ihm zu fliehen. Sie sagt, wenn er nach Polen verschickt wird, bringt er sich um. Harry – du bist der einzige, der helfen kann –

HARRAS Augenblick mal. *Er nimmt ein Stück Eis aus einem Sektkühler, gießt etwas Kognak drüber und beginnt, es zu kauen* Daß er auf legale Weise rauskommt – mit Auswanderervisum oder so – ist ausgeschlossen? Auch nicht für Geld?

OLIVIA Ganz ausgeschlossen. Du weißt, wie scharf sie hinter ihm her sind.

HARRAS Ja, ich weiß. Die werden ihm nie die arische Frau verzeihen. Und schön ist sie auch noch. Und einem Nazi weggelaufen seinetwegen – nein. Er kriegt kein Ausreisevisum. Höchstens nach Litzmannstadt.

OLIVIA Ich würde nicht zu dir kommen, wenn irgendeine andere Chance wäre. Aber – *Tränen ersticken ihre Stimme.*

HARRAS *fährt flüchtig über ihr Haar* Nun sei mal ruhig. Wir werden schon was machen. Ist Jenny in Form? Ich meine – als Fliegerin. Sie hat ja bei mir gelernt.

OLIVIA Das weiß ich nicht. Aber für ihn wird sie alles tun – und alles können.

HARRAS Natürlich – eine Sache auf Leben und Tod.

OLIVIA Das ist es sowieso. – Aber um Gottes willen, Harry – ich möchte nicht, daß du dich selber –

HARRAS *schneidet ihr mit einer Handbewegung das Wort ab – geht zur Tür – pfeift ein Kavalleriesignal – ruft* Korrianke! *Grinsend zu Olivia* Unsereiner hat schließlich auch seine Bodyguard – ganz wie die anderen Gangster.

KORRIANKE *kommt im Laufschritt herein. Er ist ein viereckig gebauter, dicklicher, älterer Mann – mit rotem Gesicht und Doppelkinn. Obwohl er die Uniform der Fliegertruppen trägt, sieht man ihm auf den ersten Blick den Chauffeur an. Er hat eine dünne, etwas belegte Stimme und stößt mit der Zunge an* Zur Stelle, Herr General!

HARRAS Passen Sie auf, Korriandoli. Wenn jetzt plötzlich jemand reinkommen sollte, sprechen wir über eine geplante Autotour, mit Frau Geiß und ihrer Nichte, nach Kohlhasenbrück. Nehmen Sie mal Ihren Kalender raus. Sie wissen ja, wann ich Zeit habe. Verstanden?

KORRIANKE Ganz genau, Herr General. Kohlhasenbrück.

HARRAS *mit gedämpfter Stimme* Erinnern Sie sich an Professor Bergmann? Samuel Bergmann – den Chirurgen?

KORRIANKE *aufleuchtend* Der uns zusammengeflickt hat, wie wir das Malheur in der Kurve hatten mit 120 km?

HARRAS Richtig. Der Zauberkünstler, der den Leuten das Herz rausnimmt wie ne Taschenuhr, repariert und wieder reinsteckt.

KORRIANKE Ohne mit der Wimper zu zucken.

HARRAS Schnauze. – Sie haben ihn ins KZ gesteckt wegen Rassenschande und sechs Monate malträtiert.

KORRIANKE Schweinerei, Herr General.

HARRAS Schnauze. – Sie erinnern sich auch an seine Frau – die blonde, die seinerzeit bei uns fliegen gelernt hat?

KORRIANKE Entzückende Person, Herr General. *Schnalzt mit den Lippen.*

HARRAS Schnauze. – Sie treffen die beiden Herrschaften in der Wohnung von Frau Geiß hier – wann?

OLIVIA *blaß, fast zitternd* Übermorgen nacht.

HARRAS Übermorgen nacht. Die genaue Zeit sage ich Ihnen noch. Sie nehmen mit: für den Professor alten Militärmantel und Mütze von mir, für die Dame Monteuranzug, Overall, Fliegerhaube. Glauben Sie, daß Sie meinen Wagen zum Schuppen 35 durchfahren können, ohne kontrolliert zu werden?

KORRIANKE Sichere Sache, Herr General. Schuppen 35. Ohne mit der Wimper zu zucken.

HARRAS Gut, Korrianke.

Draußen werden Stimmen hörbar – es sind Pfundtmayer und Lyra, die auf dem Flur herumschäkern.

HARRAS *spricht laut* Also – Kohlhasenbrück – nächsten Sonntag.

KORRIANKE *laut* Kohlhasenbrück, Herr General. Wenn die Damen Glück haben, können se Eislaufen. Schon recht kühl draußen, Herr General.

HARRAS Ja, besonders im Osten.

KORRIANKE Ganz meine Meinung, Herr General. *Ab.*

OLIVIA *rasch* Harry – was ist Schuppen 35?

HARRAS *leise* Dort steht eine kleine Sportmaschine, immer flugbereit, mit einer genauen Richtungskarte der nächsten und sichersten Luftroute in die Schweiz. Für alle Fälle.

OLIVIA Und – Korrianke?

HARRAS Wo, glaubst du, hat der seine Vorderzähne gelassen. Den hab ich selbst im Jahre 34 aus dem KZ losgeeist.

OLIVIA Harry – du bist – *Will nach seiner Hand fassen.*

HARRAS Pscht. Schon vergessen. *Leert ein großes Glas* Also – wie ist es mit Kohlhasenbrück? Nicht zu früh, was? Sagen wir: Sonntag um zwölf.

OLIVIA Ja – wollen wir wirklich –

HARRAS Klar! Das heißt – nur wenn das Veilchen mitkommt.

OLIVIA Du alter Balzvogel, du ausgemauserter. *Beide lachen.*

Von draußen nähern sich Stimmen, Rufe, Gelächter, herein treten Pfundtmayer mit Lyra, dann – in kurzer Folge nacheinander – Writzky und Hastenteuffel, Hartmann, Eilers, Schmidt-Lausitz.

LYRA Allgemeiner Aufbruch drüben. Entschuldige, Olly, daß

ich euer Tête-à-tête unterbreche – aber du hast jetzt genug mit deiner alten Flamme geflirtet. Kommst du mit rauf zu mir? Da ist der Roisterer mit der halben Besetzung. Bißchen Wein ist auch noch da.

OLIVIA Gott ja, die Kollegen. Ich weiß nicht – ich bin eigentlich müde. Und das Kind muß ins Bett.

LYRA *lacht* Das »Kind« hat schon zugesagt, Olly. Die kannst du doch nicht heimschicken, nach ihrer ersten Premiere. Außerdem wächst sie langsam aus den Windeln raus.

PFUNDTMAYER Können S' net noch a bisserl bleiben, gnä Frau? So an abgebrochener Abend – dös is ja ungesund. An Interruptus, hätt ich fast gesagt. I maan – wir verstehn uns, gnä Frau.

LYRA *formell* Tut mir leid, Herr Hauptmann, ich habe Gäste daheim. Aber warum wollen Sie nicht mit Ihren Freunden noch zu mir heraufkommen, wenn Sie hier Schluß machen? Sie natürlich auch, Herr General. Das wär doch reizend, oder? Wir sind sicher noch auf, bis die Morgenblätter erscheinen.

PFUNDTMAYER Angenommen, gnä Frau, angenommen. I komm. I bring a paar Flaschen mit. Krieg ist Krieg.

LYRA Das kann nie was schaden. Gott – wenn man nur 'n Kaffee hätte. Es ist gar nicht weit, Motzstraße 3, Ecke Nollendorf. Sie können unten läuten. Rasch, Olly, der Reichsmarschall bringt uns mit seinem Wagen – also, Wiedersehn allerseits, eh die Hähne krähn.

OLIVIA Wiedersehn, Harry. *Sie haucht einen Kuß auf seine Wange.*

HARRAS *hat nervös zur Tür geschaut – durch die jetzt grade Writzky und Hastenteuffel eintreten* Auf bald. Wo ist denn das Veilchen?

LYRA *im Abgehen* Wenn Sie die kleine Geiß meinen, die ist mit ein paar jungen Leutnants vorausgegangen. *Verschwindet mit Olivia.*

WRITZKY *im Eintreten, lachend* Is ja kollosiv! Und daß er es selbst erzählt, finde ich hochelegant. Kennen Herr General den neusten Göringwitz?

HARRAS Welchen?

WRITZKY Wie Göring in Himmel kommt und den Falstaff trifft,

und sie wetten, wer den engeren Leibriemen tragen kann, und der liebe Gott sagt –

HARRAS Der hat 'n eisgrauen Bart.

WRITZKY Verzeihen, Herr General. In der Front sind wir immer 'n halbes Jahr zurück. Erzählt er selbst, und lacht sich schief darüber. Find ich fabelhaft.

DR. SCHMIDT-LAUSITZ Der Herr Reichsmarschall hat einen gesunden Sinn für nationalen Witz und deutschen Volksmund.

HARRAS Und für Popularität. Der ist sein bester Reklamechef. Neulich hat er eine Auswahl von fünfzehn Göringwitzen genehmigt und für das Repertoire der Kabarettkomiker freigegeben. Aber wehe, wenn einer falsch betont und zuviel Applaus hat. Schon marschiert er an die Ostfont, ohne Pelzstiebel.

DR. SCHMIDT-LAUSITZ Ja, der Herr Reichsmarschall hat ein außerordentlich feines Taktgefühl. Das ist nicht jedermann gegeben.

HARRAS Stimmt. Im Propapopogandamysterium zum Beispiel solltet ihr ne Taktschulungsstelle einrichten. Die hätte was zu tun.

PFUNDTMAYER Kennst du den neuen Russenwitz, Harry? Der is gut, i hab ihn im Divisionskasino gehört und aufgeschrieben – *Er holt einen kleinen Zettel aus der Tasche, liest nach* Nur – daß i's net verpatz. Zwei russische Offiziere stoßen bei dunkler Nacht in Moskau auf der Straße zusammen, beide voll mit Wodka, der eine rülpst, der andere rülpst, der eine zieht den Revolver, schießt, der andere schießt, sie wälzen sich im Blut, Ambulanz kommt, schafft sie ab. Scho gut – ha? Wanns dann alle beide in der Ambulanz liegen, fragt der eine den andren: Sag, Genosse, warum hast du eigentlich auf mich geschossen? Ja, weißt, sagt der, dir hat's aufgestoßen, das hat so gut nach Schweinswürstl geschmeckt, da hab i gedacht, die Deutschen san da. Sagt der andere: Du hast geträumt, Bruderherz, du weißt nimmer, wie Schweinswürstl schmecken. Dös warn ka Schweinswürstl. Dös war nur a toter Volkskommissar. *Er lacht dröhnend.*

HASTENTEUFFEL, *ohne eine Miene zu verziehen, in tiefem Baß* Hahaha.

DR. SCHMIDT-LAUSITZ Echter Fronthumor.

HARRAS Ja, Humor ist eine Göttergabe. Und schlecht rationiert auf Erden. Was der eine zu viel hat, hat der andre zu wenig.

PFUNDTMAYER, *ohne die Ironie zu fühlen* Mir san Spaßvögel, Harry. Geh, singmeran. *Stimmt an*

»Bonifazius Kiesewetter –
War ein Schweinehund von je –«

HARRAS *lachend* Ich glaube, die jüngeren Herren können das nicht mehr.

PFUNDTMAYER Macht doch nix. Lern ma's ihna – solang die Damen auf der Toilette san. Die Schoeppke – dös is a strammes Mensch.

HARRAS Und auf der Höhe der modernen Technik. Da halt dich mal ran, mein Lieber. Wir haben sie früher »die Tankstelle« genannt.

PFUNDTMAYER Die – wos? Dös is gut. Dös is an Volltreffer. *Lacht etwas verblüfft.*

EILERS Herr General – Verzeihung – Harry – sing du doch was. Ich hab immer von deinen Couplets erzählen hören – aber ich war nie dabei, wenn du in Stimmung bist.

HARRAS Bin ich in Stimmung?

EILERS Nein? Ich dachte.

HARRAS *reißt sich zusammen* Aber klar, Fritze. Natürlich. Wenn ich dich anschau, dann fliegen die Grillen weg, sektionsweise, in geschlossener Formation. Wart, ich sing dir eins. Wollen nur erst was einnehmen.

DETLEV *ist hereingekommen* Herr General haben die Weinkarte befohlen?

HARRAS Ja. Ich möchte jetzt – was Besonderes. Nicht zum Saufen, sondern zum Trinken. Zum Genießen. Zum Zelebrieren, was Nobles. Was Festliches. Eine Steigerung unseres Daseins – *Blättert in der Weinkarte herum* Da war so eine Himmelsglocke in eurem Gebetbuch – die hab ich viele Jahre nicht mehr läuten hören – aber ich erinnere mich genau – das sind Ewigkeitswerte hier. Da steht er ja. Ich glaube, es ist euer bester. Grade recht für heute. Wer weiß, wie lange noch. Quatsch. *Er liest* »1920er Lieserer Niederberg Helden, letzte Trockenbeerenauslese, Edelfäule. Naturgewächs aus dem Weingut Graf Schorlemer-Lieser.« Wie das klingt. Wie ein Oktobertag.

DETLEV Verzeihen, Herr General, der hat 'n Kreuzchen.

HARRAS Kreuzchen? Was heißt das?

DETLEV Reserviert. Unverkäuflich. Sind wohl nur noch 'n paar Pullen im Keller.

HARRAS Genau die paar Pullen haben auf uns gewartet. Reserviert? Für wen denn? Sind Sie sicher, daß die nicht für mich reserviert waren?

DETLEV Wollen nachschauen, Herr General. François! Die Reservierungsliste! Die wird hier seit zwanzig Jahren für die Stammgäste geführt.

FRANÇOIS *ist mit einem kleinen Kopierheftchen hereingeeilt* Wie ist die Nummer?

DETLEV 96. *Blättert rasch in dem Heftchen* 96 – hier steht's Reserviert für – *Er beißt sich auf die Lippen.*

HARRAS Na? Raus mit der Sprache.

DETLEV Für Herrn Remarque, Herr General.

HARRAS Für Herrn – *Er schlägt sich auf den Schenkel, beginnt schallend zu lachen* Kinder – das ist der beste Witz, der mir je vorgekommen ist. Das nenn ich deutsche Treue. Das ist konservativ. Die hebt ihr ihm wohl auf, fürs frohe Wiedersehn? *Er lacht Tränen.*

DETLEV *verlegen* Der Wein ist nie verlangt worden, Herr General. Die Reservierung gilt natürlich nicht mehr.

DR. SCHMIDT-LAUSITZ *ist näher getreten* Für Erich Maria Remarque? Den Emigranten?

HARRAS *immer mehr erheitert* Stellt euch vor – ja! Und der Junge sitzt in Amerika und muß Whisky saufen.

DETLEV Soll ich ihn kaltstellen, Herr General?

HARRAS Her damit. Kellertemperatur ist dafür grade richtig.

Wollen mal auf den ollen Boni anstoßen. Mit dem hab ich manche Runde ausgeknobelt. Der konnte schlucken, sag ich euch, wie ein Pelikan. Dagegen bin ich ein müder Zaunkönig.

DR. SCHMIDT-LAUSITZ *gelb vor Wut* Die Flasche für fünfzig Mark. Da sieht man, wie es zugegangen ist, bevor wir den Stall gereinigt haben. So haben diese jüdischen Volksvergifter gepraßt – während sich unsereiner in einer Winkelredaktion abschinden mußte.

HARRAS Vielleicht haben Sie für eine bessere Redaktion zu schlecht geschrieben, Herr Doktor. Damals hat man noch auf gutes Deutsch gehalten. Und mit dem Jüdisch – das stimmt mal nicht in diesem Falle. Sie wissen ja, daß Remarque kein Jude ist.

DR. SCHMIDT-LAUSITZ Bei solchem Gesindel gibt es keinen Unterschied. *Haßerfüllt* Herr Remarque, von Ullstein! Wer mit Juden umgeht, ist selber ein Jude.

HARRAS Und wer mit dem Schwein aus einem Trog frißt, ist selbst ein Schwein.

DR. SCHMIDT-LAUSITZ *scharf* Was wollen Sie damit sagen, Herr General?

HARRAS Mehr Selbstgespräch.

PFUNDTMAYER, *der nichts begriffen hat* Du meinst: wer andern in der Nase bohrt, is selbst a Sau. Dös is a Witz. Hahaha.

WRITZKY Erinnert ihr euch noch an den Witz aus der Röhmzeit: Wer andern in die Hose faßt, ist selbst bei der SA? *Seufzend* Die Zeiten sind vorbei. *Er und Pfundtmayer lachen allein.*

DR. SCHMIDT-LAUSITZ *in eine plötzlich ausgebrochene Stille, steif* Darf ich mich verabschieden. Ich habe Frühdienst. Herr General – *Verbeugt sich* – Meine Herren.

HARRAS Herr Doktor. *Verbeugt sich knapp.*

DR. SCHMIDT-LAUSITZ *geht.*

HARRAS *aufatmend – aus tiefster Brust* Gott sei Dank! Jetzt – jetzt kann ich singen, Fritze. Ich kann nämlich nicht, wenn so ein Miesnick mich immer aus'm falschen Winkel fixiert. Ich bin kein Sänger, weißt du. Aber jetzt – jetzt hab ich Lust. *In strahlender Laune* Detlev! Wo bleibt der Wein? Herr Remarque hat ne trockene Kehle! *Er räuspert sich* Ich fang mal an – mit dem prähistorischen Pilotenlied – das stammt noch aus der Grashopperzeit. Ich glaube vom alten Fokker persönlich. Der Refrain geht als Kanon, da müßt ihr alle einfallen, sagen wir – der Rangliste nach. Eilers zuerst.

EILERS Um Gottes willen. Ich bin vollkommen unmusikalisch.

HARRAS Das macht nichts. Es handelt sich nicht um Musik.
Er hat eine Gitarre genommen, die an der Wand hängt, und schlägt ein paar Akkorde an, beginnt dann mit einer Art Sprechgesang.

»Der Flieger fliegt bei Tag, der Flieger fliegt bei Nacht,
Er fliegt in Sturm und Wolken, wenn es blitzt und wenn es kracht,
Er fliegt auf schöne Mädchen. Sapperlot mit Saus und Braus,
Und wenn er ne schiefe Landung macht, dann fliegt der Flieger raus.«
Refrain
»Darum Puff, darum Puff, darum Aus-Puff-Puff –
Immer schneller der Propeller,
Immer besser, Herr Professor,
Darum Puff, darum Puff, darum Aus-Puff-Puff –
Fliegste runter, fliegste ruff,
Immer Puff, immer Puff.«

ALLE *fallen unter Hallo und Händeklatschen ein, man wiederholt den Refrain in gesteigertem Tempo.*

EILERS *lachend* Das ist gut. Das müssen wir im Kasino einführen – damit man mal auf andere Gedanken kommt.

HARRAS Saublöd. Aber schön. – Kinder, ich sage nur: Prost. *Detlev hat eingegossen und die Gläser verteilt.* Nehmen Sie auch ein Glas, Hartmännchen, das ist kein Alkohol. Das ist flüssige Sonne. Riecht mal erst. *Alle haben wie er das Glas gehoben und schnuppern daran.*

HARRAS *fast feierlich* Noch besser geworden. Da gibt's keine Zeit und keine Zeiten. Wißt ihr denn überhaupt, was ihr da trinkt? *Zu Eilers* Bist du mal durchs Moseltal gefahren und hast an den Hängen hinaufgeschaut – wo sich das alte Rebholz im nackten Schiefer hält? Tausend Jahre, mein Lieber. Tausend Jahre Leben, und Arbeit, und Volk. Ganz ohne Propaganda.

EILERS *leise* Auf Deutschland.

HARRAS *sein Glas hebend* Auf das Deutschland, in dem er gewachsen ist. Das echte. Das unvergängliche.

In der Tür erscheinen Anne, Pützchen, Pflungk, Mohrungen.

PÜTZCHEN Was is denn los – ist hier einer gestorben? Klingt wie ne Grabrede.

EILERS Ihr habt was versäumt. Harry hat gesungen.

HARRAS Los, Kinder – puffen wir nochmal, für die Damen. Zweite Strophe:

»Wer weiß, ob wir uns wiedersehn, die Welt ist
kugelrund,
Sah ein Knab ein Röslein stehn, wohl um die zwölfte
Stund –
Nimm dir was, dann haste was, du holder Morgenstern –
Hau deiner Ollen mit der Panne auf de Pott, das ist der
Tag des Herrn.«
Refrain
»Darum Puff, darum Puff, darum Aus-Puff-Puff –
Immer schneller der Propeller,
Immer besser Herr Professor –«

Die andern fallen ein, Harras – mit der Gitarre im Arm – improvisiert mit ihnen, mehr oder weniger schwankend, eine Art Maschinentanz. Alles lacht, klatscht, singt durcheinander.

PFUNDTMAYER *dazwischenrufend* Harry. Singmeran aus'm letzten Krieg – *Stimmt an.*

»Ich glaube – ich glaube –
Dort oben fliegt – ne Taube –«

HARRAS *spielt und singt, Pflungk und Pützchen tanzen, Pfundtmayer walzt mit Hastenteuffel, Writzky quäkt mit hoher Stimme nach Art eines Damenimitators. Eilers hat den Arm um Anne gelegt, nun beginnen sie auch zu tanzen, Mohrungen schaut lächelnd zu; Hart-*

mann, allein, leert plötzlich das Glas, das er noch in der Hand hält, schenkt es sich wieder voll, leert es wieder. Harras geht jetzt in andere Schlager aus der Zeit des letzten Krieges über, die er kombiniert, verwechselt, durcheinander spielt, während Stimmung und Lärm immer höher schwellen

»Herr Leutnant, Herr Leutnant, Herr Leutnant, nicht so tief –
Herr Leutnant, Herr Leutnant, die Sache geht sonst schief –
Auch im Sumpf, auch im Sumpf, auch im Sumpf –
Auch in Galizien, mein süßes Miezjen –
Lebe wohl, ich muß von dannen ziehn –
Bleib mir treu, wenn dir's auch schwerfällt in Berlin –
Denn so leben, so leben die Mädels vom Chantant –
Die nehmen die Liebe nicht so tra – gisch –«

LÜTTJOHANN *ist unterdessen vom Gang her eingetreten. Er bleibt in der Tür stehn. Sein Gesicht ist ernst. Er winkt Harras mit den Augen. Harras, spielend, die Gitarre im Arm, schlendert unauffällig zu ihm hin, während die andern weitersingen und -tanzen. Dann bricht das Gitarrenspiel ab.*

PÜTZCHEN *singt noch allein*
»Die nehmen die Liebe nicht so tra – gisch –«
Es wird still.

HARRAS *geht langsam durchs Zimmer, legt die Gitarre zwischen die leeren Teller und Gläser auf den Büfettisch. Dann dreht er sich um, schaut Eilers an. Es ist ganz still geworden. Selbst Pützchen, an Pflungk angelehnt, schweigt. Nach ein paar Sekunden sagt Harras, mit einer sehr ruhigen, nüchternen Stimme* Die Herren von der Staffel sind an die Front zurückbeordert. Sämtliche Urlaube sind aufgehoben. Sie melden sich marschbereit um acht Uhr dreißig im Luftfahrtministerium, Transportabteilung, und gehen mit neuen Maschinen zur Heeresgruppe Smolensk. *Er schweigt einen Augenblick, zündet sich eine Zigarette an* Da ist nichts zu machen, Kinder. Das ist uns oft passiert. Ich wollte, ich könnte mitkommen. Aber – ich werde euch bald besuchen. Sobald ich den Laden hier mal ein paar Tage sich selbst überlassen kann.

EILERS *blaß, gefaßt* Meine Herren – ich wiederhole: acht Uhr dreißig, marschbereit, im Luftfahrtministerium, Transportabteilung. Heil Hitler.

DIE OFFIZIERE *haben Haltung angenommen.*

HARTMANN *mit flammenden Augen, hebt die Hand hoch* Heil Hitler!

DIE ANDERN *wiederholen formell* Heil Hitler.

MOHRUNGEN *hat Annes Hand gefaßt, streichelt sie* Das ist der Krieg, mein Liebling. Wenn die Pflicht ruft – da gibt's kein Privatleben. Kränk dich nur nicht zu sehr, mein Herz.

EILERS *lächelnd* Die Sache hat nämlich ihr Gutes. Wenn sie uns jetzt die acht Tage kassieren – wegen einer feindlichen Offensive vermutlich, mit der wir sicher bald fertig werden, dann müssen sie uns dies Jahr Weihnachtsurlaub geben. Und Weihnachten zu Hause – das wär ja doch am schönsten. Letztes Jahr haben wir unsre Feiertage auf Nordseepatrouille verträumt. *Seine ruhige, gelassene Überlegenheit ist echt und springt auf die andern über. Die Erstarrung löst sich. Man spricht durcheinander.*

PFUNDTMAYER Und i hab gedacht, i hab a Sau. Kreizteiffi. Jetzt, wo i die Frau meines Lebens getroffen hab –

HASTENTEUFFEL Bei dir kann sich's nur um die Sau deines Lebens handeln, alter Saubär.

PFUNDTMAYER I bitt schön. Das bitt i mir aus. Da versteh i kan Spaß. I hab eh a Wut, sag i dir.

WRITZKY Ich schlage vor, wir lassen unsere Wut an den Russen aus. Nur keine gegenseitige Verstimmung.

PFUNDTMAYER A was, heit nacht wird noch gerauft.

EILERS Ich meinerseits halte es für vernünftig, noch ein bißchen zu schlafen. Du nimmst mir nicht übel, Harry, wenn wir uns jetzt verabschieden –

HARRAS Gewiß nicht. Geht ruhig nach Haus, Kinder.

PÜTZCHEN *ist zu Hartmann getreten* Du scheinst dich ja direkt zu freuen, Männeken. Zum erstenmal, daß du ein menschliches Gesicht aufsetzt, heute abend.

HARTMANN *antwortet nicht.*

PFUNDTMAYER Wer nach Haus geht, is a Hund. Die Verheirateten natürlich ausgenommen.

PÜTZCHEN Das gefällt mir. Du bist ein Kämpfer. Das find ich fabelhaft heroisch. *Legt den Arm um ihn.*

HARTMANN, *ohne zu antworten, macht sich ruhig, aber bestimmt von ihr los.*

PÜTZCHEN Na, bitte. Na, denn nicht. Ich will mich nicht aufdrängen.

HARRAS Meine Herrschaften, Sie sind beurlaubt. Mit dem Rest der Nacht fängt jeder an, was er möchte. Ihr geht wohl noch zur Schoeppke hinauf?

PFUNDTMAYER Dös glaubst. Mir drahn durch bis um acht, und dann a kalte Abreibung – brrr.

HARRAS Denn man tau. Vielleicht komm ich nach. Ich muß hier noch liquidieren.

Er verabschiedet Pfundtmayer, Writzky und Hastenteuffel mit Handschlag, die drei gehen.

PÜTZCHEN Uh – jetzt wird's fad. Sollten wir nicht auch noch ein bißchen hingehen, Baron?

BARON PFLUNGK Zu Lyra? Ich weiß nicht, ob das ganz passend wäre –

MOHRUNGEN Ganz unpassend. Du kommst jetzt mit ins Hotel, Pützchen. Es ist viel zu spät für dich.

PÜTZCHEN Mein Gott – väterliche Autorität. Immer am falschen Platz. Wie gut, daß du wieder nach Mannheim mußt.

MOHRUNGEN Also, Pützchen –

PÜTZCHEN Schon recht, Alterchen. Ich komm ja. *Küßt ihn leicht auf die Stirn.*

MOHRUNGEN *strahlend* Na, siehst du. Man will doch nur dein Bestes.

BARON PFLUNGK Ich kann sie alle bringen, ich hab meinen Dienstwagen draußen.

HARRAS *bei Anne und Eilers, an der Tür* Gute Nacht, Anne. Lassen Sie bitte im Ministerium Ihre Telephonnummer zurück. Ich werde Ihnen alle Funkberichte durchsagen lassen, die wir von der Front bekommen, damit Sie immer aus erster Hand Nachricht haben, wenn er nicht schreiben kann.

ANNE Vielen, vielen Dank. Es war so schön heute abend. *Drückt seine Hand warm* Auf Wiedersehn!

EILERS Falls ich Weihnachten zu Hause sein sollte, mußt du uns besuchen, Harry. Willst du?

HARRAS Natürlich. Ich verspreche dir.

Während der letzten Sätze haben er und Lüttjohann die Gäste hinausgegleitet und verschwinden jetzt mit ihnen zur Garderobe, von wo man noch ihre Stimmen bei der Verabschiedung hört.

PÜTZCHEN *ist einen Augenblick bei Hartmann stehengeblieben, der nicht mit hinausgegangen ist* Kommst du nicht mit? Pflungk wird dich gerne bringen.

HARTMANN Ich bin nicht müde.

PÜTZCHEN Du bist mir doch nicht böse?

HARTMANN, *ohne sie anzuschauen, schüttelt den Kopf.*

PÜTZCHEN Wir können doch gute Freunde bleiben. Warum nicht?

HARTMANN *steif* Natürlich.

PÜTZCHEN Na, dann – auf Wiedersehn. Und viel Glück. *Mit so viel Wärme, wie sie aufbringen kann* Bleib gesund, Lieber. Ich denk an dich.

HARTMANN Danke.

Sie nähert ihm ihr Gesicht und bietet ihm die Lippen, aber er beugt sich nur kurz über ihre Hand. Sie zuckt die Achseln, geht. Er richtet sich auf, dreht sich auf dem Absatz, geht langsam zum Tisch, steht abgewandt, leert ein Glas.

HARRAS *kommt mit Lüttjohann zurück* Na, Kleener, jetzt wollen wir mal ganz unter uns – *Er bemerkt Hartmann – verstummt. Beide schauen einen Augenblick zu ihm hin.*

HARTMANN *dreht sich um, zögert – nimmt Haltung an. Dann – etwas hilflos* Darf ich mich verabschieden, Herr General?

HARRAS Wollen Sie nicht noch ein bißchen bleiben, Leutnant Hartmann?

HARTMANN *unsicher* Ich möchte nicht stören, Herr General.

HARRAS Aber Sie stören hier niemanden. Ganz im Gegenteil. Ich freue mich, wenn Sie bleiben. – Wissen Sie was? Wollen Sie mir einen kleinen Gefallen tun?

HARTMANN Bitte gehorsamst, Herr General.

HARRAS Schaun Sie doch raus, wo mein Wagen steht, und lassen Sie sich von Korrianke mein Zigarettenetui geben. Ich hab noch echte. Ich kann den Kamelmist nicht riechen, den uns der Rommel aus der Wüste schickt.

HARTMANN Gerne, Herr General. *Geht.*

HARRAS *schaut ihm nach. Dann zu Lüttjohann* Was ist nur los mit dem Jungen. Liebeskummer? Oder steckt mehr dahinter? Sonderbarer Kerl. Kaum über zwanzig – und redet die ganze Nacht kein Wort.

LÜTTJOHANN Vielleicht ist das nur so 'n Schweigsamer, Herr General. 'n Stiller im Lande. Davon gibt's ne ganze Menge im Deutschen Reich. Hei, wie gern ich die habe, Herr General. Denen könnt ich stundenlang mit ner Stopfnadel im Hintern piecksen. Die schweigen so vor sich hin, so tiefsinnig, so bedeutend, weil se nämlich gar nischt zu sagen haben. Denen fällt überhaupt nichts ein, und da sin se noch stolz drauf. Ich kenn die Sorte. Ich bin ja selbst von der Waterkant, da steht so 'n großer Schweiger in jedem Wellblechhäuschen rum. Das sind verschlossene Naturen. Verschlossen wie ne leere Kassette. Det sin tiefe Menschen – so tief wie 'n ausjepumpter Brunnen. Keen Droppen drin. Lauter hohle Borke, da wakkelt der Eichboom, wenn 'n Specht mit'm Schnabel dran kloppt. Die schweigen noch im Bette, Herr General. Die schweigen sich een ab.

HARRAS *hat nachdenklich lächelnd zugehört* Is gut, Kleener. Du hast 'n helles Köppchen. *Da Hartmann wiederkommt* Jetzt laß uns mal 'n bißchen allein. Aber trink aus, vorher. Nur nichts verkommen lassen.

LÜTTJOHANN *leert sein Glas* Haben Herr General sonst noch Befehle?

HARRAS Sag draußen, man soll mir die Rechnung fertigmachen. Wir sehen uns später im Amt.

LÜTTJOHANN Allemal, Herr General. *Ab.*

HARRAS *füllt sein und Hartmanns Glas, nimmt eine Zigarette aus dem Etui, bietet es Hartmann an, der ablehnt. Auch Harras zündet die*

Zigarette nicht an, spielt nur damit. Mehr zu sich selbst Nein – zu diesem Wein nicht rauchen. Todsünde, hätte mein Vater gesagt. Und der hat was davon verstanden. Prost, Hartmann.

HARTMANN Danke, Herr General. *Er trinkt nicht, schaut unter sich.*

HARRAS *setzt sein Glas ab, zieht einen Stuhl für Hartmann nah zu dem seinen, beugt sich zu ihm vor* Na, Hartmann. Jetzt machen Sie mal den Mund auf. Es hat doch keinen Sinn, daß Sie da hinterm Busch herumdrücken wie ein hartleibiger Hühnerhund. Platzen Sie doch mal, Mensch! Explodieren Sie! Fluchen Sie sich aus! Sagen Sie mal »Hol's der Teufel!« und denken Sie dabei an wen oder was Sie wollen. Kommen Sie – wir machen es zusammen eins – zwei – drei –

BEIDE Hol's der Teufel!

HARRAS Lauter.

BEIDE Hol's der Teufel!

HARRAS Noch lauter.

BEIDE Hol's der Teufel!!!

Hartmann, nach dem letzten Mal, leert sein Glas auf einen Zug und schmeißt es gegen die Wand.

HARRAS Bravo! Ist Ihnen jetzt wohler?

HARTMANN *schwer atmend und ganz erschrocken über sich selbst* Ein bißchen, Herr General.

HARRAS Na, sehn Sie. Man muß manchmal die Atmosphäre reinigen, damit man nicht erstickt. Ich hoffe, Sie haben dabei, in einer hinteren Hirnfalte, auch an mich gedacht. Von wegen Reinigung der Atmosphäre. Wir könnten uns dann viel besser verständigen.

HARTMANN Ich – ich verstehe nicht ganz, Herr General.

HARRAS Ach, Sie Schlauer. Sie wissen ganz gut, was ich meine. Glauben Sie, ich hätte Ihr Gesicht nicht gesehen, wenn ich die Kulturlaus angepflaumt habe? Sie finden doch meine Witze empörend, und meine politische Haltung skandalös. Oder?

HARTMANN Ich habe mir darüber kein Urteil zu erlauben.

HARRAS Aber Sie erlauben sich eins! Nur nicht kneifen, mein

Junge! Ich weiß, was Sie denken – und sehn Sie, ich nehm's Ihnen noch nicht mal krumm. Denn das sind ja nicht Ihre eignen Gedanken. Das ist nur, was man in Sie hineingestopft hat. Ihre Parteierziehung, die sagt Ihnen, es ist eine Schande mit dem Harras. Aber Ihr besseres Ich, das hat seine leisen Zweifel, wie jedes bessere Ich. Und jetzt will ich Ihnen was sagen, Hartmann. Jetzt wollen wir mal den ganzen Stiebel vergessen und so tun, als ob wir Menschen wären. Ja? Vergessen Sie bitte, daß ich Ihr General bin und daß wir verschiedene Ansichten haben und aus verschiedenen Fässern abgezogen sind – denken Sie einfach, wir wären beide in Zivil, und alte Freunde, und in dieselbe dusselige Schule gegangen. Können Sie sich das für fünf Minuten vorstellen?

HARTMANN Nein, Herr General!

HARRAS *seufzend* Ein guter Anfang. – Dann will ich's anders fassen. Wenn ich jetzt irgend etwas sagen oder fragen sollte, was mich nichts angeht oder worüber Sie nicht reden wollen – dann sagen Sie einfach: Schnauze. – Werden Sie das tun?

HARTMANN *leicht lächelnd* Ich glaube kaum, Herr General.

HARRAS Sie sind ein schwieriger Junge. Mit Ihnen kann man nur Fraktur reden. Alsdann. Was ist mit der kleinen Mohrungen? Seid ihr ernstlich verkracht – oder ist es nur eine Kiste?

HARTMANN *unbewegt, mit einer fast maskenhaften Starrheit* Es ist aus, Herr General. Fräulein von Mohrungen hat die Verlobung gelöst. Das heißt – wir waren noch nicht offiziell verlobt. Aber – der Herr Präsident war einverstanden.

HARRAS So. Hm. Warum denn?

HARTMANN *stockend, aber immer im Ton eines militärischen Rapports* Wegen einer Unklarheit in meinem Stammbaum, Herr General. Meine Familie kommt nämlich vom Rhein. Mein Vater und Großvater waren Linienoffiziere – es besteht kein Verdacht einer jüdischen Blutmischung. Aber – eine meiner Urgroßmütter scheint vom Ausland gekommen zu sein. Man hat das öfters in rheinischen Familien. Sie ist unbestimmbar. Die Papiere sind einfach nicht aufzufinden.

HARRAS *hat sich auf die Lippen gebissen, brummt vor sich hin* So so.

Daran liegt's. Da läuft so ein armer Junge mit einer unbestimmbaren Urgroßmutter herum. *In aufsteigender Wut* Na, und was wissen Sie denn über die Seitensprünge der Frau Ururgroßmutter? Die hat doch sicher keinen Ariernachweis verlangt. Oder – sind Sie womöglich gar ein Abkömmling von jenem Kreuzritter Hartmann, der in Jerusalem in eine Weinfirma eingeheiratet hat?

HARTMANN *sachlich* Soweit greift die Rassenforschung nicht zurück, Herr General.

HARRAS Muß sie aber! Muß sie! Wenn schon – denn schon! Denken Sie doch – was kann da nicht alles vorgekommen sein in einer alten Familie. Vom Rhein – noch dazu. Vom Rhein. Von der großen Völkermühle. Von der Kelter Europas! *Ruhiger* Und jetzt stellen Sie sich doch mal Ihre Ahnenreihe vor – seit Christi Geburt. Da war ein römischer Feldhauptmann, ein schwarzer Kerl, braun wie ne reife Olive, der hat einem blonden Mädchen Latein beigebracht. Und dann kam ein jüdischer Gewürzhändler in die Familie, das war ein ernster Mensch, der ist noch vor der Heirat Christ geworden und hat die katholische Haustradition begründet. – Und dann kam ein griechischer Arzt dazu, oder ein keltischer Legionär, ein Graubündner Landsknecht, ein schwedischer Reiter, ein Soldat Napoleons, ein desertierter Kosak, ein Schwarzwälder Flözer, ein wandernder Müllerbursch vom Elsaß, ein dicker Schiffer aus Holland, ein Magyar, ein Pandur, ein Offizier aus Wien, ein französischer Schauspieler, ein böhmischer Musikant – das hat alles am Rhein gelebt, gerauft, gesoffen und gesungen und Kinder gezeugt – und – und der Goethe, der kam aus demselben Topf, und der Beethoven, und der Gutenberg, und der Matthias Grünewald, und – ach was, schau im Lexikon nach. Es waren die Besten, mein Lieber! Die Besten der Welt! Und warum? Weil sich die Völker dort vermischt haben. Vermischt – wie die Wasser aus Quellen und Bächen und Flüssen, damit sie zu einem großen, lebendigen Strom zusammenrinnen. Vom Rhein – das heißt: vom Abendland. Das ist natürlicher Adel. Das ist Rasse. Seien Sie stolz darauf, Hartmann – und hängen Sie die Papiere Ihrer Großmutter in den Abtritt. Prost.

HARTMANN *unverändert, nur etwas trauriger* Fräulein von Mohrungen ihrerseits hat Nachweis über vier Generationen. Das genügt zur Eheschließungslizenz mit Waffen-SS und für jede Parteikarriere. Darunter wird sie nicht heiraten. Sie hat Ehrgeiz. Sie möchte nicht – in der zweiten Linie stehn.

HARRAS *ausbrechend, mit rotem Gesicht* Dann seien Sie doch froh, daß Sie die Schneppe los sind! Und lassen Sie den Kopf nicht hängen – wegen so einer Gans! Verdammt noch mal. *Er haut auf den Tisch, unbeherrscht* Die ist doch nichts als ne hohle Randverzierung, und so billig wie 'n angebissener Appel. Die is doch keine Briefmarke wert. Die ist 'n Spaß für acht Tage Urlaub, bestenfalls. Der haut man den nackten Hintern mit der Reitpeitsche, damit sie 'n Andenken hat, und vergißt, wie sie heißt, eh man die Treppe runtergeht.

HARTMANN *hat den Kopf auf die Brust sinken lassen.*

HARRAS *verstummt – schaut ihn ganz erschrocken an – steht auf – tritt nah zu ihm – sehr zart* Mein Gott – Junge – hab ich dich verletzt? Das hab ich nicht gewollt. Das ist mir nur so rausgerutscht – aus Wut, verstehst du. Ich weiß – dir war es ernst mit dem Mädel. Ich respektiere das. Ich – hab das nicht so gemeint.

HARTMANN *schaut auf, sieht ihn an* Sie haben es so gemeint, Herr General. *Leise* Sie hatten recht.

HARRAS Nein. Ich war ungerecht. Ich bin zu weit gegangen – und es tut mir leid.

HARTMANN Sie hat mir gesagt, ich sei lebensuntüchtig – weil ich die Sache nicht leichtnehmen kann – und lieber ganz verzichte, als mein Gefühl zu erniedrigen. Vielleicht ist es wahr. Vielleicht bin ich fürs Leben nicht tauglich, oder nicht bestimmt. Aber fürs Sterben reicht es, Herr General.

HARRAS Sei kein Frosch, mein Junge. Mit Leben und Sterben hat das überhaupt nichts zu tun. Das war eine verkorkste Sache, von Anfang an. Ihr paßt gar nicht zusammen. Schlage sie dir aus dem Kopf, so rasch du kannst. Schluck's runter, und beiß die Zähne zusammen. Ich weiß, es schmeckt wie Rotz mit Galle, zuerst. Aber glaub mir – eine verkrachte Jugendliebe ist nicht ärger als die Masern. Es ist eine Kinderkrankheit der Phantasie, sonst nichts. Man muß durch – und man wird gesünder davon. Denk nicht mehr dran. Es gibt Besseres auf der Welt. Größeres.

HARTMANN Jawohl, Herr General. Der Tod auf dem Schlachtfeld ist groß. Und rein. Und ewig.

HARRAS *sehr ruhig* Ach Scheiße. Das sind olle Tiraden. Ich weiß – du empfindest was dabei – aber was Falsches, verstehst du? Der Tod auf dem Schlachtfeld – der stinkt, sag ich dir. Er ist ziemlich gemein, und roh, und dreckig. Hast du nicht selbst gesehen, wie sie rumliegen? Was ist da groß dran? Und ewig? Er gehört zum Krieg, wie die Verdauung zum Fraß. Sonst nichts. Du sollst den Tod nicht fürchten, wenn du ein Mann bist. Du sollst nicht vor ihm ausreißen. Aber du sollst ihm trotzen, wenn du ein Mann bist – und ihm widerstehn, und ihn überlisten, und ihn hassen wie die Pest. Wer ihn anbetet – wer ihn vergöttert und verklärt – oder gar – ihn sucht – der ist kein Held. Der ist kein guter Kämpfer. Der ist ein Narr.

HARTMANN Ich weiß. Wir dürfen unser Leben nicht leichtsinnig aufs Spiel setzen. Es gehört nicht uns.

HARRAS Wem sonst, zum Donnerwetter? – Sagen Sie jetzt auf keinen Fall: dem Führer. Sonst sehe ich Rot.

HARTMANN *starr* Wir müssen der Truppe unsere Kampfkraft erhalten, bis zum letzten Blutstropfen.

HARRAS *etwas hilflos* Ach du lieber Gott. Wenn ich nur einmal diesen letzten Blutstropfen nicht mehr schlucken müßte. Mir ist schon ganz übel davon. Du sollst deine dämlichen Blutstropfen beisammenhalten, verstehst du – oder wenigstens genug davon, daß du nicht abflatterst. Du sollst überleben, hörst du? Durchkommen, rauskommen, wiederkommen – und deine eigne Haut heimbringen, heil und gesund, und so zäh und weich und haltbar wie gut gegerbtes Wildleder. Schau – ich bin doch selbst ein alter Soldat. Ich versteh doch was von dem Geschäft. Und ich sage dir: jeder, der im

Feld was wert sein soll, muß die Hoffnung haben und den Willen, durchzukommen. Am Ende gewinnt ja doch, wer überlebt. Wer ohne Hoffnung kämpft – der ist schon halb verloren. Und Hoffnung – das ist, daß man sich auf etwas freut. Ein junger Mensch muß sich doch freun – aufs Leben! Mit oder ohne Pützchen. – Schwamm drüber. Aber freust du dich denn nicht darauf, nach Hause zu kommen – wenn der Krieg mal aus ist?

HARTMANN Ich weiß nicht, Herr General. *Da Harras ihn fragend anschaut – nach einer Weile* Ich hab kein richtiges Zuhause, auf das ich mich freuen kann. Mein Vater ist im letzten Krieg gefallen. Drei Tage vor Schluß. Ich habe ihn nie gekannt. Ich kam erst später zur Welt. Meine Mutter hat dann wieder geheiratet – einen Kaufmann, der Geld verdiente, reich wurde – während unser Volk arm war. Ich konnte ihn niemals lieben oder achten. Das hat mich dann auch der Mutter entfremdet. Ich habe ihn sogar gehaßt. Ich dachte immer: der nimmt jetzt alles und genießt es, was mein Vater geopfert hat. Seinem Volk geopfert. Ich hatte nie ein Zuhause, Herr General, bis –

HARRAS Hm?

HARTMANN – bis ich zur Hitler-Jugend kam. Meine Heimat war das Schulungslager. Die Ordensburg. Und dann – die Truppe. *Sein Gesicht, das für einen Augenblick weicher geworden war, hat sich wieder verschlossen. Er schaut unter sich.*

HARRAS *betrachtet ihn schweigend, füllt die Gläser. Dann beginnt er auf und ab zu gehen und langsam, leise, fast wie im Selbstgespräch, zu reden* Hören Sie mir zu, Hartmann – oder lassen Sie es bleiben, ganz wie Sie wollen. Ich sage jetzt – was mir heute nacht durch den Kopf gegangen ist – seit ich Sie sehe, Hartmann. Sie sind jung, aber Sie wissen es nicht. Vor Ihnen liegt das Leben – aber Sie wissen nicht, was das Leben ist. Sie stekken in einer Krebsschale, in einer Austernmuschel, die Sie für die Welt halten, und spüren nicht, daß draußen, um Sie her, der ungeheure Ozean rauscht. Ich aber sage Ihnen, das Leben ist schön. Die Welt ist wunderbar. Wir Menschen tun sehr viel, um sie zu versauen, und wir haben einen gewissen Erfolg damit. Aber wir kommen nicht auf – gegen das ursprüngliche Konzept. Woher das stammt – das weiß ich nicht. Ich bin kein Denker, und kein Prophet. Ich bin ein Zeitgenosse. Ein Techniker, ein Soldat. Aber ich weiß – das Konzept ist gut. Der Plan ist richtig, der Entwurf ist grandios. Und der Sinn heißt – nicht: Macht. Nicht: Glück. Nicht: Sättigung. Sondern – die Schönheit. Oder – die Freude. Oder beides. Nennen Sie es von mir aus, wie Sie wollen – vielleicht gibt es kein Wort dafür. Es ist das, was wir in unsren besten Stunden ahnen, und besitzen. Und dafür – nur dafür – leben wir überhaupt. Hören Sie zu, Hartmann, was der alte Mann quasselt?

HARTMANN *still, einfach* Ja.

HARRAS Haben Sie je als Kind auf einer Wiese nach einem Schmetterling gejagt? Sehn Sie – da waren Sie hinter der Schönheit her. Diese kleine Wiese – mit dem verstaubten Straßengebüsch – das ist Ihre Heimat. Das – und der klare Bach, in den Sie Kiesel geworfen haben. Sind Sie nicht oft erschrocken, wenn das Ding hineinplumpste und verschwand? Unsere Heimat, Hartmann, ist die Erinnerung. Die gute und die böse. Die Wiesen und die Tümpel der Erinnerung – daraus wir uns Bilder machen, so groß wie Himmel und Hölle. Haben Sie eine Ahnung, wovon ich rede?

HARTMANN Ja.

HARRAS Ich rede von dir, mein Junge. Von dir, und von mir. Von uns Männern, sozusagen. Männer sind eine komische Tiergattung. Von Zeit zu Zeit packt sie der große Koller, und sie müssen ihn austoben. Wir verpassen ungern eine Gelegenheit, um übern Strang zu hauen. Der Krieg – ist eine unserer ältesten Ausreden dafür. Männer sind natürlich nie ganz normal. Bei uns ist immer eine Schraube los – oder was verdreht im inneren Mechanismus. Wir murksen hier herum, als ob wir dafür bezahlt würden. Wir bauen die Oberfläche der Welt nach eigenem Entwurf, und dann zerstören wir sie wieder, bis zum Souterrain – damit ein neuer Entwurf durchkommt, von dem wir keinen Dunst haben. Vielleicht der unserer Feinde. Vielleicht der des Besiegten. Der ursprüngliche Entwurf aber – nach dem es uns immer zieht – der ist schön. Er überwältigt uns, wo wir seine Zeichen sehn – auch wenn wir die Formel nicht begreifen. Warum sind Mineralien so schön? Und Nordlichter? Oder die Maserung in einem Stück Holz? Und was wir selber machen, voll Bosheit und Hintertücke – es hilft nichts – wenn es gelingt, ist es schön. Ein Panzerkreuzer ist schön. Und ein schwerer Bomber. Und eine Jagdmaschine – so schön wie ein Pferd im Sprung. Und eine Stahlbrücke über einen Fluß. Und ein alter wurmstichiger Bauernkasten. Ein Baum im Herbst. Und ein Gewitter. Und eine Sonnenblume. Und, manchmal, sogar ein menschliches Gesicht – Herrgott, Hartmann! Glaubst du mir nicht, daß es sich lohnt zu leben? Sehr lang zu leben? Ganz alt zu werden? *Er leert sein Glas.*

HARTMANN *hebt sein Glas bis zu den Lippen, ohne zu trinken. Er sitzt unbewegt, und es laufen Tränen über sein Gesicht.*

DETLEV *schaut herein – er hält einen Telephonapparat mit Steckanschluß in der Hand* Muß leider stören, Herr General. Sie werden verlangt. *Er schaltet den Apparat ein, legt gleichzeitig die zusammengefaltete Rechnung auf den Tisch, geht langsam zur Tür zurück.*

HARRAS *hat das Telephon aufgenommen* Hallo! Ja, Lyra, natürlich bin ich in Form. Rüberkommen? Ich weiß nicht recht. Sag mal – ist die Kleine noch da? Welche Kleine – dusselige Frage. Ja, bitte – möcht sie sprechen. *Er wartet einen Augenblick mit dem Apparat am Ohr – bringt mit der freien Hand eine Zigarette in Brand, summt nervös vor sich hin* Guten Morgen, Affenschmalz. Ja, ich habe dir was zu sagen. Ich dachte eben an die Veilchen, die du an der Brust getragen hast. Stell sie ins Wasser. Es wär zu schad, wenn sie kaputtgehn. Sie waren vorhin noch ganz frisch. Willst du? Wie? Werd ich mir pressen und aufheben, wie ein kleines Mädchen. Doch, das ist mein Ernst. Nein – ich komm noch rüber. Das gibt es nicht. Du bleibst natürlich. Also gut. Ganz sicher. In zehn Minuten. Auf Wiedersehn. *Er hängt ab – nimmt den Hörer noch einmal für eine Sekunde auf, lauscht hinein, legt ihn wieder zurück. Sein Blick gleitet zu Hart-*

mann hinüber. Dessen Kopf ist auf die Stuhllehne gesunken. Er sieht mehr aus wie ein Toter als wie ein Schlafender. Harras geht rasch zur Tür, pfeift – ruft Korrianke! – *Korrianke erscheint, hinter ihm Detlev und François.*

HARRAS *weist mit dem Kopf auf den schlafenden – oder erschöpften – Hartmann.*

KORRIANKE Sektleiche, Herr General?

HARRAS Nee, Übermüdung. Der Wein war vielleicht auch ein bißchen zu schwer. Bringen Sie ihn heim, Korrianke – legen Sie ihn ins Bett – sorgen Sie dafür, daß er schläft, und wenn ich komme, machen wir ihm ein ordentliches Frühstück, das ihn wieder hochbringt. Er muß um halb neun an die Front zurück.

KORRIANKE Der junge Mann sollte sich krank melden, Herr General. Der braucht ne Ausspannung.

HARRAS Das tut er nicht. Nu mach schon. Hauptsache, daß er noch 'n paar Stunden Ruhe hat. Schaffen Sie es allein?

KORRIANKE Ohne mit der Wimper zu zucken. *Er hebt Hartmann hoch, mit bärenhaften Armen, aber mit einer fast mütterlichen Umsicht, trägt ihn hinaus.*

HARRAS Nehmen Sie meinen Wagen, der ist besser gefedert. Und rufen Sie mir ein Taxi. *Er hat die Rechnung aufgenommen, schaut flüchtig darüber hin, nimmt einen großen Schein aus der Brieftasche, reicht ihn Detlev.*

DETLEV Werde sofort wechseln.

HARRAS Unsinn. Der Schnitt ist für euch beide.

DETLEV Das ist zuviel, Herr General. –

HARRAS Sie werden mich nicht mehr erziehen, Detlev. Wer als Verschwender geboren ist, stirbt als – naja. Ich bin zu müde für ein Bonmot. Gute Nacht.

DETLEV UND FRANÇOIS Gute Nacht, Herr General. Vielen Dank. Mille fois merci.

HARRAS *hebt noch einmal den Telephonapparat auf – lauscht hinein* Komisches Geräusch da drinnen. *Legt den Apparat wieder zurück – während er langsam hinausgeht, zur Wand lauschend* Tickt immer noch. Na – meinetwegen. *Ab.*

DETLEV UND FRANÇOIS *bleiben allein. François beginnt, die Kerzen zu löschen, pfeift leise vor sich hin. Detlev hat Harras nachgeschaut, wartet, bis man das Geräusch der abfahrenden Autos hört – dann geht er zum Telephon – wählt eine Nummer – wartet. François hört auf zu pfeifen – beobachtet ihn, an einem Glas Wein nippend, das stehengeblieben ist.*

DETLEV Hallo? Hier Detlev. Bitte Geheimstelle C, Nachtzentrale, Kommissar Degenhardt. – Jawohl, Herr Kommissar. Alles glatt abgelaufen. Aber es war ein kleines Nebengeräusch, das beinah aufgefallen wäre. Bitte sehr? Nur teilweise verständlich? Nicht meine Schuld, Herr Kommissar. Der Lärm, Sie wissen – jawohl. Zu Befehl. Pünktlich zur Stelle. *Hängt ab* Hat nur teilweise funktioniert. Technische Neuheit. Radiodiktaphon mit telephonischer Plattenübertragung. Noch nicht ausprobiert. Tickt 'n bißchen.

FRANÇOIS *leise* C'est dégoûtant.

DETLEV *fährt herum, starrt ihn an* Du, halt die Klappe und laß nur keinen falschen Triller raus. Wenn's der Otto erfährt, sollste was erleben. Der muß seine Unschuld bewahren, sonst verpatzt er alles.

FRANÇOIS C'est dégoûtant.

DETLEV *näher bei ihm, drohend* Dir hab ich in der Hand, Quadratpuppe. Willste vielleicht in 'n Gefangenenlager? Oder mang die Auslandsarbeiter in de Jaßfabrik? *Ruhiger* Glaubst du, ich mache das gern? Zum Kotzen is mir das. Aber – wat heißt hier Schweinehund. Hierzuland is jeder sich selbst der Nächste. Ich hab schon 1916 die Neese voll gehabt. Was willste machen, wenn einer daherkommt und hält dir ne Ansprache: »Nun, hören Sie mal zu, Mann. Sie als Kellner haben eine besondere Gelegenheit, dem Staate zu dienen.« – Und schaut dir so eiskalt ins Ooge. Da kannste nicht nein sagen, Mensch. Außerdem hab ich Familie.

FRANÇOIS Merde.

Zweiter Akt

Galgenfrist oder Die Hand

Die Wohnung des General Harras im »Neuen Westen«. Geräumiges Atelier im Dachgeschoß eines modernen Hauses. Es ist im Stil der Epoche, solide und handfest, doch mit etwas abenteuerlichem Charakter eingerichtet. Wenige gut gemachte Möbel: ein langer, schmaler Zeichentisch, von allerhand technischem Material bedeckt; ein Schreibtisch mit Akten, Broschüren, Telephon. Ein offener, rotgeziegelter Kamin, ein paar bequeme Sessel und Holzstühle, viel Rauchzeug, eine Couch mit Kamelhaardecken, ein Grammophonradio. Die Wände hell gestrichen, bis zur halben Höhe mit Büchergestellen verkleidet, darüber ein paar alte Lauten, eine Sammlung exotischer Schmetterlinge, eine vielfach durchlöcherte Schießscheibe, einige Holzschnitte und Tierbilder von Franz Marc. Da und dort die wilde Fratze einer afrikanischen Tanzmaske. In einer Ecke Beduinenlanzen, orientalische Flinten und Handwaffen, Bogen und Pfeile, ein arabischer Sattel, eine Negertrommel.

Ein kleiner Nebenraum, nach Art einer Werkzeug- oder Umkleidekammer an das Atelier anschließend und durch eine bewegliche Bambuswand halb abgedeckt, ist als Bar eingerichtet, deren Rahmen aus angesplitterten Propellern und allen möglichen Bruchstücken zerschossener oder abgestürzter Flugzeuge besteht. Sie ist auch innen mit phantastischem Gerümpel, Kriegs- und Reisetrophäen, Photographien von Fliegern, Mädchen und wilden Tieren vollgestopft.

Türen rechts und links vorne führen zur Küche und zum Flur.

Es ist später Nachmittag, aber noch hell, kurz vor der ersten Dämmerung. Durch die hohen Glasfenster der Rückwand sieht man den winterlich weißen, blendenden Himmel über der Stadt Berlin. Die schweren Verdunkelungsvorhänge sind zurückgezogen.

Korrianke steht reglos am Fenster, beobachtet mit einem Feldstecher die Straße drunten. Lüttjohann, rauchend, geht mit hastig nervösen Schritten im Raum auf und ab, immer bis zur gleichen Stelle und wieder zurück.

LÜTTJOHANN *nach einer Weile, bleibt stehen, schaut auf die Armbanduhr* Verdammt. Das ist nicht auszuhalten. *Stampft mit dem Fuß, geht zum Telephon, wählt eine Nummer* Hallo, Luftfahrt. Hier spricht Hauptmann Lüttjohann. Geben Sie mir Apparat 12–96. – Oderbruch? – Was Neues? – Nein, hier auch nicht. – Ich sage Ihnen doch, um zehn Uhr früh bekam ich die Order, mich in seiner Wohnung bereitzuhalten. Ohne nähere Angaben. Jetzt ist es fünf. – Jaja, Gerüchte, Gerüchte. Die ganze Weltgeschichte ist nur ein Gerücht. Nur daß es manchmal stimmt. Natürlich. Sobald ich was weiß. *Hängt ab* Verdammt. *Beginnt wieder auf und ab zu gehen.*

KORRIANKE *hat den Feldstecher abgesetzt und dem Gespräch gelauscht. Jetzt nimmt er ihn auf, starrt wieder auf die Straße.*

LÜTTJOHANN Lassen Sie das, Mensch! Es ist ganz sinnlos. Sie machen mich rasend. Das ist doch keine Regatta!

KORRIANKE *düster* Nur keine Nervenkrise, Herr Hauptmann, Sie warten seit sieben Stunden. Ick warte seit vierzehn Tagen. Da hieß es: La rue – die Ruhe.

LÜTTJOHANN Er macht mich rasend. La rue, die Ruhe. Wissen Sie, was mein alter Kommandeur immer gesagt hat? Mensch, Sie hätten Baumeister werden sollen. Ihnen fällt nichts ein.

KORRIANKE *fast schreiend* Seit vierzehn Tagen! Und et kam wie der Blitz ausm Blauen! Wir hatten 'n kleenen Ausflug vor, Kohlhasenbrück, Wagen volljetankt und allens – plötzlich kommt er rauf, alleene, bißchen grün um die Kiemen, und sagt: Korriandoli, mal rasch die kleine Handtasche, Zahnbürste und Nachtzeug genügt, ich muß 'n paar Tage verreisen. Und keen Wort weiter. Und raus. Ick luchse runter – wat seh ick? Benz Mercedes, Modell 41, schwarze Limousine mit Luxuskarosserie, Reichsflagge, Parteiabzeichen, SS-Wimpel, rotes G wie Gustav in weißer Gösch. Da denke ich: dicke Luft, denke ich da.

LÜTTJOHANN Das haben Sie mir jetzt genau achtzehnmal erzählt. Beim neunzehnten Mal bekomme ich einen Schreikrampf! *Kramt in seinen Taschen, bringt eine leere Zigarettenschachtel zum Vorschein* Teufel. Das war die letzte. *Schmeißt die Schachtel weg.*

KORRIANKE *stockend* Herr Hauptmann – Hand aufs Herz – Glauben Sie's? Oder glauben Sie's nicht?

LÜTTJOHANN Gar nichts glaub ich. Was soll ich denn glauben? Offiziell heißt es, er ist an der Ostfront, und das glaubt keener. Aber das ist noch lange kein Grund für Ihre Miesmacherei.

KORRIANKE Ick mach ja nich mies, Herr Hauptmann. Nich direkt mies. Aber im Ausland soll es in der Zeitung jewesen sein, und im britischen Radio hat es jeheißen –

LÜTTJOHANN Is ja Quatsch. Das haben seine Freunde vom Pressestammtisch in der Taverne lanciert, weil sie sich einbilden, daß ihm das hilft. Blödsinn, so was. Kann genau das Gegenteil bewirken.

KORRIANKE Ick weiß doch Bescheid. Ick war doch selber drin. Du rufst Heil Hitler, sagt einer zu mir – ick beiße die Zähne zusammen, damals hatt ick se noch. Krach, ha ick den Kolben in der Fresse. – Wenn er mir nicht rausjeholt hätte – die hätten mir Stück für Stück fertiggemacht. Ohne mit der Wimper zu zucken.

LÜTTJOHANN Das traun sie sich nicht, mit einem General. Das beginnt erst vom Hauptmann abwärts. Ich sag dir, mein Junge, er wickelt sich raus, er kommt zurück, heut noch, warum hätten sie mich sonst hierher beordert. Vielleicht um die Asche in Empfang zu nehmen? Die schickense per Post. *Beginnt wieder hin und her zu rennen.*

KORRIANKE Der Fahrstuhl! Psst! Der Fahrstuhl geht –

Man hört durch die offene Flurtür das surrende Geräusch des Fahrstuhls. Beide lauschen.

LÜTTJOHANN Er kommt rauf.

KORRIANKE *rennt hinaus.*

Ein Mann in Zivil kommt hastig herein. Er hat den Hut tief ins Gesicht gedrückt. Korrianke dicht hinter ihm.

KORRIANKE Halt, halt, wer sind Sie denn überhaupt?

LÜTTJOHANN *Hand am Revolver* Bleiben Sie stehn. Was wollen Sie hier?

DER MANN *schlägt die Hutkrempe zurück* Hello, Cap'n. How d'you do?

LÜTTJOHANN Buddy! Das sind Sie!

LAWRENCE Ja, immer noch. Ganz gesund, nur etwas kurz mit Luft. Die hatten mir einen Schatten angehängt, aber ich habe mich verrochen.

LÜTTJOHANN Verduftet.

LAWRENCE O ja, so blöd, verduftet natürlich. Verduftet. *Wirft sich erschöpft auf einen Stuhl, beginnt zu rauchen. Er ist Mitte der Zwanzig – sein Gesicht, mit klugen, etwas betrübten Augen, wirkt sauber und klar geschnitten, obwohl es jetzt unrasiert und verstaubt ist. Spricht fließend, fast ohne Akzent.*

LÜTTJOHANN Regen Sie sich ab, Korrianke, Sie kennen doch Buddy Lawrence, oder nicht? Unseren Freund von der New Yorker »Judenpresse«.

LAWRENCE Gewesen, Cap'n. Gewesen. Schreibverbot, seit gestern abend. Warte auf meine Ausweisung. Hoffentlich kommt sie noch recht.

LÜTTJOHANN Weil Sie die Meldung gebracht haben – über Harras?

LAWRENCE Das war nur der Schaum auf dem Bier. Mein Maß war voll. *Er lacht.*

KORRIANKE Sie – Herr – Mister – haben Sie das berichtet, daß General Harras tot wäre? Wie kommen Sie dazu? Was wissen Sie von ihm? Wo ist General Harras?

LAWRENCE Das wollte ich Sie fragen. Deshalb bin ich ja hier. In den Mittagsblättern steht, General Harras soeben von einer Frontinspektion zurück. Gesehn hat ihn keiner. Und die Geschichte, daß er liquidiert worden sei, hatten wir aus der Front.

LÜTTJOHANN Aus der Front? Dort sinse abergläubisch. Dort hamse zuviel Zeit. Dort fressense zu viele Bohnen. Dort hokkense stundenlang auf Latrine rum und drucksen Jerüchte aus. Is ja nich wahr. Kann ja nicht wahr sein. Oder kann es? Kann es?

LAWRENCE *zuckt die Achseln* Ich dachte, wenn es nicht wahr ist, dann macht es wenigstens Stunk und man fragt nach ihm. Manchmal hat so was genutzt. Manchmal nicht. – *Er drückt seine halbgerauchte Zigarette aus.*

LÜTTJOHANN Was halten Sie von einem Tauschhandel, Sir? Zwo Zigaretten gegen einen Kognak.

LAWRENCE Gute Idee.

KORRIANKE Kognak Fehlanzeige, Herr Hauptmann. Besserer Stoff verdunstet, nicht nachzukriegen. Nur Schwarzwälder Kirsch, aber knorke. Neunundneunzig Prozent, Marke Totenkopf. *Schenkt ein.*

LAWRENCE Klingt der Lage entsprechend. Danke. *Trinkt* Das war höchste Zeit. Auf dem Kaiserdamm bin ich vom Bus gesprungen und zehn Blocks zickzack gelaufen. In meiner Wohnung sind sie auch schon. Aber ich wurde gewarnt.

LÜTTJOHANN Warum gehen Sie nicht auf Ihre Gesandtschaft?

LAWRENCE Stuffed shirts. Nur im Notfall. Ich habe die Wartesäle sämtlicher Berliner Bahnhöfe abgeschlafen. Es war sehr interessant. *Er gähnt.*

KORRIANKE Psst! Der Fahrstuhl!

Alle lauschen. Gleich darauf läutet die Türglocke.

LÜTTJOHANN Mensch, renn doch!

KORRIANKE Det is er nich. Er hat 'n Schlüssel mit.

LÜTTJOHANN Aaskram, verdammter. Vielleicht hat er ihn verloren.

KORRIANKE Macht er nich. Nicht im Traum.

Es läutet wieder. Korrianke geht.

LÜTTJOHANN Wäre es nicht gescheiter, Sie würden sich verflüchtigen? *Weist auf die Küchentür* Man kann nie wissen –

LAWRENCE Ausgeschlossen. Zu neugierig.

Beide starren auf die Tür. Herein tritt Schmidt-Lausitz in seiner schwarzen Parteiuniform. Er steht einen Augenblick im Türrahmen, mustert die beiden ohne Gruß. Korrianke dicht hinter ihm.

DR. SCHMIDT-LAUSITZ *nimmt seine Mütze ab, dreht sich plötzlich mit einem scharfen Ruck zu Korrianke um, reicht ihm die Mütze* Aufhängen.

KORRIANKE *murmelt* Mit Genuß. Ohne mit der Wimper zu zukken. *Bringt die Mütze hinaus.*

DR. SCHMIDT-LAUSITZ *tritt näher, hebt kurz die Hand* Heil Hitler.

LÜTTJOHANN *grüßt militärisch.*

LAWRENCE Howdy.

DR. SCHMIDT-LAUSITZ *wendet sich zu ihm* Ich bin keineswegs überrascht, Sie hier zu finden. Wir sind über jeden Ihrer Schritte informiert.

LAWRENCE Die amerikanische Gesandtschaft desgleichen, Herr Kulturleiter.

DR. SCHMIDT-LAUSITZ Das ist sehr umsichtig gehandelt. Sollte Ihnen ein Unfall zustoßen, ein Straßenunfall zum Beispiel, so ersparen Sie dadurch den Behörden die Mühe der Nachforschung und der Identifikation.

LAWRENCE An einen Straßenunfall hatte ich dabei nicht gedacht.

DR. SCHMIDT-LAUSITZ Dann sollten Sie vorsichtiger sein. Mit Abspringen von Fahrzeugen, und so weiter. Es könnte Ihnen leicht etwas passieren.

LAWRENCE Keine Sorge. Ich bin gewohnt, auf mich aufzupassen.

DR. SCHMIDT-LAUSITZ Desto besser für Sie. *Verändert, fast freundlich* Ich nehme an, Sie sind schon um Ihr Ausreisevisum eingekommen? Als Mensch würde ich ihnen raten, sich damit zu beeilen.

LAWRENCE Sie sind als Mensch sehr liebenswürdig, Herr Doktor. Wie Sie sehen, mache ich bereits Abschiedsbesuche. Es scheint allerdings etwas schwierig, seine Freude zu Hause anzutreffen. Lebendig, meine ich.

DR. SCHMIDT-LAUSITZ Wenn Sie sich von General Harras verabschieden wollen – dann hätten Sie sich besser in die Adlon-Bar begeben. Es dürfte Sie interessieren, daß er auf seiner Rückfahrt dort haltgemacht hat, um den Vertretern der Auslandspresse über seine Inspektionsreise an die Ostfront zu berichten. Natürlich nur der wahrhaft neutralen Auslandspresse.

LAWRENCE Zu der zu gehören ich nicht mehr die Ehre habe.

DR. SCHMIDT-LAUSITZ Sofern Sie es für eine Ehre halten, so hatten Sie sie nie. Ich halte es für eine Ehre. – Jedenfalls ist mit diesem Presseempfang auch aller künftigen Gerüchtemacherei die Spitze abgebrochen.

LAWRENCE Vorschußdementi? Genau wie bei einer geplanten Invasion.

DR. SCHMIDT-LAUSITZ Das können Sie auffassen, wie Sie wollen. Ihr Standpunkt interessiert hier nicht mehr. *Wendet sich an Lüttjohann* General Harras wünscht seine Amtsgeschäfte unmittelbar wieder aufzunehmen. Bevor Sie ihm Bericht erstatten, möchte ich Sie auf die große Verantwortlichkeit seiner derzeitigen Untersuchungen aufmerksam machen. Sie ruht nicht nur auf ihm, sondern auch auf seinen persönlichen Mitarbeitern.

LÜTTJOHANN Verstehe.

DR. SCHMIDT-LAUSITZ Vielleicht nicht ganz. Sollten Sie zum Beispiel gewisse Beobachtungen gemacht haben, mit denen Sie den General nicht sofort behelligen möchten – so stehe ich Ihnen zu einer vertraulichen Aussprache jederzeit zur Verfügung. Sie können das vorteilhaft finden.

LÜTTJOHANN Ich finde es überflüssig.

DR. SCHMIDT-LAUSITZ Wie Sie meinen. Sie werden es sich überlegen. Ich selbst habe mit General Harras einige allgemeinere Punkte zu erörtern, sobald er eingetroffen ist.

LÜTTJOHANN Ohne Zeugen, vermutlich.

DR. SCHMIDT-LAUSITZ Ich nehme an, daß General Harras ein Gespräch unter vier Augen vorzieht. Im übrigen – was gibt's?

KORRIANKE, *der an der Tür stand, hat erregte Zeichen gemacht* Fahrstuhl! Fahrstuhl! *Kurze Stille, dann läutet die Türglocke – Korrianke geht enttäuscht. Gleich darauf hört man ihn draußen eine Art Juchzer ausstoßen, der auch ein Schmerz- oder Schreckensgebrüll sein könnte. Alle sind aufgefahren. – Dann hört man ihn schreien* Hauptmann! Zockzock! Det isser!

LÜTTJOHANN *wischt sich den Schweiß* Heilige Seekuh – ich kann ja nich mehr loofen. *Stolpert hinaus.*

DR. SCHMIDT-LAUSITZ *mit spöttischem Blick zu Lawrence* Die Toten stehen auf. Werden Sie jetzt einen Geist sehen?

LAWRENCE Vielleicht eher einen »Toten auf Urlaub«.

DR. SCHMIDT-LAUSITZ Das sind wir alle. Es kommt nur auf die Befristung an. Unser Führer stellt längere und kürzere Urlaubsscheine aus.

LAWRENCE Und Gott hat dabei wohl gar keine Funktion.

DR. SCHMIDT-LAUSITZ Der darf sie unterschreiben.

LAWRENCE Fast wie der alte Hindenburg.

DR. SCHMIDT-LAUSITZ So ähnlich.

Er macht kurzen Hitlersalut, während Harras hereinkommt, mit Lüttjohann und dem strahlenden Korrianke, der Mantel, Mütze, Handtasche trägt und mit der freien Hand sofort ein großes Glas Kirschwasser einschenkt. Harras in feldgrauer Dienstuniform, scheint unverändert, nur etwas blaß, und die Lidränder gerötet, wie von Schlaflosigkeit.

HARRAS *im Eintreten* Nee, Kinder, einen Schlüssel hab ich noch nie verloren. Auch kein Feuerzeug. Auch keinen Korkenzieher. Ich verliere nur Geld. Für den Schlüssel hat man sich anderweit interessiert. *Schaut Schmidt-Lausitz an* Wenn Sie vielleicht eine Idee haben, wer auf heimliche Besuche in meiner Wohnung erpicht ist, dann sagen Sie den Betreffenden, das Schloß wird heute noch geändert.

KORRIANKE *faßt in die Hosentasche* Kleinigkeit. Patentschloß immer zur Stelle. Brauch ick nur auszuwechseln.

DR. SCHMIDT-LAUSITZ Ich weiß nicht, wovon Sie reden.

HARRAS Nicht wichtig. Das war aus ner Detektivgeschichte. Hey Buddy! What are you doing here?

LAWRENCE Looking for troubles, I guess. Too bad to see you alive. Ich hab meinen Pokergewinn von zwei Kriegsjahren gegen eine Reichsmark gewettet, daß die Gerüchte stimmen.

HARRAS *zwischen den Zähnen* Double your bet – and wait a few weeks. Sie verstehen doch englisch, Herr Doktor? Oder?

DR. SCHMIDT-LAUSITZ Selbstverständlich. Aber ich denke, in Deutschland wird deutsch gesprochen.

HARRAS That's correct. Have a drink, Buddy. You look rather worn out.

LAWRENCE I think I'd need a shave. That'll fix me up. May I use your conveniences?

HARRAS Of course. Courtesy of the Luftwaffe. *Zu Korrianke* Mr. Lawrence möchte sich rasieren. Pack meinen Kinnhobel aus und zeig ihm das Badezimmer.

LÜTTJOHANN Ich werde mir erlauben, den Schaum zu schlagen.

KORRIANKE *im Abgehen zu Lawrence* Come along, old fellow, have a good shave. Sure I speak English, and how, I worked as a truck driver in Milwaukee? Know Milwaukee? Oh boy, oh boy. *Verschwindet mit Lawrence und Lüttjohann.*

HARRAS *verändert, bleibt vor Schmidt-Lausitz stehen, starrt ihn an. Spricht leise, mühsam beherrscht* Ich kann mich nicht erinnern, daß ich Ihnen erlaubt hätte, hierherzukommen.

DR. SCHMIDT-LAUSITZ Ich habe Sie nicht um Erlaubnis gebeten, Herr General. Ich muß jedoch in Ihrem eigenen Interesse –

HARRAS Was kümmert Sie mein Interesse? Die Komödie ist vorüber, abschminken kann ich mich allein. Was wollen Sie noch?

DR. SCHMIDT-LAUSITZ Es handelt sich um ein paar Worte, dienstlicher Natur. Eine Übermittlung, zu der ich beauftragt bin.

HARRAS Befehlsübermittlung?

DR. SCHMIDT-LAUSITZ Das ist Auffassungssache.

HARRAS Dann kann ich Ihnen jetzt schon sagen, daß ich von Ihnen keine Orders entgegennehme.

DR. SCHMIDT-LAUSITZ Schade. Sie scheinen den Ernst der Lage immer noch nicht begriffen zu haben.

HARRAS Glauben Sie, ich halte das für ein Pfänderspiel? Nach vierzehn Tagen Prinz Albrecht-Straße? Bilden Sie sich ein, Sie könnten mir drohen? Dann hinken Sie nach. Damit bin ich bedient. Direkt vom Küchenchef.

DR. SCHMIDT-LAUSITZ Ihr Auftreten und Ihre körperliche Verfassung beweisen, daß Sie sich über Ihre Behandlung nicht zu beklagen haben.

HARRAS Ich soll mich wohl noch bedanken, daß ihr mir nicht das Nasenbein eingeteppert habt? Ihr würdet mir doch mit Wonne die Eier zerquetschen, genau wie all den andern – wenn ich nicht ein paar Freunde im Generalstab hätte, die Krach schlagen könnten. Und die Scheinwerfer über meiner Pritsche haben mir genügt, für ein Pröbchen. Nur glauben Sie ja nicht, ihr hättet mich kleingekriegt. So nicht, mein Junge.

DR. SCHMIDT-LAUSITZ Da Sie es vorziehen, eine deutliche Sprache anzuschlagen, darf ich wohl in der gleichen Tonart erwidern. Ich würde mich an Ihrer Stelle auf Freunde im Generalstab nicht allzusehr verlassen. Noch weniger auf die Freunde im Ausland, und auf die öffentliche Meinung. Die – lassen Sie unsere Sorge sein. Sie haben Ihre vorläufige Freilassung rein sachlichen Erwägungen zu verdanken, die ich beauftragt bin, Ihnen auseinanderzusetzen.

HARRAS Ich habe das Wort »vorläufig« zur Kenntnis genommen. Auch ohne das würde ich meinen derzeitigen Zustand nicht mit Freiheit verwechseln. *Setzt sich auf einen Stuhl, mit dem Rücken zu Schmidt-Lausitz.*

DR. SCHMIDT-LAUSITZ Ihre derzeitige Lage gibt Ihnen Gelegenheit zu einer völligen Rehabilitierung, Herr General. Allerdings ist damit eine unwiderrufliche Befristung verbunden. Die Sabotageakte in der Flugzeugproduktion, für die Sie als Leiter des technischen Amtes verantwortlich sind, müssen innerhalb von zehn Tagen endgültig aufgeklärt und abgestellt werden.

HARRAS, *ohne sich umzudrehen* Andernfalls?

DR. SCHMIDT-LAUSITZ Es gibt kein Andernfalls. Die Untersuchung, zu der die Staatspolizei Sie in Gewahrsam nehmen mußte, hat bisher keinen vollen Beweis gegen Sie erbracht. Es besteht jedoch der Verdacht, daß Sie staatsfeindliche Elemente decken oder ihnen durch bewußte Laxheit in ihrer Verfolgung Vorschub leisten. Das wäre genauso verwerflich, moralisch sogar verwerflicher als das Verbrechen selbst. Sie haben zehn Tage, um diesen Verdacht zu entkräften – durch eine restlose Aufhellung des Falles, der somit eine persönliche Existenzfrage für Sie ist. Man verspricht sich davon eine beschleunigte Erledigung, so oder so.

HARRAS Das heißt zehn Tage Galgenfrist.

DR. SCHMIDT-LAUSITZ Frist genügt. Auf den Galgen brauchen Sie sich nicht unbedingt zu kaprizieren.

HARRAS Sie meinen, es gibt auch andere Mordmethoden.

DR. SCHMIDT-LAUSITZ Das überschreitet den Rahmen einer

dienstlichen Information. Ich hoffe, Sie wissen jetzt, woran Sie sind.

HARRAS *antwortet nicht, raucht.*

DR. SCHMIDT-LAUSITZ Persönlich möchte ich noch hinzufügen –

HARRAS Danke. Bekannt.

DR. SCHMIDT-LAUSITZ Sie werden es trotzdem hören. Persönlich würde ich keine zehn Tage – und keine zehn Minuten zögern, einen Menschen wie Sie unschädlich zu machen.

HARRAS Gegenseitig.

DR. SCHMIDT-LAUSITZ Das weiß ich. Ich weiß, daß Sie in mir einen Todfeind erblicken. Sie haben recht. Für uns beide ist kein Platz unter der Sonne.

HARRAS Auch nicht unter meinem Dache. Soll ich gehen?

DR. SCHMIDT-LAUSITZ Ihre Arroganz ist verfehlt. Ihr Spott trifft daneben. Ihr Spiel ist aus. Sie werden uns nicht um die Früchte unseres Kampfes betrügen. Sie haben geglaubt, Sie könnten hier den Rahm abschöpfen, um sich daran fettzuschlecken – und uns mit dem Sudel in den Sauftrog schütten. Sie haben sich verrechnet. Es kommt umgekehrt.

HARRAS *gleichmütig* Möglich. Es kommt immer umgekehrt. Das Rad dreht sich, solange es rollt.

DR. SCHMIDT-LAUSITZ Für Sie wird sich das Rad nicht mehr drehen. Nicht mehr nach oben. Sie und ihresgleichen haben lange genug auf uns herabgeschaut. Wir aber schauen nicht lange herab. Wir treten.

HARRAS Und zwar in die Weichteile. Und immer nur auf Wehrlose. Rottenweise, in geschlossener Formation, mit Genehmigung der Behörde. *Er schaut ihn an, mit einem fast erstaunt angeekelten Blick* Und so was will die Welt beherrschen. Ihr werdet euch wundern.

DR. SCHMIDT-LAUSITZ Vorläufig wundern sich die andern. Sie aber, General Harras, brauchen sich auf Ihren persönlichen Mut nichts einzubilden. Den kann jeder haben. Und was Ehre ist, das bestimmen wir. Verachten Sie uns, wenn Sie sich's leisten können. Wir zahlen zurück.

HARRAS *nimmt einen Revolver aus der Tasche, entsichert ihn.*

DR. SCHMIDT-LAUSITZ *hastig zur Tür* Ich warne Sie, General Harras! Stürzen Sie sich nicht ins Verderben!

HARRAS Keine Sorge. Ich versuche nur, meine Nerven zu kontrollieren. *Er zielt nach der Scheibe, schießt mit übergeschlagenen Beinen.*

KORRIANKE UND LÜTTJOHANN *stürzen herein.*

HARRAS Der Herr möchte gehen. Fahrstuhl.

LÜTTJOHANN *mit einem Blick auf die Scheibe* Dreiundzwanzig. Nicht übel.

HARRAS Nicht gut genug. *Schießt noch einmal.*

LÜTTJOHANN Peng. Ins Schwarze.

HARRAS Allright.

DR. SCHMIDT-LAUSITZ *ohne Gruß rasch ab. Korrianke und Lüttjohann folgen. Man hört das Geräusch des Fahrstuhls.*

HARRAS *steckt den Revolver ein, nimmt das volle Glas. Seine Hand zittert ein wenig. Er schüttelt den Kopf, leert es, lehnt sich zurück. Lüttjohann und Korrianke kommen herein.*

LÜTTJOHANN Es ist ein technischer Fehler, daß hier oben die Fahrstuhltür nicht aufgeht, wenn der Lift im Keller ist. Den hätten wir gern mal abspringen lassen, unter dem Ausruf: Fallschirm wird nachjeliefert.

KORRIANKE Pech, daß ich keen Hausmeisterschlüssel habe. Ick hätt ihm 'n sanften Schubs gegeben – ohne mit der Wim –

HARRAS Schnauze. Mach mal lieber das Fenster auf. Laß frische Luft herein.

KORRIANKE Vielleicht treff ich ihn noch! *Läuft rasch zum Fenster, reißt es auf, spuckt hinunter* Pech. Pech. Zuviel Wind. Schon abgetrieben.

HARRAS *müde* Da siehst du. Mit denen ist das Wetter im Bund. Dagegen kommt man nicht auf.

KORRIANKE *verändert – weiß – mit geballten Fäusten* Wenn Ihnen was passiert wäre, Herr General – ich – ich weiß nicht, was ich –

HARRAS Is gut, Korriandoli. *Geht zu ihm, steckt ihm eine Zigarette in den Mund* Hier, rauch mal eine. Immer ruhig und tief atmen, hat der Doktor gesagt, als er den Gashahn aufdrehte. Wie steht's denn hier im Bau? Sind wir schallröhrensicher?

KORRIANKE *grinst* Zwei sogenannte Telephonarbeiter sind dagewesen. Störungstrupp von der städtischen Zentrale. Hätten Se filmen sollen, wie ick die kühl anjelächelt habe. Hier keen Bedarf, hab ich gesagt. Det kleene Mikrophon, ha ick gesagt, det gewisse Elemente vor drei Wochen hier einjebaut haben, wenn Se deshalb kommen, det ham wer schon selbst wieder rausjepolkt. Da brauchen Sie Ihnen nicht zu bemühen. Wir sind jelernte Techniker. Sinse abjezogen. Ma im Amt Meldung mache, hat der eene jemurmelt.

HARRAS *lacht, haut ihm auf die Schulter* Recht so. Die sollen sich nur nicht einbilden, daß wir die alten Tricks nicht kennen. Sollen sich mal was Neues ausdenken, daß wir 'n bißchen Abwechslung haben. *Wendet sich zu Lüttjohann* Alsdann, ungeflüstert. Die Scheiße steht uns bis zum Kinn und scheint im Steigen begriffen.

LÜTTJOHANN Da werden wir wohl 'n Stückchen wachsen müssen.

HARRAS Ich habe eher das Gefühl, ich wachse unter mich. Wie waren die Kommentater im Geschäft?

LÜTTJOHANN Eisiges Schweigen überm Nebelmeer. Der Kesselring hat mit dem Chef palavert und ist durch die Korridore gestelzt, als hätt er ne Zeitbombe im Hintern. Jeder hat in die andere Richtung geschaut. Alle hatten das Visier runtergelassen. Mit Ausnahme von Oderbruch. Der hat natürlich durch die Erbsensuppe gesehen. Als die Meldung kam, General Harras an die Front abgezischt, allein, ohne Stab und so weiter, da ist er kalkweiß geworden. Wir haben gedacht, er macht schlapp. Und dann hat er fast jede Nacht durchgearbeitet – ich hab versucht mitzuhalten, aber wenn mir die Augendeckel runtergeklappt sind, hat er noch Material mit nach Hause genommen.

HARRAS Ja – er ist der Beste. Irgendein Ergebnis, bis jetzt?

LÜTTJOHANN Nichts Greifbares – was die Belegschaften anlangt. Von der technischen Seite versteh ich nicht genug.

HARRAS Neue Unfälle vorgekommen?

LÜTTJOHANN Keine Meldung mehr eingelaufen. Hat plötzlich aufgehört – seit etwa vierzehn Tagen.

HARRAS Seit etwa vierzehn Tagen. Das ist unheimlich. Das riecht nach einer ganz verteufelten Planmäßigkeit. Aber wo – wo steckt die Wurzel?

LÜTTJOHANN Hauptsache, daß Sie wieder die Tête reiten. Jetzt werden wir den Fuchs schon hetzen.

HARRAS *leise, mehr zu sich* Ich glaube – es hat keinen Zweck mehr. Ich glaube – es hat keinen Zweck. Es hat keinen Zweck.

LÜTTJOHANN *schaut ihn an – beißt sich auf die Lippe.*

KORRIANKE *hat eine lockere, weiche Wildlederjacke gebracht, die Harras mit dem Uniformrock vertauscht* Mufti, Mufti. Janz wie bei Muttern.

HARRAS Danke. Was macht unser Yank?

KORRIANKE Hat sich auf 'n Diwan zusammengerollt und pennt wie ne Holzratte. Selbst das Schießen hat er nicht gehört.

HARRAS Laß ihn schlafen. Der darf nicht mehr allein auf die Straße. Wir müssen ihn irgendwie auf die Gesandtschaft bugsieren. Er weiß zuviel. *Das Telefon läutet, Korrianke nimmt es rasch, bevor Harras danach reichen kann.*

KORRIANKE Hier da, wer dort? Woll woll, jewiß doch. Prompt einjetroffen, was hat der alte Osterhase prophezeit? Frisch wie Oskar, gewaschen und rasiert – wie, schlafen? Kommt nich in Frage. Klar, selbstverständlich, dalli, dalli, zockzock. *Hängt ab.*

HARRAS Wer war denn das?

KORRIANKE *strahlend* Das möchten Herr General gern wissen.

HARRAS Na sag schon. Was ist da los?

KORRIANKE Bedauerlicher Mangel an Beobachtungsgabe und Kombinationsvermögen, Herr General.

HARRAS Hör mal – willst du mit mir Blindekuh spielen?

KORRIANKE Glänzende Idee! Kalt oder heiß. Bitte gehorsamst, die Augen zu schließen und durch geblähte Nasenflügel zu atmen. Langsam vorrücken, schnüffeln, schnüffeln. Riechen Se nichts?

HARRAS Nee, was denn, hast du vielleicht 'n Limburger aufgetrieben?

KORRIANKE Herr General haben wieder mal kein Organ für das Feine. *Hält ihm eine kleine Blumenvase vors Gesicht.*

HARRAS *öffnet die Augen* Hm, Veilchen. – Das hätt ich wirklich nicht von selbst bemerkt. Ist sie da gewesen?

KORRIANKE Jeden Tag Schlag fünf nach der Probe. Ob ich Nachricht habe, ob's was Neues gibt, ob ich weiß, wo Sie sind und wann Sie wiederkommen. Manchmal hab ick 'n bißchen geschwindelt. Und denn hab ick ihr Jeschichten erzählt, von Herrn Generals Kindheit, und so weiter.

HARRAS Kindheit? Wir kennen uns doch erst seit Verdun.

KORRIANKE Is ja ganz gleich, spielt ja keene Rolle. Als Kinder warn wir alle schön. Man weiß doch, was sone junge Dame hören möchte. *Schnalzt mit den Lippen* Klasse, Herr General.

HARRAS Korrianke, du entwickelst dich ja zur Kuppelmutter.

KORRIANKE Da war nich mehr viel zu kuppeln, Herr General. So was kuppelt sich janz von alleene. *Es läutet.* Aber bitte bißchen Zartgefühl, fürn Anfang. Das kleine Fräulein hat sich furchtbar aufgeregt. *Läuft hinaus.*

LÜTTJOHANN Hier scheint Diskretion am Platze zu sein. Ich ziehe mir unter Protest in meine Vorhaut zurück.

HARRAS Mach schon, mach schon. *Trinkt rasch einen Kirsch.*

KORRIANKE Odol wäre ratsamer –

HARRAS Raus!

Lüttjohann verschwindet durch die andere Tür – während Korrianke vom Flur Diddo hereinläßt und sich hinter ihr zurückziehen will. Aber Diddo hält ihn an seiner großen Hand fest, wirft ihm plötzlich die Arme um den Hals, küßt ihn auf die Wange.

KORRIANKE *über ihren Kopf weg* Platzpatrone, Herr General. Nicht für mich persönlich gemünzt. Mein liebes Fräuleinchen, jetzt nur keine Nervenkrise. Sie wissen – wenn das Steuer verreißt und die Bremse versagt, dann heißt es, dem Schicksal ins starre Auge gesehen – ohne mit der Wi –

HARRAS Schnau –

KORRIANKE ze! *Rasch ab.*

DIDDO *halb lachend – wischt sich die Augen* Ich heule ja gar nicht. Ich will absolut nicht heulen. Ist es nicht widerlich, daß man heulen muß, wenn man sich freut?

HARRAS *geht zu ihr hin* Das nenn ich doch nicht geheult, die paar Tröpfchen Weihwasser. Das ist Familientraditon. Ebenso das Küssen ungefährlicher Symbolfiguren. Ich kenn das von Tante Olly. Schmatzt sie immer noch die alten Souffleusen ab, wenn sie ganz jemand anderen meint?

DIDDO *lacht erleichtert* Manchmal auch mich – wenn grad kein »Alterchen« in der Nähe ist. Als Kind hat mich das gekränkt. Jetzt kann ich's verstehn! – Sie wollte unbedingt mit raufkommen, wir waren an der U-Bahn Wittenberg verabredet. Aber ich hab sie versetzt. Hoffentlich wartet sie recht lange, eh sie nachfährt. Ich mußte ihr ja sagen – was ich von Korrianke gehört hatte. Sie – sie hat sich doch schreckliche Sorgen gemacht.

HARRAS Unfug. Was braucht sie sich aufzuregen, wenn ich mal an die Front fliege. Ich fliege doch schon ein Vierteljahrhundert in der Luft herum, und mir ist nie was passiert.

DIDDO *leise* Wir haben gefürchtet, es könnte wahr sein – was geflüstert wurde.

HARRAS Und wenn es gestimmt hätte – wäre das wirklich – so schlimm für dich?

DIDDO *senkt den Kopf* Sonst wäre ich doch nicht hier.

HARRAS *sehr ernst* Glaubst du mir, wenn ich dir sage, daß mir nie etwas Besseres widerfahren ist? Bitte, glaub mir das.

DIDDO Ich glaub es. Ich will es glauben. Ich kann mir nicht denken – was es für dich bedeuten soll. Aber für mich – ist es alles.

HARRAS Und dabei schaust du mich noch nicht einmal an.

DIDDO Nein – das ist zuviel verlangt. Aber ich möchte dich anschauen. Ganz gründlich. Ich kenn dich ja kaum! Kannst du nicht mal woanders hinsehen? Vielleicht zum Fenster hinaus?

HARRAS *dreht sein Gesicht zum Fenster* Sonnenuntergang – wie auf Bestellung.

DIDDO Jetzt schau ich dich an.

HARRAS Immer noch?

DIDDO Immer noch. Und du kannst dich ruhig wieder herumdrehen.

HARRAS *sieht ihr ins Gesicht* Du hast dich – verändert. Du bist älter geworden. Schöner geworden.

DIDDO Weißt du, warum?

HARRAS *nickt. Macht einen Schritt auf sie zu.*

DIDDO *weicht etwas zurück.*

HARRAS Komm. *Fast ohne ihren Arm zu berühren, führt er sie zu einem Sessel, setzt sich neben ihr auf die Lehne.* Ich muß dir was gestehn. Ich hab das nicht gewußt. Ich habe es gar nicht erwartet. Ich habe schlecht geträumt, in der letzten Zeit – da gehörtest du nicht mit hinein. Und vor zehn Minuten – oder sind es nur fünf? – da hatte ich einen Augenblick, in dem mir alles ganz gleich war, was noch kommen kann. Sterbender Schwan, mit Wimmerharfe. Schlimmer als Aschermittwoch. Jetzt aber – weißt du, wie mir jetzt zumute ist?

DIDDO *nimmt seine Hand* Sag's.

HARRAS Schulschwänzen! Blauer Montag! Fastnacht! Ganz große Ferien!

DIDDO *lacht* Du mußt eine Landplage gewesen sein, daheim und in der Schule! Der Korrianke hat mir erzählt!

HARRAS Ja – der war immer dabei!

DIDDO Und schon mit dreizehn hinter Mädels her!

HARRAS Hat er auch erzählt?

DIDDO Das Ärgste hat er, glaub ich, weggelassen.

HARRAS Man sollte ihm die Schnauze vernähen.

DIDDO Er hat ja nichts Schlechtes über dich gesagt – natürlich nicht. Du weißt doch – für den bist du der liebe Gott. Und daß du ein Schwerverbrecher bist, was die Frauen anlangt, das braucht mir keiner zu erzählen. Das ist mir auch gleich. Oder nein, ich mag es sogar.

HARRAS *beugt sich über sie* Verdammt – der Kerl hat recht gehabt – ich hätte Odol saufen sollen. Ich stinke ja schon wieder nach Alkohol.

DIDDO Das gehört zu dir. So hab ich dich kennengelernt. Komm – *Nimmt seinen Kopf in die Hände, beugt ihn ganz auf ihr Gesicht. Küßt ihn auf den Mund – macht sich sofort wieder los* Wie sagt Korrianke? Platzpatrone? Ach – ich hab ja schon fast keine Angst mehr vor dir! Aber bitte – gib mir doch was zu trinken! Irgendwas. Ich glaube – mir ist sehr schwach.

HARRAS *einschenkend* Und jetzt soll mal einer herkommen und behaupten, das Leben wäre nicht schön. Vor langer Zeit – da hab ich mal zu einem jungen Menschen gesagt: man kann alles überstehn, und überall durchkommen – wenn man sich nur auf etwas freut. Das hatte ich, zwischendurch, fast vergessen.

DIDDO *trinkt mit ihm* Sich freuen. Sich richtig freuen. Vielleicht muß man das auch lernen – wie alles andere? Und proben – bis man es kann? Oder sollte das nicht vom Himmel kommen? Ich weiß oft gar nicht recht, wie das ist. Wir kennen ja keine richtige Freude. Keiner von uns. Wir sind immer beklommen – beschwert. – Ich hab mich auch nicht richtig auf die Premiere gefreut. Es ist zuviel Angst in allem. – Und wenn man selbst keine hat, dann sind immer andere da, die sich ängstigen. Das kann doch nicht immer so gewesen sein? Es muß doch einmal eine Zeit gegeben haben, wo man einfach froh sein durfte, wenn man jung war? Hast du das noch erlebt?

HARRAS Ich weiß nicht recht. Ich kann mich jetzt schwer erinnern. Ich glaube, jung zu sein ist überhaupt nicht leicht. In keiner Zeit.

DIDDO Nein. Es ist eine Art Fieber. *Sie schauert ein wenig* Manchmal bin ich nur eine Windfeder, die gar kein Gewicht hat. Manchmal so schwer wie ein Stein in einem Brunnengrund. Aber – jetzt will ich mich freuen! Ganz wahnsinnig freuen. Es ist doch keine Schande? Kein Unrecht?

HARRAS Es ist mehr als ein Recht. Es kommt – wie hast du gesagt? – vom Himmel. Ein ganzes Leben lang sollst du dich freuen, immer wieder – und lieben, und glücklich sein. Es braucht eine Welt von Freude – um all den Jammer aufzuwiegen – sonst würde ja die Erde so schwer, daß sie nicht mehr schweben kann – – Weißt du, daß wir jetzt beide schon leicht betrunken sind?

DIDDO Ach, es ist wunderbar. Es ist wunderbar, leicht betrunken zu sein. Es ist alles wunderbar. – Tante Olly, weißt du, nimmt immer alles so furchtbar tragisch – es ist ja auch tragisch, gewiß. Aber ich kann doch nichts dafür, daß ich nicht jüdisch bin–. Ich darf nicht mehr lachen, ohne daß sie seufzt. Es ist, als ob sie mir's übelnimmt, mir persönlich. Denkt an die armen Juden – Tag und Nacht–. Ich glaube, die Männer, die sie am meisten geliebt hat, waren alle Juden – außer natürlich –

HARRAS *lacht* Du meinst: Anwesende ausgenommen. Deshalb brauchst du nicht rot zu werden.

DIDDO Ich werd ja gar nicht rot, du Schwerverbrecher. Schau – ich kenn mich wirklich oft nicht mehr aus. Ich war doch erst zwölf, im Jahr 33. Tante Olly findet alles schlecht und andere, unter den Kollegen, finden alles gut und sagen, die schlimmen Geschichten sind nur Feindlügen – und wieder andere finden manches gut und sagen, man weiß nicht, ob was Besseres nachkommen kann – was soll man denn da denken? Sehen tut man doch überhaupt nur, was einem grade über den Weg krabbelt. Ich weiß nur eins – ich möchte raus, raus. Warum, könnt ich noch nicht einmal erklären. Aber manchmal denk ich, wenn ich genau so alt wäre, wie ich bin, und wäre jüdisch, und hätte auswandern müssen – vielleicht wäre es gar nicht so schlimm? Vielleicht wär es besser sogar? Die Welt sehen – mein Gott! New York! Einmal ganz oben auf einem Wolkenkratzer, und dann sein Taschentuch runterfallen lassen, und hinterherschauen, wie's immer kleiner wird, wie eine Schneeflocke, über all dem Verkehr! Und das Meer – und die Häfen – vielleicht China – oder Rio de Janeiro – mir wär's ganz gleich, ich könnte alles tun, Geschirr waschen, Kinder lausen, Fabrikarbeit – nur frei sein – draußen! Manchmal beneid ich die Juden – wahnsinnig. Ich meine – die draußen sind!

HARRAS *nimmt sie in die Arme* Vielleicht werden wir noch mal Ehrenjuden – wir beide. Vielleicht durchwandern wir sie noch einmal zusammen – die Welt. Vielleicht schmeißen sie uns rechtzeitig raus – weil wir so unvorschriftsmäßig glücklich sind. *Küßt sie.*

DIDDO Ich brauch die Welt nicht – wenn ich bei dir bin. Ich will heute bei dir bleiben. Immer. Komm, zieh mir die Jacke aus – so. *Wirft sie hinter sich* Ich bin doch hier zu Hause! Wenn Tante Olly sagt, ich sähe verknutscht aus, so ist mir das gänzlich piepe.

HARRAS Du bist wunderbar.

DIDDO Du bist wunderbar.

HARRAS Ach, sind wir dumm.

DIDDO Ach, sind wir dumm.

HARRAS *biegt ihr den Kopf zurück* Komm – küß mich – so –

DIDDO Ohne mit der Wimper zu zucken –

HARRAS Schnau –

DIDDO ze. *Küßt ihn.*

HARRAS *nach einer Weile* In einem englischen Stück käme jetzt die Maid herein, um Licht zu machen und die Vorhänge zu schließen, oder es würde telephonieren.

DIDDO Telephonieren – Gott, es wird ja schon dunkel – ja, ich muß doch anrufen.

HARRAS Nein, das hab ich nicht gern.

DIDDO Ich hab's aber versprochen – mich bis heute abend zu entscheiden. Ich halte ihn ja seit vierzehn Tagen hin –

HARRAS Wen?

DIDDO Den Roisterer. Das ist doch unser neuer Regisseur. Aber das kannst du ja nicht wissen – der hat mir einen Antrag gemacht – ganz toll – eine Hauptrolle – er bildet sich ein, ich bin seine Entdeckung, verstehst du, und er kann mich durchsetzen – er hat auch selber das Stück bearbeitet – sie sagen alle, er ist ein Genie.

HARRAS *brummend* Hab ich nicht gern. Hab ich nicht gern.

DIDDO Ich hab eine unverschämte Gage gefordert, und sie haben ja gesagt, das ist das Blödsinnige. Aber da müßte ich nächste Woche nach Wien gehen, auf ein halbes Jahr, dort kommt es zuerst heraus. Er ist nämlich, glaub ich, aus Wien, der Roisterer. Oder aus Linz, ich weiß nicht genau. Jedenfalls aus der Ostmark, ich kenn mich da nicht aus.

HARRAS Ein Wiener aus Linz – der Junge wird seinen Weg machen. Ach – ist das wunderbar! Ach – ist das gut! Ich bin ja schon eifersüchtig!

DIDDO Auf den Roisterer? *Lacht* Den solltest du sehn! Der schaut ja aus – wie ein Stallhase!

HARRAS Um Gottes willen! Das hätte nicht kommen dürfen. Stallhasen sind furchtbar sexuell –! Wenn dir der Vergleich einfällt –

DIDDO Pfui! Willst du aufhören – der Roisterer – der kommt doch gar nicht in Frage.

HARRAS Das sagt man immer –

DIDDO Also wenn du nicht –

HARRAS Du, bitte – mach mir meine schöne Eifersucht nicht kaputt! Das ist mir doch so lang nicht mehr passiert – so herrlich, blödsinnig verliebt zu sein.

DIDDO Ich kann's mir aber mit dem Roisterer nicht vorstellen!

HARRAS Das sollst du auch nicht – du Racker!

DIDDO Außerdem sag ich natürlich ab. *Läuft zum Telefon* Drum wollt ich ja anrufen. Du glaubst doch nicht, daß ich jetzt wegfahre?

HARRAS *folgt ihr rasch – legt die Hand aufs Telephon. Verändert* Du – wart mal einen Augenblick. Ist das so eilig?

DIDDO Dann hab ich's hinter mir. Nur – daß ihm die andere nicht durch die Lappen geht.

HARRAS Du mußt dir das noch überlegen.

DIDDO Da ist nichts zu überlegen –

HARRAS Vielleicht doch. Von mir aus.

DIDDO *lehnt sich an ihn* Bitte, bitte, sag nicht, ich soll an meine Karriere denken. Ich pfeif drauf. Ich will nicht. Aus der Karriere könnte ja gar nichts werden, die wär ja nicht echt, wenn ich jetzt an sie denken würde. Dann wär ich ja selbst nicht echt. Laß mich hierbleiben.

HARRAS *hält sie nah, atmet in ihren Haaren. Leise* Es ist nicht wegen der Karriere. Nein, sag jetzt nichts. Du sollst mich nicht mißverstehen. Das kannst du auch nicht. Ich erkläre es dir später. Laß mir ein bißchen Zeit. Bis wann muß er es wissen?

DIDDO Vor der Vorstellung – die fängt um sieben an –

HARRAS *schaut auf die Uhr* Dann haben wir noch eine Stunde Frist. Gibst du mir die? Ohne Fragen? Und willst du mir – die Entscheidung lassen? Nur dieses eine Mal?

DIDDO *schaut ihn an* Ja.

HARRAS Danke. *Streicht über ihren Arm und ihre Hand.*

DIDDO *berührt seine Hand, in der er noch die Uhr hält – faßt sie an, während er sie wegstecken will* Was für eine komische Uhr du hast –

HARRAS Das ist keine Uhr. Das ist eine sogenannte Zeitrübe. Oder Stundenkartoffel. Sie heißt auch Beulenpest.

DIDDO So was hab ich noch nie gesehen. Die muß ja furchtbar alt sein. Geht sie denn gut?

HARRAS Die rennt, daß man sie an der Kette halten muß. Falls sie nicht stehenbleibt. Aber dann braucht man nur so zu machen – *Er haut die Uhr gegen seinen Hinterkopf* Hast du den Klang gehört? Echtes Nickelblech. Im Notfall kann man sie als Waffe benutzen.

DIDDO Ist noch nie jemand auf die Idee gekommen, dir eine neue Uhr zu schenken?

HARRAS Jede bessere Dame. Ich könnte schon eine Sammlung haben. Aber ich habe keinen Bedarf. Das ist wohl das einzige Stück, von dem ich mich niemals trennen würde.

DIDDO Woher hast du sie?

HARRAS Es hat sie mir jemand gegeben. *Steckt die Uhr ein.*

DIDDO Du sollst nicht darüber sprechen, wenn du nicht willst.

HARRAS Es war der erste, den ich abgeschossen habe. Er hat mir schwer zu schaffen gemacht. Ich war bei ihm, als er starb. Er sagte: Souvenir – und hat mir die Uhr gegeben. Dazu hat er gegrinst, und eine Zigarette geraucht. Da wußte ich plötzlich, daß ich leben bleibe. Solang – solang ich die Uhr habe. Das ist natürlich dummes Zeug. Aberglaube. So was stimmt nur für den, den es angeht. Aber wie er so grinst, ganz ruhig, und ein bißchen listig, da mußte ich denken: der weiß es. Sterbende sehen mehr als unsereiner. Wer die Uhr hat, bleibt leben, damit er den anderen nicht vergißt. Man sollte wirklich nicht über so was sprechen. Ich habe es nie getan. Nie zuvor.

DIDDO Glaubst du nicht – du könntest mit mir – über alles sprechen?

HARRAS *geht auf und ab, bleibt vor ihr stehen, spricht rasch, leise* Du sollst wissen, wie es mit mir steht. Ich kann dich nicht beschwindeln. Mein Leben ist derzeit weniger wert als die alte Uhr. Es kann jeden Moment – stehenbleiben. Sie sind hinter mir her – und sie haben gelernt, wie man eine Treibjagd veranstaltet. Ich versuche, mich durchzuschlagen – aber ich weiß nicht, ob es glückt. Die Chancen sind gering. Immerhin – ich kann mich noch wehren. Und wenn ich es schaffe, dann hab ich's dir zu verdanken. Ich wollte dir das verschweigen. Das kommt mir jetzt – kleinlich vor. Es wäre schöner gewesen – noch ein paar Tage, oder Stunden – ganz ohne Schatten. Aber was hätte das alles für einen Sinn, zwischen uns – wenn wir nicht Vertraute würden. Verbündete. Für jetzt und immer.

DIDDO Jetzt weiß ich, daß du mich liebst. *Umarmt ihn.*

HARRAS *fast ohne Ton* Für jetzt und immer.

Bewegung draußen – Schritte, gedämpfte Stimmen – die Tür wird aufgestoßen – Korrianke erscheint, hinter ihm zwei Männer, einer mit Rotkreuzbinde, die Olivia auf einer Bahre hereintragen.

KORRIANKE Hierher, auf die Couch. Vorsicht, nicht übern Teppich stolpern.

DIDDO *hat sich an Harras geklammert* Ist sie – ist sie –

KORRIANKE *rasch* Keine Sorge, kein Grund zur Klage, nichts passiert, nur kleine Zufälligkeit, wie das so vorkommt beim zarteren Geschlecht. Fading effect, technisch gesprochen.

ERSTER MANN Sie hat ja noch die Adresse angeben können, eh sie umgekippt is. Det war im Umsteigeschlauch Adolf Hitler-Platz, früher Reichskanzler-Platz.

ZWEITER MANN Mir hat se hier am Ärmel jegrapscht, und dann hat se uh jemacht, und denn war se wech.

HARRAS *Diddos Hand streichelnd* Das hab ich alles schon einmal erlebt. Vor zirka zwanzig Jahren. Das wird ihr noch passieren, wenn sie neunzig ist. *Die beiden Männer haben Olivia auf die Couch gelegt und ziehen sich zum Flur zurück, Harras steckt ihnen rasch einen Geldschein zu, während Korrianke sich um Olivia bemüht, ihr Kissen unter den Kopf schiebt und die Gelenke reibt.*

KORRIANKE Soll ich 'n Arzt anrufen?

HARRAS Nicht sofort. Ich glaube, ich kann das allein. Kümmere dich um die beiden Helden, daß sie ein Bier kriegen und eine Zigarre. Die haben schwer getragen. *Zu Diddo* Geh mal lieber auch mit raus. Sie muß dich nicht gleich erblicken. Ich ruf dich dann.

KORRIANKE *im Abgehen* Bißchen Eau de Cologne – oder besser 'n paar Tropfen Schnaps –

HARRAS Nur im Notfall. Ich weiß was Besseres. *Sobald alle draußen sind, zieht er die Uhr, dreht das Läutewerk auf, hält sie nah an Olivias Ohr, läßt den Wecker rasseln, ruft mit veränderter Stimme* Frau Geiß! Auftritt! Auftritt!

OLIVIA *schlägt die Augen auf – richtet sich empor – sieht sich abwesend um.*

HARRAS *steckt die Uhr ein, holt eine Flasche Rotwein aus der Bar.*

OLIVIA Es riecht nach Veilchen – ist die Kleine hier?

HARRAS *an einer Flasche hantierend* Vor einer Minute gekommen. Du mußt am falschen Schalter gewesen sein. Sie hat eine Stunde auf dich gewartet.

OLIVIA Erzähle mir keine Geschichten. Ich gönn's ihr ja.

HARRAS Peng. *Zieht den Korken.*

OLIVIA Das klingt gut. Da wird mir schon wohler. Ich glaube, ich hab mal wieder Dummheiten gemacht –

HARRAS *gibt ihr den Korken* Erste Hilfe. Riechsalzersatz. *Holt Gläser.*

OLIVIA Es war so voll in der U-Bahn – ich mußte die ganze Zeit stehn – und dann die Luft – es hat ja keiner mehr Seife, heutzutag.

HARRAS Ja. Das heroische Zeitalter stinkt nach schmutziger Wäsche. Trink mal. Gesundheit.

OLIVIA Und die Sorge um dich – und die Aufregung – du! Du weißt ja noch nicht, was passiert ist!

HARRAS Bergmann? Ich hatte noch keine Zeit, Korrianke zu fragen –

OLIVIA Sorg mal dafür, daß niemand reinkommt – auch die Kleine nicht. *Erschreckend* Wo ist denn meine Tasche? Ach hier – Gott sei Dank. *Sie kramt darin.*

HARRAS *an der Tür* Alles in Ordnung. Ja, sie piepst schon wieder.

Könnt ihr nicht ein bißchen Abendbrot herrichten? Irgend etwas – paar warme Würstchen oder so. Es werden noch zwei, drei Leute raufkommen, denk ich.

Man hört draußen Diddo mit Korrianke und Lüttjohann lachen. Harras schließt die Tür.

OLIVIA *hat einen verschlossenen Brief aus der Tasche genommen, dreht ihn nervös hin und her.*

HARRAS Die Sache ist mir die ganze Zeit im Kopf rumgegangen – ich konnte ja nichts mehr machen, damals – mußte zu plötzlich weg. Aber jetzt werden wir das Kind schon schaukeln. Was ist denn das?

OLIVIA Zu spät.

HARRAS *nimmt den Brief – hält ihn ungeöffnet in der Hand* Wie denn?

OLIVIA Gift.

HARRAS Und – Jenny?

OLIVIA Beide zusammen. Sie wollte nicht allein bleiben. Den Brief hat mir der Lazarettarzt gebracht, der ihm rausgeholfen hat. Es ist ein Abschied an dich.

HARRAS *setzt sich neben sie auf die Couch* Verflucht noch mal. Verflucht noch mal. Warum konnten sie mich nicht einen Tag später – Dann hätt ich's noch geschafft –

OLIVIA Es wär auch damals schon zu spät gewesen. Er wollte nicht mehr.

HARRAS Verflucht noch mal. *Knipst die Stehlampe an, öffnet den Brief, liest rasch, reicht ihn Olivia hin.*

OLIVIA *mit schwimmenden Augen* Kannst du mir nicht – ich hab meine Brille nicht mit – du weißt doch, wie blind ich bin –

HARRAS *ohne Humor* Heulsuse. *Liest monoton*

»Mein lieber Freund –

Wenn dieser Brief Sie erreicht, habe ich den Schritt in die Freiheit getan. Dies ist der einzige Weg zur Freiheit, der mir nach dem, was ich erlebt habe, noch gangbar erscheint. Wir beschreiten ihn ruhig, ohne Schmerz. Für das, was man ein ›neues Leben‹ nennt, hätte ich keine Kraft mehr gefunden, und ich hätte zu wenig damit anfangen können, um es mit

Freundesopfern erkaufen zu dürfen. Ich weiß, was Sie bereit wären, für mich zu tun. Sie haben es für andere, Unglücklichere, getan, deren Segenswünsche Sie ewig – Der Gedanke, daß es noch Menschen wie Sie –« Ich kann nicht mehr. Du weißt schon. Dank, und so weiter. *Er ist ganz blaß geworden.*

OLIVIA Du hast ihn verdient. Auch wenn es kein Erfolg war, diesmal. Auf diesen Brief darfst du stolz sein.

HARRAS Stolz. Ausgerechnet. *Wirft den Brief auf den Schreibtisch* Jetzt wollen wir mal in den Spiegel gucken und über uns selbst gerührt sein. Was wir für edle Menschen sind. So schaun wir aus. Jeder hat seinen Gewissensjuden, oder mehrere, damit er nachts schlafen kann. Aber damit kauft man sich nicht frei. Das ist Selbstbetrug. An dem, was den tausend anderen geschieht, die wir nicht kennen und denen wir nicht helfen, sind wir deshalb doch schuldig. Schuldig und verdammt, in alle Ewigkeit. Das Gemeine zulassen ist schlimmer, als es tun.

OLIVIA Aber was sollen wir denn machen? Man ist doch sowieso schon immer mit einem Fuß im Kittchen – wenn man nur so einen Brief in der Tasche hat! Sollen wir denn auch Gift nehmen?

HARRAS Das ist nicht nötig. Wir kommen alle dran, ganz von selbst. Einer nach dem andern. Sie reckt sich ja schon aus den Gräbern – himmelhoch. Siehst du sie nicht? Hast du sie nie gesehn?

OLIVIA Was – wen?

HARRAS *geht zum Fenster* Schau da hinaus. Wenn ich abends allein bin – und wenn es dunkler wird – da wächst sie dort über die Dächer. So – *Er hebt seine geschlossene Hand, entfaltet langsam alle Finger nach oben* Nur eine Hand. Fünf Finger. Aber – riesenhaft. Ungeheuer. Als könne sie eine ganze Stadt ergreifen – und hochheben – und wegschmeißen. *Er läßt den Arm sinken* Dann schrumpft sie wieder ein. Dann wächst sie wieder. Ich weiß genau, daß es die großen Scheinwerfer der Flakzentrale Funkturm sind. Fünf suchende Lichtsäulen. Sonst nichts. Aber es ist doch eine Hand. Ich weiß auch, wessen Hand. *Er starrt einen Augenblick in die Dämmerung, dreht sich um* Und jetzt wirst du sagen, überreizte Nerven. Nein, ich hab keine Nerven! Nie gehabt! –

OLIVIA *schluchzend* Mein Gott, Harry, was haben sie dir nur getan? Wenn du schon aufgibst – was soll dann aus uns werden?

HARRAS *legt ihr den Arm um die Schulter* Ich geb ja nicht auf. Im Gegenteil. Ich fang grad wieder an. Ich werd ihnen noch eins vor den Latz knallen, und wenn's in der zwölften Runde ist. Man muß nur wissen – mit wem man es zu tun hat.

OLIVIA Harry, hör mal, du solltest abhaun. Irgendwohin, ins Ausland, ganz gleich, auch wenn sie dich drüben einsperren, bis der Krieg vorüber ist. Es hat ja doch keinen Zweck mehr –

HARRAS Doch. Es hat noch einen Zweck. Da ist noch etwas – das muß ich herauskriegen. Die Wahrheit nämlich.

OLIVIA Die weißt du doch sowieso. Nein – du bist leichtsinnig, das ist es. Dein altes Laster. Es reizt dich zu sehr, wenn's gefährlich wird. Du bist ein Genußmensch. Du willst nichts auslassen. Und grade deshalb sind sie so hinter dir her. Solang jemand wie du hier lebt und was zu sagen hat, kommen sie sich belämmert vor, und dafür wollen sie sich rächen.

HARRAS Vielleicht hast du recht. Aber ich hab hier noch was zu tun.

OLIVIA Du hast auch zuviel Erfolg bei Frauen gehabt. Das ist das Schlimmste. Bei denen ist doch alles Neid. Bettneid, vor allen Dingen. Denn in dem Punkt sind sie tief unter Minus – fast die ganze Blase. Deshalb wollen sie ja auch dauernd Krieg führen und die großen Männer markieren, lauter Krampf. Da, wo kein Mann herzeigen muß, was er wirklich wert ist, da hilft kein gestählter Körper. Und keine eiserne Energie. Das hat einer von Natur – oder gar nicht. Die Brüder kennt man doch. Erst große Töne, dann fertig, eh's angefangen hat, und nur rasch wieder »zum Dienst«. Nebbich.

HARRAS *lächelnd* Für dich ist der Wert des Mannes wohl ganz eindeutig fixiert.

OLIVIA Ist er doch auch, oder? Von den Genies vielleicht abgesehen. Aber der Goethe soll ja auch darin ganz vorzüglich gewesen sein. Vom Napoleon hört man schon weniger Gutes. Und bei unserm Adolf ist, glaub ich, überhaupt nichts da – Gott, wenn nur die Kleine nicht lauscht.

HARRAS *wieder ganz heiter – küßt sie aufs Ohr* Von dir kann sie nichts Falsches lernen. Du hast eine durchaus gesunde Geschichtsauffassung. Ach, Olly, wenn's keine Frauen gäbe, und keine Musik! Dann hätten die Ökonomisten recht. Dann wäre das Ganze nichts als ein Fabrikationsprozeß, und unser Bregen nur eine Rotationsmaschine. *Stellt das Radio an* Komm – wir wollen ein bißchen klimpern lassen, damit die Kinder sich hereingetrauen – *Es ertönt ›Siegfrieds Tod‹ aus der ›Götterdämmerung‹.* Danke, nein. *Er stellt wieder ab* Rum – rumrumrum –. Hitlersche Schicksalsmusik. Oder die unsre? Das hört man auch ohne Töne.

OLIVIA Vielleicht ist jemand gefallen – ein General oder was. Beim Fritsch haben sie das auch gespielt.

HARRAS Das muß man sich aus dem Ohr kratzen. Wart ab – hier hab ich was. *Legt eine Platte aufs Grammophon, die ziemlich heiser und scheppernd einen alten Schlager spielt.*

»Sag zum Abschied –
Leise Servus –«

OLIVIA Gott – unser altes Lied – *Sie trällert ein wenig mit – legt die Hände leicht auf seine Schultern, er faßt sie um die Taille, wiegt sie ein paar Schritte im Rhythmus der Melodie.*

HARRAS Weißt du noch? Motzdiele? Russische Teestube? Taubenkasino?

OLIVIA Klingt wie's verlorene Paradies, und was für schäbige Buden. Gott, Harry, warum waren wir so zynisch. Ich meine, so frivol.

HARRAS Waren wir?

OLIVIA Wir haben uns doch geliebt, und wie! Warum haben wir nicht Ernst gemacht? Und etwas zusammen aufgebaut? Eine Familie, zum Beispiel. Dann wäre man heute besser dran.

HARRAS Glaubst du? Dazu waren wir wohl nicht die richtigen Leute, keiner von uns beiden.

OLIVIA Warum nicht? – Ich glaub, es war Sünde. Oder Feigheit. Wir hätten es bekommen sollen, damals. Es war Sünde.

HARRAS Du wolltest doch grade die ›Jungfrau von Orleans‹ spielen –

OLIVIA Ja, das war es immer. Wie oft ist mir das passiert – ich kann's nicht mehr zählen. Ich war doch so empfänglich wie eine Feldmaus. Mich brauchte nur einer freundlich anzuniesen, wenn ich ihn gern hatte. Bis ich mich dann habe umklappen lassen. Und immer wegen so einer verfluchten Rolle! Schließlich hab ich die Kleine adoptiert – – aber es ist doch kein richtiges Leben – hinterher. Da ist doch was falsch dran.

HARRAS *läßt sie los – legt die Nadel neu auf* Hör mal, Olly – vielleicht versuch ich's noch. Oder glaubst du, es ist zu spät? Bin ich zu alt für sie?

OLIVIA Das gibt es nicht. Wenn es dir wirklich ernst ist –

HARRAS So ernst ist es mir nie gewesen. Vielleicht zieh ich den Kopf aus der Schlinge. Es sind schon mehr Schächer vom Schafott gesprungen. Und wenn ich durchkomme – dann wirst du noch meine Schwiegermama.

OLIVIA Besser als gar nichts. Trinken wir drauf.

HARRAS *einschenkend* Trinken wir drauf. *Ruft* Kinder! Traut euch, traut euch. Seid nicht so diskret.

LÜTTJOHANN *steckt den Kopf herein* Leichte Musik und schwerer Rotwein. In Sachen des guten Geschmacks können wir uns getrost auf die ältere Generation verlassen.

HARRAS Protzen Sie nicht, Lüttel. Sie kriegen ja schon eine Glatze.

LÜTTJOHANN Und Sie, Herr General, haben immer noch keine Haare auf der Brust. *Verbeugt sich vor Olivia* Gnädige Frau –

OLIVIA Darin besteht sein Charme. Aus den Waldaffen hab ich mir nie was gemacht. *Legt die Grammophonnadel wieder auf, beginnt mit Lüttjohann zu tanzen.*

DIDDO *ist hereingekommen* Dir scheint's ja wieder gut zu gehn, Tante Olly. Wer bringt wen ins Theater, heute abend? *Trinkt aus Harras' Glas.*

KORRIANKE *in der Tür* Wird im Notfall per Schub erledigt. *Es läutet draußen.* Hier scheint Zuwachs zu kommen. *Im Abgehen* Abendbrot angerichtet, Herr General. Fräulein hat ein Genie für Stullenmachen. *Ab, zum Flur.*

HARRAS Darauf kann man einen Haushalt begründen.

DIDDO Hat sie was gemerkt?

HARRAS Alles. Aber das macht nichts. So was kommt immer auf, noch bevor es wahr ist. Das gehört ins Gebiet der unerforschten Wellenübertragung.

DIDDO Desto besser. Da brauchen wir auf unsere Wellen nicht mehr aufzupassen.

HARRAS *hat sie umfaßt, ohne zu tanzen* Das würde uns auch schwerfallen. Die zwitschern wie die Eichhörnchen.

DIDDO *fast an seinem Mund ganz benommen* Seit wann zwitschern die Eichhörnchen – *Haucht ihm einen Kuß.*

HARRAS *ebenso* Ja – seit wann zwitschern die Eichhörnchen –

DIDDO Wenn du sagst, sie zwitschern, dann zwitschern sie vielleicht.

HARRAS Sie zwitschern. Verlaß dich drauf. *Sie verschwinden tanzend, hinter der Bambuswand.*

KORRIANKE *ist inzwischen in der Tür erschienen – hat Lüttjohann ein Zeichen gemacht. Der entschuldigt sich leise bei Olivia – tritt zu ihm – verläßt auf eine geflüsterte Weisung hin den Raum. Die Platte ist abgespielt, beginnt auf der Stelle zu laufen, Olivia rasch zum Grammophon, stellt es ab – während Harras und Diddo wieder erscheinen.*

HARRAS Was ist denn los? Wo ist der Lüttel?

KORRIANKE Es ist nach ihm gefragt worden, Herr General.

HARRAS *läßt Diddo los. Steht einen Augenblick starr aufgerichtet. Will zur Tür.*

LÜTTJOHANN *kommt zurück. Er ist etwas rot im Gesicht, versucht unbefangen zu erscheinen* Muß mich leider verabschieden, Herr General. Zwei Herrn mit Schmierstiefeln und harten Hüten. Ziemlich plebejische Gesellschaft – aber unwiderstehlich.

HARRAS Haben sie gesagt – was sie von dir wollen?

LÜTTJOHANN Nur gewisse Fragen beantworten. Um einem

dringenden Bedürfnis abzuhelfen. Ich wollte nu ja immer mal das Columbiahaus von innen besichtigen. Ehrensäbel. Wird ein völlig einseitiges Vergnügen sein. Mein Name ist Haase und ick weeß von nischt. *Er lacht verlegen – verstummt – macht Ehrenbezeugung vor Harras.*

HARRAS *erwidert. Dann reicht er ihm die Hand.*

LÜTTJOHANN *drückt die Hand schweigend. Schaut ihm kurz in die Augen. Geht. Stille.*

HARRAS *geht zum Telefon. Zögert. Murmelt* Es hat keinen Sinn.

KORRIANKE *bringt ihm ein volles Glas.*

HARRAS Danke. *Stellt es unberührt auf den Tisch.*

DIDDO Können sie denn – können sie ihm etwas tun?

HARRAS *zuckt die Achseln* Die wissen, wie man trifft.

Er steht mit geballten Fäusten. Olivia hält Diddos Hand. – Stimmen, Gelächter draußen. Herein treten Baron Pflungk, Präsident von Mohrungen, Pützchen. Pützchen trägt Parteiuniform, auf elegant geschneidert, mit kurzem Rock, langen Strümpfen, straffer Bluse. Sie wirkt in ihrer grellen Art und Aufmachung recht übertrieben. Die beiden Herren eher etwas verstört und atemlos, nicht nur vom Treppensteigen.

PÜTZCHEN Bitte, die Fahrstuhltür zu schließen – für die Kuhzunft. Wir haben gedacht, das Ding ist außer Betrieb. Ihr habt wohl ein Regiment verladen, hier oben! Erst wie wir den letzten Grat erklimmen – ratsch – saust er ab. *Schaut sich um* Also das ist nun die berüchtigte Räuberhöhle. Gar nicht so wüst, auf den ersten Blick.

MOHRUNGEN Verzeihen Sie den Einbruch, General – aber die Flurtür stand offen, und Pützchen war uns natürlich um eine Pferdelänge voraus. Für neun Etagen ist man ein bißchen reif geworden –

BARON PFLUNGK Sind wir unwillkommen?

HARRAS Keineswegs. Wenn's zwölf schlägt, kommen die Geister.

MOHRUNGEN *lacht unsicher – bemerkt Olivia* Wenn ich allerdings geahnt hätte, Sie hier zu treffen, gnädige Frau –

OLIVIA Dann wären Sie treppauf geflogen wie ne Rakete.

MOHRUNGEN Wie Amors Pfeil, Gnädigste.

OLIVIA Rascher geht's nicht mehr. Sie Ungetreuer, Sie wollten doch ins Theater kommen.

MOHRUNGEN Aber ich war doch! Sind denn meine Blumen nicht –

OLIVIA Ach ja, natürlich. Warum sind Sie denn nicht in meiner Garderobe erschienen?

MOHRUNGEN Unaufgefordert? Das wäre doch etwas zudringlich gewesen.

OLIVIA Sie sind ja ein Stürmischer. Halt mi zruck, halt mi zruck. Hat man mal wieder 'n Verehrer, schon traut er sich nicht.

MOHRUNGEN Was nicht ist, kann noch werden. *Küßt ihr die Hand. Sie haben sich zur Bar zurückgezogen.*

PÜTZCHEN Papa geht scharf ran an Speck. Wir sind ja hier ganz gut geteamt. Die alte Geiß, die junge Geiß, zwei harmlose Zivilisten und zwei Wehrwürdige. *Nähert sich Harras* Wie gefällt Ihnen meine neue Uniform? *Macht Ehrenbezeigung vor ihm.*

HARRAS Zu braun.

PÜTZCHEN Ach, Sie kleiner Schäker. Sie ziehen wohl Fleischfarbe vor.

BARON PFLUNGK Also, Pützchen, nun sind Sie am Ziel Ihrer Wünsche, tun Sie Ihren Gefühlen ja keinen Zwang an. *Wendet sich zu Diddo* Ich hoffe, wir stören hier nicht. Eine Junggesellenbude hat für junge Damen immer einen gewissen Reiz.

DIDDO *mit Blick auf Pützchen* Es kommt auf die jungen Damen an.

PÜTZCHEN *zu Harras* Er ist ein Kümmerer, der Pflungk. Er wird Ihnen die kleine Unschuld nicht verführen. Trockene Heringsgräte. Mit dem können Sie's aufnehmen. Wissen Sie, daß er die alte Contessa d'Aosta heiraten will und auf ganz große Karriere spekuliert? Neuer Ribbentrop, mit einem Schüßchen Papen.

HARRAS Das ist wohl jenes Schüßchen, das immer die andern trifft?

PÜTZCHEN Sie sind ja auch vom Galgen abgeschnitten. *Kneift ihm in den Arm.*

HARRAS Darf ich Ihnen etwas zu trinken anbieten?

PÜTZCHEN Ei, wie förmlich. Ja, bißchen Brennstoff kann nicht schaden. Wer ist der gut aussehende junge Mann?

LAWRENCE *ist wieder hereingekommen. Er ist rasiert, gewaschen, wirkt zehn Jahre jünger.*

HARRAS Das ist mein Freund Buddy Lawrence. Fräulein von Mohrungen.

PÜTZCHEN Amerikaner, hätt ich mir denken können. Der angelsächsische Mischtypus. Breite Schultern, schmale Hüften, Langschädel, aber nichts drin. Keine Aufklärung, meine ich. Bei Ihnen heißt es doch, der Mensch sei gleichgeboren, selbst wenn er Jude ist.

LAWRENCE So heißt es. Waren Sie dort?

PÜTZCHEN Nein, aber man ist im Bilde. Haben wir alles im Kurs.

LAWRENCE Was für Kurs?

PÜTZCHEN NSRFF – Sonderschulung für vorgeschrittene Reichsfrauenschaftsführerinnenanwärterinnen.

LAWRENCE *zieht sein Notizbuch* Das müssen Sie mir buchstabieren.

PÜTZCHEN Falls ich mich entschließe, Ihnen ein Interview zu gewähren. Sind Sie ladenrein?

LAWRENCE Sie meinen – koscher? Nicht im vollen Sinne des Wortes.

PÜTZCHEN *lacht* Mir kann's gleich sein, die Zensur wird Ihnen schon auf die Finger klopfen. Was wollen Sie wissen? Schießen Sie los.

LAWRENCE *seriös* Was lernen Sie in Ihrem Kurs? Was ist das Hauptfach?

PÜTZCHEN Weltanschauung, natürlich. Besonders vom Standpunkt der fraulichen Belange. Wir hören erstklassige Autoritäten über Rassepolitik, Zuchtwahl, Geschlechtshygiene, Körper- und Seelenkultur, alles. Momentan haben wir eine Vortragsreihe: Der Schmerz im Leben der Nation. Hochinteressant.

LAWRENCE *schreibend* Ist das ein fraulicher Belang?

PÜTZCHEN Und ob. Ertüchtigung des Gefühlslebens, das muß bei den Müttern anfangen. Alles auf wissenschaftlicher Grundlage, verstehn Sie? Biologisch, medizinisch, philosophisch. Der Schmerz bei Nietzsche. Die ethische Bedeutung des Schmerzes, von Geheimrat Sauerbruch. Abbau der Verweichlichung und des falschen Mitleids. Is ja dekadent. Also wenn ich mal ein Kind kriege, da gibt's keine Narkose, da wird hellwach durchgestanden und gebrüllt, daß die Nähte krachen.

HARRAS Da möcht ich Hebamme sein. *Kippt einen Schnaps.*

PÜTZCHEN Das könnte Ihnen so passen. *Spricht mehr zu ihm* Na, und dann sollten Sie uns mal turnen sehen, da würde Ihnen die Zunge raushängen. Lauter stramme Mädels, mit nichts als Schamhöschen bekleidet.

HARRAS Zum Abgewöhnen.

PÜTZCHEN Vorurteile, das gibt's nicht bei uns. Klassenbewußtsein, soziale Unterschiede, hat alles aufgehört. Jede deutsche Frau ist von Adel.

LAWRENCE Eine Adelsdemokratie.

PÜTZCHEN Quatsch. Eine Volksgemeinschaft.

HARRAS Und kommt Ihnen nie der Gedanke, was für ein schäbiger Schwindel das ist? Papa Mohrungen macht mit Onkel Hermanns Beteiligung noch ganz runde Milliönchen – und Ihre Schwestern Volksgenossinnen werden ihr Leben lang nichts anderes machen als Munition, damit man ihrem Bräutigam eine Salve übers Massengrab feuern kann.

PÜTZCHEN Sie reden wie ein Jude.

HARRAS Bin ich auch – honoris causa.

PÜTZCHEN Also Ihre Schnauze, die imponiert mir. Angst haben Sie wohl nie?

HARRAS Doch, Pützchen. Vor Ihnen könnt ich Angst kriegen.

PÜTZCHEN Soll das ein Kompliment sein?

HARRAS Nein. Eine Schmeichelei.

PÜTZCHEN Komisch. Alle meine Flirts fangen mit Krach an. *Gereizt zu Lawrence* Jetzt machen Sie 'n Punkt. Mehr kriegen Sie aus mir doch nicht raus. Muß hier mal erst eine Stubenbesichtigung vornehmen. *Wendet sich ab, geht im Zimmer umher.*

LAWRENCE *zu Harras, der ihm ein Glas reicht* Gräßlich. Ich fliege auf sie. Wenn sie nur nicht so einen hübschen Popo hätte. Es ist Zeit, daß ich hier rauskomme, sonst werde ich lasterhaft. Ich glaube, ich gehe jetzt.

HARRAS *leise* Kommt nicht in Frage, nicht allein. Das Haus ist bewacht. – Sind Sie all right?

LAWRENCE Komplett. Wie nach einer Ferienreise.

HARRAS Sie sehen so aus. Bei euch Burschen genügt eine Rasur und eine Runde Schlaf.

LAWRENCE Das macht das gute Gewissen und der Mangel an geistiger Belastung.

HARRAS *lacht* Beneidenswert. Kommen Sie, ich will Sie zur Aufbesserung Ihrer Geschmacksnerven mit einer jungen Frau bekannt machen, die – die mir – also das heißt, ich werde sie heiraten.

LAWRENCE Seit wann? Gratuliere.

HARRAS Seit fünf Minuten.

LAWRENCE Dann scheint es mit meiner Wette schlecht zu stehen.

HARRAS Schreiben Sie sie ab. Sie ist verloren. Ich habe – Lebensabsichten. Ganz radikale.

LAWRENCE Glauben Sie, Sie können es durchstehen? Das muß ja hier mal verkrachen.

HARRAS Ich werde es versuchen. So oder so. *Führt ihn zu Diddo, die mit Pflungk am Fenster steht.*

PÜTZCHEN *hat sich im Raum umgeschaut* Die berühmte Propellerbar? Schneidig. Die hat er alle abgeschossen und zu Mus verarbeitet. *Kratzt an einem Metallstück.* Ist das Blut oder Rost?

MOHRUNGEN *mit Olivia aus der Bar heraustretend, etwas verlegen* Wirklich hochinteressant, all die Trophäen und Erinnerungen. Ein Stück moderner Kriegsgeschichte, sozusagen.

HARRAS Das meiste waren friedliche Bruchlandungen, Afrika, Grönland und so weiter. Der Sitz ist aus meiner alten Rumplertaube, 1915.

BARON PFLUNGK Originelle Aufmachung.

HARRAS Scheußlich, wie? Jeder Mensch hat sein angeborenes

Quantum an schlechtem Geschmack. Das muß man abreagieren, um sein Gesamtniveau zu verbessern. Eine Art ästhetischer Selbstanalyse.

MOHRUNGEN Mir zu hoch.

HARRAS Ich stell mir immer vor, wie glücklich mancher moderne Architekt wäre, wenn er sich daheim auf ein Plüschsofa mit gestickten Ruhekissen fleezen dürfte, wie er's bei seinen Großeltern gewohnt war. So ähnlich ist das mit meinem Schauerkabinett.

PÜTZCHEN Also mir gefällt's. *Wippt auf dem Flugzeugsitz.*

HARRAS Freilich. Ich nenne es mein barbarisches Reservoir.

PÜTZCHEN Und wer ist der verblichene Beau in der Mitte? *Deutet auf eine bekränzte Photographie.*

HARRAS *spricht mehr zu Diddo* Mein bester Freund aus dem letzten Weltkrieg. Das Bild hat mir seine Mutter geschenkt. Ich hab sie später besucht.

PÜTZCHEN Die berühmte ritterliche Geste. Gut für die Nachrufe. Aber veraltet.

DIDDO *dreht sich hart um, geht hinaus.*

PÜTZCHEN Was hat das Blondchen, schon eiersüffig?

HARRAS Keine Ursache. Sie hilft Korrianke, damit wir was zu knabbern kriegen. Da kommt Schlick. Da lernen Sie eine Berühmtheit kennen. *Korrianke hat den Maler Schlick hereingelassen.*

MOHRUNGEN Schlick – Schlick – was hab ich nur kürzlich über ihn gelesen?

HARRAS Daß die Ausstellung seiner Bilder verboten worden ist. Gefällt dem Ersten Künstler unseres Volkes nicht. Heil, großer Pinsel. Du siehst verdurstet aus. *Füllt ein Glas.*

SCHLICK *keineswegs à la bohème, aber vernachlässigt angezogen, mit ungesunder Gesichtsfarbe und glasigem Blick, kommt etwas schwankend auf ihn zu. Er wirkt wie ein Mensch, der schon vormittags betrunken ist und dessen Zustand sich dann nicht mehr wesentlich ändert. In der Hand hält er eine Zeichenmappe, die er vor Harras auf den Tisch wirft, daß die einzelnen Blätter herausfallen* Letzte Serie. Soeben fertig geworden. *Er trinkt hastig.*

HARRAS *mit einem flüchtigen Blick auf die Blätter, rafft sie hastig zusammen* Du bist ja besoffen. Damit fällst du auf der Straße herum.

PÜTZCHEN Was Gemeines? Zeigen Sie her.

HARRAS Nicht gemein genug. Mehr abstrakt. Würde Sie langweilen.

PÜTZCHEN Nana. Wenn das keine nackten Mädchen sind? Euch Künstler kennt man doch.

SCHLICK *starrt sie an, ganz fasziniert.*

PÜTZCHEN *zieht ihre Bluse straff* Mir können Sie alles zeigen. Ich bin quasi erwachsen.

SCHLICK Die – die hat mir gefehlt. Die brauch ich. *Nimmt einen Zeichenstift aus der Tasche* NS Blocksberg. Dazu reicht keine Phantasie.

HARRAS Nun halt schon die Klappe. Trink was, oder hau dich hin.

PÜTZCHEN *halb ärgerlich, halb geschmeichelt* Ich sitz Ihnen ein andermal. Jetzt sehn Sie doppelt. Was reizt Sie an mir – Figur oder Visage?

SCHLICK *ohne sich von Harras unterbrechen zu lassen* Das Böse. Die Fleischwerdung des Bösen im Geschlecht. Uniform überm Körper – nackter Schoß im Gesicht.

MOHRUNGEN Das geht doch etwas zu weit. Vergessen Sie nicht, daß hier Damen sind!

SCHLICK *wendet sich zu Mohrungen, spricht klar, ohne Lallen, mit der Unbeirrbarkeit eines Menschen, der vor seiner Badewanne steht und den Fischen predigt* Das geht gar nicht zu weit. Das ist erst der Anfang. Ich muß es Ihnen erklären. Es ist von ungeheurer Bedeutung. Es handelt sich um meinen Zyklus ›Blut und Boden‹.

PÜTZCHEN Klingt vorschriftsmäßig. Malt jeder heutzutage.

SCHLICK *lacht* Ich habe die Formel entdeckt. Die Urformel. Ich bin der einzige, der sie kennt. *Spricht dozierend, unerregt* Blut fällt auf den Boden. Tropft, rinnt, spritzt oder strömt. Der Boden schluckt es ein – wie ein Schoß den Samen. Das ist die Erzeugung des Bösen. Die Geburt allen Übels. Abels

Blut floß auf den Boden – beim ersten Mord. Damit kam das Böse in die Welt. Das weiß jeder. Aber wieso hat niemand je bemerkt, daß es aus einer chemischen Verbindung kommt? Blut – und Boden. Die Formel. Die chemische Verbindung. Daraus entstehen, erstens, die Krankheiten, die Seuchen – denn all ihre bekannten Keime gehen auf einen Urkeim zurück. Dann: die bösen Triebe. Haß, Rachsucht, Neid, Grausamkeit. Dann die bösen Geister: Dämonen, Teufel, Furien, die Würger und Greifer. Dann: die verderblichen Wünsche. Die schlechten Gedanken. Sämtliche Abarten der Lüge. Auch die Giftpilze, der Tod im Mutterleib, die verkrüppelten Kinder. Die innere Verwesung, die Hoffart, die Seelenfäule, der Verrat, die Angst, der stinkende Selbstbetrug. Alles. So hat es angefangen. So geht es fort. Es gibt kein Entrinnen. Denken Sie an den befleckten Boden Rußlands. Den Leichendung. Die tödliche Befruchtung. Das kommt alles über uns. Ich habe das alles gezeichnet. *Er starrt Harras an, der die Mappe in einer Lade verschließt* Vielleicht hast du recht. Das kann wohl niemand ertragen. Vielleicht springe ich besser zum Fenster hinaus.

HARRAS Das ist deine erste gute Idee heute abend. Nebenan ist sogar ein Balkon. Da hast du sicheren Absprung.

SCHLICK *zu den andern* Warum lachen Sie nicht? Lachen Sie doch bitte. Ich bin sehr komisch. Ich bin auch ein Schweinehund, genau wie Sie, meine Herrschaften.

KORRIANKE *hat ihn auf einen Wink von Harras unterm Arm gefaßt* Saurer Hering und Käsestulle, dann vielleicht ein Glas Bier. Suff ohne Unterlage – logische Folgen. *Will ihn zur Küche führen.*

SCHLICK Nein, danke, kein Bedarf. Hier sind mir zu viele Greifer. *Macht sich los, schaut in der Luft herum, dann auf Harras* Glaubst du, dich werden sie auslassen? Weshalb grade dich? Hier sind mir zu viele – *Geht rasch, stolpert aus der Tür, Korrianke folgt.*

Beklommenes Schweigen. Selbst Pützchen scheint etwas gedämpft.

PÜTZCHEN Komische Kruke. War der immer so?

HARRAS Nicht vor 1933. Da war er noch verheiratet. Die Frau war jüdisch. Er hat sich scheiden lassen – weil er glaubte, man könne nur in Deutschland malen. Die Frau ist mit den Kindern verschollen. Und Schlick ist immer noch »entartet«. *Er hat mit einer nervösen Bewegung, mehr automatisch, das Radio angedreht. Jetzt schnarrt eine Stimme.*

STIMME halten überall aus, trotz vorzeitiger Schneestürme und unerträglicher Kälte, die unsren Truppen die schwersten – *Er schaltet ab.*

OLIVIA Brrrrr. *Schüttelt sich* Ich habe vorhin was von warmen Würstchen gehört. Das wär jetzt eine Erlösung.

HARRAS Danke, Olly. Das war Schützenhilfe. Entschuldigen Sie, bitte – ich bin ein schlechter Hausherr. Darf ich Sie in die Küche bemühen? Ich habe da eine Tiroler Ecke, statt eines Speisezimmers. Nein, Baron, keine Umstände, nur ein kleiner Happen, damit wir mehr trinken können. *Zu Olivia* Ich kann wohl dir und Diddo das Hausfrauliche überlassen. Wir kommen nach.

Er bleibt mit Mohrungen zurück, der ihm ein Zeichen gemacht hatte, während die andern in die Küche verschwinden, aus der man Stimmen und Geräusche hört.

MOHRUNGEN Sagen Sie – *Senkt die Stimme* – kann man hier abgehört werden?

HARRAS Nur von seinem Gewissen, Herr Präsident.

MOHRUNGEN Ich weiß nicht, was Sie meinen, Herr General! Ich muß Sie ernstlich bitten, seriös zu sein. Es muß ja jeder zuerst vor seiner eigenen Türe kehren.

HARRAS Gut – kehren wir. Sie als der Ältere und als mein Gast haben den Vortritt. Fangen Sie vor der Ihren an. Vor meiner Tür hat sowieso schon die Gestapo gekehrt, wie Sie wissen dürften. Und die kehrt anders rum. Den Dreck ins Haus.

MOHRUNGEN Ich kann in diesem Ton nicht mit Ihnen reden –

HARRAS Dann gehn wir was essen.

MOHRUNGEN *hält ihn am Arm* Nehmen Sie doch Vernunft an. Es geht ums Leben!

HARRAS Das ist Privatsache. Mich interessiert lediglich die Stellungnahme des Beschaffungsamtes in Sachen der Materialschäden.

MOHRUNGEN Ich konnte nicht anders handeln, General. Es ist auch – ja, es entspricht meiner Überzeugung. Die Situation – hat sich in einer Richtung entwickelt – der man sich nicht in den Weg stellen kann. Darf.

HARRAS Das heißt: Sie haben gegen mich Stellung genommen. Sie haben den Verdacht und die Verantwortung einseitig auf meine Ämter abgewälzt.

MOHRUNGEN *gequält* Ich habe nur meine Pflicht getan. Im Bereich der Metallfabrikation sind einwandfreie Entlastungsbeweise erbracht. Alle Spuren weisen in die – gegebene Richtung.

HARRAS Meines Wissens gibt es keine Spuren, weder hier noch dort. Sondern nur eine gegebene Richtung. Nämlich – gegen mich.

MOHRUNGEN Aber was soll ich denn tun? Ich kann doch der staatlichen Untersuchung nicht in den Arm fallen – ja gewiß, ich kenne Ihren Verdacht. Er mag richtig sein – er mag aber auch falsch sein – ich weiß es nicht, Harras – und – und ich will es nicht wissen! Nein – ich will es nicht wissen! Meine Lage ist schwierig genug – ich muß es leider aussprechen – durch Ihre Schuld! *Flüsternd* Man hat einen Teil unserer Unterhaltung damals aufgenommen – Gott sei Dank nicht sehr deutlich. Aber mir bleibt nichts anderes übrig als – bitte verstehen Sie mich doch!

HARRAS *kühl, aber nicht unfreundlich* Ich verstehe durchaus, daß ein Mensch sich retten will.

MOHRUNGEN Darum dreht es sich nicht.

HARRAS Sondern –?

MOHRUNGEN Hören Sie mich eine Minute an – ohne Vorurteil. Es dreht sich um Ihre Rettung. Es gibt nur den einen Weg, und ich will alles tun, um ihn für Sie zu ebnen, ich sage ganz offen, auch in meinem eigenen Interesse. Sie kennen doch Funk – schließlich hat er Humor und trinkt auch gern – ich weiß, daß er Sie irgendwie schätzt. Ich könnte eine Zusammenkunft veranlassen – ganz zwanglos, vielleicht einen Dämmerschoppen in meinem Hotel – Er hat genug Einfluß, um das Notwendige zu vermitteln.

HARRAS Und das wäre?

MOHRUNGEN Sie müssen in die Partei eintreten. Sie müssen eine vollständig andere Stellung beziehen. Die ganze Sache muß aus der Welt geschafft werden. Sie müssen sich mit Himmler verständigen –

HARRAS – und die Luftwaffe der SS in die Hand spielen.

MOHRUNGEN Sie können es ja doch nicht verhindern! Es ist das Gebot der Stunde. Wir stehen in einem Kampf, in dem Einigkeit über alles geht – auch über irgendwelche persönlichen Bedenken oder – Gefühlsmomente. Sie wissen, mir fällt es schwer genug. Aber wir müssen doch – wir müssen doch Deutschland vor dem Bolschewismus retten! Nicht nur Deutschland. Die Welt.

HARRAS Retten Sie, Präsident. Retten Sie feste. Retten Sie vor allem Ihre Aufsichtsratposten und Ihre Dividende. Aber ohne mich.

MOHRUNGEN Sie müssen doch einsehen, Harras – man kann nicht wider den Stachel löcken – es ist – es sind auch Ihre Ideale, um die es geht. Es geht doch um die gesamte christliche Zivilisation!

HARRAS Dann retten Sie auch die. Es rettet ja jeder etwas, heutzutage, was er nicht beweisen kann. Die Religion, die Kultur, die Demokratie, das Abendland – wohin man rotzt, ein Kreuzzug. Wenn ich nur einen treffen würde, der zugibt, daß er nichts als seine Haut retten will. Das möcht ich auch sehr gern. Aber nicht mittels Dämmerschoppen. Sollte ich ein Ideal haben, so ist es ein ganz bescheidenes geworden; mich nicht selber anspucken zu müssen. Nicht mal bei Gegenwind.

MOHRUNGEN *aufbrausend* Wollen Sie damit sagen, – *Nach einer Pause – leise* – daß ich meine Ehre preisgegeben hätte?

HARRAS Ja.

MOHRUNGEN *wendet sich ab* Man lebt doch nicht zum Spaß. Man muß doch Opfer bringen. Ich weiß – wir gehn alle vor die Hunde. Man hat keinen freien Willen mehr – *Er schluchzt.*

HARRAS Ich habe Durst. Es gibt Bier in der Küche.

MOHRUNGEN Können Sie mich denn nicht verstehen?

HARRAS Doch, Präsident. Ziemlich genau. Ich habe nichts anderes erwartet. *Geht zur Küchentür.*

PÜTZCHEN *mit einer angebissenen Frankfurter in der Hand, von Pflungk gefolgt* Friedensware, ganz ohne Hufnagel. Halt dich ran, Papa, die Geiß hält sie dir warm. Ihr könnt die Kriegslage auch mit vollem Mund besprechen. Darf ich mal Ihr Telephon benutzen? Dienstsache, natürlich.

HARRAS Aber gewiß, auch wenn es Minnedienst ist. Au. So was Blödes fällt mir sonst nicht ein. Sie drücken meinen Stil, Pützchen.

PÜTZCHEN Ja, der Krieg verdirbt die Besten.

HARRAS Kommen Sie, Präsident. *Mit Mohrungen ab in die Küche.*

BARON PFLUNGK Nun sagen Sie schon, Pützchen. Sie wollen doch gar nicht telephonieren. Warum haben Sie mir auf den Fuß getreten?

PÜTZCHEN Keine Angst, Edeling. Nicht von wegen Poussage. Es war nur ein Trick, um rauszukommen. Ich habe da was entdeckt, das will ich mir anschauen. Wird Sie auch interessieren. Tolle Sache, mein Lieber. Ich konnte vorhin nur einen Blick drauf werfen. *Sie geht zum Schreibtisch, auf dem Bergmanns Brief liegengeblieben ist, nimmt ihn auf* Passen Sie mal auf, daß niemand reinkommt. Muß ihm grade jemand gebracht haben, sonst hätt er's versteckt. Vielleicht die Geiß, die hab ich längst im Verdacht. *Liest.*

BARON PFLUNGK *über ihre Schulter lesend* Von einem seiner jüdischen Freunde, natürlich. Er soll schon ein paar davon über die Grenze geschmuggelt haben.

PÜTZCHEN Das sind ja staatsfeindliche Umtriebe! Is ja Hochverrat!

BARON PFLUNGK Geben Sie mir den Brief.

PÜTZCHEN Denke nicht daran.

BARON PFLUNGK Geben Sie mir den Brief.

PÜTZCHEN Was wollen Sie denn damit?

BARON PFLUNGK Das werden Sie sehen – *Reißt ihr den Brief aus der Hand, will ihn in den Kamin werfen, in dem Korrianke vorher Feuer gemacht hat. Er wirft aber zu kurz, und Pützchen schnappt ihn aus der Luft, bevor er fallen kann.*

PÜTZCHEN Idiot. Nicht mal werfen kann er. Nehmen Sie einen Kurs in Leichtathletik, Sie Schlappschwanz. Warum wollten Sie das tun?

BARON PFLUNGK Weil ich nicht möchte, daß Sie Dummheiten machen.

PÜTZCHEN Dummheiten?

BARON PFLUNGK Mit diesem Brief können Sie Harras vernichten –

PÜTZCHEN Na, wenn schon.

BARON PFLUNGK Es wäre eine Dummheit. Es wäre sogar gefährlich. Pützchen, Sie sind zu jung, um das zu verstehn. Wir sind nicht unbesiegbar. Im Krieg gibt es Glück und Unglück, auch für Nationalsozialisten. Es kann einmal anders kommen. Dann – dann braucht man Leute wie Harras! Dann muß man froh sein, wenn man solche Leute kennt. Gut kennt.

PÜTZCHEN Sie denken ein bißchen zu weit, Herr Baron.

BARON PFLUNGK Besser als zu kurz. Und wenn er jetzt hochgeht, verstehn Sie – dann hat man ihn wieder zu gut gekannt. Das macht es noch schlimmer!

PÜTZCHEN Für mich sind Sie eine Kackhose. Ein schlaffer Sack. Da ist der Harras ein anderer Kerl. Der hat wenigstens Mumm.

BARON PFLUNGK Was wollen Sie mit dem Brief machen?

PÜTZCHEN Das kommt drauf an. Das hängt von ihm ab. Vielleicht – vielleicht mach ich ihn ganz groß. Vielleicht laß ich ihn fallen. *Steckt den Brief in ihren Blusenausschnitt* Nebenbei gesagt, wenn mich die kleine Geiß weiter so anglubscht, werd ich ihr eine kleben. *Stimmen werden lauter, nähern sich aus der Küche. Pützchen nimmt rasch den Telephonhörer, markiert Gespräch* Also Wiedersehn im Saftladen. Bolona, Bolona. Wissen nicht, was das heißt? Bombenlose Nacht, natürlich. Traut sich so keiner her. *Hängt ab* Wie hab ich das gemacht? Soll mir die Geiß nachspielen.

BARON PFLUNGK *hastig* Ich sag Ihnen noch einmal, Sie spielen mit Dynamit. Sie wissen nicht, was Sie aufrollen können –

PÜTZCHEN Kackhose! Kackhose! *Sucht in der Bar nach Zigaretten.*

BARON PFLUNGK *auf sie einflüsternd, folgt ihr in die Bar.*

Die andern sind von der Küche zurückgekommen, teils mit Gläsern, teils rauchend. Mohrungen und Olivia, in leisem Gespräch, kommen nur bis zur Tür und verschwinden wieder. Harras kommt mit Diddo und Lawrence herein – wendet sich zum Fenster.

HARRAS Jetzt muß ich abblenden, damit wir Licht machen können.

DIDDO Wie schade. Jetzt ist es am schönsten.

HARRAS L'heure macabre. Tiefseestation.

LAWRENCE Ja – es hat etwas von einem Aquarium.

HARRAS Wenn es Abend wird, in den großen Städten, sinkt unsere Wohnung wie eine Taucherglocke. Die Luft ist Grundwasser, dämmertrüb. Glutäugige Fische schwimmen langsam vorbei. Ihr lappischer Flossenschlag wischt über die Fenster. Weiche Mäuler schlucken unsere Augäpfel und lassen sie mit schaumigen Blasen hinaufwirbeln, ins Ungewisse. Unser Gesicht ist blind geworden, man sieht mit den Fingerspitzen, hört mit der Zunge, riecht mit dem Rückenmark und atmet mit dem Hirn. Dann erwacht der heimliche Sinn. Der Ursinn. Der alle Sinne umschließt und keine Grenzen hat. Der Suaheli-Sinn. Ganz nah am Wahnsinn.

DIDDO *hat ihren Arm in den seinen gelegt* Ich hab mir immer gewünscht, eine Wahnsinnige zu spielen. Warum, weiß ich nicht – Vielleicht könnte man dann etwas loswerden – was man in sich hat – und was sonst nicht heraus darf. Aber vielleicht gehört das nicht auf die Bühne. Kennst du den ›Danton‹, von Büchner?

HARRAS *nickt.*

DIDDO Manchmal, wenn ich allein auf der Straße gehe, dann bin ich die Lucile – meinen Camille haben sie mir umgebracht – die Revolutionshenker gehen durch die Nacht – und ich muß plötzlich aus dem Dunkel treten und rufen: Es lebe der König! So möchte ich sterben. Ist das wahnsinnig?

HARRAS *nimmt sie näher an sich, antwortet nicht.*

LAWRENCE Ich beneide die Deutschen um das Wort: Wahnsinn. Es ist ein Dichterwort. Fast ein heiliges Wort. Auch Leidenschaft. Auch Ehrfurcht. Sehnsucht. Begeisterung.

HARRAS Sie kennen unsere Sprache.

LAWRENCE *traurig* Ich liebe Deutschland.

HARRAS Glauben Sie, daß es noch wert ist, geliebt zu werden? Trotz allem?

LAWRENCE Sonst würde ich wohl nicht wagen, der Bestie meinen Kopf in den Rachen zu stecken. Morgen werde ich vielleicht in einem Camp verrotten. Des deutschen Wahnsinns wegen.

HARRAS Ich hab ihn satt. Er hat uns zu viele Windeier gelegt. Das Haus Wahnfried. Den Größenwahn. Ach, Buddy – wie man sich manchmal sehnt – nach einem simplen Volk ohne Wahn- und Aberwitz. Nach Fußballern, Monteuren, Gummikauern, Kindsköpfen. Wie man es über hat, die Wichtigkeit, die Bedeutung, den Todesrausch, das gespaltene Innenleben, den faustischen Geldbriefträger, den dämonischen Blockwart. Die Halbbildung hat uns den Unterleib mit Metaphysik erfüllt und den Kopf mit Darmgasen. Das Unverdauliche zieht uns hinab. Wir sind eine Nation verstopfter Volksschullehrer geworden, die den Rohrstock mit der Reitpeitsche vertauscht haben, um das menschliche Angesicht zu entstellen. Wolkenjäger und Schindknechte. Ein miserables Volk.

LAWRENCE Ich liebe die Deutschen.

HARRAS Ich auch. Bis zum Haß. So muß ein Schauspieler seine Rolle hassen. Lieben und hassen. Die Gestalt, zu der er verurteilt ist.

LAWRENCE Das gilt für alle Menschen.

HARRAS Ja, wir spielen alle. Wir sind in Rollen versteckt und wissen ihr Ende nicht. Wir kennen noch nicht einmal ihren Charakter. Wieviel Böses lauert denn in dir selbst? Frag den Autor. Ist er verrückt? Oder ein Schwindler? Gehört er angebetet – oder ans Kreuz geschlagen?

DIDDO Und hat er uns wenigstens gute Rollen geschrieben – in einem schlechten Stück? Oder umgekehrt? Was geben wir überhaupt? Große Oper – Komödie – Trauerspiel?

HARRAS *lächelnd* Alles zusammen, glaub ich. Und vermutlich gerade den zweiten Akt. Denn der dritte wird kataraktischer sein.

LAWRENCE Vielleicht ist es nur ein Vorspiel. Eine tragische Festouvertüre.

HARRAS »Deutschland. Ein unendlicher Prolog.« *Er zieht die Vorhänge zu, schaltet Licht ein.*

OLIVIA *in der Küchentür* Kinder, um Gottes willen, ich muß ins Theater. In einer Stunde geht der Lappen hoch.

HARRAS Keine Aufregung. Mit einem Taxi schafft ihr's noch lange.

OLIVIA Aber man kriegt doch keins –

HARRAS Korrianke hat einen Freund in der Westend-Garage, der immer funktioniert. Sprung auf, marsch, marsch, Korriandoli, schaff die Karre bei und bring die Abendblätter mit rauf. Bin gespannt, was ich an der Ostfront erlebt habe.

OLIVIA Korrianke ist ein Erzengel, ohne ihn wären wir alle verratzt. Mach dich fertig, Kleines, damit es dann kein Gewurschtel gibt. Zu schade, Präsident – *Wendet sich in den Nebenraum zurück.*

HARRAS *zu Lawrence* Wollen Sie mir einen Gefallen tun? Lassen Sie uns eine Minute allein und halten Sie uns die anderen vom Leib. Danke.

LAWRENCE *nickt, wendet sich zu Pützchen und Pflungk, die leise streitend aus der Bar kommen.*

HARRAS *nimmt seine Uhr aus der Tasche* Tu jetzt so, als ob ich dir etwas zeige. Und antworte nicht. Paß auf: vielleicht spring ich aus meiner Rolle. Vielleicht werd ich kontraktbrüchig. Vielleicht schlag ich dem Autor ein Schnippchen. Ich denke an Abhauen – durch die Luft, ohne Fahrschein.

DIDDO *nickt eifrig, tut, als lausche sie an der Uhr.*

HARRAS Wann und wie – weiß ich noch nicht. Wenn es glückt – *Unterbricht sich* Vorsicht. Sie kommen her.

DIDDO *fast ohne Ton, unterm Atem* Es muß glücken. Es muß.

HARRAS *laut* Hörst du? Sie tickt schon wieder. Sie ist noch lange nicht futsch. *Steckt die Uhr ein.*

DIDDO Die wird noch hundert – in deiner Hosentasche.

HARRAS *lachend* Falls die Naht nicht platzt.

KORRIANKE *ist in der Flurtür erschienen, hält Zeitungen in der Hand. Gleichzeitig braust Olivia herein, von Mohrungen gefolgt.*

OLIVIA Taxi vorgefahren? Das nenn ich Blitzbedienung. Also nur keine lange Abschiedsszene. Komm, Diddolein, zieh deine Jacke an.

KORRIANKE Herr General –

HARRAS *schaut zu ihm hin* Wie siehst du denn aus? Was gibt's denn?

KORRIANKE Es ist etwas passiert.

MOHRUNGEN *ist zu ihm getreten* Extrablätter mit Trauerrand? Ist jemand – *Hat ihm ein Blatt aus der Hand genommen – wird bleich* Guter Gott – *Läßt das Blatt fallen.*

HARRAS *ohne sich von der Stelle zu rühren – fast mit Gewißheit* Eilers?

PÜTZCHEN *ist zu Mohrungen gelaufen, nimmt das Blatt auf. Liest* »tödlich verunglückt – Absturz überm Flugfeld – Unaufgeklärter Maschinendefekt –« Das ist doch nicht möglich! So etwas darf doch nicht –

MOHRUNGEN *faßt ihren Arm. Sie schweigt, schaut Harras an.*

HARRAS *zwischen den Zähnen* Durch die Zeitung. Kein Anruf. Kein Radiogramm.

PÜTZCHEN *leise, betroffen* Anne – ob sie es schon weiß?

MOHRUNGEN *ganz gebrochen* Wir müssen versuchen anzurufen – Ich werde gleich hinfahren – mit dem nächsten Zug –

BARON PFLUNGK *lesend* »Der Führer hat Staatsbegräbnis angeordnet.« Das wird sie ein bißchen trösten.

MOHRUNGEN Ich glaube kaum.

PÜTZCHEN *streichelt seine Hand. Er nickt trübselig.*

OLIVIA *mit nassen Augen* Und jetzt soll man singen. Man möchte schon lieber – selbst nicht mehr.

MOHRUNGEN *schaut sie an, hilflos* Da merkt man plötzlich – wie alt man ist. Wie alt.

PÜTZCHEN *geht unbemerkt hinaus.*

HARRAS *verändert, mit kalter Stimme* Korrianke. Nimm den großen Wagen, mach Tempo. Fahr zu Oderbruch, er ist jetzt bestimmt zu Hause. Hol ihn her. Anrufen will ich nicht. Sag ihm, er soll alles mitbringen, was er an Material zur Hand hat. Wir müssen arbeiten. Nimm den Wohnungsschlüssel mit, schick ihn rauf, eh du den Wagen parkst. Verlier keinen Augenblick.

KORRIANKE *hat Haltung angenommen, geht.*

MOHRUNGEN *zu Pflungk* Können Sie uns zum Hotel bringen, Baron? Ich muß packen. Wo ist denn Pützchen?

BARON PFLUNGK Ich weiß nicht, sie muß vorausgegangen sein.

MOHRUNGEN *ruft* Pützchen! – – Warum läuft sie jetzt weg?

BARON PFLUNGK *zuckt die Achseln* Sie hat ihre Launen. Natürlich bringe ich Sie. – Ich – ich brauche nicht zu sagen, wie tief ich mit Ihnen empfinde, Herr Präsident.

MOHRUNGEN *nickt abwesend* Ja – vielen Dank. *Sein Blick trifft Harras, wird hart* Das wird ein Nachspiel haben. Der Fall muß aufgeklärt werden. Rücksichtslos.

HARRAS *erwidert seinen Blick – verbeugt sich schweigend.*

BARON PFLUNGK *verlegen* Auf Wiedersehn, General – Dank für die Gastfreundschaft.

HARRAS Ach, bitte, nehmen Sie Mr. Lawrence mit, bis zur amerikanischen Botschaft. Das liegt auf Ihrem Wege.

BARON PFLUNGK Gern, mit Vergnügen.

HARRAS *zu Lawrence* Sagten Sie nicht, Sie hätten dort zu tun?

LAWRENCE Sie denken an alles. Leb wohl, Harry. *Streckt die Hand aus.*

HARRAS Leb wohl, Zeitgenosse. Ihre Wette wird besser. Legen Sie ein Monatsgehalt drauf.

Drückt ihm kurz die Hand. Mohrungen, Pflungk, Lawrence ab. Olivia bleibt zögernd in der Tür. Man hört den Fahrstuhl.

HARRAS *zu Diddo, ruhig und fest* Nimm an. Geh nach Wien. – Jetzt hat sich viel verändert.

DIDDO Nicht für mich. Ich bin nicht schwach. Ich will dich nicht verlassen.

HARRAS *nimmt ihre Hände* Du verläßt mich nicht, wenn du gehst. Du stehst mir bei.

DIDDO Wie kann ich dir beistehn – wenn ich fern bin?

HARRAS Grade dann. Beistand ist das, worauf man bauen kann, wenn man allein ist. Was jetzt kommt – muß ich allein abmachen.

DIDDO Wie werd ich von dir hören?

HARRAS Ich kann dich dort leichter erreichen – was auch geschieht. Hier würden sie dich bewachen. Oder – Schlimmeres. Versprichst du mir, daß du gehst?

DIDDO Ich gehe.

OLIVIA *leise* Komm jetzt, Kind.

DIDDO *reißt sich los – geht rasch mit ihr.*

HARRAS *allein in dem hellerleuchteten Raum – faßt mit einer unbewußten Beweung nach einer Stuhllehne, krallt die Hand darum – schließt die Augen. – Wenn er sie öffnet, steht Pützchen in der Tür. – Er starrt sie an – löst die Hand* Wo kommen Sie her? Wer hat Sie hereingelassen?

PÜTZCHEN *ohne Scheu, aber nicht kokett oder frivol* Niemand. Ich hab mich im Wandschrank versteckt, bis alle weg waren. Ich muß mit Ihnen sprechen, Harras. Allein.

HARRAS Ich glaube, Sie wählen einen falschen Augenblick. Ich habe zu tun. Ich habe keine Zeit zu verplaudern.

PÜTZCHEN Halten Sie mich nicht für dümmer, als ich bin. Man verstellt sich ein bißchen, jeder von uns, auch Sie. Man übertreibt nach außen und merkt es oft selbst nicht mehr. Aber im Grunde weiß man doch Bescheid. Harry – mit Ihnen kann das nicht so weitergehen.

HARRAS Was meinen Sie damit?

PÜTZCHEN Sehn Sie, die Sache mit Eilers, die geht mir nah. Das hat mir einen Stoß gegeben. Nicht nur wegen Anne und ihrer Kinder. Er war ein feiner Kerl, wenn auch zu weich. Sie sind besser, was das Material anlangt. Man sagt ja, daß es jeden Flieger mal erwischt, das liegt im Beruf. Aber müssen Sie sich denn unbedingt selbst ruinieren? Das haben Sie nicht nötig!

HARRAS Wer sagt Ihnen das? Vielleicht hab ich es nötig. Und außerdem, Pützchen – was geht es Sie an?

PÜTZCHEN Ich kann's nicht mit ansehn. Ich mag nicht. Es gibt nicht so viele Männer auf der Welt. Richtige Männer. Sie sind ein Mann. Es ist ein Jammer um Sie. Hartmännchen zum Beispiel – das ist mir gar nicht so leichtgefallen, ich hab ihn recht gern, er ist ein lieber Junge. Aber was soll ich mit ihm anfangen? Ein lieber Junge genügt mir nicht, auch wenn er noch so brav ist. Und die andern, die sind erst recht nichts wert. Ich stell mir einen Mann vor, der's schafft, der das Rennen macht – an der Spitze der Nation. Sie könnten es schaffen, Harry, Sie müssen es schaffen.

HARRAS Was, den Ehrenvorsitz der KdF oder eine goldene Wandplakette in der Reichsfrauenschaft? Wollen Sie hier Propaganda machen? Suchen Sie sich einen Pimpf.

PÜTZCHEN Werden Sie nicht sarkastisch, ich kenn das, wir sind unter uns. Es ist nur blöder Trotz, wenn Sie nicht mitmachen. Sie sind doch kein Jude und kein Kommunist. Sie wissen selbst, daß Sie dagegen nicht aufkommen. Seien Sie doch kein Narr. Sie haben Blut, Rasse, Geist. Sie sind zum Herrschen geboren, zum Packen, zum Besitzen. Sie sind ja ganz gern ein Nazigeneral geworden, der Glanz, der Aufstieg, das hat Ihnen ja gepaßt. Warum nicht mehr? Sie könnten alle überflügeln. Sie haben das Zeug dazu!

HARRAS Schlimm genug.

PÜTZCHEN Unsinn. Schmeißen Sie den alten Krempel über Bord. Freiheit, Humanität – das ist doch Gefasel. Frei ist, wer die andern beherrscht. Es gibt nur zwei Parteien auf der Welt, die oben – die unten. Und wer unten liegt, der hat unrecht, und verdient's nicht besser. Das ist die Wirklichkeit. Sie gehören hinauf. Ganz hoch hinauf!

HARRAS *zwischen den Zähnen* »– auf den Gipfel eines hohen Berges –« Hm?

PÜTZCHEN Ja, zum Teufel, ich zeig Ihnen die Welt, man sieht sie nur von oben! Schaun Sie runter, Sie sind ja schwindelfrei! Schaun Sie sich doch die andern an: Schatten – Weichtiere – Mollusken! Und unsere Bonzen – tüchtige Kerle dabei – aber kein Format. Der Göring, ein eitler Kloß, der Milch, der Kesselring und so weiter, ehrgeizige Halbleben, Leute wie mein Papa, eine Wachsfigur. Der Himmler hat Grütze, aber er ist kein Soldat. Wenn Sie wollen – Sie können sie alle in die Tasche stecken. Sind Sie blutscheu? Sind Sie ein Waschlappen? Haben Sie keine Instinkte mehr? In einem Jahr können Sie der Größte sein – die Macht hinterm Führer – und jeden abkrageln, der Ihnen nicht gefällt. Macht ist Leben. Macht ist Genuß. Mensch – wenn Sie zugreifen – ich mache Sie ganz groß!!

HARRAS Sie machen mich ganz groß. Und warum, wenn ich fragen darf? Was liegt Ihnen dran? Was haben Sie davon?

PÜTZCHEN Weil ich Sie mag. Voilà. Sie wissen's ja, warum soll ich's nicht sagen. Ich mag Sie, ich hab Sie gleich gemocht. Und Pützchen kriegt, was es will. Sie brauchen nichts als die Frau, die Sie aufrüttelt, hochreißt, die Ihnen die Sporen einsetzt, damit Sie durchs Ziel schießen. Sie brauchen mich, Harry.

HARRAS *mit einem Anflug von Mitgefühl* Ich muß Sie ernüchtern, Pützchen. Sie täuschen sich. Ich bin das falsche Objekt. Suchen Sie sich ein anderes, es gibt so viele davon. Ich brauche niemanden. Und wenn ich jemanden brauche – den such ich mir selbst.

PÜTZCHEN Sie traun sich wohl nicht. Sie haben wohl Angst, sich die Zunge zu verbrennen. Spielen Sie nur kein Theater. Der gute Hirte mit dem Schäfchen im Arm – das steht Ihnen nicht. Schaun Sie mal in den Spiegel. Sie sind ein Raubtier, Sie haben Habichtsaugen, und Reißzähne wie ein Wolf. Was wollen Sie denn mit der grünen Rapunzel? Die wird Ihnen fad, eh Sie angebissen haben. Die bleibt am Weg.

HARRAS Gehen Sie jetzt fort, Pützchen. Ich warne Sie.

PÜTZCHEN Es wäre gescheiter, Sie würden sich warnen lassen, Harras. Treiben Sie's nicht zu weit. Man schmuggelt nicht ungestraft alte Juden über die Grenze. Nur um den Samariter zu markieren. Dazu hat man kein Recht, auch Sie nicht. Was zum Untergehn verurteilt ist, das muß herunter, da läßt man die Finger weg, sonst kriegt man drauf. Auf die paar Juden kommt's bei uns nicht an, die wollten lang genug das Salz der

Erde sein, jetzt können sie Salz schlucken, bis ihnen der Schlund verdorrt. Wollen Sie mitfressen?

HARRAS *hat auf den Schreibtisch geschaut – starrt sie an* Was heißt das – Spitzelei? Erpressung?

PÜTZCHEN Ich sag nichts mehr. Wer nicht hören will, muß fühlen.

HARRAS *mit einem Sprung zur Wand, reißt eine schwere afrikanische Peitsche herunter, geht auf sie los* Dann hören Sie. Wenn Sie nicht auf der Stelle verschwinden – zieh ich Ihnen das Ding hier durchs Gesicht, quer durchs Gesicht, daß es gezeichnet ist, solang Sie vegetieren – *Er holt aus.*

PÜTZCHEN *mit erhobenen Armen, rasch rückwärts zur Tür – bleibt stehen* So – so einer bist du? Du Feigling. Dir werd ich's eintränken. Du gemeiner Hund. Du Verräter. *Ab – schmeißt die Tür zu.*

HARRAS *steht einen Augenblick – keuchend – dann wirft er die Peitsche weg – greift sich zum Hals, als habe er keine Luft. Geht rasch durchs Zimmer, zu einem Wandschalter, löscht alles Licht, bis es ganz dunkel ist – dann zum Fenster, zieht die Vorhänge zurück, öffnet weit. Schaut hinaus, tief atmend. Der Raum füllt sich von draußen mit einem schwachen Lichtschimmer, der etwas stärker wird. In der Mitte des schwarzen Fensters wachsen fünf bleiche, gefächerte Strahlen in die Höhe – stehen im Rahmen wie die Finger einer riesenhaft ausgespreizten Hand.*

Harras bleibt einen Moment regungslos – dann reißt er die Vorhänge zu, weicht fast taumelnd in den finsteren Raum zurück. Man sieht ihn nicht. Er scheint auf einen Sessel gesunken – oder am Boden. Seine Stimme kommt aus der Tiefe Herrgott im Himmel. Ich habe Angst. Ich habe Angst. Ich hab Angst – *Verstummt. Eine Tür geht. Harras, im Dunkel, springt hoch – schreit* Halt! Zurück!! Wer ist da –?! *Das Licht flammt auf. Harras am Schalter – den Revoler in der Hand.*

ODERBRUCH *steht in der Tür mit einer Aktenmappe unterm Arm. Er ist ein Mann um die Vierzig, schlank, graublond, mit einfachen, klaren Zügen, ohne besondere Auffälligkeit. Er trägt die schmucklose graue Litewka der technischen Spezialtruppen. Keine Aus-*

zeichnungen. Wenn er näherkommt, bemerkt man, daß er ein klein wenig, kaum sichtbar, hinkt. Sein Sprechen ist knapp, gelassen, manchmal etwas stockend, beherrscht und bedächtig Habe ich Sie erschreckt? Korrianke hat mir den Schlüssel mitgegeben. *Geht zum Schreibtisch, legt Schlüssel und Mappe nieder.*

HARRAS Oderbruch! Gott sei Dank, daß Sie da sind. Ich war wohl ein bißchen hysterisch. *Er lacht kurz auf, erlöst* Hatte dunkel gemacht, um Luft hereinzulassen. Man weiß nie genau, was so im Dunkel herumschleicht, heutzutage. Ich dachte immer, ich hätte keine Nerven.

ODERBRUCH Das denkt man, wenn man sie Tag und Nacht in Gewalt haben muß. Aber man soll ihnen manchmal etwas Zügel geben. Sonst werden sie hartmäulig und warnen uns nicht mehr.

HARRAS Es ist ja kein Wunder. Es ist ein bißchen stark. Sie wissen – von Eilers?

ODERBRUCH *nickt.*

HARRAS Seit wann?

ODERBRUCH Ich habe es erst durch Ihre Botschaft erfahren. Im Amt war nichts bekannt.

HARRAS Ja, man hat es vor uns geheimgehalten, aus irgendeinem vertrackten Grund – den wir herauskriegen müssen, wie so vieles. Wenn ich Ihre alte Mappe da sehe und Ihr Gesicht, dann kommt es mir schon nicht mehr ganz unlösbar vor. Ein Glück, daß Sie zu Hause waren. Aber Sie sind ja immer zu Hause. Habe ich Sie gestört?

ODERBRUCH *lächelnd* Es ist mein Donnerstag.

HARRAS Ach, wirklich. Ich hatte keinen Dunst, was für ein Tag es ist. Das tut mir leid.

ODERBRUCH Es spielt keine Rolle – in einem solchen Fall. Sonst halt ich an diesem Abend fest wie an der Seligkeit. Man braucht so eine Sache – die einen vollständig wegnimmt – von allem.

HARRAS Ich weiß, es ist Ihr einziges bekanntes Laster. Was war's heute abend?

ODERBRUCH Schubert, C-Dur-Quintett mit zwei Celli. Es war

gar nicht einfach, das zweite aufzutreiben. Es gibt nicht so viele Cellisten.

HARRAS Gewiß nicht viele, die sich trauen dürfen, mit Ihnen das zweite zu spielen. – Ist es nicht scheußlich – mit Eilers? Jeden andern könnt' ich eher verschmerzen.

ODERBRUCH Er war mein Freund.

HARRAS *nickt* Und wenn's noch im Kampf passiert wäre. Aber so – das ist doch Mord. Meuchelmord. – Haben Sie irgendeine Erklärung? Einen Anhaltspunkt? Weshalb gerade Eilers?

ODERBRUCH Es hätte wohl ebensogut jeden anderen treffen können. Die Staffel war mit neuen Maschinen beliefert – alle ausprobiert, alle gleichmäßig geprüft.

HARRAS Wir müssen sie alle telegraphisch zurückbeordern, zur Untersuchung. Es darf keine mehr aufsteigen.

ODERBRUCH Ich habe es schon getan, auf eigne Faust, von zu Hause.

HARRAS Das ist gut – Wir müssen selbst in die Fabriken gehn. Wir müssen jede, die kleinste Spur aufnehmen. Aber ich weiß nicht, ob es nutzt. Da ist etwas anderes dahinter. Eilers war doch niemandem im Weg. Er war der beste Staffelführer. Er war sogar PG. Sie glauben doch nicht an Zufall?

ODERBRUCH Es gibt fatale Zufälle in der Welt.

HARRAS Fatal – im Sinne von tödlich. Von schicksalhaft. Wenn das Schicksal Amok läuft, dann macht es ganze Arbeit. Nicht nur ein Menschenleben. Auch ein Heim. Auch eine Familie. Es gibt doch kaum eine richtige Familie mehr. Das wird alles zerstört, zermörsert, von innen und außen. Man könnte heulen, wenn man sie zusammen gesehen hat. Ich hatte vor, mit ihnen Weihnachten zu feiern. Wenn's unsereinen erwischt hätte, wäre es halb so schlimm. Wollen Sie einen Schnaps? *Füllt zwei Gläser.*

ODERBRUCH Danke. Erst nach der Arbeit.

HARRAS Haben Sie eigentlich nie daran gedacht, zu heiraten? Warum nicht?

ODERBRUCH Ich kann es schwer sagen. Zuerst – war es wohl materiell nicht möglich. Später – nicht mehr die rechte Zeit.

HARRAS Das wäre alles kein Grund. Wenn man wirklich will.

ODERBRUCH Sie wissen, ich war einmal zum Priester bestimmt. *Lächelnd* Vielleicht hängt mir das nach.

HARRAS Bei mir war es eher das Gegenteil. Ich wollte nichts versäumen – und jetzt kommt es mir vor, ich hätte das Beste versäumt. Man müßte die Liebe nicht fürs schöne Wetter lassen. Man müßte sie aufbauen wie ein Haus. Man müßte ein Bollwerk der Liebe aus seinem Leben machen.

ODERBRUCH Ein solches Bollwerk muß auf sicherem Grund stehen. Auf reinem Boden.

HARRAS Das ist Ihre konservative Kinderstube. Der Onkel Fürstbischof. Oder meinen Sie's anders? *Schaut ihn fragend an, Oderbruch antwortet nicht* Mir würde ein Sportflugzeug genügen, für den Anfang, oder ein Wohnwagen. Zigeunerhochzeit. Zugvogelmenage. Wär nur die Welt nicht mit Stacheldraht versperrt –

ODERBRUCH Der läßt sich überfliegen.

HARRAS Nicht der eigne. Der unsichtbare. *Senkt die Stimme* Ich muß Ihnen etwas anvertrauen, Oderbruch. Ich habe an Flucht gedacht. Aus guten Gründen. Jetzt – hält mich der tote Eilers. Wär es dazu gekommen – dann hätt' ich Sie nicht damit belastet. So – ist mir wohler, wenn Sie es wissen. Sie haben's ja schon geahnt.

ODERBRUCH Ich danke Ihnen.

HARRAS Wissen Sie, wo ich die letzten zwei Wochen war? Oder – können Sie sich's denken?

ODERBRUCH Ich kann es mir denken.

HARRAS Dann wissen Sie auch – worum es jetzt geht. Eilers ist tot. Sie haben den Lüttjohann geholt. Ich muß der Sache auf den Grund kommen, ich muß das zu Ende bringen, was es auch kostet. Sie sind der einzige, der mir helfen kann. Sagen Sie mir die Wahrheit. Glauben Sie, wir werden sie finden? Die Wahrheit?

ODERBRUCH Sie wird ans Licht kommen – eines Tages.

HARRAS Eines Tages – – ich habe nur noch zehn.

ODERBRUCH *nimmt das Glas, das Harras vorher gefüllt hat, leert es.*

HARRAS *beobachtet ihn. Tritt näher zu ihm* Oderbruch – wissen Sie etwas, das Sie mir verheimlichen? Haben Sie einen Verdacht, eine Ahnung? Schonen Sie mich nicht – um Himmels willen, um der Wahrheit willen, schonen Sie keinen! Wissen Sie etwas?

ODERBRUCH *stellt das Glas ab* Nichts als Tatsachen.

HARRAS Die Tatsachen – – und was bedeuten sie? Was steckt dahinter?

ODERBRUCH Es wird ans Licht kommen.

HARRAS Und wenn's zu spät ist? Wenn's zappenduster wird und kein Licht mehr brennt?

ODERBRUCH Es ist nie zu spät für die Wahrheit.

HARRAS Ihre Ruhe, Mann, die möcht ich mir wachsen lassen wie einen Bart. Ich wundere mich manchmal, daß Sie keinen tragen.

ODERBRUCH *lacht ein wenig* Das wäre zuviel Maske.

HARRAS Ja – man verbirgt sich besser hinterm nackten Gesicht.

ODERBRUCH *entschnürt seine Aktenmappe – läßt das Schloß springen* Hier ist das Ergebnis der vorläufigen Untersuchung, natürlich noch ohne Berücksichtigung der jüngsten Ereignisse.

HARRAS *haut ihm auf die Schulter* Gehn wir's an. *Er schaltet die starken Arbeitslampen ein* Ist das die Analyse der Materialproben?

ODERBRUCH *nickt* Hier Skala eins – normales Aluminiumgewicht – Wolfram – Legierungsquote – Skala zwei – Abweichungen – Verschiebungsberechnung – falscher Neigungswinkel – Skala drei –

HARRAS *murmelnd über den Tisch gebeugt.*

Sirenen, anschwellend. Fernes Flakfeuer, näherkommend, Motorengebrumm.

HARRAS *hebt den Kopf* Die Herren von der Themse. Wollen Sie in den Keller, Oderbruch?

ODERBRUCH, *ohne aufzuschauen* Weshalb?

HARRAS Sie haben recht. Unser Feind ist hier.

BEIDE *über die Arbeit gebückt.*

Dritter Akt

Verdammnis

Spielt am letzten Tage der dem General Harras gesetzten Frist.

Technisches Büro eines Militärflughafens bei Berlin. Kalte, quadratische Konstruktion aus Stahl, Zement und Glas. Arbeitstisch mit Metallkanten, Karten, Modellskizzen, Wetterkurven an den Wänden verteilt. Kein Bild, keinerlei Ausschmückung. Eine kleine Vase mit einem verwelkten Veilchenstrauß steht auf dem Sims einer elektrischen Schalttafel. In einer Ecke ein schmales Sofa, als Feldbett hergerichtet, aber unbenutzt – daneben ein offener Handkoffer. Im Hintergrund hohe Fenster mit Ausblick auf Hangars, Schuppen, Startplätze. Das rötliche Licht eines frühen Wintermorgens fällt in den Raum, in dem noch die Lampen brennen. Harras am Arbeitstisch, angekleidet, mit offenem Waffenrock, neben ihm ein Frühstückstablett mit Thermosflasche. Der Tisch ist mit Akten, Papieren, Materialproben und Meßinstrumenten überhäuft. Korrianke am Sofa, zieht das Nachtzeug ab, verstaut es in den Koffer.

HARRAS *hat einen Briefbogen genommen, spielt mit einer Feder* Was für Datum, Korrianke?

KORRIANKE Sonnabend, 6. Dezember 1941.

HARRAS Sechster Dezember. Sankt Nikolaus. Äpfel und Nüsse für die braven Kinder. Die Rute für die schlimmen.

KORRIANKE Noch nicht mal ein Kalender in der Bruchbude. Ich werd einen besorgen.

HARRAS Lohnt nicht mehr. *Gähnt, legt die Feder hin, zündet eine Zigarette an.*

KORRIANKE Sie haben wieder nicht geschlafen, Herr General.

HARRAS Keine Zeit. Ich war nicht müde. – Sag, wann ist Eilers gefallen?

KORRIANKE Donnerstag voriger Woche. Zehn Tage her.

HARRAS Hm! Stichtag. – Wie steht es draußen?

KORRIANKE Zwei Panzerwagen vorm Hauptportal. SS-Wache,

Überfallkommando. Muß in der Nacht eingerückt sein. Sie wollten mich nicht rauflassen. Aus- und Eingang nur gegen besonderen Paß.

HARRAS Dann sind wir also quasi gefangen.

KORRIANKE Nicht so ganz, Herr General.

HARRAS Nein. Nicht so ganz. Nicht so ganz. *Nimmt die Feder auf* Sechster Dezember. Äpfel und Nüsse. Zu blöd. Ich kann keine Briefe schreiben. *Erhebt sich, reckt die Arme.*

KORRIANKE *zum Tisch, schüttelt die Thermosflasche* Alle?

HARRAS Alle. – Hör mal zu, Korriandoli! Rasch, bevor jemand kommt! Für den Fall, daß es schiefgeht – laß das Kopfschütteln, natürlich kann es schiefgehn, das weißt du genau. Ohne Faxen jetzt! Für den Fall, daß mir was passiert, nimmst du Urlaub und fährst sofort nach Wien. Geld lasse ich dir genug. Nur – daß sie keine Dummheiten macht! Denk dir was aus – was Erträgliches! Du bist so ein guter Geschichtenerzähler. Verdammt, du weißt schon, was ich meine.

KORRIANKE Ich weiß es, Herr General.

HARRAS Das ist ein Freundschaftsdienst. *Das Telephon schnarrt, er nimmt den Hörer auf* Jawohl, in fünf Minuten. *Hängt ab, spricht hastig* Noch was. Hast du schon drüber nachgedacht, was du selber anfängst? Ich meine – falls ich dich nicht mehr reklamieren kann. Du bist noch nicht übers Alter, sie werden versuchen, dich an die Front zu stecken – vielleicht könntest du Druckpunkt beziehen, bei einem meiner Freunde in den besetzten Ländern. Du kennst dich ja aus. Aber Vorsicht, Alter – scharf aufpassen, Maul halten und so weiter! Die vergessen nicht. Gib ihnen keine Chance!

KORRIANKE Kommt nicht in Frage, Herr General. Im Falle eines Falles, da melde ick mir freiwillig zur Infanterie. Mitm nächsten Schub nach Osten.

HARRAS Nach Osten? Du hast wohl 'n Furz im Kopp?

KORRIANKE Wetten, daß nein, Herr General? Det Köppche vakoof ick nich – nicht für ne Kaffeebohne. Nach Osten – immer nach Osten! Da ha ick 'n mächtigen Drang nach. Im Osten, auf Posten, in finstrer Mitternacht – *Hebt die Hände.* »Towarischtschi-Towarischtschi!« Kann ick schon.

HARRAS Du glaubst wohl, da kommst du aus der sauren Milch in den Honig? Mann – wenn du mal nur nicht drin kleben bleibst.

KORRIANKE Alter Spartakist, Herr General. Ick war doch schon 1918 in der KPD –

HARRAS Lange her. Mein Gott – 1918. Da hatte ich nur eine Idee – raus. Amerika.

KORRIANKE Da hättense man bleiben sollen, Herr General.

HARRAS Na ja. Lange her.

Das Telefon schnarrt wieder.

HARRAS *drückt eine Klappe nieder* Im übrigen – bleibt alles wie vereinbart. Klar? Du hältst dich bereit und wartest – für alle Fälle – bis es dunkel wird.

KORRIANKE Bis zum Jüngsten Tag, Herr General.

HARRAS Solange kann es auch dauern – bis wir uns wiedersehn. Und was werden wir dann sagen, Korrianke?

KORRIANKE »Prost!« werden wir sagen. Ohne mit der Wim – ohne mit der Wimper – *Starrt ihn an, ganz erschrocken.*

HARRAS *am Telephon* Na? Was ist?

KORRIANKE Sie haben »Schnauze« vergessen.

HARRAS Verzeihung. Ich bin ein bißchen zerstreut. *Brüllt ihn an* Schnauze!

KORRIANKE *in militärischer Haltung – schluckend* Danke, Herr General! *Rasch ab*

HARRAS *am Arbeitstisch, knüllt den Briefbogen zusammen, wirft ihn in den Papierkorb. Knipst die Lampe aus. Nimmt das Telephon auf, drückt auf den Summer* Chefingenieur, bitte. – Oderbruch? Ausgeschlafen? – Na, sosolala. – Nein, nichts Wesentliches. Immer das gleiche Bild. – Ja, die Vernehmung der beiden Arbeiter. Schicken Sie mir den Kommissar herein! Oder nein, kommen Sie mit, bitte, und bleiben Sie dabei. *Er knöpft seinen Rock zu, schaut zur Tür. Herein treten Oderbruch und ein Kommissar in Zivil.*

KOMMISSAR Mor'n, Herr General! Ich hab Ihnen wunschgemäß die beiden Vögel hergebracht. Aber aus denen kriegen Sie nichts heraus, das sind Verstockte. Kreuzfragen, Scheinwerferverhör, Vertraulichkeit – zieht nich bei denen. Für die Sorte reicht unsere altmodische Polizeimethode nicht aus. Und für die neue sind wir nicht geeicht.

HARRAS Oder aber die Vögel sind unschuldig und wissen wirklich nichts.

KOMMISSAR Dann gnade ihnen Gott. – Sind Sie im Bilde?

HARRAS Ich habe die Akten eingesehen. *Zu Oderbruch* Sie sind doch von der verdächtigten Belegschaft?

ODERBRUCH Soweit man von verdächtig reden kann. Sie haben in einer Schicht gearbeitet, durch deren Hände nachweislich einige der Unglücksmaschinen gegangen sind. Mehr wissen wir nicht.

HARRAS Und warum hat man diese beiden herausgefischt?

KOMMISSAR Der eine ist alter SPD-Mann, unbeliebt in der Arbeitsfront, als Nörgler verschrien. Hat mehrmals Bemerkungen gemacht, zum Beispiel: Dr. Ley könne ihn und so weiter. Der andere steht im Verdacht, mit einer geheimen kommunistischen Jugendorganisation zu sympathisieren.

HARRAS Das ist nicht grade ein Beweis, daß sie in diese Affäre verwickelt sind.

KOMMISSAR Nein – nicht grade ein Beweis. Sie leugnen alles ab, natürlich. Und wenn man scharf wird, verlegen sie sich auf totale Verdunkelung.

HARRAS Wollen Sie mir einen Gefallen tun, Herr Kommissar? Lassen Sie uns mit ihnen allein sprechen. Ich halte es für möglich, daß es erfolgreicher wäre.

KOMMISSAR *zuckt die Achseln* Ich bezweifle es. Aber bitte, wie Sie wünschen, Herr General. *Wendet sich zur Tür, gibt ein Kommando.*

Eine Wache bringt die beiden Arbeiter herein, entfernt sich mit dem Kommissar. Die Verhafteten sind ungefesselt und tragen ihre eigenen Kleider, ohne Kragen und Krawatten, aber keine Sträflingstracht. Der Ältere, um die Fünfzig, hat ein knochiges, verwittertes Gesicht und angegraute Haare, der Jüngere ist mager und sehr bleich. Beide scheinen ruhig, schauen unter sich.

HARRAS *beobachtet sie einen Augenblick* Wollen Sie sich setzen?

DER ÄLTERE *ohne aufzuschauen* Danke! Wir stehen lieber.

HARRAS Sie sind schon sitzmüde, kann ich mir denken. Gehen Sie ruhig auf und ab, wenn Sie Lust haben. Ich biete Ihnen mit Absicht jetzt keine Zigarette an, das macht jeder Bulle, wenn er Sie ausquetschen will. Aber ich könnte leichter mit Ihnen reden, wenn Sie sich entschließen würden, mich mal anzuschauen.

DER ÄLTERE *mit einem Anflug von Lächeln* Das läßt sich machen.

HARRAS Na also! Ich will Sie nämlich nicht ausquetschen. Ich bin nicht Ihr Feind. Ich halte Sie in der Sache nicht für schuldig, solange man Ihnen nichts bewiesen hat. Ich will Sie auch nicht verleiten, Kameraden zu verpfeifen und so weiter. Ich möchte Ihnen nur einen Rat geben – solang wir allein sind.

DIE ARBEITER *schauen ihn an – unbewegt.*

HARRAS Ich will vorausschicken, daß mir persönlich Ihre politische Gesinnung und Ihr Vorleben gänzlich piepe sind. Ich stehe hier nicht als Polizeimann und nicht als Regierungsvertreter. Für mich ist diese Untersuchung kein Spaß und erst recht keine Schikane. Ich habe die Verantwortung für unsere Flugzeuge und für die Sicherheit unserer Flieger, das ist alles. Es ist Sabotage vorgekommen, und ich will erreichen, daß sie aufhört, sonst nichts. Früher oder später wird sie doch entdeckt – und dann unter erschwerenden Umständen, für alle Beteiligten. Wenn Sie Vertrauen zu mir hätten – könnten wir gegenseitig unsere Lage verbessern. Ich meine das so, wie ich es sage.

DIE ARBEITER *schauen ihn an – schweigen.*

HARRAS Es ist Ihnen doch klar, daß Sie in der Scheißgasse sind. Ob mit Recht oder Unrecht, steht hier nicht zur Frage. Aber Sie wissen ja Bescheid. Wenn man jemanden verdächtigen will, findet man immer was Verdächtiges, und je weniger dabei herauskommt, desto schärfer geht man vor. Solange Sie in regulärer Untersuchungshaft sind, passiert Ihnen nichts, und wenn Sie in ein Gefängnis kämen oder sogar in ein Zuchthaus, wären Sie fein heraus. Ich will Ihnen hier nicht einreden, sich was aus den Fingern zu saugen. Aber falls Sie in irgendeiner Weise mit dieser Sache zu tun hatten, so sage ich Ihnen nur eins: Es gibt auch eine Form des Geständnisses, mit dem man niemand anderen belastet und sich selbst nicht völlig aufgibt, sondern eine unmögliche Situation zu einem vorläufigen Stillstand bringt. Das wäre vielleicht Ihre Rettung.

DIE ARBEITER *schweigen.*

HARRAS Um es noch deutlicher zu sagen: Ihre Rettung vor dem KZ – Sie wissen, was das heißt. – Ich will Sie nicht drängen. – Nehmen Sie sich Zeit! – Überlegen Sie sich gut, was Sie sagen!

DER ÄLTERE Da ist nichts zu überlegen. Wir haben nichts zu sagen.

HARRAS Dann will ich versuchen, Sie auf eine Spur zu bringen. Ist Ihnen vielleicht aufgefallen, daß – von unbekannter Seite etwa – gewisse Materialteile zur Verarbeitung eingeliefert worden sind, ohne die militärtechnische Kontrolle zu passieren? Sie hätten sich in einem solchen Fall nur der Nachlässigkeit schuldig gemacht. Oder hatten Sie den Eindruck, daß die von Ihrer Belegschaft hergestellten Maschinen irgendwelchen unbekannten Manipulationen zugänglich waren, bevor sie weitergeleitet wurden oder nachdem sie durch die Prüfstellen gegangen sind?

DIE ARBEITER *schweigen.*

HARRAS *etwas langsamer – leise und intensiv* Die Prüfstellen selber – haben ja mit Ihnen und Ihren Arbeitskameraden nichts zu tun. Sie unterstehen der Staatspolizei. Könnten Sie sich vorstellen, daß der eigentliche Umschlagplatz für defektes Material – dort zu suchen ist? Haben Sie irgendwelche Beobachtungen gemacht?

DIE ARBEITER *unverändert.*

HARRAS *noch langsamer* Wenn Sie mir etwa eine vertrauliche Mitteilung machen können, die Sie nicht wiederholt haben möchten – so gebe ich Ihnen mein Wort, daß wir Sie nicht verraten. Das gilt auch für meinen Chefingenieur. Glauben Sie nicht, daß Sie sich auf mein Wort verlassen könnten?

DER ÄLTERE *zuckt kaum merklich die Achseln.*

HARRAS *dicht bei ihm* Das ist meine letzte Frage – und mein letzter Versuch. Ob Sie mir glauben oder nicht, ist Ihre Sache. Wenn Sie sich aussprechen wollen – so bleibt es unter uns. Wir würden uns über das, was wir offiziell zu Protokoll geben, ganz genau verständigen und es für Sie so günstig wie möglich machen. Haben Sie mir etwas zu sagen?

DER ÄLTERE Nein.

HARRAS *schaut den Jüngeren an* Sie vielleicht?

DER JÜNGERE *kneift die Lippen zusammen, schüttelt den Kopf.*

HARRAS *schaut Oderbruch an* Möchten Sie etwas hinzufügen? Oder selbst eine Frage stellen?

ODERBRUCH, *der unbeweglich im Hintergrund stand, winkt ab.*

HARRAS Dann fürchte ich, wir müssen es aufgeben. *Zögert einen Augenblick* Es tut mir leid. Auch für Sie.

DIE ARBEITER *unverändert.*

HARRAS *geht zum Tisch, drückt auf einen Summer. Nimmt sein Zigarettenetui* Jetzt kann ich Ihnen wenigstens eine Zigarette anbieten.

DER ÄLTERE Danke! Ich rauche nicht.

DER JÜNGERE *nimmt wortlos eine Zigarette, Harras gibt ihm Feuer, er raucht gierig.*

Es klopft. Harras öffnet. Der Kommissar kommt herein. Hinter ihm Schmidt-Lausitz und eine SS-Wache, die in der Tür angetreten bleibt.

KOMMISSAR Was hab ich Ihnen gesagt, Herr General? Die Zeit hätten Sie sich sparen können, oder?

DR. SCHMIDT-LAUSITZ *zu Harras* Irgendein Ergebnis, Herr General? Haben Sie Protokoll aufgenommen?

HARRAS Nein. Es fiel keine Äußerung, die sich gelohnt hätte.

DR. SCHMIDT-LAUSITZ Haben Sie einen persönlichen Eindruck gewonnen?

HARRAS Ich würde annehmen, daß die Leute mit der Sache nichts zu tun haben.

DR. SCHMIDT-LAUSITZ Möglich. Das wird sich zeigen. *Zum Kommissar* Sie können die Entlassungspapiere ausstellen.

KOMMISSAR Das heißt, die Häftlinge kehren nicht mehr ins Untersuchungsgefängnis zurück?

DR. SCHMIDT-LAUSITZ Nein. Man hält es für überflüssig. *Schaut die Arbeiter an, wartet etwas.*

DIE ARBEITER *blicken unter sich. Der Jüngere raucht.*

DR. SCHMIDT-LAUSITZ *winkt der SS-Wache* Sie übernehmen die Gefangenen. Sie werden auf unbestimmte Zeit in Schutzhaft überstellt. Mit besonderer Anweisung. Halten Sie sie zum Abtransport bereit!

SS-WACHE *tritt einen Schritt vor.*

DER JÜNGERE *läßt seine Zigarette fallen, tritt sie aus. Wankt ein wenig. Sein Kopf hängt auf der Brust. Der Ältere schaut ihn an.*

DR. SCHMIDT-LAUSITZ *hat sie beobachtet. Tritt zu dem Jüngeren* Haben Sie vielleicht etwas auszusagen?

DER JÜNGERE *hebt den Kopf. Er ist sehr blaß. Unter dem Blick des Älteren strafft er sich – steht reglos. – Langes Schweigen.*

DR. SCHMIDT-LAUSITZ Abführen! *SS-Wache mit den beiden Arbeitern ab. Der Kommissar folgt.*

DR. SCHMIDT-LAUSITZ *schließt die Tür hinter ihnen.*

HARRAS *hat sich abgewandt, ist zum Fenster getreten, schaut hinaus.*

ODERBRUCH *unverändert – am Arbeitstisch.*

DR. SCHMIDT-LAUSITZ Damit wäre dieser Teil der Untersuchung wohl zum Abschluß gelangt. Wenigstens – soweit es in Ihre Sparte fällt. Sind Sie mit den Materialprüfungen zu einer Lösung gekommen?

HARRAS *über die Schulter* Sie gehen weiter.

DR. SCHMIDT-LAUSITZ Nicht unbegrenzt, denke ich. Ich habe Auftrag, Ihnen eine schriftliche Order zu übergeben.

HARRAS *streckt die Hand aus, ohne das Fenster zu verlassen. Schmidt-Lausitz geht langsam zu ihm hin, händigt ihm ein Schriftstück aus. Harras schaut kurz hinein, wendet sich zu Oderbruch* Untersuchungsausschuß erwartet abschließenden Bericht – bis sieben Uhr heute abend. *Steckt das Schriftstück in die Tasche, schaut wieder hinaus.*

DR. SCHMIDT-LAUSITZ Ich werde mich zur genannten Zeit einfinden, um den Bericht zu übernehmen und an höhere Stelle weiterzuleiten. Ich möchte Sie inzwischen in Ihrer Arbeit nicht stören –

HARRAS *gespannt hinunterschauend – ohne auf ihn zu achten* Da ist sie. M 41 – 1304.

ODERBRUCH *tritt zu ihm. Beide schauen hinaus.*

DR. SCHMIDT-LAUSITZ *folgt ihren Blicken* Was ist das für eine Maschine – die man da übers Gelände rollt?

ODERBRUCH Es ist die Schwestermaschine des Apparats, in dem Eilers verunglückt ist. Das war M 41 – 1303. Sie ist durch den gleichen Herstellungsprozeß gegangen und mit derselben Auslieferung abgesandt worden, aber zu einer anderen Front. Wir hatten einige Mühe, sie ungeflogen zurückzubekommen. Ihre Kontrollpapiere waren in Ordnung.

DR. SCHMIDT-LAUSITZ Und – sie ist in Ordnung?

ODERBRUCH Das wissen wir noch nicht. Am Boden ist überhaupt keine Unregelmäßigkeit festzustellen. Wir wollen sie in der Luft ausprobieren. Vielleicht ist sie intakt.

DR. SCHMIDT-LAUSITZ Wie läßt sich das ausprobieren – ohne Gefahr?

ODERBRUCH Nicht ganz ohne Gefahr. Aber mit Fallschirm.

HARRAS *zu Schmidt-Lausitz, spöttisch* Wollen Sie einen Probeflug mit mir riskieren?

DR. SCHMIDT-LAUSITZ Danke, nein. Dazu würde ich mir einen weniger tollkühnen Piloten wünschen.

HARRAS Sie fürchten wohl, ich könnte mit Ihnen in die Hölle fliegen.

DR. SCHMIDT-LAUSITZ Es könnte Sie reizen, den Teufel auf eine Partie Poker zu fordern. In der Hoffnung, ihn auszubluffen.

HARRAS Sie haben immer noch eine zu hohe Meinung von mir.

DR. SCHMIDT-LAUSITZ Ihren Verdiensten entsprechend. – Was gibt's? *Ein Wachoffizier ist eingetreten, geht zu Schmidt-Lausitz, macht eine leise Meldung.* Dagegen scheint nichts einzuwenden. *Zu Harras* Ein Leutnant Hartmann von der Staffel Eilers möchte Sie sehen. Er ist wegen Verwundung beurlaubt. Wollen Sie ihn empfangen?

HARRAS Hartmann – ach, Hartmann! Natürlich – gerne. *Zu Oderbruch* Wir können im Augenblick sowieso nicht viel tun. Ich rufe Sie an, wenn ich den Bericht aufgesetzt habe.

Schmidt-Lausitz und Oderbruch ab. Fast gleichzeitig tritt Hartmann ein, bleibt an der Tür stehen, macht Ehrenbezeigung mit der Linken. Sein rechter Arm hängt in einer schwarzen Schlinge.

HARRAS *verändert – gleichsam erfrischt* Hartmann – kommen Sie rein, lassen Sie sich beaugapfeln! Ich freue mich wirklich, Sie zu sehen – und schon wieder hopphopp! Hatte gehört, daß es Sie erwischt hat. Wo denn, genau?

HARTMANN Im Nordsektor, zwischen Schlüsselburg und der Küste. Ich habe die Maschine noch zurückgebracht.

HARRAS Bravo. Ich hab aber Ihre Verwundung gemeint.

HARTMANN Die ist unbedeutend, obwohl ich nicht weiß, ob ich wieder flugfähig werde. MG-Durchschuß durchs Ellbogengelenk.

HARRAS Ganz ähnlich wie bei Lüttjohann. Aber bei dem gab es Splitterkomplikationen, drum ist der Arm steif geblieben.

HARTMANN Wie geht es Hauptmann Lüttjohann?

HARRAS Er ist derzeit abkommandiert. – Setzen Sie sich doch! Seit wann sind Sie aus dem Karboltempel entlassen?

HARTMANN Seit zwei Tagen. Ich habe versucht, Herrn Generals Privatnummer anzurufen. Dann sagte man mir im Amt, daß Herr General hier draußen mit einer Spezialarbeit beschäftigt ist. Ich hoffe Herrn General nicht zu stören –

HARRAS Mensch, lassen Sie die dritte Person fallen, sonst verwandle ich mich vor Ihren Augen in den gestärkten Willem aus der Siegesallee.

HARTMANN Ich dachte, ich könnte Herrn General – ich könnte Sie um eine Beschäftigung bitten, Herr General. Für leichten Dienst fühle ich mich schon wieder verwendbar. Ich bin nämlich Linkshänder, Herr General.

HARRAS *lacht* Unbezähmbar. Sie würden wohl noch mit den Fußzehen Dienst machen. *Schaut ihn an* Sie sollten sich Zeit nehmen, Hartmann. Ein paar Wochen richtige Ausspannung wäre gescheiter. Sie sehen nicht gerade blühend aus. Bißchen durchsichtig geworden. Noch schmäler. – Noch ernster.

HARTMANN Ich weiß nicht, Herr General. Mir ist nicht nach Ausspannung zumute. Ich glaube, ich würde mich rascher erholen, wenn ich was zu tun hätte.

HARRAS Keine Ruhe im Leib, wie?

HARTMANN Ruhe – die müßte man wohl vor allem – in der Seele haben.

HARRAS Immer noch Liebeskummer?

HARTMANN *lächelt – unberührt* Nein, Herr General. – Das ist merkwürdig. – Das hab ich fast vergessen.

HARRAS Jetzt könnt' ich sagen: Was hab ich Ihnen gesagt? Ich sag's aber nicht.

HARTMANN *wieder ernst* Damals – habe ich noch nicht gewußt – *Zögert.*

HARRAS *schweigt – wartet.*

HARTMANN Ich war damals – ich fühlte mich – ganz fest gewappnet – wie wenn man in einer Rüstung steckt. Ich wußte noch nicht, was man in ein paar Wochen erfahren kann. In einer Stunde sogar.

HARRAS Sie meinen jetzt nicht die Verwundung.

HARTMANN Nein. Das war eher eine Erlösung – für den Augenblick. Darf ich etwas fragen, Herr General?

HARRAS *nickt – wartet.*

HARTMANN Es ist – nicht ganz einfach – Ich muß erst erklären – haben Sie wirklich etwas Zeit für mich, Herr General?

HARRAS Ich wüßte momentan nichts Besseres mit meiner Zeit zu tun. – Das ist die Wahrheit, Hartmann.

HARTMANN Mag sein, daß es immer so war, und ich habe es nur nicht gesehen. Nicht sehen wollen. Mag sein, daß es erst durch den Krieg so gekommen ist. *Er spricht rasch, hastig, wie jemand, der etwas loswerden muß, was er sich selbst nicht eingestehen möchte* Es ist alles wahr, was man hört. Es gibt keine Greuelgerüchte. Ich hab es mit eigenen Augen erschaut. Und es sind dieselben – dieselben Jungens – dieselben, die mit mir in der Hitlerjugend gelebt haben, geschwärmt und gesungen, von Idealen geredet, von Opfer und Einsatz, von der Pflicht, von der Sauberkeit. Ich hatte einen Schulfreund – er hätte keiner Fliege was zuleid getan – oder hat er sich nur verstellt? Er war eher schüchtern – empfindlich. In Lodz hab ich ihn wiedergetroffen, wir warteten dort auf Transport. – Ich wußte nicht, daß er beim Vertilgungskommando war. Er nahm mich mit, er sagte, es wird eine Hetz geben, er stammt aus Bayern, dort sagt man so. Sie haben auf Wehrlose geschossen – nur zum Spaß. Sie haben gelacht, wenn die vor Angst gewimmert haben. Sie – ich kann es nicht aussprechen, Herr General. Das hat doch nichts mehr mit Krieg zu tun. Nichts mit dem Ziel – nichts mit der Idee. Dafür gibt es doch keine Rechtfertigung. Das ist doch einfach – schändlich! Und ich frage mich – Herr General – wird jeder so, wenn man ihn läßt? Könnte man selbst so werden? Gibt es dagegen denn keinen Schutz?

HARRAS Die Menschheit hat immer wieder versucht – Jahrtausende lang – einen Schutz aufzurichten – gegen sich selbst. Aber es scheint, er läßt sich in weniger als einem Menschenalter einreißen. Er muß nicht sehr stark gewesen sein. – Ich weiß, das ist keine Antwort. Sie haben auch noch nicht gefragt – was Sie fragen wollten.

HARTMANN In der Ordensburg haben sie uns gesagt, wir seien die Kreuzritter einer neuen Zeit. Die alte, die christliche, habe ihre zweitausend Jahre gehabt. Die neue sollte nach unseren Plänen gezimmert werden. Ein Reich der Kraft und Herrlichkeit auf dieser Welt. Ich habe das alles geglaubt. Es hat mich begeistert. Aber wie soll etwas Neues werden, etwas Starkes und Gutes, wenn es damit anfängt, daß man das Niedrigste und Gemeinste in den Menschen entfesselt? Wie soll man die neue Zeit ertragen – wenn sie mit nichts als Mord beginnt?

HARRAS Neue Zeit. Ich glaube – das ist auch so etwas, was es gar nicht gibt. Die Zeit – sie ist immer die gleiche. Groß – unberührbar. Ohne Anfang und Ende. Wo aber ein Mensch sich erneuert – da wird die Welt neu geschaffen.

HARTMANN Ich will Sie jetzt fragen, Herr General. Sie haben mir damals – vieles gesagt, es ist mir gefolgt, die ganzen Wochen – aber mehr wie eine Melodie – die nicht die volle Antwort gibt – oder deren Sinn man nicht ganz erfaßt. Es hat etwas gefehlt. Vielleicht werden Sie mich auslachen. Glauben Sie an Gott?

HARRAS *nach einer langen Pause* Ich weiß es nicht. Er ist mir nicht begegnet. Aber das lag an mir. Ich wollte ihm nicht begegnen. Er hätte mich – vor Entscheidungen gestellt – denen ich ausweichen wollte. Ich habe an das Erdenkbare und an das Erkennbare geglaubt. An das, was man prüfen, entdecken, finden kann. Aber die größte Erfindung aller Zeiten habe ich nicht erkannt. Sie heißt Gott. In vielerlei Gestalten – immer Gott. Er ist eine Erfindung der menschlichen Seele. Oder besser – ein Fund. Ein offenbartes Wissen. Drum ist es wahr. Alle Erfindungen der Menschenseele werden wahr. Der Mensch träumt nichts, was nicht ist und war und sein wird. Wenn er Gott geträumt hat – dann gibt es Gott. Ich kenne ihn nicht. Aber ich kenne den Teufel. Den hab ich gesehen – Aug in Auge. Drum weiß ich, daß es Gott geben muß. Mir hat er sein Angesicht verhüllt. Dir wird er begegnen.

HARTMANN Haben Sie je gebetet?

HARRAS Ich glaube ja. Wenn ich sehr glücklich war.

HARTMANN Dann muß er Ihnen doch begegnet sein. Die meisten beten nur, wenn sie Angst haben.

HARRAS Ich weiß es nicht. Ich habe seine Hand nicht ergriffen. Ich habe – die andere gewählt. Du aber – wenn du mich fragst – du darfst ihm vertrauen.

HARTMANN Es ist sehr schwer.

HARRAS Es war wohl immer schwer – für jeden, der gefragt hat. Für euch ist es am schwersten. Wir hatten es kinderleicht dagegen, in unserer Jugend. Ihr seid in den Tag geboren, mit dem das Recht zerbrach. Aber glauben Sie mir – es gibt ein Recht. Es gibt einen Ausgleich. Vielleicht nicht für den einzelnen. Vielleicht nicht an der Oberfläche des Lebens – jedoch im Kern. Die Welt nimmt ihren Lauf, das Bestimmte erfüllt sich. Es wird keine Schuld erlassen. Es schlüpft kein Aal durchs Netz. Und auf den großen Fischzug folgt das große Fest. Glauben Sie, Hartmann – glauben Sie getrost an das göttliche Recht! Es wird Sie nicht betrügen.

HARTMANN Ich möchte in Ihrer Nähe bleiben, Herr General. Auch wenn Sie keine Zeit für mich haben. Wenn ich nur – eine kleine Hilfsarbeit für Sie tun darf. Können Sie mich nicht in Ihrem Amt beschäftigen? Ich habe ein wenig technische Vorbildung gehabt.

HARRAS In meiner Nähe – das – wird nicht ganz leicht sein. Aber – ich kann etwas versuchen. *Geht zum Telephon, drückt den Summer* Chefingenieur! – Oderbruch? – Sie wollten doch schon lange einen zuverlässigen Mitarbeiter. Hier ist ein junger Offizier, der nicht mehr felddienstfähig ist. Ja, er versteht was. Fühlen Sie ihm auf den Zahn! Ich schick ihn rüber. Wenn er was taugt, kann er auf Probe bleiben. *Hängt ab* Melden Sie sich beim Chefingenieur! Zimmer 9.

HARTMANN Ich danke Ihnen, Herr General. Für alles.

HARRAS Ich danke Ihnen für Ihren Besuch, Hartmann. Ich glaube – Sie haben mir mehr gesagt, als ich Ihnen sagen konnte. Jetzt muß ich arbeiten. Wir sehn uns später. *Gibt ihm die Hand. Hartmann geht.*

HARRAS *tritt zum Fenster – schaut hinaus. Murmelt* M 41 – 1304 – *Auf dem Gang draußen werden Stimmen laut. Schritte und Rufe. Harras dreht sich um, schaut zur Tür. Die Tür wird geöffnet. Eine Frau steht im Eingang. Sie ist ganz in Schwarz gekleidet, trägt einen schwarzen Schleier vorm Gesicht. Ein Offizier versucht, ihr den Weg zu vertreten.*

OFFIZIER Halt! Zurückbleiben! Ich muß darauf bestehen, Ihren Passierschein –

DIE FRAU *schlägt ihren Schleier zurück* Ich bin Frau Eilers.

OFFIZIER Oh – Verzeihung, Frau Oberst – *Zieht sich zurück.*

HARRAS *geht mit ausgestreckten Händen auf sie zu* Anne –! – Wie gut, daß Sie zu mir kommen! – Das war mir fast das Ärgste, in all den Tagen – daß ich noch nicht einmal Zeit hatte, Ihnen die Hand zu drücken.

ANNE Ich will Ihre Hand nicht haben. *Sie steht regungslos – mit hocherhobenem Kopf und starrem, fast erloschenem Gesicht.*

HARRAS *schaut sie an. Läßt die Hände sinken. Nach einer Weile* Warum sind Sie gekommen?

ANNE *hart, klanglos* Ich fordere Rechenschaft.

HARRAS Von mir?

ANNE Eilers ist nicht gefallen. Er ist ermordet worden. Sie sind sein Mörder.

HARRAS *schwer – nach Worten suchend* Anne – ich weiß, wie hart es Sie getroffen hat. – Es ist ein furchtbares Unglück. – Es hätte vielleicht – vermieden werden können. Aber nicht durch mich. Glauben Sie wirklich, ich hätte meine Pflicht versäumt? Hat man Ihnen eingeredet, ich hätte versagt? Oder – Ärgeres? – Ja – ich trage technisch die Verantwortung. Wie schwer ich daran trage – brauche ich nicht zu sagen. Was gegen ihn geschah – geschieht auch gegen mich. Und ich weiß jetzt noch nicht, ob es wirklich ein Verbrechen war – oder ein böser, mörderischer Zufall.

ANNE Der Zufall mordet nicht. Ich weiß nicht, wovon Sie reden. Ich habe mit niemandem gesprochen, seit es geschah. Aber ich habe meine Augen nicht mehr zugetan. Sie sind mir aufgegangen. *Sie schaut ihn an – mit brennenden Augen.*

HARRAS Was werfen Sie mir vor, Anne? Was hab ich getan?

ANNE Nichts haben Sie getan. Man tut nichts ohne Glauben. Sie haben nicht geglaubt, woran Eilers glaubte. Und dennoch haben Sie ihn dafür sterben lassen. Sinnlos sterben. Sie haben zugeschaut, und ihn nicht gerettet. Das ist die Schuld, für die es kein Verzeihen gibt.

HARRAS Hätte ich ihn retten können – durch einen falschen Glauben? Konnten Sie ihn retten? Haben Sie es versucht? Oder auch nur – daran gedacht?

ANNE Ich habe nicht gedacht – solange Eilers lebte. Ich mußte mit ihm glauben. Ich mußte mit meinem Herzen bei ihm stehn. Jetzt weiß ich, daß er den falschen Tod gestorben ist. Umsonst, vergeblich, ohne Auferstehn. Sie aber, Harras, Sie haben es immer gewußt. Sie hätten ihn retten können – wenn für nichts anderes, dann für einen besseren Tod. Sie haben ihn wissend in den falschen Tod geschickt. Sie tun es täglich neu mit tausend anderen. Ihr Krieg ist Mord. Sein Krieg war Opfer.

HARRAS Es war der gleiche Krieg. Es wird der gleiche Tod sein.

ANNE Sie haben in Tod und Leben nichts mit ihm gemein. Friedrich Eilers wäre nie in einen Krieg gegangen, von dessen Recht er nicht durchdrungen war. Nie hätte er einen Menschen getötet, ohne zu glauben, daß er es für die gerechte Sache tut. Sie töten ohne Recht und Glauben, für eine Sache, die Sie hassen und verachten. Sie sind ein Mörder, Eilers war ein Held.

HARRAS Dann ist jeder ein Held, der nicht weiß, wofür er stirbt. Dann ist jeder ein Mörder, der die Welt nicht ändern kann. Jeder, der auf Erden lebt.

ANNE Nur der, der weiß und nicht bekennt.

HARRAS Was weiß ein Mensch? Was kann ein Mensch denn wissen? *Er wendet sich ab.*

ANNE *tritt hinter ihn – spricht in sein Ohr* Glauben Sie, daß dieser Krieg gerecht ist? Sie wissen, daß er ungerecht ist. Warum lassen Sie ihn geschehn? Warum bekennen Sie nicht? Glauben Sie, daß unsere Führung gut ist? Sie wissen, daß sie verderblich ist. Warum lassen Sie die Menschen ins Verderben gehn? Warum schauen Sie zu? Sie haben Mut gespielt, mit Spott und lauem Zweifel. Was soll ein Mut, der nicht bekennen will? Was soll ein Glaube, den man nicht lebt? Was ist die Überzeugung, der man nicht Zeugnis steht – Blutzeugnis, in der Not? Sie sind an allen Morden schuldig, die geschehn. Sie tragen Tod im Leibe.

HARRAS *dreht sich zu ihr um* Warum sind Sie gekommen?

ANNE *fast flüsternd* Weil er Sie geliebt hat. Sein Blut schreit nach dem Ihren.

HARRAS Das ist doch Wahnsinn, Anne. Das ist doch Wahnsinn. Sehn Sie denn nicht, was auf der Welt geschieht? Die Völker sind wieder im Aufbruch – im Treiben – im Wandern – wohin? Kann ich das Ende sehn? Kann ich sie aufhalten? Ihre Richtung ändern? Meine Schultern gegen eine Lawine stemmen? Eine Sturmflut wenden – mit meiner Hand? Was kann denn der einzelne tun, Anne – in einer Welt, die ihm den Donner ihres fürchterlichen Ablaufs – und seines eignen rettungslosen Mitgerissenseins – mit jedem Herzschlag in die Ohren dröhnt? Wer bin ich denn – daß ich es ändern sollte?

ANNE *schweigt.*

HARRAS *fast im Aufschrei* Wer bin ich denn –?! Bin ich denn mehr als ein Mensch? Kann ich mehr wissen – mehr tun – mehr leiden als ein Mensch? Ich bin doch – ich bin doch kein Gott! *Er starrt in die Höhe. Es ist, als werde er zusammenbrechen.*

ANNE *unberührt* Ein Gott ist Mensch geworden, um leiden zu können – wie ein Mensch. Und um den leidenden Geschöpfen seinen Trost zu geben. Sie aber dürfen seinen Namen nicht nennen. Auch das haben Sie verwirkt. Auch daran glauben Sie nicht.

HARRAS *wieder gefaßt – dicht zu ihr* Und wer sind Sie, Anne? Sie kommen als der Schwarze Engel aus der Tiefe. Aus dem Totenreich. Und fordern Rechenschaft. Und klagen an – und richten. – Sie haben einen Schmerz erlitten, ohne Linderung. Ein Schicksal ohne Trost. – Aber wissen Sie nicht, daß jeder selbst an seinem Schicksal baut? Können Sie denn selbst vor Ihrem Richter stehn – und sagen: das Gute hab ich geglaubt, das Böse nicht gewußt? Wie konntet ihr je an eine Sache glauben, deren Schlechtigkeit uns an jeder Straßenecke in die Augen springt? Wie durftet ihr von Idealen reden, wenn ihr die Visagen derer seht, die sie vertreten? Die hier nicht wissen – die wollen es nicht wissen – und die dennoch glauben, die machen sich was vor.

ANNE *ruhig – traurig* Wir haben geglaubt. Wir mußten glauben – sonst hätten wir nicht gelebt. Wir haben gewußt, was vorging. Aber wir hatten es in Kauf zu nehmen. Eilers hat schwer genug damit gerungen. Wir dachten, daß alles Neue in Blut und Schmerz geboren wird. Daß es die harte Schale ist, die es zu durchbrechen und abzustreifen gilt. Wir hatten Beispiele – wir suchten Parallelen. Menschen wurden geopfert – Ketzer verbrannt – unschuldige Kinder getötet – Scheußliches begangen – in Zeiten der Erhebung – der Eröffnung neuer Welten – der großen Revolution. Und doch mußten sie sich drüber wegsetzen, die daran glaubten und Zukunft daraus machten. So glaubten wir. Das ist – vorbei. Jetzt ist mir nichts geblieben.

HARRAS Die alle, die Sie als Beispiel suchten, Anne – die haben sich eine Gestalt des Menschen – eine Form des Menschenlebens – vorgestellt, die ihnen besser und wertvoller erschien als das, was sie zerstörten. – Die aber, die unsere Welt zerstören, verachten den Menschen. Das ist ihr einziger Glaube. Nichts anderes stellen sie sich vor. Sie sind das böse Mittel und der böse Zweck. Die Menschen sind eine niederträchtige, ekelhafte, dumme, feige Bande. Also behandle sie entsprechend! Züchtige, brenne und schlachte sie! Das ist ihr Glaube. Und sie haben recht. Uns hoffnungslos verkommenes, armseliges, erbärmliches Gesindel.

ANNE Eilers war nicht erbärmlich. Eilers ist tot.

HARRAS Was werden Sie von mir sagen – wenn ich tot bin?

ANNE Nichts. *Schlägt den Schleier vors Gesicht – geht.*

HARRAS Nichts. Geht in Ordnung. *Langsam zum Fenster – schaut hinaus.*

Kurzes Dunkel

Ferne Trommelmusik bis zur Aufblendung der letzten Szene.

Der gleiche Raum. Rötlicher Lichtschein von draußen, wie bei Beginn des Aktes, doch tiefer, wärmer – abendlich. Die Trommelmusik geht noch eine Minute weiter. Fanfaren blasen den Präsentiermarsch.

Harras am Fenster – wie vorher.

Oderbruch steht am Tisch, liest ein Schriftstück.

HARRAS Warum blasen sie?

ODERBRUCH Ersatz rückt aus. Junge Truppen.

HARRAS Ein Vorzug der Lage: daß ich denen nicht die Aufpulverungsrede halten muß. Das hab ich hinter mir. Haben Sie das Ding durchgelesen? Korrekt?

ODERBRUCH Es scheint nichts zu fehlen – was bekannt ist.

HARRAS Mit anderen Worten: alles fehlt. Leere Blätter. – Sie müssen gegenzeichnen.

ODERBRUCH Sie haben selbst noch nicht unterzeichnet. *Taucht eine Feder ein.*

HARRAS Noch nicht. – Ich kann mich von diesem Fenster nicht losreißen. *Öffnet einen Spalt* Bescheidene Aussicht. Sandkiefern – flache Erde – und eine dünne Zuckerstreu von gefrorenem Schnee. Reif auf den Hangardächern. Klarheit. Selbst im Dunst ist Klarheit. Frische Luft. Sie schmeckt ein wenig nach Auspuffgasen. Auch nach Schmieröl und Kiefernborke. Eine kalte Landschaft. Mehr ein Gelände. Totales Arbeitsgelände. Das ist es. Laßt uns in die Berge gehn, zu Jagd und Spiel. In die milden Hügel zur Liebe. Ans Meer zum Träumen. Zur Arbeit – hierher. Wo Plan und Ergebnis einander decken. Landschaft und Konstruktion. So könnte ich mir den Hades denken. Geplante Unterwelt, Stahl, Zement, Aluminium, Gummi, Kautschuk, Rabitz, haltbares Material, solide Bauart. Nicht kunstvoll – auch nicht künstlich. Aber – gut konstruiert. Exakt und großzügig. Erregend und beruhigend zugleich, wie die Lösung einer geometrischen Aufgabe. Verdammt nüchtern – und äußerst phantastisch. Brummend, schnurrend, schütternd von Phantasie. Ist die Form einer Fuge nüchtern? Abstrakt? Kalt. Doch bestimmt nicht leblos. Und wenn der Bach sie macht, bekommt sie himmlische Schwingen. *Schließt das Fenster* Jetzt wird es fröstelig.

ODERBRUCH *steht an derselben Stelle, schaut ihn unverwandt an.*

HARRAS *geht zum Tisch* Soll ich das nun unterschreiben? Ich kann es ja tun. Ich kann's auch bleiben lassen. Es ist ganz gleich. Es ändert nichts an der Lage. Das einzige, was mir jetzt ziemlich sicher scheint, steht nicht drin.

ODERBRUCH *mit beherrschter Spannung* Was ist das?

HARRAS *schaut ihn an – zögert einen Moment* Ich bin fast sicher – daß die Brüder selbst nicht wissen, woran sie sind. In dem Punkt hatte ich einen falschen Verdacht. Oder – einen ungenügenden. *Zögert wieder, mit einem forschenden Blick auf Oderbruch* Mir scheint – die Gestapo tappt im Dunkel – genau wie wir. Und man hat es bis zum letzten Moment – genau bis zu diesem – darauf angelegt, daß ich wirklich etwas herausbringen könnte, was die Sache klärt. Nur darauf warten sie noch. Sonst – brauchten sie nicht zu warten. Der Fall gegen mich ist fertig. Dafür haben sie anderes Material. Man hat sie gut beliefert. Aber sie geben mir die Chance des letzten Augenblicks – der Rehabilitierung auf des Messers Schneide – nur in der Hoffnung, etwas zu erfahren, was niemand weiß. Leider kann ich keinen Gebrauch davon machen. Es geschieht kein Wunder. Schauen Sie her. *Er zieht mit einer raschen Bewegung eine Schublade auf, nimmt einen Revolver heraus. Grinst* Schmidt-Lausitz hat ihn mir hereingezaubert! Es ist mein eigener, ich hatte ihn abgeben müssen. Taktvolle Aufforderung zum Tanz. Gentleman-Abgang. Aber den Gefallen werde ich ihnen nicht tun. Das Gute ist, daß der Hund sich jetzt nicht mehr hereintraut. Er hat auch Grund. Es könnte ihm schlecht bekommen. Und wenn er zehn Bullen vorschickt, müssen fünf dran glauben. Hier ist kein Taubenschlag. *Steckt den Revolver ein.*

ODERBRUCH *schaut ihm zu – feuchtet seine Lippen.*

HARRAS An sich – wär's mir wurscht. Nur – ich bin nicht ganz fertig. Es ist ein widerwärtiges Gefühl, aus einem ungemachten Zimmer auszuziehn. Ohne abzuschließen. Der Schlüssel ist verlegt – und nicht zu finden. Dabei fühlt man, er ist ganz nah – man stolpert fast darüber – man könnt ihn greifen – aber man sieht ihn nicht. *Mit einer plötzlichen Wendung zu ihm hin* Oderbruch – ich weiß es – ich bin ganz dicht an der Lösung. Hautnah. Auf Armeslänge. Ich spüre es – ahne es – mit all meinen Nerven. Es ist nur ein Gedanke – der dazwischensteht.

ODERBRUCH Warum denken Sie ihn nicht, General Harras?

HARRAS *sieht ihn lange an. Beide sind totenblaß geworden. Dann spricht er – leise, gefaßt* Oderbruch. Wenn ich Ihnen jetzt einen Schwur leiste. Einen heiligen Schwur. Nicht bei meiner Ehre. Nicht als General, Offizier, Soldat. Sondern als der – den Sie kennen. Mit dem Sie ein Dutzend Jahre geflogen sind. Und als ein Mensch in seiner letzten Stunde. Ich schwöre Ihnen, daß nie etwas über diese Schwelle, aus diesen vier Wänden dringen wird – was einer von uns jetzt redet. Oderbruch – wollen Sie sprechen?

ODERBRUCH *schweigt.*

HARRAS *dicht bei ihm* Die Wahrheit, Oderbruch! Die Wahrheit! *Starrt ihm in die Augen.*

ODERBRUCH *erwidert seinen Blick – nickt kurz.*

HARRAS Sie – Oderbruch?

ODERBRUCH *fast tonlos* Wir.

HARRAS *atmet tief auf – wischt sich den Schweiß vom Gesicht. Nach einer Pause – ruhig* Wer seid ihr? Wer sind die andern?

ODERBRUCH Wir haben keine Namen.

HARRAS Wollen Sie mir auch jetzt nicht vertrauen? Wer seid ihr?

ODERBRUCH Ich habe es gesagt. Wir kämpfen – unbekannt – ungenannt. Wir wissen voneinander – und kennen uns kaum. Wir haben keine Namen. Nur – ein Ziel! Und einen Feind.

HARRAS War Eilers der Feind? Ich dachte – er war Ihr Freund.

ODERBRUCH Ich hatte keinen besseren. Außer Ihnen, General Harras.

HARRAS Und warum trefft ihr uns – aus dem Dunkel, aus dem Hinterhalt? Warum trefft ihr uns – anstatt des Feindes?

ODERBRUCH Der Feind – ist unfaßbar. Er steht überall – mitten in unsrem Volk – mitten in unseren Reihen. Wir selbst haben uns ihm ausgeliefert, damals, als der alte Marschall starb. Jetzt bleibt uns nur noch eins: wir müssen die Waffe zerbrechen, mit der er siegen kann – auch wenn es uns selber trifft. Denn wenn er siegt, Harras – wenn Hitler diesen Krieg gewinnt – dann ist Deutschland verloren. Dann ist die Welt verloren.

HARRAS Haben Sie bedacht, was Niederlage heißt? Fremdherrschaft? Neue Gewalt? Und neue Unterjochung?

ODERBRUCH Das dauert nicht. Es wachsen Kinder heran, neue Geschlechter, die werden frei sein. Was aber uns unterjocht, jetzt, hier und heute – was uns alle zu Knechten macht, und schlimmer: zu Gehilfen, zu Mithelfern des Verbrechens, das täglich unter unseren Augen geschieht, auch wenn wir sie schließen, das, Harras – das wird dauern, über unser Leben und unser Grab hinaus – es sei denn, wir tilgen die Schuld, mit unsrer eigenen Hand.

HARRAS Die Schuld tilgen – durch neue Schuld? *Plötzlich fast schreiend* Durch Blutschuld? Mord? Brudermord? *Wieder gefaßt* Glaubt ihr, daß Kain die Welt besser machte, als er den Abel erschlug? *Wendet sich ab.*

ODERBRUCH *schwer mit sich ringend, stockend* Hören Sie mich an, Harras. Ich habe den Mord nicht gewollt. Ich hätte es nie für möglich gehalten, daß flugkranke Maschinen zum Einsatz kommen, ohne überprüft zu werden –

HARRAS Von wem? Da kennen Sie die Brüder schlecht. Denen kommt es doch nur auf die Meldung an, daß die Quote erfüllt ist. Sie mußten das wissen, Oderbruch.

ODERBRUCH Wir wollten die Kampfkraft schwächen, der sinnlosen Schlächterei ein Ziel setzen, weil es keinen anderen Weg gibt, um Deutschland zu befreien. Wir wollten die Waffe entschärfen – nicht den Mann töten, der sie führt. In der Nacht, in der ich von Eilers' Tod erfuhr, wollte ich Schluß machen, mit mir selbst. Ich lebe nur noch, weil ich nicht aufgeben darf zu kämpfen. Für Deutschland, Harras.

HARRAS Sie denken zu kurz. Eine alte Freundin hat mir gesagt: eher schneide ich meine Wolljacken in Fetzen und verbrenne sie, als daß ich ein Stück für Hitlers Winterhilfe gebe. Weißt du nicht, habe ich sie gefragt, daß das Mord bedeutet – solang ein Soldat in Rußland erfrieren kann?

ODERBRUCH Dann müssen wir auch diese Schuld auf uns nehmen. Reinigung – das ist unser Gesetz, und unser Urteil. Es ist mit Blut geschrieben.

HARRAS Mit Freundesblut.

ODERBRUCH Auch mit dem eignen.

HARRAS *nach einer Pause* Sagen Sie mir alles, Oderbruch! Helfen Sie mir – es zu verstehn! Wie kamen Sie dazu? Sie waren unpolitisch. Sie liebten Technik. Sie machten Musik. Was hat Sie gepackt?

ODERBRUCH Was jeden packen müßte. Scham.

HARRAS Weichen Sie mir nicht aus, Oderbruch! Speisen Sie mich nicht ab – mit einem Wort! Sagen Sie mir alles! Wie kam es dazu?

ODERBRUCH Da ist nicht viel zu sagen. Wie kam es dazu? Sie kennen meine Geschichte. Familie – Tradition – Karriere – das brach zusammen, als ich jung war. Ich wurde Werkstudent, Monteur, es ging hinauf, ein Unfall warf mich zurück, es ging hinunter, es war immer sehr schwer – bis das Übel siegte. Dann ging es mir besser. *Lächelnd* Als unser Staat zum Teufel ging, wurde ich Staatsangestellter. So ging es Tausenden in Hitlers Reich. Es ist die Laufbahn eines der Seinen.

HARRAS Und – was geschah?

ODERBRUCH Nichts – was ich erzählen kann. Kein persönlicher Grund. Keine – menschliche Erklärung. Mir starb kein Bruder im KZ. Ich liebte keine Jüdin. Kein Freund wurde mir aus dem Land gejagt. Ich kannte keinen, der am 30. Juni fiel. Doch eines Tages – habe ich mich geschämt, daß ich ein Deutscher bin. Seitdem – kann ich nicht mehr ruhen, bis – *Leise* – bis es zu Ende ist.

HARRAS Und die andern?

ODERBRUCH Manche kamen aus Scham. Andre aus Wut, aus Haß. Einige weil sie ihre Heimat, viele, weil sie ihre Arbeit liebten und ihr Werk oder die Idee der Freiheit und die Freiheit ihrer Brüder. Aber alle – auch die unversöhnlich hassen – sind gekommen, weil sie etwas mehr lieben als sich selbst. Und es ist keiner mit uns, der nicht von selber kam.

HARRAS Wie viele?

ODERBRUCH Ich weiß es nicht. Wir haben keine Mittel, sie zu zählen. Wir werden weniger, statt mehr. Viele verschwinden, die nicht wiederkommen. Die beiden Männer, die heut vor Ihnen standen – ich hatte sie nie zuvor gesehn. Sie kannten mich nicht. Aber ich wußte – sie gehören zu uns.

HARRAS *lauscht schweigend – mit verschlossenem Gesicht.*

ODERBRUCH Unsre Namen – haben wir vergessen. Da waren solche dabei mit jahrhundertealtem Wappenglanz. Andere, die nur auf Lohnzetteln stehn. Das zählt nicht mehr. Für eine Weltstunde – sind wir gleich geworden. Klassenlos. Die Stunde dauert nicht. Das wissen wir. Aber sie ist ein Zeichen. Für alle Zeit.

HARRAS *knapp, fast herrisch* Was ist die Losung? Nicht »für alle Zeit«. Jetzt, hier, im Augenblick. Wie steht die Schlacht? Was ist das nächste Ziel?

ODERBRUCH Zerstörung. Eine bittere Losung. Die einzige, die uns bleibt. Wir können nicht haltmachen vor denen, die wir lieben. Wir dürfen nicht fragen, Harras, wo eines Mannes Herz schlägt. Nur, wo er steht. Wir machen nicht halt vor uns selbst. Wir werden alle fallen.

HARRAS Das heißt – es ist umsonst. Sinnlose Hekatomben.

ODERBRUCH Nicht sinnlos. Nicht umsonst. Wir wissen, wofür.

HARRAS Was nutzt das, wenn ihr verfault? Was ändert das, wenn ihr verscharrt seid? Gemartert – verbrannt – und vergessen?

ODERBRUCH *nach einem Schweigen* Gregor der Große wurde einst gefragt, ob das Erleiden der Marter ein Verdienst um den Himmel sei, für jeden, dem es widerfährt. Nein, sagte Gregor. Die Marter allein ist nichts. Wer aber weiß, wofür er leidet – dessen Zeugnis ist stärker als der Tod. Wir wissen, wofür.

HARRAS *lauernd, gefährlich* Und du glaubst – ich werde mich mitschlachten lassen? Ich – der nicht weiß, wofür? Der ich allein bin? Der nicht von selber kam? Soll ich die Hände falten – wenn's ums Leben geht? *Wendet sich ab – geht zum Fenster.*

ODERBRUCH *leise* Es geht um die Seele, Harras, Auch um die Ihre.

HARRAS *fährt herum* Und wenn ich keine hätte! Und wenn ich sie – zum zweitenmal verkaufen will? Wer sagt Ihnen, daß ich euch nicht verrate, um meine Haut zu retten? Wer sagt Ihnen das?

ODERBRUCH Sie haben einen Schwur geleistet, General Harras.

HARRAS *geht auf ihn zu* Dies ist die Stunde des Wortbruchs, der Tag des Meineids. Die Zeit der falschen Schwüre. Was kostet die Treue –? Und was ist ihr Lohn? Soll ich dein Leben schonen – weil du das meine opferst? Vielleicht habe ich ein großes Bedürfnis, noch zu leben? Vielleicht braucht mich jemand? Vielleicht wartet jemand auf mich? Wer bist du, daß du glaubst, ich nehme dein Urteil an – ohne mich zu wehren? Wie darfst du es wagen, mir zu vertraun und dich in meine Hand zu geben? Dich – und all die andern?

ODERBRUCH Weil Sie in dieser Stunde einer der Unsren sind. Man verrät nicht – woran man glaubt.

HARRAS *nach einer Pause – einfach* Das war die Unterschrift. Ich akzeptiere. Schade drum. Das physische Herz hätte es noch ein paar Jahre geschafft. *Er geht zum Telephon, drückt den Summer.*

ODERBRUCH *lehnt am Tisch – bleich – wie erschöpft.*

HARRAS Wachkommando! Dr. Schmidt-Lausitz, bitte! Hier spricht Harras. Die Sache, auf deren Erledigung Sie warten, wird in zehn Minuten abgeschlossen sein. Sie können den Bericht dann übernehmen. *Legt das Telephon nieder – nimmt es noch einmal auf* Büro des Chefingenieurs! Sagen Sie Leutnant Hartmann, er möchte herüberkommen! *Hängt ab, wendet sich zu Oderbruch – gelassen, fast verträumt* Sagen Sie mir noch eines, Oderbruch! Falls Sie es sagen können. Was ist es, das ihr mehr liebt als euch selbst? Woran ihr glaubt, worauf ihr hofft – so sehr, daß ihr dem Nero trotzt und seinen Gladiatoren? Ist es des Himmels Gnade? Ist es das Recht auf Erden?

ODERBRUCH Beides in einem. Es ist das Ewige Recht.

HARRAS Was ist das Ewige Recht?

ODERBRUCH Recht ist das unerbittlich waltende Gesetz – dem Geist, Natur und Leben unterworfen sind. Wenn es erfüllt wird – heißt es Freiheit.

HARRAS Ich danke Ihnen. Ich weiß jetzt genug. Aber ich will Ihnen – etwas hinterlassen, Oderbruch. Kleines Testament, sozusagen. Was Sie wollen, ist recht. Was Sie tun, ist falsch. Glaubt ihr, man kann einen schlechten Baum fällen, indem man die Krone schlägt? Ihr müßt die Wurzel treffen! Die Wurzel, Oderbruch! Und die heißt nicht Friedrich Eilers. Sie heißt: Adolf Hitler. – Mehr brauche ich nicht zu sagen.

ODERBRUCH Nein, General Harras. Mehr brauchen Sie nicht zu sagen.

HARRAS Dann ist es gut. *Er nimmt die Feder, unterzeichnet den*

Bericht. Reicht sie Oderbruch Hier. Es ist besser, wir haben das in Ordnung. Besser für Sie. *Während Oderbruch unterschreibt* Ich muß noch – ich muß Sie noch um Verzeihung bitten, Oderbruch. Für eine Sekunde – eine böse Sekunde – habe ich an Ihnen gezweifelt. Jetzt ist mir leichter. *Er drückt ihm kurz die Hand, geht zu einem Wandhaken, an dem sein Fliegermantel und seine alte Sturmkappe hängen – zieht sich an.*

ODERBRUCH Was wollen Sie tun?

HARRAS *grinst* Abgehn. Auf meine Weise.

ODERBRUCH Was wollen Sie tun, General Harras? Was haben Sie vor?

HARRAS Haben Sie mal was von einem Gottesurteil gehört?

ODERBRUCH Was meinen Sie damit?

HARRAS Ein Experiment. Ich habe immer gerne experimentiert.

ODERBRUCH Sie wissen – daß alle Ausgänge besetzt sind?

HARRAS Außer dem einen.

ODERBRUCH Das ist der direkte, von diesem Raum aufs Flugfeld. Aber dort sind die Posten.

HARRAS Die schrecken mich nicht.

ODERBRUCH Was wollen Sie tun, Harras?

HARRAS *lächelt, fast heiter, steckt eine Zigarette an.*

ODERBRUCH *in einer plötzlichen Aufwallung* General Harras – wenn Sie noch zehn Minuten warten – bis es ganz dunkel ist – dann können wir von hier zum Schuppen 35 durchkommen, ohne gesehen zu werden. Ich könnte Ihnen helfen, die Maschine zu starten, die dort steht. Ich wickle mich dann schon heraus. Wenn wir rasch machen – können Sie durchkommen.

HARRAS *gleichmütig, ein bißchen ironisch* Ich denke, das Urteil ist mit Blut geschrieben. *Wendet sich zu einer kleinen Tür neben dem Fenster.*

ODERBRUCH *vertritt ihm die Tür* Ich habe immer gehofft, daß es zu dieser Aussprache kommen wird. Sie hat – viel geändert. Es ist nicht Ihr Tod, Harras, auf den es ankommt. Wenn Sie im Ausland wären – auf unserer Seite – Sie könnten – vieles gutmachen, verstehen Sie? Sie könnten lebend mehr nutzen – wenn Sie wollen, General Harras – ich sage Ihnen eine Adresse in der Schweiz –

HARRAS *schüttelt den Kopf, unbeirrt* Zu spät, mein Freund. Für so was – bin ich nicht mehr gut. Wer auf Erden des Teufels General wurde und ihm die Bahn gebombt hat – der muß ihm auch Quartier in der Hölle machen. Fallen Sie jetzt nicht um, Oderbruch! Sie hatten recht, mit allem. Haltet eure Waffen sauber und trefft die Wurzel, eh ihr die Krone schlagt. *Beugt sich zu ihm – mit einem leisen Lachen* Im übrigen hockt Korrianke im Schuppen 35. Startbereit. Der Weg ist mir immer noch offen – falls er mir einfällt. Aber – Begnadigung? Nee. Kann ich nicht verwenden. *Es klopft.* Wer da?

HARTMANN *tritt ein* Sie haben mich rufen lassen, Herr General?

HARRAS Ja, Hartmann, mein Junge. Gut, daß ich Sie noch sehe. Ich muß verreisen, auf unbestimmte Zeit. Und ich möchte, daß Sie mit Oderbruch zusammenbleiben. Er wird Ihnen dann alles Nähere erklären. Alles, Oderbruch! *Zögert einen Moment – als falle ihm etwas ein* Sagen Sie, Hartmann – haben Sie eine Uhr?

HARTMANN Ja – eine Armbanduhr – mit Leuchtziffern.

HARRAS Tauschen wir! Nehmen Sie die, statt dessen! *Nimmt ihm die Armbanduhr vom linken Handgelenk – holt die alte, verbeulte aus seiner Tasche* Kein guter Tausch, für Sie. Aber – haltbar. Wenn sie stehenbleibt, hauen Sie sie gegen den Hinterkopp! Sehn Sie: so. Dann läuft sie wieder. Verlieren Sie sie nicht! *Drückt ihm die Uhr in die Hand* Souvenir. *Wendet sich, geht zu der kleinen Seitentür, öffnet einen Spalt, schaut in die Dämmerung* Hm! Leichter Nordwest. Riecht nach Salzwasser. Gutes Ausflugswetter – für die RAF. Duckt die Köpfe, Kinder – und laßt euch nicht erwischen! *Er geht rasch. Oderbruch fast laufend zum Fenster – starrt hinaus.*

HARTMANN *folgt ihm zum Fenster* Fliegt er an die Front?

ODERBRUCH *bleich – wie beschwörend* Schuppen 35 –

HARTMANN Wo ist Schuppen 35?

ODERBRUCH *reißt das Fenster auf – vorgebeugt* Er geht nicht hin – er – geht den andren Weg.

HARTMANN Was ist das für eine Maschine, zu der er geht?

ODERBRUCH *fast mechanisch* M 41 – 1304 –

Drunten laute Haltrufe. Gegenrufe. Die Stimme des Harras, in einem kurzen wilden Auflachen. Das Gebrüll eines Motors.

ODERBRUCH Er steigt – er steigt auf –

Der Lärm des Motors wird stärker, übertönt Rufe, Geschrei und ein paar einzelne Schüsse.

ODERBRUCH Die gehn in die Luft – die erwischen ihn nicht – er steigt – er kommt durch. *Er und Hartmann dicht beieinander – weit vorgebeugt – schauen nach oben.*

HARTMANN Da – *Packt Oderbruchs Arm. Dann schlägt er die Hände vors Gesicht. Der Lärm des Motors ist verstummt. Stille.*

ODERBRUCH *nach einer Pause – beginnt leise* Vater unser, der du bist im Himmel...

HARTMANN *fällt flüsternd ein.*

Die Tür ist aufgegangen – auf lautlosen Sohlen tritt Schmidt-Lausitz ein – geht rasch zum Telephon.

DR. SCHMIDT-LAUSITZ Hauptquartier? Reibungslos abgewikkelt. General Harras soeben in Erfüllung seiner Pflicht tödlich verunglückt. Beim Ausprobieren einer Kampfmaschine. Jawohl. Staatsbegräbnis.

Barbara Blomberg

Ein Stück in drei Akten
mit Vorspiel und Epilog

Szenenfolge

Vorspiel: Geheimsekretariat im Königlichen Schloß, Spanien

Erster Akt: Möbliertes Zimmer in einer Mietswohnung, Brüssel. (Zwei Szenen)

Zweiter Akt: Gartensaal des Schlößchens Lamoral bei Brüssel. (Zwei Szenen)

Dritter Akt: I. Don Juans Feldquartier bei Luxemburg. II. Empfangsraum im Schloß Villagarcia, Spanien

Epilog: An einem Wirtshaustisch

Personen

des Vorspiels

DON LUIS MENDEZ DE QUIXADA

RUY GOMEZ DA SYLVA, Fürst von Eboli

ANTONIO PEREZ

GEHEIMSCHREIBER

der Handlung

BARBARA BLOMBERG

KEGEL-PYRAMIS, Major und Musterungskommissar, ihr Mann

FRANCIS MASSI, verkrachter Violinvirtuose

HERZOG ALBA, Gouverneur der Niederlande

FERDINAND VON TOLEDO, sein unehelicher Sohn

ALBORNOZ, sein Sekretär und Chef der Geheimpolizei

VAN HOGHSTRAATE, ein flämischer Aristokrat

ANTHONY RATCLIFF, ein Abenteurer

DON JUAN D'AUSTRIA

ESCOVEDO, sein Freund und Adjutant

KAROLINE, Barbaras Tochter

FRAYKEN, eine Frau mit Vergangenheit

MADDELENA DE ULLOA, Quixadas Witwe, Don Juans Pflegemutter

MARQUES DE LA MOTA, ihr Bruder

DER HAUSKAPLAN

DER LEIBKOCH

DER NARR LABEO, genannt »Die Unterlippe«

des Epilogs

Ein Mann mit Handstumpf

Trinker, Kellnerin (stumm)

Das Stück spielt gegen Ende des sechzehnten Jahrhunderts in Spanien und in den von Spanien besetzten Niederlanden. Der geschichtliche Hintergrund ist frei behandelt und erfordert keinerlei historische Treue oder Aufmachung in Szene und Kostüm.

Vorspiel

Spanien. Um 1579
Geheimsekretariat im Königlichen Schloß

Dunkler, gruftartiger Raum, schattenhaft angedeutet, schwarzer Schreibtisch mit Kruzifix, Aktenstöße an den Wänden hochgetürmt.
Don Luis de Quixada liegt mit verhülltem Körper auf einer Bahre, die man vor dem Tisch aufgestellt hat. Sein Kopf ist erhöht. Hinter dem Tisch der Schreiber.
Rechts und links, stehend, Antonio Perez – jung, zynisch, elegant, und Ruy Gomez da Sylva, Fürst von Eboli – bleich, müde, resigniert. Beide in schwarzer Hoftracht.
Licht von Kerzen auf dem Tisch und an der Bahre.
Quixada spricht leise, doch ohne merkliche Beschwer. In den Pausen hört man das Kritzen der mitschreibenden Feder und, während der ganzen Szene, das Ticken einer Uhr, deren Pendel von der Decke schwingt.

QUIXADA
Ich, Luis Mendez de Quixada,
vormals Kämmerer des fünften Kaiser Karl
nachher im Dienst des zweiten König Philipp,
und seit zwanzig Jahren Ziehvater und Begleiter
meines geliebten Herrn, des Kaiserlichen Sohnes
Don Juan d'Austria –
Weiß, daß meine Stunden gezählt sind.
Die Eisenspitze zwischen meinen Rippen,
von eines Mauren Lanzenschaft gesplittert,
verstopft den Herzquell, macht mein Blut
im Tropfenfall gerinnen, setzt dem Leben
ein Ziel. Heilkunst ist hier vergebens.
Der Mensch hat seine Grenzen
in den Gesetzen der Natur, Natur

in den Gesetzen Gottes, Gott
in seinen eigenen, selbstgeschaffnen Werken.
So sind wir alle
verflochten in einem edlen Kranz, und unser Ende
ist Anfang einer neuen Wiederkehr.

PEREZ

Zur Sache.

QUIXADA

Dies ist die Sache.
Denn ein Mann, der stirbt,
weiß zwar nicht mehr von Leben oder Sterben,
bangt aber mehr um das, was länger lebt:
das Wort. Des Todes Wort ist Wahrheit. Drum
habt ihr mich hierher getragen.
Doch fragt mich rasch. Ich möchte nicht
in dieser Gruft verhauchen.

PEREZ

Don Luis – du warst dem Kaiser nah,
als er Don Juan, den Bastardsohn, erzeugte,
du hast, mit deiner Gattin Maddalena,
das Kind seit seinem dritten Jahr betreut.
Des Kindes Abkunft war ein Staatsgeheimnis.
Der Kaiser selbst hat es, auf seinem
Totenbett enthüllt. Der König Philipp
hat Don Juan als Bruder anerkannt. Das Volk
verehrt in ihm den unvergessenen Vater.
Dennoch bleibt ein Dunkel
um seinen Namen, der schon vom Glanz des jungen
Ruhmes
angestrahlt. Nur du kannst es zerstreuen.
Sag uns jetzt:
Wer war die Mutter?

QUIXADA

Ihr fragtet besser, wer der Vater war.
Zuckt nicht zusammen. Freut euch nicht zu früh.
Er ist vom Kaiser. Ist sein echter Sohn.

Doch was wißt ihr – vom Kaiser?
Schweigt. Ich will euch sagen,
was ihr wissen sollt. Damals –
es war dieselbe Zeit, als ihm der Himmel
ein kurzes, herbstlich heißes Blühn vergönnte –
denn er war früh zermürbt, sein Leib
von Plagen heimgesucht, sein Herz
von vielem Kummer angefressen –
da kam, inmitten eines Festmahls, zwischen Fisch und
Braten,
und zwischen Malvoisier und Ungarwein, die Kunde
von Luthers Tod. Ein Graf von Hennegau, als Herold,
schrie die Nachricht in drei Sprachen, deutsch,
französisch, spanisch in den Saal. Trompeten
gellten auf – wie nach gewonnener Schlacht.
Und dann ein wüster Jubel
betrunkener Stimmen (von denen manche
so laut nur brüllte, um zu übertönen,
was innen anders sprach), und man sah
fettwanstige Fürsten auf die Stühle springen,
die Gläser leerend, den Kristall
dann an der Wand zerschmetternd, grölend:
»Die fette Sau ist hin!« – Andere wieder
umarmten einander, als wäre ihnen
der erste Sohn geboren – viele knieten
vor des Kaisers erhöhtem Sitz, und boten
ihm Huldigung, dem Gottes Richterfaust
so deutlich beistand.
Er aber saß
als einziger ohne Laut, und schaute nur
auf seine Hände.
Da rief Granvella: »Majestät –
man sollte unser stärkstes Regiment
nach Sachsen schicken, des Erzketzers Gebeine
aus der Grube zerren, seinen
seelenlosen Leib, dem eine Christenseele

nie eingewohnt, in Schande noch
verbrennen, wie mans dem Lebenden
umsonst gewünscht hat, und die Asche
in alle Winde streun!«
Ein Chorus johlte Beifall.
Doch da hob
der Kaiser seine Hand. Die Hand
war dick und blau durchädert, gichtgeschwollen,
zwei Finger starr verkrümmt, die Nägel
platt und rissig. Nie sah ich wieder
solch eine Menschenhand.
Er aber schaute noch immer
auf seine eigenen Hände – wie in Scham
und heimlicher Bestürzung.
Dann sprach er leise:
»Ehrt seinen Frieden. – Wer ist groß genug,
um sich vor Größe nicht zu beugen?«
Man schwieg, enttäuscht, verlegen.
Und der Kaiser
ging still hinaus. Den Rest des Tages und die Nacht
blieb er allein, in seinem Raum verschlossen. *Er schweigt.*

PEREZ
Und weiter?

QUIXADA
Nichts weiter.

RUY GOMEZ
Du willst nur sagen: So war der Kaiser, so ist
der Erbsohn seiner Seele, Don Juan.

QUIXADA *nickt.*

PEREZ
Mag sein. Wir aber wollen wissen,
wer die Mutter war.

QUIXADA
Was nutzt euch das zu wissen?

PEREZ
Frage nicht. Gib Antwort.

QUIXADA

Erst will ich hören,
weshalb ihr sie verlangt.

RUY GOMEZ

Du mißtraust uns, Quixada?
Vielleicht mit Recht. Du hast, und deine Dame,
selber kinderlos, an diesem Knaben Elternschaft vertreten.
Dein Herz hängt mehr an ihm,
als wär er dir entsprossen. Wenn sich Herrschaft
mit Hörigkeit vermählt, wird Liebe übermächtig.
Wir jedoch, auch du,
sind einer Krone dienstbar, deren ungeteilte Macht
der Völker Wohlfahrt sichert, den Bestand des Rechts,
die Ordnung eines gottgefügten Staates, der
von dunklen Unheils Bohren, von Zerfall bedroht ist.
Der Krone Sicherheit
verbürgt allein den sicheren Gang des Lebens.
Auch deines Pfleglings Leben
versänke, ohne solchen Halt, ins Bodenlose,
wie eine überschäumende Welle in den Abgrund spritzt.
Nicht eines Menschen Schicksal – aller Menschen
bestimmtes Los, und ihrer blinden Wege
sinnvolle Waltung, steht hier auf dem Spiel.
Was die Krone gefährdet, trifft den Stamm ins Mark –
den ganzen. Deshalb fragen wir.

QUIXADA

Ich wills euch kürzer sagen,
weshalb ihr fragt. Der König
hat Angst. Don Juan steigt
wie ein Komet – des Königs Sterne sinken.
Er hat die Macht geerbt. Don Juan – die Gnade.

PEREZ

Genug, wir fragen
als Minister des Königs, in Vertretung
Seiner höchsten Person. Du, sein Untertan,
mußt Rede stehn.

QUIXADA
Und wenn ich
mich nicht erinnere?
PEREZ
Es gibt Mittel,
Erinnerungen aufzufrischen.
QUIXADA *lacht leise*
Sie sind mir
nicht unbekannt. Auch du, Antonio Perez,
magst sie noch kennenlernen eines Tages.
Denn du weißt sehr viel.
Doch weißt du auch,
daß man den Tod nicht mit sich selber schreckt?
PEREZ
Auch ein Sterbender
ist sterblich. Vergiß nicht, Quixada,
daß du eine Gattin hinterläßt. Die ist dir doch
sehr lieb?
QUIXADA
Ich weiß es, Perez, ich weiß,
wieviel Seufzer, wieviel Seelen-
und Leibespein, wieviel gequältes Blut
von diesen Bergen trocknen, knochenbleichen
Papieres aufgesogen. Doch du brauchst
mir nicht zu drohen. Wenn ihr glaubt,
ein schändliches Geheimnis auszuscharren,
wie man es in Gerüchten schon umhersprengt,
dann irrt ihr euch. Der Kaiser hatte
kein Verhältnis mit seiner Tochter Margarete.
Auch nicht mit einer Nonne. Nicht
mit einer Ketzerfürstin. Don Juans Abkunft
ist unbefleckt von Laster und Verstrickung.
die Mutter war – *Er zögert.*
PEREZ
Nun?
QUIXADA
Sie war sehr schön. Ich habe sie nur einmal

selbst gesehen. Ich hab sie nie vergessen.
Denn ihr Angesicht
gab Don Juans Zügen – Adel. Mehr
als des Vaters Stamm. Den Adel,
der in Bäumen und Quellen und gesunden
Tieren lebt. Den Adel
der ungebrochnen Jugend. Der Natur.
Der wachen, ahnungsvollen Menschenbrust.
Des starken, echten Volkes.

PEREZ

Aus welchem Stand?

QUIXADA

Sie diente damals
im Gasthaus ›Zum Goldenen Kreuz‹.

PEREZ

Eine Schankdirn? Eine Kellnerin?

QUIXADA

Wohl nur zur Aushilf. Ich glaube,
ihr Vater war ein Bürger von Vermögen,
Meister der Gürtlerzunft. Sie selbst
gebildet im Kunstgesang und Lauteschlagen.
Die jungen Mädchen gingen damals gern,
wenn Reichstag war, in so ein Wirtshaus,
wo die Noblen wohnten. Und manche,
die dort den Wein ausschenkte, verließ es
mit einem Grafenkrönchen.

PEREZ

Schreib: Aus niedrem Stande.

QUIXADA

Schreib: Aus dem Volk.

PEREZ

Was ist aus ihr geworden?

QUIXADA

Ich weiß es nicht.

PEREZ

Die Wahrheit?

QUIXADA

Blieb unbekannt. Sie ist verschollen. Wer weiß,
was man mit ihr getan hat, als der Kaiser dann
Deutschland verlassen mußte. Vielleicht
ging sie zugrund, im namenlosen Haufen.
Man steckte solche Frauen, wenn
sie widerspenstig waren, oft
ins Troßbordell. Vielleicht
lebt sie als Gattin eines braven Bürgers,
dem man ein Schweigegeld bezahlt. Don Juan
hat nie gefragt. Es ist nicht seine Art.
Er mag die Frage
in seine Träume weben. Mutter nennt er
meine Gemahlin, Maddalena.

PEREZ

Es muß doch Leute geben, Vertraute des Kaisers,
die den Fall behandelt haben?

QUIXADA

Es gab: des Kaisers Kammerdiener, Adrian du Bois.
Er starb mit siebzig Jahren. Es gab
Ogier Bodart, den Kammerpförtner. Er ist tot.
Mir wurde
das Kind von einem Kaiserlichen Musikanten
überbracht. Er ist verkommen. Vermutlich
lebt er auch nicht mehr.

PEREZ

Dies ist alles?

QUIXADA

Alles, was ich weiß.

PEREZ

Kannst du es auf das Kruzifix beschwören?

QUIXADA

Mein Wort genügt.

PEREZ

So unterschreibe. *Er gibt dem Schreiber einen Wink, der streut Sand auf das Papier, schüttelt die Blätter ab.*

QUIXADA *ringt plötzlich nach Luft*
Bringt mich hinaus. Ins Licht.

RUY GOMEZ *zum Schreiber*
Mach rasch. Ich rufe
die Träger.

PEREZ
Erst die Unterschrift.

QUIXADA
Ich will
im Licht des freien Himmels sterben.

PEREZ
Rasch – solang er noch kritzeln kann.
Der Schreiber tunkt eine Feder ein, tritt mit dem Papier an die Bahre.

RUY GOMEZ
Kannst du dich aufrichten, Quixada?

PEREZ
Heb ihm den Arm. Es geht um Sekunden.

QUIXADA *richtet sich auf, die Decke sinkt von seinen Schultern, er schaut zu dem schwingenden Uhrpendel hinauf.*
Die Zeit. Die Zeit. Hört ihr den Pendelschlag?
Ihr glaubt – sie eilt voran?
So eilt euch. Lauft ihr nach. Versucht
sie einzuholen. Einmal
seid ihr am Ziel. Doch dann ist sie vorüber...
Du, Gomez, wirst an deiner Schwäche sterben.
Du, Perez, an deinem eignen Gift.
Ich aber sterbe selig
für meinen lieben Herrn, den ich im Kampf
mit meinem Leibe –
Er sinkt zurück.

PEREZ
Die Unterschrift!

QUIXADA
Wollt ihr ihn verderben? Dann wird euch des Blutes
Rache treffen – bei
seiner Mutter Leben –!

PEREZ

Die Unterschrift!

RUY GOMEZ

Was meint er jetzt? Bei seiner Mutter Leben –
Welcher Mutter –?

QUIXADA *liegt steif.*

PEREZ *zum Schreiber*

Zwäng ihm die Feder
in die Hand!

SCHREIBER *faßt zaghaft nach Quixadas Hand*

Sie ist schon kalt.

PEREZ *reißt dem Schreiber das Papier weg, wirft es auf den Tisch*

Wertloser Fetzen. Mach ein Kreuz darunter.

RUY GOMEZ

Es hätte uns auch sonst
nicht viel genutzt. Er sprach die Wahrheit –
doch eine nackte, spalten- und faltenlose,
die keinen Dolch und keine Schlinge birgt.

PEREZ

Glaub das nicht, Ruy Gomez. Jede Wahrheit
kann tödlich sein. *Geht*

RUY GOMEZ *zieht die Decke über Quixadas Gesicht.*

Erster Akt

Erste Szene

Personen: Barbara Blomberg, derzeit als Madame Pyramis-Kegel bekannt; Francis Massi, ehemaliger Violinvirtuose, jetzt unter dem Namen »Vautrien« vagabundierend; Major Kegel, der sich der Feinheit wegen und um als Ausländer zu gelten, den Namen Pyramis beigelegt hat, was er für die klassische Übersetzung des Wortes Kegel hält; Wache.

Die Bühne zeigt das verwahrloste, unordentliche Wohnzimmer einer kleinen Mietswohnung in Brüssel.
Es ist Morgen. Barbara, in einem verschlissenen Schlafrock, unter dem sie ein ehemals elegantes, seidenes Nachthemd trägt, versucht ohne viel Eifer, das Zimmer aufzuräumen, in dem Uniformstücke und männliche Unterkleider überall herumliegen, so wie ein Mann, der betrunken heimgekommen ist, sie beim Ausziehen fallengelassen hat.
Ein Eimer mit Scheuerlappen und Bürste steht in der Mitte des Zimmers. Auf dem Tisch liegt eine umgestürzte Korbflasche, deren Inhalt – spanischer Rotwein – auf den Boden geflossen ist.
Massi, grauhaarig, übernächtig, faniert, sitzt auf einem Schemel in der Ecke, dicht beim Kaminfeuer, über dem in einem Kessel etwas dampft, und spielt Geige. Es klingt, wie wenn jemand versucht, sich an eine Melodie zu erinnern, die er vergessen hat.

BARBARA *hebt eine weiße Offiziershose hoch, die mit Rotwein beschüttet ist, hält sie gegens Licht.*

MASSI *grinst, nickt ihr zu, macht mit dem Bogen eine wegwerfende Bewegung, beginnt einen Gassenhauer zu spielen.*

BARBARA *lacht ein wenig, aber eher mürrisch, knüllt die Hose zusammen, wirft sie in die Ecke hinterm Kamin.*

MASSI *setzt die Geige ab, schnuppert mit einer verlangenden Grimasse nach dem dampfenden Kessel hin.*

BARBARA *läßt einen Stiefel fallen, den sie aufgenommen hatte, schubst ihn mit dem Fuß in die Ecke, nimmt zwei Becher und einen Zinnlöffel vom Sims, füllt ihm und sich etwas aus dem Kessel ein.*

MASSI *kostend* Heißer Wein, mit Zimt. Das regene-regene-regeneriert die Manneskraft. *Trinkt* Mir war etwas kalt, wissen Sie.

BARBARA *uninteressiert, trinkend* Kein Wunder, wenn ihr die ganze Nacht durchsauft. Dann bibbert man in der Frühe.

MASSI Sie scheinen Erfahrung zu haben.

BARBARA Sie kennen meinen Mann.

MASSI Stimmt. Ich kenne ihn. Das heißt, ich kannte ihn, bis vor einer halben Stunde. Als er sich auszog, sah er dann plötzlich ganz anders aus. Als hätte er mit seinen Hosen sich selber ausgezogen. Ich weiß nicht, ob ich ihn wiedererkennen würde, wenn ich ihn im Bett sähe.

BARBARA Versuchen Sie's lieber nicht.

MASSI Ich habe nicht die Absicht. Es liegt dazu weder ein Bedürfnis noch eine Verpflichtung vor. Ich bin ja nicht mit ihm verheiratet.

BARBARA Aber ich. *Nimmt Unterhosen und Strümpfe vom Boden auf, knüllt sie zusammen, wirft sie in die Ecke.*

MASSI *lacht, setzt die Geige an, macht ein paar Doppelgriffe* Manche Männer saufen sich beizeiten tot.

BARBARA Wenn man Sie anschaut, läßt man die Hoffnung sinken.

MASSI Wieso? Bin ich nicht auf dem besten Weg dazu? Ich bin nicht so alt, wie Sie glauben, Madame.

BARBARA *betrachtet ihn mit einer stumpfen Neugier* Wo sind Sie eigentlich her? Von hier oder von dort?

MASSI *zuckt die Achseln.*

BARBARA Ich meine – sind Sie von hüben oder von drüben?

MASSI Ich weiß es nicht.

BARBARA Sie müssen doch wissen, ob Sie ein Spanier sind oder ein Niederländer.

MASSI Das kommt ganz darauf an.

BARBARA Was meinen Sie damit? Worauf kommt es an?

MASSI Sie verstehen mich doch, Frau Barbara. Ich bin Künstler. Es kommt darauf an, wer siegt. Wir leben in einer kämpferischen Zeit. In der Stunde der Entscheidung, sozusagen.

Der Künstler steht immer bei der Partei, die gewinnt. Solange es nicht ganz sicher ist, welche gewinnt, steht er über den Parteien. Jeder Mensch muß eine Gesinnung haben, an der er unverrückbar festhält. Hier haben Sie die meine.

BARBARA *beginnt wieder aufzuräumen* Eine schöne Gesinnung.

MASSI Schön genug für schlecht Wetter. Außerdem bin ich Italiener. Lachen Sie nicht. Wir sind gewissermaßen im selben Boot, Madame. Sie sind auch nicht von hüben und nicht von drüben. Sie sind eine Deutsche. Also tragen Sie den Kopf nicht so hoch. Ihr Deutschen duckt besser den Kopf heutzutage, bevor euch einer draufhaut.

BARBARA *ist aufgefahren* Wer sagt Ihnen, daß ich eine Deutsche bin?

MASSI Ihr Name.

BARBARA *spricht herunter wie eingelernt* Mein Name heißt Pyramis, da haben die Schwaben Kegel draus gemacht, er ist spanischer Offizier, Musterungskommissar der Königlichen Armee, und wir sprechen nur deutsch wegen der Swarttrotters, das sind die deutschen Landsknechte, die der König am liebsten hat, weil sie am billigsten sind.

MASSI Ich meine nicht den Namen Ihres Mannes.

BARBARA *unruhig* Barbara kann man überall heißen.

MASSI Barbara schon. Da ist aber ein anderer Name – der erinnert an eine Wirtschaft bei der Donau, in der man gesalzene Rettiche ißt und schwarzes Bier trinkt. –

BARBARA Seien Sie still. Ich weiß nicht, wovon Sie reden. *Setzt sich auf einen Schemel, spricht vor sich hin* Ich hab mir gedacht, das ist so einer, wie er sie in den Kneipen trifft und mit nach Hause bringt. Wer sind Sie denn überhaupt?

MASSI *hat die Geige angesetzt, spielt einen Triller* Ich bin so einer, wie man sie in den Kneipen trifft und mit nach Hause bringt. Man nennt mich Vautrien. Aber ich habe auch einmal anders geheißen. *Setzt die Geige ab, schaut sie an.*

BARBARA Gehen Sie jetzt. Ich muß aufräumen. Die Magd kommt nicht mehr, sie war ketzerisch, sie will nicht bei Spaniern dienen, er hat sie angezeigt.

MASSI Barbara – ich höre Ihr Kind schreien.

BARBARA Dumm Zeug. Ich habe kein Kind mehr, das schreien kann. Der Bub ist schon in der Militärschule. Das Mädel bei einer Schneiderin.

MASSI Man kennt's Ihnen nicht an. Die Brüste da unterm Hemd, die stehn wie Holz vorm Hause. Man sollt nicht meinen, daß Sie dreimal gesäugt haben.

BARBARA *zieht sich den Schlafrock überm Hemd zusammen, macht sich am Putzeimer zu schaffen* Reden Sie keinen Unsinn. Ich hab nur zwei Kinder gehabt. Ich bin sechsunddreißig.

MASSI Barbara – ich höre Ihr Kind schreien. Hören Sie's nicht? Wie wenn mans fortschleppen würde – immer weiter weg! So – *Er macht auf der Geige einen jammervoll wimmernden Ton.*

BARBARA *schmeißt den Putzlappen nach ihm, schreiend* Halt's Maul!! Ich ruf den Kegel!

MASSI *hat sich geduckt, schützt mit den Armen seine Geige, wie ein kleines Kind* Da rufen Sie was Rechtes. Den kriegen Sie gar nicht wach. Sei doch vernünftig, Bärbel.

BARBARA *geht auf ihn zu, mit starren, aufgerissenen Augen* Massi –!

MASSI Na endlich. Hab ich mich so verändert?

BARBARA *lehnt steif an der Wand* Es ist lange her. Ich hab nie an dich gedacht.

MASSI Wie schade. *Verändert* Gib mir noch etwas von dem Zeug.

BARBARA *macht keine Anstalten* Und wenn ich an dich gedacht habe – dann hab ich dir den Tod gewünscht. Dir und ihm und allen.

MASSI *schenkt sich zu trinken ein* Wie oft wünscht man die tot, die man liebt und nicht mehr haben kann. Aber sie tun einem nie den Gefallen.

BARBARA Ich liebe keinen. Ich habe niemals geliebt. Keinen Mann, kein Kind, kein Tier.

MASSI *nimmt die Geige auf, macht wieder den wimmernden Ton.*

BARBARA *hält sich die Ohren zu* Geh weg! Warum bist du hergekommen? Was willst du von mir?

MASSI *grinst, trinkt.*

BARBARA *reißt ihm den Becher aus der Hand, wirft ihn ins Feuer* Fort, sag ich!!

MASSI Bärbel, es war nicht meine Schuld. Ich hab das Kindlein damals –

BARBARA Ich weiß nicht, wovon du sprichst. Ich weiß nichts von einem Kind. Ich hab nie eins gehabt, nur vom Kegel, die zwei –

MASSI Du brauchst keine Angst zu haben, Barbara. Das Kind, das ich damals von dir wegtrug – weils mir befohlen war – weil sein Kaiserlicher Vater wollte, daß es – daß es aufwüchse im Geiste der Musik – und in der spanischen Hofzucht, außerdem – dein Sohn, Barbara, ist heute –

BARBARA Ich weiß. Ich hab geschworen, niemals nachzuforschen. Ich hab geschworen, es zu vergessen. Ich hab geschworen, nachdem ich drei Tag durchgeschrieen hab und mit den Nägeln meine Adern aufgekratzt. Und in der Kammer nebenan, da haben sie einen zu Tode geschunden, drei Tage lang, weil er ein kaiserliches Geheimnis ausgeplaudert hat. Ich hab gewußt, welches. Ich hab ihn gekannt. Ich hab ihn brüllen hören, stöhnen, wimmern, drei Tag, drei Nächt. Dann hab ich geschworen. Und hab den Schwur gehalten. Aber ich weiß es doch. *Geht zum Fenster, starrt hinaus, die Sonne kommt.*

EINE PERSON *öffnet nach kurzem Pochen die Tür, stellt einen Krug hin* Die Milch. *Geht*

MASSI *nimmt den Milchkrug hoch, trinkt lange daraus.*

BARBARA *dreht sich langsam zu ihm um* Hast du ihn gesehn?

MASSI *sich den Mund wischend* Einreiten in Madrid, nach seinem großen Sieg. Die Locken hingen ihm auf die Schulter. Kaum über Zwanzig, der Held aller Frauen, der Liebling Europas, die Hoffnung der Welt. Er sieht dir ähnlich, Barbara.

BARBARA *abwesend* Was geht das mich an?

MASSI Hör zu spinnen auf, Barbara. Du warst ein kluges Kind damals. Du bist dem Kaiser ins Bett gesprungen wie ein rossiges Gäulchen und hast ihn den Hengst spielen lassen, bis er selbst dran glaubte, daß er wieder ein Kerl sei und seinen Feinden vors Kinn stoßen könne. Das war ein Staatsgeschäft, und du hast deinen Spaß dran gehabt, obwohl man dirs angeschafft hatte, obwohl er alt war und grantig. Du hast selber gespielt, Bärbel, mit denen, die an dir hingen, bis ihnen der Blutschweiß auskam, so grausam wie das Kätzchen mit der Maus, und du hast deinen Spaß dran gehabt wie andere junge Weiber. Dann hast du viel ausgestanden, mehr als die andern, länger als mans ertragen kann.

BARBARA *lächelt verschlagen* Du meinst, ich wär spinnert worden.

MASSI Du hast nichts mehr spüren wollen, so ist es, du hast dich eingesponnen wie eine Raupe im Herbst. Aber innerm Gespinst – da bist du noch wie damals. Nur stärker, wenn du's zerreißt. Und mächtiger! Weißt du das nicht?

BARBARA Ich weiß nichts. – Ich will nichts wissen. Ich weiß nur, ihr habt mir was aus dem Leib herausgerissen, da ist ein Loch geblieben, sonst nichts. Ich habe manchmal gedacht, ich bring den Kegel um. Aber dann war mir alles gleich. *Sie hat sich auf einen Stuhl gesetzt, dreht mechanisch an einer herumliegenden Handspindel.*

MASSI *bringt ihr einen Becher Glühwein* Kriech aus, Barbara! Kriech aus! Wir beide, wir haben in unsern Fingern eine Macht wie kein anderer, der heute lebt, mehr als der Alba, mehr als der Großinquisitor! Du hältst sie in deinen Weiberfingern, die noch geschickt sind zum Spielen – und zum Nehmen – ich halte sie in meinen verkalkten Klauen, denen kein Lauf mehr glückt. Du und ich, wir halten die Macht in Händen, wir brauchen sie nur zu schlürfen, wie den heißen Wein!

BARBARA *starrt in den Becher* Was tut man damit?

MASSI Man braucht sie, Barbara – um sich zu retten. Wer keine Macht hat, der kommt in die Mühle, und wer in die Mühle kommt, der ist hin. Wer Macht hat, mahlt, wer keine hat, wird gemahlen, so ist es, so bleibts.

BARBARA *trinkt, ohne aufzuschauen.*

MASSI Ich hab dirs damals gesagt, weißt du noch, wie sie dir die Wahl gestellt haben, den Kegel zu nehmen oder als Troßweib zu gehen, mit hundert andern Weibern in die Lombardei – ich habs dir gesagt – komm nicht in die Mühle! Nicht in die Mühle – in der man alle zu Dreck mahlt, alle gleich, alle klein – die auf den Landstraßen humpeln, in den Kerkern faulen, in den Gruben, den Lagern, den Schiffsbäuchen, auf dem verpißten Stroh, immer auf einem Haufen wie die Mücken am Klebstock, die Vielzuvielen, die keinen Namen haben, die auf der Welt herumstinken als ihr eigner Kot, und doch nicht sterben wollen. Ich hab dir gesagt, man kann sich umbringen, das ist eins, oder man kann sich retten, das ist ein anders – aber ein Drittes, nimmermehr, davor mußt du Angst haben, dein Leben lang, du darfst nicht in die Mühle kommen –! *Er wischt sich den Schweiß, fast zitternd.*

BARBARA *unbewegt* Wir sind all in der Mühle.

MASSI Du nicht! Du hast dich durchgewunden, über zwanzig Jahr. Lang hats gedauert und du hast dich ducken müssen wie der Has in der Furche, da ging die noble Hetzjagd drüber weg. Jetzt wirst du aufhocken und Trumpf hauen, daß dir die Könige und die Ässer untern Fuß fallen! Schwapp, du kannst sie in den Müll stoßen mit deiner nackten Zeh! Du bist heraus, Barbara. Ich – ich war in der Mühle. Ganz unten, beim Schrotstaub, wo's einen immer wieder zuschüttet, wenn man bloß Luft holen will. Aber ich hab es satt, ich will auch heraus. du hilfst mir – und ich helf dir. Ich hab den Plan fix und fertig –

BARBARA *schaut ihn merkwürdig an, aus schmalen Pupillen* Warum soll ich dir helfen? Ich brauch dich nicht. Mir hat nie einer geholfen. Und wenn – du wärst der letzte.

MASSI Ich wär – was wär ich? Was sagst du da? Glaubst du vielleicht, du könntest ohne mich – der ich nur deinetwegen in das verfluchte Flandern – durchbetteln hab ich mich gemußt, in den Kneipen aufspielen – ja denkst du denn, du kannst es allein machen? Glotz doch nicht so! Oder – willst du dich rächen an mir? Was hab denn ich dir getan? Hätt ich ihn nicht weggetragen, es wär ein anderer gekommen, ein Ärgerer! Es war – es war zu deinem Besten, Barbara –

BARBARA *lacht, fast lustig.*

MASSI Hör auf, du spinnst ja. – Du brauchst mich doch, Bärbel. Du kennst dich nicht aus mit denen, mit den Großen, das muß man verstehen, ich habe dreißig Jahre bei Hof, bei Karl, bei Philipp, als Fürstlicher Kammervirtuose – und überhaupt, wärst du denn damals in sein Bett gekommen ohne mich – wer warst du denn, ein kleines Mensch im Chor, wer hat dich denn an die Rampe gestellt, als der Kaiser aus dem Betstuhl kroch, wer hat ihm gesagt, sie ist sechzehn, sie ist unberührt, und sechzehn warst du wirklich – und du weißt, was es mich seelisch gekostet hat – seelisch, Barbara!

BARBARA *lacht noch immer, bricht plötzlich ab, herrisch* Geh jetzt. Ich will mich anziehn.

MASSI Wann – wann kann ich wiederkommen?

BARBARA Nie. *Sie läßt ihren Schlafrock von den Schultern fallen, als wäre er nicht mehr da, rafft die Haare hoch. Man sieht, daß sie schön ist.*

MASSI *schreiend* Barbara! Du mußt mir aus der Mühle helfen – oder ich, ich bring dich hinein!

BARBARA Still. Der Kegel. *Man hört ein lautes Rülpsen vom Hintergrund.*

MASSI *rasch, leise* Sag mir eins – weiß es der Kegel? Hat er es damals gewußt? Und weiß er, was aus dem Kind geworden ist?

BARBARA Was geht das dich an?

MASSI Er darf nichts ahnen von unserm Plan, sonst quetscht er sich mit hinein, das wär Verschwendung. Wir müssens allein schaffen. Du läßt ihn dann umlegen, wenn wir Geld haben, es kostet nicht viel, ich besorg das für dich. Abgemacht? *Streckt die Hand aus.*

BARBARA *seine Hand übersehend, langsam, in kaltem Haß* Massi – wie viele Meilen hast du gebraucht von Spanien daher? Du hättest sie in die andere Richtung laufen sollen. Weit weg von mir.

KEGEL *hinter der Szene* Die Milch! Wo bleibt meine Milch?!

MASSI Geh hin, gib ihm die Warze. Heut, morgen, übermorgen. So willst du weiterleben?

BARBARA So oder nicht so. Das ist mein Leben. Ganz allein.

MASSI Ich hab dich gewarnt! Ich warn dich zum letzten Mal. Wenn du nicht mitmachst, dann wirds der Kegel tun, aber dann, dann bist du geliefert, dann kommst du nie heraus. Ich kann keine Rücksicht nehmen. –

BARBARA *vor einem Spiegel, nestelt an ihrem Haar.*

KEGEL *kommt herein, in Pantoffeln, mit hängenden Strümpfen und langem, verknülltem Nachtgewand. Er ist ein Mann ohne Gesicht, mit rohen Händen und einer bald prahlerischen, bald weinerlichen Bonhomie, der man jede Brutalität zutraut* Wo ist meine Milch? Mir hat sauer aufgestoßen. Ich muß rohe Milch haben. Frische, ungerahmte, seimgelbe, schlabbersüße friesische Fettweidenmilch. Rohe Milch zieht das Gift aus den Därmen. Mir hat sauer aufgestoßen. Barbara, seit zwanzig Jahren hast du mir die Milch ans Bett gebracht, wenn ich Gift in den Därmen hatte. Barbara, du liebst mich nicht mehr. *Brabbelnd* Mir hat sauer aufgestoßen. Du liebst mich nicht mehr. *Hat den Milchkrug entdeckt, hebt ihn auf* Leer *Schaut Massi an, der sich wieder zum Feuer gesetzt hat* So so so so so. Du hast meine Milch ausgetrunken. Du hast wohl auch meiner Frau unters Hemd gefaßt? Zu was anderm reichts ja bei dir nicht mehr. Ich mag die Männer nicht, die an den Weibern herumfingern und denken, wie es war, als es noch ging. Bei mir ist noch Schlamm auf der Pfeife, mein Junge. Schlamm auf der Pfeife. Jawohl. Komm zu Bett, Barbara.

MASSI *zwischen den Zähnen* Ein reizvolles Angebot. Eine unwiederbringliche Gelegenheit.

BARBARA *vorm Spiegel, streicht mit angefeuchtetem Finger über die Augenbrauen.*

KEGEL Wie stehst du überhaupt da herum, halbnackt vor einem fremden Kerl? Soll ich dir den Hintern verdreschen? Ich sehe gern rote Striemen auf einem glatten, strammen Hintern. Das regt mich an. Wie wärs, Pöpsjen? *Faßt nach ihrer Hüfte.*

BARBARA *ohne sich umzudrehen* Pyramis, ich glaube, der Mann da hat dir etwas mitzuteilen.

MASSI Gut, wie du willst. Du bist selbst dran schuld.

KEGEL Was heißt das. Ein Komplott? Werde ich betrogen? Wo ist mein Säbel? Wo sind meine Pistolen?

BARBARA Ich geh mich anziehn. *Schlendert langsam hinaus.*

KEGEL Du bleibst. Ich wills euch zeigen. Ich werde ein Exempel statuieren. Ich werde –

BARBARA *ab.*

KEGEL *will hinter ihr her* Ich reiß dir die Haare aus! Ich bring dich auf die Knie!

MASSI Sei kein Frosch, Kegel.

KEGEL Mensch, was fällt dir ein, wie sprichst du mit mir in meinem eignen Hause? Mir sind zwei Dinge heilig, heilig, sage ich dir – meine Ehre und meine Ehe. Die Ehre und die Ehe! Das ist unantastbar. Das ist sakramental!

MASSI Brauchst du Geld, Kegel?

KEGEL Ich würde dir empfehlen, rasch abzuhauen, bevor ich – Geld? Du hast ja selber keins, alter Pumpenschwengel.

MASSI Und du kannst mit deinen unbezahlten Rechnungen die Wände tapezieren, sie hätten es nötig.

KEGEL *schreit* Ich bin ein spanischer Offizier! Ich lasse mich nicht –

MASSI *ist aufgestanden, geht zur Tür.*

KEGEL – beleidigen. Wieso Geld? Woher denn?

MASSI Schade. Es hätte ein saftiges Geschäft werden können. Aber wenn du da herumbrüllst mit deiner Ehre und deiner Ehe – dann geh ich besser.

KEGEL Hör mal, alter Freund – wenn du mir da womöglich eine unsaubere Geschichte vorschlagen willst, irgendeine Durchstecherei, oder daß du was aufgeschnappt hast, womit man einen auspressen kann, oder sonst eine Gemeinheit – dann – dann, dann – dann muß es aber eine verdammt sichere Sache sein, bei der genug herausschaut, sonst mache ich nicht mit.

MASSI Sicher? Du hast die Sicherheit in deinem Schlafzimmer liegen, jede Nacht. Du kannst ihr das Hemd übern Kopf ziehen und ihr das Maul verstopfen.

KEGEL Kerl, wenn du meine Frau da hineinbringen willst, ich sage dir –

MASSI Ich weiß. Dir ist deine Ehe heilig. Du hast auch allen Grund. Haben sie dich wenigstens anständig bezahlt damals, damit du sie genommen hast? Oder hast du dich mit dem Majorstitel abfinden lassen und mit dem Musterungsdekret? Da mußt du nun alles selbst aus den flämischen Bauernburschen herausschinden. Eine schöne Plag.

KEGEL Du bist noch besoffen. Schlaf deinen Rausch aus.

MASSI Idiot! Glaubst du, ich spiele per Zufall seit einer Woche an deinem Stammtisch auf? Glaubst du, ich hätte dir zum Spaß die kleine Wallonin auf den Schoß gezaubert? Bildest du dir ein, sie wäre aus Liebe mit dir aufs Zimmer gegangen? Sie hat mich zehn Reichstaler gekostet.

KEGEL Schnüffler! Schweinehund! Du hast in meinem Leben herumspioniert! Du willst – du willst – was willst du denn eigentlich?

MASSI Einen Korn. Lang mal den Steinkrug herunter.

KEGEL *schaut ihn unsicher an, dann nimmt er den Krug vom Sims, schenkt zwei Becher voll. Beide trinken. Kegel setzt sich auf einen Stuhl, Massi auf den Tischrand* Du machst mich ganz verwirrt. Ich sollte dich hinausschmeißen. Ich habe Kopfweh. Ich glaube, ich geh wieder ins Bett.

MASSI Jetzt wollen wir vernünftig reden, Kegel. Es ist eine große Sache. Es steckt mehr drin als Geld. Geld auch – aber genug fürs Leben und für eine Equipage mit vier Rössern. Und Macht, und Einfluß, und Ehre, wenn du darauf Wert legst.

KEGEL Du phantasierst, Bruder. Aus der alten Geschichte ist nichts herauszuholen. Ich hab mir oft genug den Kopf drüber zerbrochen. Was steckt da schon drin? Sie hat ein Kind gehabt von einem, der nicht genannt sein wollte. Damals war das für mich ein reiner Dusel. Ich wäre nie mehr geworden als Hurenweibel, bestenfalls. Aber heute? Nach zwanzig Jahren? Da kann es dem Herrn ganz wurscht sein, ob was aufkommt. Ich könnte höchstens degradiert werden. Ich hab da was unterschrieben, das liegt beim Regimentsstab –

MASSI Und das Kind?

KEGEL Was geht das mich an? Das wird längst bei den Engelchen sein. Ich hab meine eignen, die machen mir Sorgen genug.

MASSI *schüttelt den Kopf* Und so etwas läßt man frei herumlaufen. Mit Majorsgehalt – *Beugt sich zu ihm, dämpft die Stimme* Hast du mal was von Don Juan d'Austria gehört?

KEGEL Wer nicht, natürlich. *Er fährt plötzlich auf, läßt den Becher fallen, bückt sich danach, vergißt ihn – starrt Massi von unten an* Du bist wohl – nicht ganz bei Trost... Der Kaisersohn? Der Sieger von Lepanto?

MASSI Dein Stiefsöhnchen, Pyramis.

KEGEL *läuft umher* Blödsinn. Das ist – unmöglich.

MASSI Rechne dir mal aus, wann er auf die Welt gekommen ist.

KEGEL Woher soll ich das wissen?

MASSI Am 24. Februar 1547. Zu Regensburg.

KEGEL *packt ihn an* Kannst du das beweisen?

MASSI Sonst wär ich nicht hier.

KEGEL *fast schreiend* Und ich hab gedacht, es war vom Kardinal Granvella! Ich Tropf! Ich Rindvieh!

MASSI Stimmt, aber schrei nicht so laut. Die Sache muß man leise anfassen.

KEGEL So eine Bestie! So ein gemeines Aas! Sie hat mich zwanzig – vierundzwanzig Jahre hinters Licht geführt. Der werd ich's eintränken. –

MASSI Oder sie dir. Paß auf, Kegel. Jetzt heißt es: Scharf aufpassen. Wir müssen sie in die Zwickzange nehmen – wie ein Häkchen, mit dem man Gold aus dem Schmelztiegel holt. Und wenn wer dabei verbrennt, dann sie, nicht wir. Sie hat es um uns verdient.

KEGEL *hat den Becher aufgehoben, schenkt ihn voll Korn, leert ihn, starrt vor sich hin* Man weiß doch nie – mit wem man eigentlich zusammenlebt... Vierundzwanzig Jahre –

MASSI Das steht jetzt nicht zur Debatte. Ist dir klar, daß wir das große Los gezogen haben?

KEGEL Wir? – Ich.

MASSI Schau her. So fängst du schon an? Dazu bist du nicht früh genug aufgestanden – Herr Hurenweibel. Wo nimmst du dein Zeugnis her – ohne mich?

KEGEL *sinkt auf einen Stuhl* Laß mich nachdenken.

MASSI Das kostet nur Zeit und führt zu gar nichts. Ich will dir meinen Plan erklären. Er ist bis ins kleinste ausgefeilt. Es müssen zwei verschiedene Aktionen gleichzeitig eingefädelt werden – eine öffentliche, zu unsrer Sicherung – und eine diplomatische, zwecks Aufnahme der Verhandlungen. Zunächst muß man den Alba wissen lassen, durch seinen Sekretär, zu dem ich eine Beziehung habe –

BARBARA *kommt wieder herein. Sie trägt ein einfaches helles Leinenkleid, um den Hals eine feine Goldkette mit einem großen Rubin. Ihr Gesicht ist hergerichtet* Nun? Habt ihr euch ausgesprochen? *Sie setzt sich, beginnt an ihren Nägeln zu feilen.*

MASSI Noch nicht ganz. Schick sie hinaus, Kegel. Das ist jetzt unsere Sache.

BARBARA So weit seid ihr schon?

MASSI Du hast es verspielt. Du hast nicht hineinzureden.

BARBARA Will ich auch gar nicht. Nur still zuhören.

KEGEL *starrt sie an* Was – was hast du da für eine Kette um den Hals? Die kenn ich nicht.

BARBARA Ein Andenken.

KEGEL *steht auf, böse gefährlich* Gib sie her.

BARBARA Warum? Gehört sie dir?

KEGEL Alles, was dir gehört, gehört mir!

BARBARA Nicht alles, Pyramis.

KEGEL Du Luder. Du käufliche Person. Wer weiß, was du sonst noch versteckt hast und mir vorenthältst von meinem rechtmäßigen Eigentum. Du hast mich betrogen, du hast mich durch all die Jahre wie einen gehörnten Ochsen –

MASSI *abwinkend* Pst. So kommst du nicht weiter, Kegel. Zieh dich an, wir gehn ins ›Schwarze Ferkel‹, wir müssen allein sprechen –

KEGEL Du, misch dich nicht hinein, das ist Familiensache. Gib mir die Kette, Barbara. Ich – ich will sie mir ansehen.

BARBARA Du siehst sie ja.

KEGEL *füllt sich den Becher, trinkt.*

MASSI Du hast hübsche Hände, Barbara, nur ungepflegt.

BARBARA Ich hab mir seit Jahren die Nägel nicht mehr gemacht, aber ich glaube, sie können wieder werden. *Betrachtet sie.*

KEGEL Sie ist mir nachgelaufen. Sie hat sich mir aufgedrängt. Du hast an meinem Hals gehangen wie ein Klotz, du hast mein Leben ruiniert, ich habe dir meine Karriere geopfert, zwanzig – vierundzwanzig Jahre. –

BARBARA Die sind vorüber, Kegel.

KEGEL *verändert, weinerlich* Bärbelchen. Bärbelinchen! Du weißt, ich hab dich immer geliebt. Denk an unsre Kinder! Du hast mir zwei Kinder geboren.

BARBARA *wie erstaunt* Ja. Ich hab dir zwei Kinder geboren... Was hätte ich sonst tun sollen?

KEGEL Liebst du mich denn nicht?

BARBARA Das weißt du doch selbst.

KEGEL Ich weiß es. Ich hab es immer gewußt. *Will sich ihr nähern.*

BARBARA Dann muß ich es dir sagen. Ich liebe dich nicht. Ich hasse dich nicht einmal. Du bist mir ganz gleich. Als ob ich dich nie gekannt hätte. Den da – den hasse ich.

MASSI *mit einer ironischen Verbeugung* Ich weiß den Vorzug zu schätzen. Aber jetzt ist es genug mit den zarten Geständnissen. Schick sie in die Küche, Kegel. Oder traust du dich nicht?

KEGEL In die Küche!!

BARBARA Was soll ich dort? Es ist nichts zu kochen da. Der Metzger gibt nichts her, solang die Schulden nicht bezahlt sind.

MASSI *lacht.*

KEGEL Das klingt wie Trotz. Da wollen wir andere Saiten aufziehn. Gestehst du, daß du die Dirne des Kaisers warst? Pfui Teufel, mit deinen jungen Jahren? Willst du gestehn – oder leugnest du?

BARBARA Da ist nichts zu gestehn und nichts zu leugnen.

KEGEL Also wirklich. Wahrhaftig. Ich hab es noch immer nicht glauben können. So eine abgefeimte, heimtückische Kanaille.

Allerdings muß ich sagen, der alte Herr hatte keinen schlechten Geschmack. Sie war schon was, damals, wie zum Anbeißen. –

MASSI Damals? – Wart ab!

KEGEL Dazu wird es keine Gelegenheit mehr geben. Die Mutter einer so hohen Staats- und Standesperson – ein Mitglied der Königlichen Familie, sozusagen – muß in strengsten Gewahrsam genommen werden. Es muß Dienstpersonal herbei. Aufsichtsleute. Eine Anstandsdame. Ein Hauskaplan. Eine Ehrenwache. Man wird jedem ihrer Schritte aufpassen, wenn ich nicht da bin. Ich – werde wohl dienstlich oft abwesend sein. Man wird mir natürlich ein hohes Kommando übertragen müssen. General ist das Mindeste. Vielleicht unter meinem Stiefsohn in Italien. *Schaut Massi an* Du sollst auch nicht leer ausgehen. Ich bin nicht so. Du kannst, in Gottesnamen, mein Regimentsmusikus werden. Pensionsberechtigt. Am besten gehst du gleich in Pension.

MASSI Genau das hab ich mir vorgestellt. Darauf hab ich gewartet.

KEGEL Na also. Es gibt überhaupt keine Probleme mehr. Ich sehe kein Problem in der Sache. Alle Rechte sind in meiner Hand vereinigt, kraft der ehelichen Gewalt. Die Frage ist nur – wie man sein Recht anmeldet, der Obrigkeit gegenüber – am besten –

MASSI Nun?

KEGEL – am besten werf ich mich in Gala-Uniform, und wir gehen sofort alle drei aufs Generalgouvernement –

MASSI – um nie wieder herauszukommen. Das heißt: durch die Falltür in den Gerichtskeller. Dort werden den Leuten die Nägel ausgerissen, die Fußsohlen geröstet und die Bäuche voll Wasser gepumpt, bis die Därme platzen. Lust dazu?

KEGEL Du meinst – die würden uns – womöglich –

MASSI Nein, nein, gewiß nicht. Alba würde dich auf beide Wangen küssen und dir ein Frühstück servieren lassen.

KEGEL Dann vielleicht – mit einer schriftlichen Eingabe – direkt an die Krone –

MASSI – welche in den Geheimakten verschwindet. Und dann verschwindest du.

BARBARA Ihr werdet beide verschwinden – wenn ich es will. Und ich könnte es wollen.

KEGEL Was soll das heißen, was meinst du damit? –

BARBARA Ich meine, daß dies eine Sache ist, die keinen von euch etwas angeht. *Sie steht auf* Ihr habt kein Recht und keinen Teil daran. Nicht an dem, was vergangen ist – nicht an dem, was kommen wird. Das Geheimnis ist nun verraten. Das – macht mich frei. Ich verbiete euch, es anzurühren oder auszunutzen! Sonst – werde ich euch nicht schonen.

MASSI Voilà, mon ami.

KEGEL Jetzt hab ich es satt!! Hier ist die Chance meines Lebens, und du willst sie versauen! Ich werde dich einsperren. Ich lasse dich als verrückt erklären! Du bist verrückt! Immer gewesen! Ein Stück Mensch, das sich mit sechzehn von einem sabbernden Lustgreis befummeln läßt –

BARBARA *stampft mit dem Fuß auf* Du – laß den Kaiser aus deinem schmutzigen Mund!

MASSI *höhnisch* Die Erinnerung ist ihr heilig, verstehst du – wie dir deine Ehre und deine Ehe.

KEGEL Was für Erinnerung? An einen Regenwurm? An ein Bruchband? An einen Kadaver im Bett?

BARBARA Wollt ihr es wissen? Er war der einzige Mann, bei dem ich glücklich war. Merkt es euch – alle beide.

KEGEL Du wirst noch behaupten, daß er mehr gekonnt hätte als ich? Ich, der ich sechsmal in einer Nacht, ohne Schwindel, ohne abzusetzen –

BARBARA *geht zum Fenster, schließt es* Die Nachbarsfrauen hängen schon aus den Küchenfenstern. Die wissen, es gibt was zu hören, wenn bei Kegels gestritten wird.

KEGEL Ich verbitte mir jeden Humor! Mir ist die Sache ernst, todernst! Und ich mache Ernst, sage ich dir!

BARBARA Ich auch, Kegel. *Geht zur Tür.*

KEGEL *rennt um sie herum, vertritt ihr die Tür* Wo willst du hin?

BARBARA Ich weiß noch nicht. Fort jedenfalls.

KEGEL *hebt die Faust* Einen Schritt weiter und ich schlag dir in die Zähne!

BARBARA Gib die Tür frei!

KEGEL Zurück! *Will sie anpacken.*

BARBARA *gellend* Rühr mich nicht an!! *Sie weicht etwas zurück.*

KEGEL *läßt die Hand sinken* Du kommst nicht heraus – oder du mußt aus dem Fenster springen.

MASSI *hat die Szene beobachtet, ist zu einem Entschluß gekommen – nimmt Kegels Überrock auf, der noch auf dem Boden liegt, nähert sich ihm von der Seite.*

KEGEL Du bist mein Pfand, du bist mein Eigentum! Ich lasse dich nicht aus den Fingern, eher zerquetsch ich dich wie einen Lockvogel, daß die Knöchlein krachen –

MASSI *wirft ihm plötzlich den Rock über den Kopf, daß er wehrlos ist, versucht, ihm die Ärmel um den Hals zu schnüren* Hilf mir, ihn festbinden, Barbara! Ich komme mit dir, ich bring dich in Sicherheit, dann bist du ihn los. Du siehst ja, du brauchst mich, so hilf mir doch! Hilf mir doch!

BARBARA *weicht zurück bis zum geschlossenen Fenster, steht unbewegt mit hängenden Armen.*

MASSI *keuchend* Hilf mir doch! Dann – tu ich – alles – für dich –

KEGEL *der wütend um sich schlug, hat sich losgemacht, reißt den Rock von seinem Kopf herunter, verfolgt Massi langsam, mit blutunterlaufenen Augen durchs Zimmer* So einer bist du! Ein Bandit! Ein Meuchelmörder! Ein Überfall in meinem eignen Haus –! Jetzt – jetzt ist es aus mit dir – ich bin in Notwehr –

MASSI *mit einem feigen, hysterischen Gelächter, immer vor ihm durchs Zimmer fliehend* Es war ein Spaß, Kegel – ich wollte nur – ein Unglück verhüten – du – du kannst mir nichts tun – ich hab die Beweise! Schriftlich! Unanfechtbar –

KEGEL Heraus damit!

MASSI *versucht, zur Tür zu entkommen* Sag: fünfzig Prozent – von allem – und du hast sie –

KEGEL Gib sie heraus – oder ich mach dich kalt.

MASSI Fünfzig Prozent, Kegel, fünfzig Prozent –

KEGEL *hat in der Ecke sein Wehrgehänge entdeckt, das bei den anderen*

Kleidern lag, reißt den Säbel heraus So – jetzt hab ich dich – jetzt – *Dringt auf ihn ein.*

MASSI Hilfe! *Ist zur Tür entwischt, rennt hinaus, die Treppe hinab.*

KEGEL Raubmörder! Bandit! *Stürzt mit dem blanken Säbel hinter ihm her.*

BARBARA *steht immer in gleicher unbewegter Haltung, ihr Gesicht ist ausdruckslos. Man hört ein kurzes wüstes Gepolter und einen Aufschrei. Dann Stille.*

MASSI *kommt zurück, zitternd, wankend* Der Idiot – das hat er davon... Er ist die Treppe hinuntergefallen und hat sich seinen eignen Säbel in den Bauch gerannt – *Wirft sich auf einen Stuhl* Ich bin gerettet – und du bist frei, Barbara –

BARBARA unbewegt

EINE FRAUENSTIMME *von drunten* Wundarzt! Wundarzt!

MASSI *grinsend* Der wird nichts mehr helfen. Er schwimmt im Blut.

BARBARA *öffnet das Fenster, lehnt sich hinaus. Ruft* Wache!

MASSI Was willst du damit? Die können ihn auch nicht retten. Der ist hinüber. *Schenkt sich zu trinken ein.*

BARBARA *ruft lauter* Wache! Polizei!

MASSI Barbara! *Springt auf, läßt den Becher fallen.*

BARBARA *dreht sich um, sieht ihn an.*

MASSI Was hast du vor – Barbara –?

Zwei schwarze Gardisten von der spanischen Besetzungspolizei treten ein.

BARBARA *mit der Hand auf Massi weisend* Verhaftet ihn! Er hat den Tod eines spanischen Offiziers verschuldet.

MASSI Das ist nicht wahr – das –

WACHE *packt ihn.*

GARDIST Wer ist der Kerl? Wo kommt er her?

BARBARA Ich weiß nicht. Er wollte ein Komplott anzetteln – gegen die Krone.

GARDIST Gestehst du?

MASSI Es ist nicht wahr – es ist alles gelogen!

BARBARA Ihr werdet ihm schon ein Geständnis herauspressen. Das versteht ihr ja.

MASSI Nein, nein, ich laß mich nicht foltern, ich sage alles, alles!

BARBARA Desto besser.

GARDIST Los!

MASSI Ich sage alles! Alles! *Wird abgeschleppt.*

BARBARA *allein – setzt sich auf einen Stuhl beim Fenster. Nimmt die Halskette ab. Hält den Rubin ins Licht. Dann läßt sie den Kopf in die Hände sinken.*

Zweite Szene

Personen: Barbara; Karoline, ihre Tochter – achtzehn Jahre alt; Frayken, eine Nachbarsfrau (vormals Besitzerin von Luxusbordellen in Antwerpen); Ferdinand von Toledo, der uneheliche Sohn des Herzogs Alba – General der spanischen Kavallerie; Albornoz, Albas Geheimsekretär; Van Hoghstraate, ein flämischer Aristokrat im Stabe Albas.

Das gleiche Zimmer, drei Tage später. Es macht einen völlig veränderten Eindruck: gereinigt, aufgeräumt, eine dunkelfarbige Decke auf dem Tisch, Vorhänge aus schwarzem Flor an den Fenstern. In der Ecke, vom Kamin oder einer Portiere halb verdeckt, ist ein kleiner Traueraltar errichtet, auf dem zwei Kerzen brennen.

Frayken, eine Fünfzigerin von respektablem Umfang, keineswegs ordinär, eher bürgerlich wirkend, wenn auch mit einem leisen Stich etwas zu fein gekleidet, doch nicht aufgeputzt, beringte Finger, ein Schönheitspflästerchen neben dem Mundwinkel, sitzt am Tisch, legt Karten. Dann und wann nimmt sie ein Biskuit aus einer Konfektschale und tunkt es, bevor sie es knabbert, in ein Glas mit Südwein. Man hört fern ein Glöckchen läuten.

FRAYKEN *vor sich hinmurmelnd* Roter Hans sticht schwarze Lisbeth. Cœurdame deckt Eichelkönig. Drei Zehner im großen Haus – fundamental. Rechts, links, oben, unten, ein Herzchen vorn, ein Kreuzchen von hinten. Trumpf: – *Schlägt eine*

Karte auf Treff-As, nom du Dieu! – Sechsunddreißig, achtunddreißig, neunundvierzig – sieben mal sieben, – schnappt, aber geht nicht auf – interessant. *Mischt, legt wieder auf. Das Glöckchen verstummt* Jetzt ist er drunten. *Macht ein rasches Kreuz mit der einen, steckt dabei mit der andern Hand ein Biskuit in den Mund* Na – Gott sei Dank. *Horcht auf, geht zum Fenster, lehnt sich hinaus, macht ein Geräusch, wie wenn man Hühner scheucht* Gsch – Gsch – Gsch – Gsch – Gsch! Weg da, oder ich leer den Topf hinunter! Neugierige Bagage, ungewaschene. *Setzt sich wieder zu den Karten.*

Man hört eine Tür schlagen, Frayken hebt den Kopf – gleich darauf tritt Barbara ein mit ihrer Tochter Karoline. Beide in Trauerkleidung, Barbara mit einem schwarzen Schleier auf ihrem blonden Haar, Karoline trägt ein schmales goldenes Kreuzchen als Anhänger auf der Brust. Sie ist schlank, schön gewachsen, ihr Gesicht noch kindhaft, aber von großem Liebreiz, der durch einen ernsten, nachdenklichen Zug vertieft wird. Sie hat ihren Arm in den der Mutter gelegt.

FRAYKEN Schon da? Ich hätt euch noch nicht erwartet.

BARBARA Wir haben uns eilen müssen. Die Kinder sind uns überall nachgelaufen.

FRAYKEN Ja, sie belagern das Haus. Klar, wenn hier Staatskarossen vorfahren, in der Hinteren Korbgasse. Wie wars?

BARBARA Wie's halt ist. Regimentsmusik. Der Obrist hat eine Rede gehalten. Es kam viel von Ehre drin vor.

FRAYKEN Recht so. Ehre hält die Toten warm. Ich hab dir die Karten geschlagen, Barbara – du wirst staunen. Geld liegt dicht bei Hause! Ein wichtiger Besuch wird große Entscheidungen bringen. Herz ist doppelt besetzt, du wirst die Wahl haben. Eine weite Reise liegt in der Zukunft, aber du mußt es dir gut überlegen, sie könnte gefährlich sein. Interessant, wie?

BARBARA *lacht ein wenig* Du hast also auch schon was gespannt, Frayken?

FRAYKEN Hör mal, wenn ich die Karten lege, da geht alles streng theologisch zu, da wird nichts hineingezaubert, höchstens unbewußt. Man darf sich wohl seine Gedanken machen, wo die ganze Stadt drüber redet. Außerdem war wieder ein Herr hier, von der Militärregierung. Ich hab ihn auf Nachmittag vertröstet.

BARBARA Ich hab doch schon sagen lassen, daß ich nicht zu sprechen bin.

FRAYKEN Das ist deine Sache. Jetzt schlag ich sie grade für die petite couturière, die so elegant geworden ist bei den Franzosen, daß man sie gar nicht wiedererkennt.

KAROLINE *geht zu ihr an den Tisch* Und was steht drin, Madame Frayken? Mach ich auch eine Reise?

FRAYKEN Das wird sich zeigen, ich bin noch nicht so weit... Sechs – neun – dreizehn – siebenundzwanzig –

KAROLINE *hat sich über ihre Schulter gebeugt* Da liegt der schwarze Peter, was bedeutet der?

FRAYKEN Nicht hineinschauen. Achtung – *Schlägt eine Karte auf, wirft dann rasch das ganze Spiel zusammen* Ein andermal.

KAROLINE Warum? Ist es so schlimm?

FRAYKEN Aber nein, Herzchen. Ich bin jetzt konzentriert. Man darf mir nicht hineinschauen.

KAROLINE Es war sicher sehr schlimm.

BARBARA *zärtlich* Das möchtest du wohl! Junge Mädchen wollen immer ein Schicksal – am liebsten ein düsteres. Du glaubst doch nicht an den Schwindel?

FRAYKEN *will aufbrausen, beherrscht sich aber.*

KAROLINE Ich weiß nicht recht. An Träume glaub ich doch.

FRAYKEN Du siehst blaß aus, du mußt was essen. Ich habe Biskuits gebacken. Und da ist ein Südwein, zum Tunken.

KAROLINE Nein, danke – ich bin nur etwas müd – von der Reise vielleicht.

BARBARA Geh dich ausruhn, Liebes.

KAROLINE Ja, ich leg mich ein bißchen hin – wenn du mich nicht brauchst, Mutter?

BARBARA Frayken hilft mir schon. Es gibt nicht viel zu tun.

KAROLINE *geht, zögert kurz, kommt noch einmal zu Barbara zurück, küßt sie auf die Stirn.*

BARBARA *streichelt ihre Schulter* Ich seh später nach dir.

KAROLINE *ab, durch eine rückwärtige Tür, macht im Vorbeigehen das kleine Kreuz vor dem Traueraltar.*

FRAYKEN *schaut ihr nach* Das gefährliche Alter. Sie wird alles furchtbar tragisch nehmen. Dabei sieht sie aus, daß ein Heiliger auf Gedanken käme. Behältst du sie jetzt bei dir?

BARBARA Natürlich. Ich hab sie nur wegen dem Kegel weggetan. Das war nichts für Kinder.

FRAYKEN Auch nichts für Ausgewachsene. Du hast Glück gehabt, Barbara. Du hast das Leben noch vor dir. Die bessere Hälfte. Die Zeit, in der man genießt.

BARBARA *zieht die Brauen hoch* Es ist noch nicht so weit.

FRAYKEN Schließlich – allzu lang kannst du auch nicht mehr warten. Ich will ja nicht zudringlich erscheinen –

BARBARA Es war so lieb von dir, Frayken, daß du herübergekommen bist. Aber – du hast doch sicher – etwas anderes zu tun –

FRAYKEN Ich habe nie was zu tun. Ich privatisiere, bekanntlich. Und ich dachte, als gute Nachbarin, in einer schweren Stunde – aber, wie du willst. Ich gehe schon.

BARBARA Bleib, Frayken – bitte!! – Ich kann nicht allein sein.

FRAYKEN Da siehst du. *Setzt sich wieder, zieht Barbara neben sich* Du brauchst eine Freundin. Eine Frau, die dich versteht und die das Leben kennt. Ist es denn wahr, was man hört?

BARBARA Was hört man?

FRAYKEN Ein Gefangener soll ausgesagt haben, daß du die Mutter des berühmten Don Juan bist – von dem es heißt, er soll den König stürzen. Das war wohl der Kerl, durch den das Unglück – für Kegel, Gott hab ihn selig – passiert ist? Die Gerichtsleute haben geschwätzt, es ist wie ein Lauffeuer durch die Stadt gegangen, kein Wunder, in solchen Zeiten, wo sich die Spatzen in der Gosse politisch umgruppieren. Wenn das stimmt, Barbara – dann hast du ausgesorgt.

BARBARA Frayken – kannst du mir hundert Florins leihen?

FRAYKEN Hundert – viel Geld, Schätzchen. Aber ich leih sie dir. Hat denn der Kegel gar nichts hinterlassen?

BARBARA Schulden, überall. Sein Regiment muß das Begräbnis zahlen.

FRAYKEN Aber – weshalb brauchst du jetzt noch Geld zu borgen? Du könntest doch – eine Rente verlangen, die sich gewaschen hat! Oder – ist das Ganze ein fauler Fisch?

BARBARA Ich verlange mehr.

FRAYKEN Du – überspann es nicht. Mit dem Alba ist nicht zu spaßen. Der macht kurzen Prozeß.

BARBARA Es ist kein Spaß, Frayken. Es ist – Kampf. Aber ich werd ihn gewinnen. Schau – ich hab stillgehalten, ein Leben lang. Ich war fast wie tot, nur schlimmer. Die haben mir das Kind, damals, mit Gewalt weggenommen. Das hab ich nie verwunden. Ich wär dran krepiert, beinah. Jetzt – müssen sie bezahlen – aber nicht nur mit Geld. Die sollen vor mir kriechen. Auch er.

FRAYKEN Wer?

BARBARA Mein Sohn. Der denkt wohl, ich war ein Dreck.

FRAYKEN Späte Rache? Was hast du davon.

BARBARA Es ist keine Rache. Es ist Gegenwehr. Wer auf der Welt lebt, der muß sich wehren, mit Zähnen und Klaun. Das ist unser Leben. Sonst nichts.

FRAYKEN Ein bißchen Pläsier ist auch dabei.

BARBARA Kann sein. Das hab ich vergessen. Vielleicht – fällt es mir wieder ein.

FRAYKEN Wart ab, schöne Witwe. Du wirst aufgehn wie eine Tulpe im April. Alle Hummeln werden die Rüssel strecken.

BARBARA Und Karoline – die soll ein anderes Leben haben. Die braucht nicht durch die Mühle.

FRAYKEN Karoline – wer weiß. Es kommt, wie's kommen soll. Man kann nichts vorausbestimmen. Vielleicht hat sie Glück.

BARBARA Sie muß Glück haben. Man hat Glück, wenn man will.

FRAYKEN Das kommt auf den Menschen an.

Drunten wird ein Glockenzug geläutet.

BARBARA *ist aufgefahren* Schau nach, Frayken.

FRAYKEN *zum Fenster, lugt hinterm Vorhang vor* Staatskarosse. Es sitzen mehrere drin. Der Sekretär ist an der Tür.

BARBARA Der Sekretär.

FRAYKEN Albornoz. Ein mächtiger Herr, der für den Alba alle kitzligen Sachen erledigt. Ich kenn ihn von früher, als er beim Staatsrat in Antwerpen saß. Ein alter Kunde. Soll ich ihn heraufbitten?

BARBARA *antwortet nicht, denkt nach.*

FRAYKEN Gott verdamme die Kinder. Müssen die Roßäpfel werfen? Ich kann keine Kinder leiden – und keine Hunde, und keine Blumen im Zimmer, und überhaupt nichts, was Dreck macht. *Es läutet wieder.*

BARBARA Sag ihm, ich bin nicht zu sprechen. Ich habe Trauer – Totenandacht. Sag ihm, was du willst.

FRAYKEN Nicht zu sprechen? Das ist das dritte Mal –

BARBARA Nicht für den Sekretär. Da müssen Höhere kommen.

FRAYKEN Aber ich sage dir doch – der ist ein hohes Tier – fast wie ein Polizeichef!

BARBARA Eben drum.

FRAYKEN Du mußt wissen, was du tust.

BARBARA Ich weiß es.

FRAYKEN *geht.*

BARBARA *zum Fenster, lugt hinterm Vorhang vor. Muß lachen* Roßäpfel –!

FRAYKEN *kommt zurück, etwas außer Atem* Ich weiß nicht, ob er mich erkannt hat... Das ist ein Mensch, der sich nichts anmerken läßt.

BARBARA Was hat er gesagt?

FRAYKEN Nichts. Er ist zum Wagen zurück und konferiert mit den andern.

BARBARA Hast du gesehen, wer drin sitzt?

FRAYKEN Ich glaube, der Bastard, und noch ein Herr.

BARBARA Der Bastard? Was für ein Bastard –

FRAYKEN Das weißt du nicht? Albas Naturgewächs. Auch ein Illegitimer. Das scheint eine noble Gewohnheit zu sein... Er ist sein Liebling. Aus dem echten macht er sich nichts. Man nennt ihn: den Mitregenten.

BARBARA Das klingt schon besser. *Es läutet wieder.*

FRAYKEN Für das Treppensteigen müssen wir eine Magd anschaffen.

BARBARA Es ist das letzte Mal, Frayken. Wir werden einen Hausmeister haben, und einen Portier. – Wenn der – ich mag das Wort nicht, er muß doch wohl einen Namen haben –

FRAYKEN Don Ferdinand von Toledo. Offiziell ist er General der spanischen Kavallerie.

BARBARA Also, wenn Don Ferdinand persönlich vorsprechen will, dann bitte die Herren hinauf. Sag ihnen, es sei dir sehr peinlich, mich zu stören.

FRAYKEN Wie Sie befehlen – Madame Pyramis.

BARBARA Madame Blomberg. Sag: Madame Blomberg. Ich werde meinen Mädchennamen wieder annehmen. Das ist eine gute Idee.

FRAYKEN Ich beginne, Respekt vor dir zu bekommen. *Geht.*

BARBARA *schaut rasch in den Spiegel, richtet sich ihren Witwenschleier. Räumt Glas und Konfektschale vom Tisch. Dann geht sie zum Traueraltar, kniet so nieder, daß man sie von der Eingangstür aus nicht gleich sehen kann.*

FRAYKEN *noch draußen* Verzeihen die Herren, die Treppe hat kein Geländer. Es ist etwas unbequem. Madame de Blomberg gedenkt natürlich umzuziehen – Hier herein, wenn ich bitten darf.

Sie läßt Ferdinand von Toledo, Hoghstraate und Albornoz eintreten. Ferdinand ist auf den ersten Blick ein martialischer Soldatentyp, breit, massiv, schwarzhaarig, auf den zweiten ein etwas unbeholfener Kavalier, nicht ohne Gutmütigkeit und Schläue. Er hat nur ein Auge, das andere ist durch eine häßliche rote Narbe entstellt. Sein Gesicht hat einen leicht exotischen Einschlag um Backenknochen und Mund und ist sehr dunkelhäutig. Er trägt Gala-Uniform. Albornoz ein völlig undurchsichtiger Herr mit grauen Schläfen, Berufsbürokrat, von pedantisch-korrekter Haltung, hinter der sich allerhand Gefährlichkeit verbirgt. Van Hoghstraate ein hübscher, hochgewachsener Jüngling, mit feinen Händen, schmalem Kopf und melancholischen Augen. Er bleibt immer etwas im Hintergrund.

FRAYKEN Es ist mir sehr peinlich, Madame de Blomberg zu stören. Sie ist in ihren Schmerz versunken. Darf ich melden, daß Seine Exzellenz im Auftrag Seiner Hoheit um eine Unterredung bitten?

FERDINAND *etwas ironisch* Nicht ganz so formell. Wir haben mit der Dame ein paar Worte zu wechseln. Ich habe wenig Zeit.

Die Herren sind etwas weiter ins Zimmer vorgetreten, bemerken jetzt Barbara, die mit dem Rücken zu ihnen am Altar kniet, als habe sie ihren Eintritt überhört. Sie stehen einen Augenblick unentschlossen. Dann räuspert sich Ferdinand. Barbara reagiert nicht. Er räuspert sich noch einmal, stößt leicht mit seinem Schleppsäbel auf den Boden.

BARBARA *hebt langsam den Kopf, dreht sich zu ihm um, steht auf, schlägt den Schleier zurück, mißt Ferdinand mit einem langen Blick. Dem bleibt der Mund offen stehen.* Ich bin erstaunt, meine Herren. Dies ist ein Trauerhaus. Darf ich erfahren, was Sie veranlaßte, hier einzudringen?

FERDINAND *räuspert sich wieder, mit einem unsicheren Blick, auf Albornoz.*

ALBORNOZ *leise* Kondolieren.

FERDINAND *wobei er Barbara immer faszinierter anschaut* Madame – Madame. *Verbeugt sich kurz* Es ist uns ein schmerzliches Bedürfnis, Bedürfnis – zu dem schmerzlichen Verlust, der Sie betroffen hat – in Erfüllung einer traurigen Pflicht, auch im Namen meines Vaters, des Herzogs Alba. Wir haben den Toten, Verewigten, schmerzlich – ich meine, hoch geschätzt, er war ein vorbildlicher Beamter –

ALBORNOZ *leise* Offizier.

FERDINAND – und Offizier. Einer unserer Besten. Schad um den jungen Menschen. Soldatentod. Damit genug. *Vorstellend* Don Geronimo Albornoz, Chef des Geheimprotokolls – Graf Hoghstraate, Attaché der Generalstaaten. *Beide verbeugen sich knapp.* Können wir jetzt zur Sache übergehen?

BARBARA Ich – verstehe Sie nicht ganz... Ich danke Ihnen für Ihren ehrenden Kondolenzbesuch, der den Verdiensten meines Mannes gerecht wird... Haben Sie mir sonst noch etwas zu sagen?

FERDINAND Allerdings. Sie werden schon wissen, worum es sich handelt. Oder – muß man das Kind beim Namen nennen?

BARBARA Es ist immer besser, ein Kind beim Namen zu nennen.

FERDINAND Teufel, Teufel. Pardon. Ich weiß wirklich nicht –

ALBORNOZ *kommt ihm zu Hilfe, indem er eine Aktentasche öffnet* Wenn Sie erlauben, Madame, möchte ich Ihnen einen schriftlichen Vorschlag unterbreiten. Vielleicht sind Sie so freundlich, einzusehen. *Überreicht ihr ein Papier.*

BARBARA *nimmt das Papier* Gestatten Sie, daß ich vorher meiner Hausdame einige Anweisungen gebe? Ich bin gleich zurück. Wollen Sie bitte Platz nehmen. *Entfernt sich mit Frayken.*

FERDINAND Sacrebleu. Ein Prachtweib. Und – Savoir-vivre: Das hätt ich nicht erwartet. Ich habe gedacht, eine alte Vettel, oder ein Hurenmensch. Die muß ja damals noch ein Kind gewesen sein!

ALBORNOZ Seien Sie vorsichtig, Exzellenz. Die Person hat es faustdick hinter den Ohren. Falsche Madonna, ich kenn die Sorte. Sie wird uns hochnehmen und ausleeren wie einen Mostkrug – wenn wir nicht rechtzeitig die Daumschrauben ansetzen.

FERDINAND *hat sich in einen Sessel geworfen* Ich bin Soldat. Ich setze keiner Frau die Daumschrauben an, wenn sie hübsch ist. Ich finde, sie hat etwas Hilfloses. Aber sie geht wie eine Katze. Sie muß schmale Kniee haben. Schmale Kniee und volle Schenkel, das ist mein Typ. Was meinen Sie, Hoghstraate?

HOGHSTRAATE Ich glaube, sie ist gescheit.

ALBORNOZ Berechnend.

FERDINAND Meinetwegen. Es wird nicht mein Geld kosten, sondern Philipps Zechinen. Das schadet ihm nichts, er stinkt ohnehin vor Geiz. Komisch. Ich kann die deutschen Männer nicht ausstehen. Aber die Frauen, die sind Vollblut. Die müssen aus einem anderen Gestüte stammen.

HOGHSTRAATE Vielleicht sind die Frauen überhaupt – aus einer anderen Welt –

ALBORNOZ Schwärmen Sie nicht, meine Herren. Der Herzog wünscht eine glatte Erledigung des Falles.

FERDINAND Erledigen Sie! Ich möchte ein kleines Fest arrangieren –

HOGHSTRAATE Die Dame ist in Trauer –

FERDINAND Alsdann, eine Leichenfeier, oder einen Witwenball. Kennen Sie die Witwe Egmont, geborene Wittelsbach?

HOGHSTRAATE *schaut Ferdinand an* Ich kenne mehr Witwen in Flandern. Ihr Herr Vater hat uns reichlich versorgt.

FERDINAND Werden Sie nicht politisch, Hoghstraate. Wo Köpfe rollen, sind immer die Köpfe schuld. Ist nicht von mir – sagt mein Vater. Ich persönlich sähe die Geschichte lieber auf dem Schlachtfeld gemacht als auf dem Hochgericht, und die Politik lieber im Bett als im Kabinett. Sie wissen, ich bin für Nächstenliebe und Weltverkehr, besonders zwischen den Geschlechtern. *Die Herren lachen, Hoghstraate etwas gepreßt.*

BARBARA *kommt zurück, ohne Schleier, die Haare leicht aufgesteckt – sie hat einen Spitzenschal, den vorher Karoline getragen hat, wie eine Mantilla um die Schultern gelegt. Ferdinand verschlingt sie mit dem Auge.*

DIE HERREN *sind mitten im Lachen verstummt. Erheben sich.*

BARBARA *geht unbefangen zwischen ihnen hindurch, setzt sich, macht eine einladende Geste, die Herren nehmen wieder Platz. Im Vorübergehen hat sie Albornoz das Papier zurückgegeben, als ginge es sie nichts an.*

ALBORNOZ *dreht das Papier unschlüssig in der Hand* Haben Sie unsren Vorschlag zur Kenntnis genommen, Madame? Sind Sie zur Unterschrift bereit?

BARBARA *als sei er nicht da, wendet sich an Ferdinand* Ich hielt es für besser, Exzellenz, dieses Gespräch nicht in Anwesenheit von Personal zu führen. Auch im Interesse der Krone.

FERDINAND Sehr richtig. Sehr rücksichtsvoll. Sehr taktvoll.

BARBARA Es wird großen Taktgefühls bedürfen, um unsere gemeinsame Sache zu einer befriedigenden Lösung zu bringen. Vor allem von Ihrer Seite.

ALBORNOZ Der Vertragsentwurf zieht alle Möglichkeiten in Betracht. Ich verweise auf Absatz eins, Paragraph B.

BARBARA *ihn deutlich überhörend* Nachdem, durch eine unverzeihliche Indiskretion, die ich aufs tiefste bedauere –

FERDINAND Der Kerl wird gehenkt!

BARBARA Das hielte ich bereits für einen taktischen Fehler. Es macht Aufsehen, und wirkt fatal auf die Bevölkerung. Ich würde ihn unauffällig verschwinden lassen. Mein Sohn braucht Ruderer, für die Galeeren –

FERDINAND Ausgezeichnet! Sie sollten Vorsitzende im conseil des troubles werden, Madame. Ruderer für den Admiral. Ausgleichende Gerechtigkeit. Ich sage immer, eine kluge Frau ist der beste Richter.

ALBORNOZ Wir sind nicht hierhergekommen, um das Strafmaß für einen Mitschuldigen zu diskutieren. Es ist noch keineswegs erwiesen, ob es sich nicht um ein gemeinsames Komplott handelt.

BARBARA *zu Ferdinand* Ich erwarte, Exzellenz, daß Sie mich gegen subalterne Übergriffe in Schutz nehmen. Andernfalls müßte ich die Unterredung abbrechen.

ALBORNOZ Ich verbitte mir –

FERDINAND *hebt die Hand* Enthalten Sie sich jeder beleidigenden Äußerung, Herr Sekretär. Hier braucht man Zartgefühl. Das ist eine diplomatische Affäre.

ALBORNOZ *beißt sich auf die Lippen.*

BARBARA Sie wählen das richtige Wort, Exzellenz. Es ist sogar mehr. Es ist eine hochpolitische Angelegenheit. Die Indiskretion ist nun einmal geschehen und in die breiteste Öffentlichkeit gedrungen, wie ich schon sagte – zu meinem tiefsten Bedauern. Ich habe das Kaiserliche Geheimnis über zwei Jahrzehnte bewahrt, ich habe ein Leben des freiwilligen Verzichts und der Verborgenheit geführt –

FERDINAND Bewundernswert.

BARBARA – das war selbstverständlich. Mein Mann hat in Verteidigung dieses Geheimnisses sein Leben gelassen. Ich bin Witwe, und Mutter. Ich wäre auf die Großherzigkeit der Krone angewiesen –

FERDINAND Sie können darauf rechnen, Madame –

ALBORNOZ *hebt das Papier.*

BARBARA Aber es dreht sich hier nicht um meine Person. Es geht um die Ehre des Königlichen Hauses. Um das Andenken des Kaisers. Und um die Befriedigung der Niederlande. *Sie schaut Hoghstraate an.*

HOGHSTRAATE *bescheiden* Darf ich fragen, was die Niederlande mit dieser Sache zu tun haben, Madame?

BARBARA Sehr viel. Denn ich lebe hier. Ich gedenke, auch weiterhin hier zu leben. Bisher war ich eine unbekannte Soldatenfrau. Das ist nun anders geworden. Ich mache mir keine Illusionen darüber, daß es mit meiner Verborgenheit zu Ende ist – daß ich im Schlaglicht des öffentlichen Interesses stehe. Man wird die Entwicklung meines Schicksals bis ins kleinste beobachten, und jede – Schwankung zur politischen Propaganda ausnutzen – gegen Spanien – oder für das Ansehen seiner Regierung. Je nachdem.

ALBORNOZ Sie könnten in ein Kloster eintreten, Madame. Wir würden für Aufnahme in ein adliges Damenstift garantieren.

FERDINAND Das wäre ein Jammer.

BARBARA Es wäre unklug. Außerdem denke ich gar nicht daran. Schon um meiner Kinder willen. Ich habe weltliche Pflichten. Und ich bin mir der Verantwortung bewußt, die meine Stellung als Mutter des Kaisersohnes und des größten Feldherrn unserer Tage uns allen auferlegt –

FERDINAND *zu Albornoz* Da sehn Sie. Ich habe gleich gesagt, es handelt sich um eine vornehme Seele. *Versucht Barbaras Hand zu küssen, sie zieht sie zurück.*

HOGHSTRAATE Man muß allen Ernstes bedenken, daß das flämische Volk aus der Behandlung dieser Sache gewisse Rückschlüsse ziehen wird. Besonders im Zeichen der gegenwärtigen Spannungen. Der Name Don Juans ist ungemein populär.

ALBORNOZ Umsomehr muß er vor jeder vulgären Ausbeutung dieser Situation geschützt werden. Nötigenfalls unter Anwendung unserer staatspolizeilichen Machtmittel.

BARBARA Dann müssen Sie wohl zunächst gegen solche Organe Ihrer Staatspolizei vorgehen, die das Ergebnis eines geheimen Verhörs in den Wirtshäusern herumtratschen.

ALBORNOZ Ihnen steht keine Kritik an Staatspersonen zu.

BARBARA Und Ihnen keine Verdächtigung oder Bedrohung meiner Person.

FERDINAND Fingerspitzen, Albornoz, Fingerspitzen. Würden Sie, Madame de Blomberg, eine Einladung auf eines meiner Güter in Kastilien annehmen? Sie könnten dort so zurückgezogen leben, wie Sie wollen, – und ganz ohne Gelübde ... Für Ihren Komfort würde ich persönlich sorgen.

BARBARA In Kastilien! Dort habt ihr doch alle vierzehn Tage eine Revolution! Bis man hinkäme, wären vielleicht Ihre Güter schon abgebrannt. Da halte ich vorläufig sogar die Niederlande noch für sicherer.

HOGHSTRAATE *lächelt.*

FERDINAND Es war nur so eine Idee.

BARBARA Keine glückliche, Exzellenz.

ALBORNOZ Darf ich auf den vom Generalgouverneur Herzog Alba gebilligten Vorschlag zurückgreifen. Er sieht, zusammenfassend, in Absatz eins vor, daß die Unterzeichnerin sich verpflichtet, von einer Wiederverheiratung Abstand zu nehmen, oder aber eine solche nur nach Genehmigung durch die Krone in Betracht zu ziehen. Absatz zwei verfügt die sobald als tunliche Übersiedelung der Unterzeichnerin nach Spanien, woselbst sie sich zur Disposition der Krone zu halten hat, welche ihrerseits für Unterkunftsort, Verpflegung, Bekleidung, Apanage und so fort und so weiter Sorge tragen wird. Absatz drei beschäftigt sich mit der Abfindung, die vorläufig durch Tilgung der Schulden aus dem Eherechtsstand der Unterzeichnerin mit dem verstorbenen Major Kegel und durch eine vorschüßliche Auszahlung eines gewissen Prozentsatzes der ihr zustehenden Witwenpension zu erledigen ist. – Sie werden, im Fall von Komplikationen, kaum ein besseres Angebot zu erwarten haben. *Legt das Papier auf den Tisch.*

BARBARA *nimmt ein Glöckchen vom Wandsims, läutet* Darf ich den Herrn eine kleine Erfrischung anbieten. Das ist jetzt wohl an der Zeit.

FRAYKEN *kommt herein, mit einem vorbereiteten Tablett, auf dem sie den Herren und Barbara Südwein und Biskuits serviert.*

FERDINAND *hebt sein Glas* Es lebe der König –

DIE HERREN *nehmen Haltung an.*

FERDINAND – und sein Erlauchter Bruder, der Admiral Don Juan.

ALLE *heben die Gläser.*

BARBARA Ich danke Ihnen. Das ist zum erstenmal, daß ich auf das Wohl meines Sohnes anstoßen darf. *Man trinkt.*

BARBARA Es ist gut, Frayken. Sag Karoline, sie möchte etwas anziehen und später herüberkommen. Ich möchte den Herren meine Tochter vorstellen. *Frayken geht*

FERDINAND Reizend, reizend. *Kostet den Wein noch einmal* Jerez de la Fronteira. Famose Marke.

BARBARA Major Kegel war Kenner.

ALBORNOZ Wie auch aus seinem Schuldenbudget ersichtlich ist.

FERDINAND Fingerspitzen, Albornoz, Fingerspitzen. Trinken wir auf unsere überaus liebenswürdige Gastgeberin.

BARBARA Danke. Ich glaube, der Herr Sekretär würde vorziehen, auf meine Gastfreundschaft zu verzichten.

ALBORNOZ Ich würde vorziehen, die Geschäfte zu erledigen, um unnötigen Aufenthalt zu vermeiden.

BARBARA Ich möchte Sie gar nicht aufhalten. Sie können dieses lächerliche Schriftstück in Ihre Kanzlei zurücktragen und verbrennen – oder auch aufheben. Man hebt ja dort jeden Beichtzettel auf.

ALBORNOZ *sich beherrschend* Ich habe Vollmacht zu einer kleinen Erweiterung, die Ihren Sinn, Eigensinn, vielleicht ändern wird. Es ist bei sofortiger Unterschrift an eine etwaige Erhöhung der Abfindungssumme durch eine einmalige Auszahlung von fünftausend Florins gedacht. Ich habe eine Anweisung über die Hälfte dieser Summe in meiner Aktentasche – *Greift darnach.*

BARBARA Lassen Sie sie stecken! Glauben Sie wirklich, ich würde für schmutziges Geld meine persönliche Freiheit, meine Unabhängigkeit, meine Selbstbestimmung und meine Selbstachtung verkaufen?

FERDINAND *unsicher* Fünftausend Florins – viel Geld, immerhin.

ALBORNOZ Mehr, als Major Kegel in seinem Leben gesehen hätte.

BARBARA Ich wünsche das Wort Geld, in diesem Zusammenhang, nicht mehr zu hören! Ich wünsche überhaupt keine finanziellen Arrangements zu erörtern! Nicht vor meiner Inauguration.

FERDINAND Inauguration?

BARBARA Meiner Inauguration als indirektes Mitglied der Königlichen Familie. *Sie steht auf* Sie sind hierhergekommen, um mir Vorschläge zu machen. Sie werden von mir keine Gegenvorschläge hören. Dies ist kein Handel. Was ich Ihnen jetzt vortrage, sind meine unabänderlichen Entschlüsse. Ich habe sie mir reiflich überlegt und sie so getroffen, daß der Ehre und dem Ansehen meines Fürstlichen Sohnes und seines Königlichen Bruders kein Abbruch geschieht. *Wendet sich an Ferdinand, in verbindlichem Ton* Sie kennen das Schlößchen Lamoral, im Parc Jossard? Es steht leer, es ist als Krongut beschlagnahmt. Ich wünsche, es zu beziehen, sobald seine Einrichtung dem Stil und den Bedürfnissen einer adligen Haushaltung entsprechend ergänzt ist. Ich kann dort wohl mit einer Dienerschaft und einem Personal von zwölf bis fünfzehn Angestellten auskommen. Ihre Anwerbung überlasse ich dem Herzoglichen Sekretariat. Natürlich brauche ich einen Hausmeister mit gesellschaftlicher Erfahrung. Und einen Hauskaplan für die Schloßkapelle. Meine Tochter ist sehr religiös. Für Wagen, Pferde und das dazugehörige Fachpersonal muß gleichfalls gesorgt werden. Als dame d'honneur behalte ich meine Freundin, Madame Frayken. Und ich denke nicht daran, die geschäftlichen Einzelheiten persönlich zu diskutieren. Das wird ein Privatsekretär besorgen, den ich mir selbst wählen werde, und der auf gleichem Fuß mit Ihnen, Herr Generalsekretär, verhandeln mag. Sonst ist wohl im Augenblick nichts zu besprechen. Es wäre ratsam, Sie würden sich Notizen machen. *Sie hat sich wieder gesetzt, nimmt ihr Glas* Jetzt kann ich Ihren freundlichen Zutrunk annehmen. *Hebt das Glas gegen Ferdinand.*

FERDINAND Sacrebleu. Pardon. Auf Ihre Gesundheit, Madame.

BARBARA Auf die Ihre, Exzellenz. Sie, als Edelmann, werden meine Wünsche und Motive verstehen – und ich bezweifle nicht, daß sie ganz in Ihrem Sinne sind. Es wird Ihre Sache sein, Ihren Herrn Vater von allen notwendigen Maßnahmen zu überzeugen. Ich verlasse mich ganz auf Sie.

FERDINAND Ihr – Ihr Vertrauen ehrt mich, Madame de Blomberg. Ich werde Sie nicht enttäuschen. Und für den Fall, daß kleine – unbedeutende – Abschwächungen erwägbar sein sollten –

BARBARA Alles Nähere überlassen wir der Tüchtigkeit unsrer Sekretäre. Sie werden ja dafür bezahlt.

ALBORNOZ *höhnisch* Ich möchte nur noch bemerken, daß Frau Kegel in der Wahl Ihrer – dame d'honneur nicht ganz glücklich ist. Ich kenne die Person. Sie unterhielt Bordelle, in Antwerpen.

BARBARA *lächelnd* Sie selbst nennt es: Etablissements de Luxe. Die haben Sie wohl öfters frequentiert? Im übrigen ist es mir vollkommen gleichgültig, was meine Freundin in Antwerpen war. Hier war sie gut zu mir. Ich hatte ein hartes Leben. Ich vergesse nichts.

KAROLINE *tritt ein. Sie trägt nun statt der Trauermantille einen hellblauen Seidenschal.*

FERDINAND *kann sich bei ihrem Eintritt eines leisen Pfiffs nicht enthalten, schlägt sich auf den Mund. Die Herren stehen auf.*

BARBARA *ist auch aufgestanden, legt ihren Arm leicht um Karolinens Hüfte* Karoline – das ist Seine Exzellenz, Don Ferdinand de Toledo. Du hast gewiß schon viel von seinen ruhmreichen Kriegstaten gehört. Graf Van Hoghstraate, Attaché der Generalstaaten bei Herzog Alba. Die Herren sind gekommen, um uns zum Tode deines Vaters zu kondolieren.

ALBORNOZ *den sie übergeht, mit Schärfe* Don Geronimo Albornoz.

BARBARA Verzeihung, ich hatte vergessen. Der Sekretär.

KAROLINE *neigt den Kopf vor jedem der drei Herren* Ich bin sehr erfreut.

FERDINAND Ich noch mehr, Mademoiselle! Welche Überraschung! Das jüngere Spiegelbild der Mama! Die Mama, Ihrerseits wieder, in mütterlichem Glanz verjüngt. Man weiß nicht, wem man die Palme geben sollte. Wäre ich ein Paris – ich würde mich nach einer dritten Dame umsehen! Mit meinem einen Auge!

KAROLINE *lachend* Ich habe immer gehört, daß die Spanier sehr höflich sind. Aber ich wußte nicht, daß sie auch Humor haben.

FERDINAND Sie hatten wenig Gelegenheit, mit Spaniern umzugehen? Nun, das wird jetzt wohl anders werden. Sie müßten unser Land kennenlernen. Es ist ja schließlich – Ihr Vaterland.

KAROLINE Ich bin hier aufgewachsen. Mein Herz schlägt für Flandern – und für sein armes Volk.

HOGHSTRAATE *schaut sie an, mit einem Hauch von Erröten.*

FERDINAND Arm? – Es gibt genug reiche Leute hier. Hoghstraate, zum Beispiel. Und nirgends braut man das Bier so stark, und bäckt das Brot so weiß. Das bringt mich auf eine Idee. *Zu Barbara* Ich werde ein kleines Fest arrangieren, für das Offizierskorps, zu Ehren eines gefallenen Kameraden, im Namen seiner Familie – ganz einfach natürlich, einheimische Speisen und Getränke, dezente Musik. Was halten Sie davon?

BARBARA Tun Sie es. Das macht Ihrem Korpsgeist Ehre. Wir können daran leider nicht teilnehmen – der Etikette wegen. Aber ich werde mich freuen, Sie bei dem Empfang begrüßen zu dürfen, den ich zur Einweihung meines neuen Hauses dem Brüsseler Adel zu geben gedenke. Auch Sie, Graf Hoghstraate.

ALBORNOZ *nimmt seine Aktenmappe* Unsere Zeit ist um.

FERDINAND Weshalb? Ich habe gar keine Eile.

BARBARA *streckt ihm die Hand hin* Es war mir eine große Ehre, Exzellenz.

FERDINAND *küßt ihr die Hand* Und mir ein Vergnügen. Ein entzückendes Viertelstündchen. Ich hoffe auf baldige Wiederholung. Au revoir, Mesdames!

BARBARA *läutet das Glöckchen, Frayken erscheint, geleitet die Herren, die sich mit Verbeugung zurückziehen, zur Tür.*

BARBARA *zu Ferdinand, der seinen Schleppsäbel in der Hand trägt* Bitte, fallen Sie nicht die Treppe hinunter – Ach Gott – ich bin so nervös –

FERDINAND *im Abgehen* Keine Sorge, Madame. Das wiederholt sich nicht.

FRAYKEN *verschwindet einen Augenblick mit den Herren zur Tür hinaus.*

KAROLINE *hat sich von Barbara gelöst, geht zum Fenster, schaut einen Moment hinaus, dreht sich zu ihr um* Mutter – dieser Besuch galt nicht nur meinem Vater.

BARBARA *langsam, ruhig, doch sehr deutlich und ohne Unsicherheit* Nein, Karoline. Er galt mir – das heißt – meinem Sohn, den ich vor dieser Ehe geboren habe – dem Sohn Kaiser Karls – deinem Halbbruder Don Juan d'Austria.

KAROLINE *steht einen Augenblick mit gesenkten Augen, dann läuft sie durch die rückwärtige Tür hinaus.*

FRAYKEN *ist zurückgekommen, will ihr nach.*

BARBARA Bleib hier. Man soll jetzt nicht mit ihr sprechen. *Setzt sich. Sie sieht erschöpft aus.*

FRAYKEN Barbara – das hast du grandios gemacht! Das hätt ich nicht in dir gesucht!

BARBARA *müde* Die möchten mich nach Spanien verschleppen –

FRAYKEN Dort wärst du in der Falle... Aber du gehst doch nicht?

BARBARA Nach Spanien? – Da müßte eher – Don Juan selber nach Flandern kommen, um mich abzuholen!

FRAYKEN Also, wenn du es ernst meinst – ich ziehe mit ins Schloß! Als Hofdame, Anstandsperson, Paravant, Ehrenbase, oder was du willst. Und noch was: ich habe den Sekretär!

BARBARA Du hast zugehört!

FRAYKEN Jede Silbe, durchs Ofenrohr. Anthony – Anthony Ratcliff! Das ist der Mann, den du brauchst! In allen Sätteln gerecht, schlägt jede Klinge, haut den gerissensten Kabinettfuchs übers Ohr – und sieht aus, wie der Teufel am Sonntag! Er war einmal der Geliebte der Mary Stuart – aber so einer sinkt nicht mit einem lecken Boot.

BARBARA Hat er sonst einen Beruf?

FRAYKEN Freibleibend. International. Niemand weiß, arbeitet er für die Engländer oder die Spanier. Bezahlt wird er wohl von beiden. Und alle haben Angst vor ihm. Er selbst sagt, er sei Schriftsteller. Kann schon sein. In jedem zweiten Land schwebt ein Mordprozeß gegen ihn. Natürlich ohne Beweise. Ein Mann – wie er sein soll. Der macht das nebenbei. Zum Vergnügen.

BARBARA Du bist ja ganz verzückt, Frayken. Steht er dir nah?

FRAYKEN Er? Mir? – Schau mich an. – Die Marquise de Havré ist ihm nachgelaufen, mit ihren berühmt schönen Brüsten. Der kann jede Dame der Gesellschaft haben. Und jedes Straßenmädel – umsonst, mit Quartier und Verpflegung.

BARBARA Ich möchte keine Roué ins Haus nehmen – schon wegen Karoline.

FRAYKEN Karoline – daran hab ich noch gar nicht gedacht. Es kann nur gut für sie sein. Es wird sie aufwecken. *Jemand klopft.*

BARBARA Wer da?

HOGHSTRAATE *öffnet etwas zaghaft, verbeugt sich* Madame – darf ich um die Erlaubnis bitten, mit der jungen Dame ein paar Worte zu sprechen? Natürlich – in Ihrer Gegenwart –

BARBARA *sieht ihn erstaunt, aber nicht unfreundlich an – winkt Frayken* Ruf Karoline. *Frayken ab.*

HOGHSTRAATE Ich hoffe – Sie fassen das nicht als Zudringlichkeit auf – oder Schlimmeres –

BARBARA Durchaus nicht, Graf Hoghstraate. Ich glaube zu verstehen, weshalb Sie zurückgekommen sind.

HOGHSTRAATE Sie sind sehr gütig, Madame.

KAROLINE *kommt herein.*

HOGSTRAATE *verbeugt sich vor ihr, Karoline neigt den Kopf. Die beiden stehn im Vordergrund einander gegenüber. Barbara, auf ihrem Sessel, schaut zum Fenster.*

HOGHSTRAATE Ich wollte Ihnen danken für die Worte, die Sie für mein Land und mein Volk gefunden haben.

KAROLINE Es ist auch mein Land, und mein Volk.

HOGHSTRAATE Ich bin glücklich, daß Sie so empfinden. Und ich bitte Sie, meine Stellung nicht mißzuverstehen. Ich hatte Angst, Sie könnten mich – für einen Verräter halten.

KAROLINE Das hätte ich nie gedacht, Graf Hoghstraate.

HOGHSTRAATE Es ist – nicht leicht. Man muß versuchen, zu mildern – und zu verhüten.

KAROLINE Ich wünsche Ihnen alles Glück dazu.

HOGHSTRAATE Ich hoffe Sie wiederzusehen.

KAROLINE *leise* Ich auch.

Die beiden stehen noch einen Augenblick, als seien sie allein auf der Welt. Dann verbeugt sich Hoghstraate, ohne ihre Hand zu berühren – geht.

KAROLINE *schaut ihm nach, mit einem unbewußten Lächeln. Dann beschattet sich ihr Gesicht. Sie geht langsam zu Barbara hin.*

BARBARA Was hast du, Liebes? Du weinst doch nicht?

KAROLINE *ohne Tränen* Mutter – ich muß dich was fragen. Ich habe, beim Begräbnis, unter den jungen Leuten gestanden, man wußte nicht, wer ich bin. Ist es wahr, was man von meinem Vater sagt?

BARBARA Was haben sie gesagt?

KAROLINE Er – er sei ein gemeiner Kerl gewesen. Er habe – ich kann das nicht wiederholen.

BARBARA Ich will dir etwas sagen, Karoline. Dein Vater – war ein Soldat – und ein Mann – und jeder Soldat und jeder Mann hat ein Stück vom gemeinen Kerl in sich. – Im übrigen – war er ein armer Teufel. Wie alle.

KAROLINE *schaut sie zärtlich an* Du mußt viel gelitten haben.

BARBARA *zuckt die Achseln* Es gleicht sich aus. Ich hatte dich, und Konrad. Manche Frauen sehnen sich ihr Lebtag nach einem Kind. Das ist wohl ärger.

KAROLINE Konrad – ist wie der Vater. *Sie umarmt plötzlich Barbara leidenschaftlich* Ich werde dich immer liebhaben! Was auch geschieht –

BARBARA Dir wird nur Gutes geschehn. Wovor sollst du dich fürchten?

KAROLINE Vor Gott, Mutter. Und vor den Menschen. Ich habe

in Mons eine Hinrichtung gesehn. Madame Capillotte hat all ihre Lehrmädchen mitgenommen. Sind wir nicht mitschuldig an dem, was die Spanier dem Volk hier antun?!

BARBARA Auch das Volk hat unschuldige Priester gefoltert.

KAROLINE Und Gott? Warum läßt er zu – wenn er die Liebe ist –, daß Unschuldige leiden? *Birgt ihren Kopf an Barbaras Brust.*

BARBARA Gott? – Man weiß nicht, was er mit uns vor hat. *Fast im Ton eines tröstlichen Kinderspruchs* Man weiß nicht, was er mit uns vor hat.

Zweiter Akt

Erste Szene

Personen: Barbara; Karoline; Frayken; Ferdinand von Toledo; Albornoz; Hoghstraate; Herzog Alba, Gouverneur der Niederlande; Anthony Ratcliff; Der Hauskaplan; Gäste; Mädchen; Personal; Staatspolizei
Im König-David-Spiel: Barbara als Bathseba, Anthony Ratcliff als David, Ferdinand von Toledo als Uria

Gartensaal im Schlößchen Lamoral bei Brüssel, einer früheren Besitzung des Grafen Egmont. Ein luftiger, eleganter, etwas verspielt gebauter Raum, nach rückwärts zu einer offenen Parkterrasse erweitert, auf der sich ein Brunnen mit muschelförmigen Wasserbecken befindet. Wolken sommerlich belaubter Bäume bilden den Hintergrund. Der Ausgang zur Terrasse kann mit Vorhängen aus flämischen Gobelins verschlossen werden. Der Innenraum ist rechts durch einige Stufen erhöht und mit einem Holzgeländer galerieartig abgetrennt. Von dort führt eine Tür in Barbaras Schlafzimmer. Der Haupteingang ist auf der linken Seite.
Die Einrichtung nicht überladen, doch sehr gewählt. Ein paar Sessel im unteren Raum sind jetzt wie Zuschauersitze der Galerie zugedreht. Auf einer geschnitzten Kredenz stehen Weinkrüge und Gläser. Die Wände sind mit Seidenstoff bespannt. Vom Geländer der Galerie herab hängen kostbare Teppiche, hinter denen eine geheime Tür verborgen ist.
Es ist gegen Abend, aber gerade noch hell. Rötliche Sonnenstrahlen fallen schräg durch die Bäume auf die Terrasse und den erhöhten Raum. Sie verdämmern im Lauf der ersten Szene. Unsichtbare Musik, vom Park her, spielt eine englische Komposition im Stil der Zeit. Am Brunnen steht Barbara, vom Zuschauer abgewandt. Sie hat zu Beginn einen weiten Mantel umgelegt, der ihre ganze Gestalt verhüllt. Ihre Haare sind aus der Stirn frisiert, und reich im Nacken geordnet.
Rechts oben auf der Galerie Anthony Ratcliff, ein hochgewachsener Mann in mittleren Jahren, dessen Gesicht, ohne schön zu sein, faszi-

nierend wirkt. Man kann ihn sich als Condottiere oder Seeräuber vorstellen, aber auch als Künstler, Schauspieler, Humanisten. Er trägt jetzt einen Goldreif um die Stirn und ist in einen langen Purpurmantel gehüllt, der seine gewöhnliche, dunkle Kleidung verdeckt. Die Hand hat er auf die Schulter eines halbwüchsigen Knaben gelegt, mit dem er langsam, im Rhythmus der Musik, dem Geländer entlang zur Mitte schreitet. Zwei junge, bräunlich geschminkte, wenig bekleidete Frauen folgen ihm, und schlagen fingierte Instrumente. Er und Barbara halten geschriebene Rollen in der Hand.
Auf den Stufen zur Galerie sitzt der Hauskaplan, ein unscheinbarer Mensch, mit einer großen, aufgeschlagenen Bibel auf den Knien. Frayken ist im unteren Raum breit auf einen Sessel gelagert. Sie trägt ein Samtkleid mit Pelzbesatz, Halsschmuck und Ohrgehänge. Ein dicker Herr in verrutschtem Staatsrock hat den Kopf in ihren Schoß gebettet und schläft seinen Rausch aus, indem er die Luft aus geblähten Backen bläst. Zwei andere Gäste auf ihren Stühlen zurückgelehnt.
Ferdinand von Toledo, mit einem antiken Helm und einem weißen Feldherrnmantel über seiner Uniform, sitzt etwas abseits, liest in seiner Rolle.

HAUSKAPLAN *im Ansagerton, während die Musik leise weitergeht*
Dies ist das neue Spiel
von König Davids Ehebruch und Blutschuld.
Setzt seine Brille auf, liest aus der Bibel »Und es begab sich, daß David um den Abend aufstand von seinem Lager, und ging auf dem Dach des Königshauses, und sah vom Dach ein Weib sich waschen, und das Weib war sehr schöner Gestalt.« *Setzt die Brille ab, seufzt.*
RATCLIFF *als König David*
Laßt mich allein. Laßt die Musik verstummen. *Musik hört auf.*
Ich will euch jetzt nicht sehn. *Die Frauen nach rückwärts ab.*
Was ich besitze, macht das Herz mir schwer.
Ich möchte es vergessen. Es ermüdet mich.
Ich habe Frauen, die ich nicht begehre.
Ich habe einen Sohn, dem ich mißtraue,
Und der mir nicht vertraut. Mir ist ein Reich

Von Gott zu Pfand vermacht, doch seinen Auftrag,
Ihm die ganze Welt als ein geeintes Glaubensreich
Zu unterwerfen, hab ich nicht erfüllt. Mein Leben
Gleicht einem halbgemähten Feld, an dessen Rändern
Fruchtloser Klatschmohn strotzt. Kriegsruhm
Verlockt mich nicht. Mag er des jüngeren Bruders
Haar vergolden. Mich verbrennt ein Durst,
Den ich nicht stillen kann, und der
Unlöschbar doch nach Linderung verlangt
Aus unvollkommnen Säften. Täglich reck ich
Die Hände nach dem Grenzenlosen aus, das täglich mir
Entgleitet. Der Abend aber
Kühlt meine Stirn und schenkt der Seele
Besänftigung. Komm, dunklen Himmels Schwinge.
Komm, unbekannte Nacht –!
Wer ist die Frau,
Die dort am Brunnen ihre Glieder wäscht?
Macht es die späte Sonne, oder ist sie wirklich
So köstlicher Gestalt, daß die schon dämmervolle Luft
An ihrer Haut entbrennt –?
Er beugt sich zu dem Knaben, der sich in Richtung auf den Brunnen zu entfernt, verharrt in regloser Betrachtung.

HAUSKAPLAN *setzt wieder die Brille auf, liest* »Und David sandte hin und ließ nach dem Weibe fragen, und man sagte: Ist das nicht Bathseba, die Tochter Eliams, das Weib Urias, des Hethiters?« *Setzt die Brille ab, seufzt.*

BARBARA *als Bathseba, hat ihren Mantel fallen lassen, darunter trägt sie ein eng anliegendes, langes Brokatkleid, das Arme, Schultern, Nacken und den Ansatz der Brüste frei läßt. Als einzigen Schmuck die dünne Goldkette mit dem Rubin. Sie hat ihre Rolle auf den Brunnenrand gelegt, taucht die Fingerspitzen ins Wasser und macht mit langsamen Handflächen die Bewegung genußvollen Waschens über die nackten Arme, Schultern und Hals. Dann läßt sie die Hände hinterm Nacken verschränkt, biegt sich zurück, das Gesicht zum Publikum gewandt*
Ich bin Bathseba, des Hethiters Weib.
Mein Mann ist Davids Feldherr, unter Joab,

Und wie es Feldherrn zukommt, führt er Krieg.
Ich bin allein im Haus. Ich habe
Noch keine Kinder. Die Männer sagen,
Ich sei schön ... Wenn ich den Brunnen frage,
Zeigt er mir ein verschwommnes Bild. Ich möchte
Dies Bild im klaren Spiegel solcher Augen sehn,
Daß mich die Furcht ertränkt ... Frag ich den Wind,
Er lallt verworrne Laute ... Ich möchte
Den klaren Laut von solchen Lippen hören,
Daß mir das Blut erfriert ... Die Schwalbe
Umflitzt mein Haar – bald huscht die Fledermaus.
Soviel Geheimes schwirrt
In meines Gartens Luft, und soviel Fremdes knistert
In seiner Erde, unter meinem Fuß. Ihr wilden Tauben,
Was ruft ihr denn? Ruft ihr nach mir? Klagt ihr um eine Stunde,
Die verblüht, und keine Früchte trägt –?

Der Knabe hat sich ihr nun genähert, läßt sich auf ein Knie nieder, hebt die Hände. Sie beugt sich zu ihm und fährt dann hoch, wie in Schrecken, verbirgt mit einem Arme ihr Gesicht.

HAUSKAPLAN *setzt die Brille auf, liest* »Und David sandte hin und ließ sie holen, und da sie zu ihm hineinkam, schlief er mit ihr.« *Setzt die Brille ab, seufzt.*

FRAYKEN *während Barbara – das Gesicht mit dem Unterarm verdekkend – langsam, mit stockenden Schritten, der Galerie zugeht, lacht* Steht das in der Heiligen Schrift?

HAUSKAPLAN Es steht drin. Aber es ist die Ketzerbibel.

FRAYKEN Ich denke, die ist verboten?

HAUSKAPLAN Hier im Haus haben wir Dispens. Es ist auch verboten, freitags Fleisch zu essen. Hier im Haus haben wir nichts als Dispens. *Er seufzt.*

RATCLIFF *droben* Hör mit dem Seufzen auf, das macht mich rasend.

BARBARA *drunten, stampft mit dem Fuß* Jetzt hab ich vergessen, was ich sagen soll. Ich muß die Rolle holen.

RATCLIFF Zurück. Ihr habt die ganze Szene geschmissen. *Zu*

Frayken Wenn du hier stören willst, schaff lieber deinen Blasbalg zu Bett. Man kann sein eignes Wort nicht hören, bei dem verkaterten Geschnaufe.

FRAYKEN Ich denke, das ist eine Probe, da macht es nichts. Ihr müßt euch dran gewöhnen. Bei der Aufführung werden mehr Leute schlafen.

RATCLIFF Schaff ihn ab, sag ich!

FRAYKEN Meinetwegen. Ich habe immer gehört, daß die Dichter eitel sind. Aber ich dachte, in London spielt man auf dem Hammelmarkt und in den Bierkneipen.

RATCLIFF Wir sind hier nicht in London! Schafft den Hammel ab!

FRAYKEN *hat ein Glöckchen geläutet, zwei Bediente sind hereingeeilt* Bringt den Marquis zu Bett.

BEDIENTER In welches Bett, Madame?

FRAYKEN Du weißt schon, Stoffel. Ins Gästebett, selbstverständlich.

RATCLIFF Werft ihn in den Karpfenteich, wenn ihr nicht wißt wohin. Jetzt weiter!

EINER DER GÄSTE Das ist eine Idee! Faß an, Lennard! *Die beiden Gäste helfen den Bedienten, der dicke Mann wird an allen vieren rasch abgeschleppt, die Gäste kehren nicht wieder.*

RATCLIFF *hat dem Hauskaplan ein Zeichen gegeben, er wiederholt* »Und da sie zu ihm hineinkam, schlief er mit ihr.« *Unterdrückt ein Seufzen.*

FRAYKEN unterdrückt ein Kichern.

BARBARA *mit der Rolle in der Hand, und mit dem gleichen stockenden Schritt, als werde sie gezogen, betritt die Galerie*
Du hast mich rufen lassen.
Was befiehlst du mir?

RATCLIFF
Mein Ruf war kein Befehl.
Befiehlt das Meer dem Strom,
In es zu münden? Befiehlt der Strom dem Fluß,
Der Fluß den Bächen? Und dennoch
Münden sie ineinander.

BARBARA
Es ist des Königs Vorrecht, zu befehlen.

RATCLIFF
Es ist der Frauen Vorrecht, zu gewähren.

BARBARA
Und zu verweigern.

RATCLIFF
Doch weigert nie
Das abendliche Meer den Kuß
Der toderglühten Sonne. Doch weigert nie
Die Erde den Strahl des Regens, der
In ihr versinkt. So laß mein Auge nur
In dir versinken. Denn es schaut,
Dem eingesenkten Korne gleich, im dunklen
Schoß der Furche, das Schwellen
Und Reifen heißer Frucht.

BARBARA
Ich wusch am Brunnen meine Glieder
Mit kühlem Wasser, doch es dampfte
Von meiner Haut. Nun fühl ich einen Hauch
Wie Glutwind aus der Wüste – und mir schauert.

RATCLIFF *schlägt den Mantel um sie*
Du bist der Abend, der, vom Tage noch durchwärmt,
Den schweren Tau verträuft. Du bist der Morgen, der,
Aus feuchten Schatten tauchend, goldne Bienen weckt.

BARBARA
Du bist der volle Tag, die reiche Nacht.
Du prangst im Sternbild, strahlst in Mittagshöhe.

RATCLIFF
Und wie sich Tag in Abend, und Nacht in Morgen
Ergießt, sei unser künftig Leben
Dem Strom der Zeiten gleich, der keinen Damm
Und kein Erinnern kennt.

BARBARA
Halt mich. Der Boden
Schwimmt unter mir davon. So fliegt ein Schiff,

Das alle Segel den Stürmen preisgibt. Zu den Wolken
Des Himmels, zu den schwarzen Sonnen
Der Tiefe. Was auch geschehe – ich will bei dir sein.

RATCLIFF *führt sie ins Schlafzimmer, schließt die Tür.*

HAUSKAPLAN *setzt die Brille auf, seufzt.*

FRAYKEN Ein starkes Stück. Man möchte sehen, was hinter der Szene vorgeht. *Zu Ferdinand von Toledo* Jetzt bin ich auf Ihre Rolle gespannt, Exzellenz.

FERDINAND *steht auf, knurrt ärgerlich.*

HAUSKAPLAN *liest* »Und David sandte nach Uria, dem Hethiter. Und da Uria zu ihm kam, lud er ihn, daß er vor ihm aß und trank und machte ihn trunken. Des Morgens aber schrieb David einen Brief an Joab, und sandte ihn durch Uria.« *Setzt die Brille ab, legt das Buch beiseite, holt sich ein Glas Wein.*

FERDINAND *läuft mit seiner Rolle umher* Also von wo soll ich nun auftreten? Ich kann doch nicht einfach aus dem Publikum kommen. He, Ratcliff! Was macht er so lang da drinnen. Er soll sich um die Auftritte kümmern.

HAUSKAPLAN Der Knabe soll Sie wohl aus dem Park hereinführen, Exzellenz. König David kommt erst später zurück, nach Ihrem Monolog.

FERDINAND Der Knabe paßt nicht auf. Im Park kann ich kein Stichwort hören. Na, es wird Zeit. Du hast wohl Frösche gefangen!

KNABE *kommt atemlos aus dem Garten gerannt, führt ihn zur Galerie.*

FERDINAND *liest aus der Rolle*
Ich bin Uria, der Hethiter, meines Königs bester Kriegsgeneral.
Im Felde kommt mir keiner gleich. Und zu Hause hab ich
Ein treues Weib – *Er schmeißt die Rolle hin*
Das ist ein blödsinniger Satz. Ich mach mich nicht lächerlich. *Schlägt an die Schlafzimmertür* Ratcliff! Sie müssen das umschreiben. Mir paßt überhaupt die ganze Rolle nicht.

RATCLIFF *erscheint, hat Stirnreif und Mantel abgelegt* Sie waren doch einverstanden, als ich Ihnen sagte, Sie sollen einen General spielen. Sie haben selbst gesagt, daß Ihnen das liegt.

FERDINAND Aber ich habe nicht gewußt, daß der Kerl betrogen wird. Das liegt mir keineswegs! Ich lasse mich hier nicht betrunken machen, und dann wie ein Schlachtvieh wegschikken, dem man auf den Kopf haut. Für sich selbst haben Sie natürlich die Erfolgsrolle geschrieben. Dabei passen Sie gar nicht dazu. David war klein, zart und bräunlich, das weiß jedes Kind. Sie sollten den Goliath spielen!

RATCLIFF Als David den Goliath schlug, war er ein Knabe. Als Knabe war ich auch klein, zart und bräunlich. In dem Stück hier ist er ein altgedienter Monarch und gelernter Ehebrecher.

FERDINAND Und Sie halten das für ein geeignetes Festspiel zur vierten Wiederverheiratung König Philipps?

RATCLIFF Genau das. Ein geeigneteres könnte ich mir gar nicht denken. Denn es enthält überhaupt keine Anspielungen. Oder finden Sie?

FERDINAND Spielt, was ihr wollt, ich werde jedenfalls den Uria nicht geben. Suchen Sie sich einen anderen Hahnrei. Ich sehe ein, daß ich mit meinem einen Auge den David nicht machen kann – ich müßte immer links vom Publikum stehen –

RATCLIFF Das war nicht der Grund. Ich dachte, Sie wollten vielleicht als Spanier keinen Juden spielen. Uria ist von einem anderen semitischen Volksstamm. Ihr habt doch Vorurteile.

FERDINAND Nicht, soweit es das Alte Testament betrifft. Nur gegen die Lebenden, denen wir Geld schuldig sind. *Lacht.*

RATCLIFF Dann kriegen Sie den Propheten Nathan. Der liest dem David die sogenannten Leviten. Sind Sie damit einverstanden?

FERDINAND Ich muß erst die Rolle sehn. Ich traue Ihnen nicht mehr.

BARBARA *ist herausgekommen* Aber wer käme dann für den Uria in Frage?

FRAYKEN Vielleicht Albornoz?

FERDINAND Albornoz! Das ist ausgezeichnet. Albornoz!

ALBORNOZ *erscheint aus dem Park, mit einem hübschen, sehr jungen Mädchen am Arm* Haben Sie mich gerufen, Exzellenz?

FERDINAND Jawohl! Sie sollen hier einen General spielen. Den Gatten von Madame Barbara.

ALBORNOZ Ich bedaure, die Ehre ablehnen zu müssen. Ich bin mit meinen Dienstpflichten zu sehr beschäftigt.

FERDINAND Wie man sieht.

BARBARA Ich glaube, wir unterbrechen die Probe. Es ist Zeit zum Abendessen.

FERDINAND Sie haben immer die besten Ideen, Madame. *Küßt ihren Ellbogen.*

HAUSKAPLAN Und zur Abendandacht. Die werde ich wohl wieder für das junge Fräulein allein lesen müssen.

RATCLIFF Beten Sie für unsre Seelen, Hochwürden.

HAUSKAPLAN Ich wills versuchen. So weit Sie welche haben... *Ab.*

FERDINAND *lacht* Der Kerl hat Mut.

ALBORNOZ Er hat Beziehungen, zum Heiligen Stuhl.

FRAYKEN Soll man im Park anrichten? Es ist warm genug.

BARBARA Natürlich. Im großen Pavillon. Es sind noch ein paar Gäste angesagt.

FRAYKEN *ruft nach draußen* Chef! Anrichten! *Gleichzeitig hört man von draußen ein klatschendes Geräusch und einen gedämpft gurgelnden Aufschrei. Dann Rufe und Gelächter* Um Gottes willen! Die haben wirklich den Marquis in den Karpfenteich geworfen!

FERDINAND *lachend* Der ist seicht, da kann er nicht drin ersaufen!

FRAYKEN Aber im Schlamm ersticken! Er ist doch so dick!

RATCLIFF Ich gehe nachschauen.

FERDINAND Ich auch. Das muß ich sehen. Kommen Sie, kleine Dame. *Er hängt sich in den andern Arm des Mädchens, das mit Albornoz gekommen ist, alle folgen Ratcliff hinaus – außer Frayken und Barbara.*

BARBARA *hat einen brennenden Wachsstock aus ihrem Schlafzimmer geholt, zündet während des Folgenden die Kerzen in den silbernen Wandleuchten an.*

FRAYKEN Wie war das, Barbara – mit der Liebesszene? Hat er dich drinnen geküßt?

BARBARA Aber nein. Es ist doch Theater.

FRAYKEN Nun ja. Wozu spielt man Theater? Hat er es wenigstens versucht?

BARBARA Ich hab ihm gar keine Zeit gelassen. Ich hab gleich die Zofe gerufen, Licht machen. Aber ich glaube, er hätte auch nichts dergleichen vorgehabt. Dazu ist er zu klug.

FRAYKEN Barbara – ich verstehe dich nicht. Der Mann ist toll nach dir.

BARBARA Der ist toll nach vielen. Wenn er nicht wüßte, daß es bei Karoline keine Chance gibt, wär er auch toll nach ihr.

FRAYKEN Aber du selbst? Ich weiß doch, daß er dir gefällt. Du könntest ihn dir um den Finger wickeln.

BARBARA Ich will ihn mir aber nicht um den Finger wickeln. Auch nicht um den Fuß. Ich will keine Ketten mehr.

FRAYKEN So weit muß es ja nicht kommen. Ein Verhältnis unter erwachsenen Menschen verpflichtet zu gar nichts.

BARBARA Der ist kein Mann für ein Verhältnis. Mit dem – darf man sich nichts anfangen.

FRAYKEN Mir scheint, du bist verliebt.

BARBARA Unsinn. Au! Das war heißes Wachs. Begreifst du nicht, Frayken, daß ich sehr vorsichtig sein muß? Mit jedem Schritt? Mit allem, was ich tue?

FRAYKEN Immer noch? Du hast doch alle Trümpfe in der Hand.

BARBARA Das hat man nie. Am wenigsten eine Frau, die allein steht.

FRAYKEN Warum stehst du allein? Du könntest ein Dutzend gute Partien machen.

BARBARA Ich will allein stehn. Außerdem ist die Krone dagegen, daß ich wieder heirate. Auch Don Juan. Ich würde mehr verlieren als gewinnen.

FRAYKEN Don Juan – der liegt in Venedig vor Anker und schläft jede Nacht in einem andern Bett. Der soll aufpassen, daß er sich nichts holt. Was können sie gegen dich haben!

BARBARA Allerhand. Ich koste Geld. Viel Geld. Und ich bin ihnen auch sonst nicht geheuer. Die würden viel drum geben, wenn sie die Akten Blomberg schließen könnten. Ins Königreich überstellt... Da war die fingierte Einladung nach Genua... Der geplante Ausflug auf der Staatsfregatte... Ich hab mir den Spaß gemacht, bis auf die Schiffstreppe zu gehen und dann umzukehren, weil mir das Wetter nicht gefiel. Die Gesichter hättest du sehen sollen. Die Segel waren schon für Spanien gesetzt.

FRAYKEN Zu einer plumpen Falle gehört eine blöde Maus.

BARBARA Aber die schlauste muß sich vor der Katze hüten. Der Albornoz – weißt du nicht, warum der hier spioniert? Seine kleinen Mädchen könnte er auch woanders kennenlernen. Er haßt mich. Ich habe ihn gedemütigt. So einer vergißt das nie.

FRAYKEN Warum läßt du ihn dann überhaupt herkommen – wenn er dich bewacht?

BARBARA Weil ich ihn bewache. Ratcliff hat mirs geraten. Denn – ich bin noch nicht zu Ende. Es ist noch viel zu tun –

FRAYKEN *setzt sich, trinkt Wein* Ich weiß nicht. Ich finde, ihr kompliziert alles viel zu sehr. Vielleicht macht euch das Spaß – aber auf mich wirkt es wie Politik. Und Politik ist das Letzte. Ein krankhafter Trieb. Gesunde Menschen sollten sich nie damit befassen.

BARBARA Sie befaßt sich mit uns – ob wir gesund sind oder krank. Das ist das Peinliche.

Von draußen, in einiger Entfernung, Lärm, Geschrei, streitende Stimmen.

FRAYKEN Was ist nun da wieder passiert? Wenn sie mir nur den Marquis in Ruhe lassen. Er ist so ein anständiger Mensch. Trinkt ein bißchen – na wenn schon.

BARBARA *lachend* Es heißt, er sei der größte Gauner der internationalen Finanzwelt. In Italien soll er einige Herzogtümer ruiniert haben. Den Marquistitel hat er sich gekauft –

FRAYKEN Was geht das mich an – als Frau gesprochen. Was gibts, Ratcliff?

RATCLIFF *kommt eilig herein* Friede auf Erden. Man zieht schon blank. Die Spanier gehen auf die Flamen los, und die Franzosen auf beide. Wir haben wieder zu viele Gegensätze zu Tisch. *Wirft sich auf einen Stuhl* Ferdinand wird sie zur Raison bringen, hoffe ich. Albornoz hat nach der Polizei geschickt – für alle Fälle –

BARBARA Wie hat es denn angefangen?

RATCLIFF Ganz einfach. Die Herren Grafen Lennard de Barlaymont und René van Meghe, die den Marquis von Cetona ins Wasser geworfen haben, sind bekannte Parteigänger des Wilhelm von Oranien, aber der Marquis ist ein Schwager des Herzogs von Guise und soll die spanische Expedition gegen England finanzieren...

FRAYKEN Da hast du's. Die Politik. Alles krankhaft.

RATCLIFF *zu Frayken* Lassen Sie zum Essen rufen und Musik machen. Und beruhigen Sie den Marquis. Nur Sie können das schaffen.

FRAYKEN An mir solls nicht fehlen. Man muß die Männer bei Gaumen und Gemüt anfassen, dann fressen sie aus der Hand. *Ab.*

RATCLIFF *springt auf, zieht die Vorhänge zu* Ich wollte sie los sein. Ich muß mit Ihnen sprechen. Noch eh' wir zur Tafel gehn.

BARBARA Ist es so dringlich?

RATCLIFF Haben Sie nicht gehört, was passiert ist? Hoghstraate ist seines Amtes enthoben worden. Das bedeutet: verschärften Kurs in Flandern.

BARBARA Ich habe es gehört.

RATCLIFF Dann wissen Sie, wie es steht! Alba scheint durchgreifen zu wollen. Neue Terrorwelle, und so weiter. Wenn in der Stadt eine Trommel rasselt, wird einer aufs Schafott geführt, der gestern noch beim Gouverneursball tanzte. Der nächste Schritt kann Hoghstraates Verhaftung sein.

BARBARA Nun, und?

RATCLIFF Verstellen Sie sich nicht. Nicht vor mir. Jeder weiß, daß Hoghstraate der bevorzugte Gast in Ihrem Hause ist. Daß er hier täglich ein und aus geht.

BARBARA Sind Sie eifersüchtig?

RATCLIFF Glauben Sie, ich habe keine Augen im Kopf? Ich wüßte nicht, zu wem Hoghstraate kommt? Aber es ist nicht nur das. Sie wissen, ich habe meine Vertrauensleute beim Geheimprotokoll. Man hat mir eben berichtet, daß Alba persönlich sich Ihre gesamten Akten hat vorlegen lassen. Alles, was man über Sie weiß.

BARBARA Da wird er seine Freude haben. Es handelt sich hauptsächlich um unbezahlte Rechnungen und überzogene Wechsel.

RATCLIFF *faßt ihre Hände an* Haben Sie doch Vertrauen zu mir. Die Lage ist zu ernst zum Versteckspielen.

BARBARA Für Sie?

RATCLIFF Für uns beide. Ich habe Ihre Sache zu der meinen gemacht –

BARBARA Weshalb eigentlich? Und weshalb sollte ich zu Ihnen Vertrauen haben?

RATCLIFF *läßt sie los* Weshalb?

BARBARA Sie haben meine Sache zu der Ihren gemacht – weil das für Sie ein Mittel zum Zweck ist. Zu welchem – ist mir vorläufig unbekannt. Es ist mir auch gleichgültig. Ich glaube, daß Sie mir helfen wollen – solang es in Ihrem Interesse liegt, daß dieses Haus eine Art Freistatt ist – für alle möglichen Leute. Wir haben also ein gewisses gemeinsames Interesse. Wir unterhalten uns auch gut – besonders auf der Bühne. Aber von da bis zum Vertrauen – ist noch ein großer Schritt.

RATCLIFF Ich will Ihnen etwas – Dummes sagen. Ihre Sache ist die einzige in diesem Land, mit der ich überhaupt keinen Zweck verbinde. Ich weiß selbst nicht genau, weshalb. Das können Sie glauben oder nicht.

BARBARA Das kann ich glauben oder nicht.

RATCLIFF Sie sind schrecklich! Wissen Sie nicht, daß ich Sie mag?

BARBARA Ich Sie auch. Das hat aber nichts mit Alba zu tun. Was glauben Sie, das er wirklich von mir will?

RATCLIFF Ich weiß nicht. Es kommt darauf an – was Sie wollen.

BARBARA Ist das so schwer zu erraten?

RATCLIFF Für Alba – schon. Er weiß, daß es Ihnen nicht allein ums Geld zu tun ist. Alles andere ist ihm dunkel. Und wo ihm was dunkel ist – da schlägt er zu. Mit geschärftem Beil.

BARBARA Ist es auch Ihnen dunkel?

RATCLIFF Nicht so ganz. Sie wollen – unabhängig sein, das ist das eine. Sie wollen Ihre Stellung so befestigen, daß niemand Sie stürzen kann, auch wenn Machthaber stürzen oder wechseln. Das ist sehr klug. Aber Sie wollen mehr. Ich fürchte, es geht Ihnen wie den Spielern, den Trinkern oder den Puritanern. Sie haben etwas angefangen, womit Sie nicht mehr aufhören können. Und Ihnen liegt nur an einer Person –

BARBARA An der eignen, meinen Sie?

RATCLIFF An Karoline, natürlich. Ihr wollen Sie eine Lebensfestung bauen. Aber was nutzt das alles – wenn man den Hoghstraate köpft?

BARBARA Das darf man nicht. Man darf sich an keinen heranwagen, der mir nah steht. Man muß Angst vor mir haben... Da sehen Sie, worum ich spiele. Wozu ich Macht brauche.

RATCLIFF Es ist verdammt gefährlich, um die Macht zu spielen.

BARBARA Sie warnen mich davor? *Lacht* Und was tun Sie selber?

RATCLIFF Das werde ich Ihnen – vielleicht – einmal erklären. Es ist etwas anderes.

BARBARA Warum? Weil Sie ein Mann sind? Lächerlich. Denken Sie an Ihre schöne Freundin Mary Stuart. Sie denken doch gern an sie – und an ihren kommenden Triumph. Werben Sie immer noch für ihre Partei?

RATCLIFF Sind Sie eifersüchtig?

BARBARA Was fällt Ihnen ein. *Im Park wird ein Gong geschlagen, Musik beginnt.* Ich muß jetzt zu Tisch gehn.

RATCLIFF *rasch* Ich wollte Ihnen raten, dem Alba einen Besuch zu machen. Gleich morgen früh. Nehmen Sie freundschaftliche Beziehungen zu ihm auf. Bitten Sie ihn – um irgend etwas, das ihm nicht schwerfällt –

RUFE *draußen* Madame Barbara! Madame de Blomberg!

RATCLIFF Kommen Sie ihm zuvor! Sonst läßt er Sie vorladen, und dann nimmt er Sie in die Zange.

BARBARA Ich will es überdenken. Warum müssen wir das in solcher Hast besprechen.

RATCLIFF Weil ich nicht weiß, ob ich noch eine Gelegenheit habe, Sie allein zu sehn. Es kann sein – daß ich sehr plötzlich verreisen muß.

BARBARA *schon beim Ausgang – bleibt stehen.*

RATCLIFF Aus Spanien ist eine Ausweisungsorder für mich eingetroffen – die mir den Aufenthalt in den Niederlanden und jede Rückkehr verbietet – bei Todesstrafe.

BARBARA Warum haben Sie das nicht früher gesagt –

RATCLIFF Das andre war wichtiger. Vorläufig hat man mir die Order noch nicht zugestellt. Vielleicht läßt es sich umgehn. Aber – ich muß auf dem Sprung sein.

BARBARA *dicht zu ihm* Tun Sie nichts, ohne mich zu verständigen. Besprechen Sie alles mit mir. Bitte!

RATCLIFF Jetzt könnte ich fragen – weshalb? *Lacht.*

FERDINAND *kommt herein, hinter ihm Albornoz mit dem jungen Mädchen, andere Gäste im Hintergrund auf der Terrasse* Madame, es bricht eine Hungerrevolte aus. Man serviert kalte Fasanen. Mein Leibgericht.

BARBARA Warum habt ihr nicht angefangen? Es ist doch ganz zwanglos.

FERDINAND Ich hasse Fasanen ohne Sie. *Gereizt, zu Ratcliff* Man hat wohl hier eine Geheimkonferenz abgehalten?

BARBARA Wir haben die Szene noch einmal geprobt.

RATCLIFF *zu Ferdinand* Die Liebesszene.

FERDINAND Deshalb haben Sie sich so plötzlich gedrückt, als es draußen Hiebe gab?

RATCLIFF Meiner Stellung als Ausländer entsprechend. Generäle und Standesherren verprügle ich nur in meinem eignen Land.

BARBARA *nimmt Ferdinands Arm* Sie brauchen gewiß keine Hilfe, wenn es um Kraftproben geht.

FERDINAND Nicht daß ich wüßte, Madame. *Im Abgehen mit ihr* Wir haben die Kerls pazifiziert. Der Marquis und Barlaymont trinken schon Brüderschaft. Die ganze Sache wird auf einen Pump herauslaufen. Barlaymont hat Schulden –

BARBARA Wer nicht, Exzellenz? Man hört, daß die Leibgarden auf ihre Soldzahlung warten –

FERDINAND *lacht* Die machen sich bezahlt! Es gibt genug Bauernhöfe in Flandern – *Verschwindet mit ihr.*

ALBORNOZ *ist bei Ratcliff stehengeblieben* Haben Sie Abschied genommen?

RATCLIFF Das gehört nicht zu meinen Gewohnheiten. Ich pflege mich, wie man sagt, auf englisch zu empfehlen – wenn überhaupt. *Mit einem Blick auf das Mädchen an seinem Arm* Haben Sie noch andere diskrete Fragen?

ALBORNOZ Sie versteht nicht, wovon wir sprechen. Sie ist so dumm wie süß. Ich nehme an, ich werde Sie noch in meinem Amt sehen, Sie holen sich Ihr Grenzvisum besser bei mir persönlich. Das erspart Ihnen Laufereien.

RATCLIFF Sie setzen voraus, daß ich bereits informiert bin.

ALBORNOZ Ich könnte Ihnen Ihre Informatoren mit Namen nennen. Spione arbeiten immer für beide Seiten. *Sieht ihn scharf an* Komm, Hühnchen. *Geht mit dem Mädchen zum Park.*

RATCLIFF *zögert einen Augenblick, pfeift durch die Zähne. Dann ruft er leise* Frayken! He, Frayken!

FRAYKEN, *deren Stimme man draußen hörte, kommt rasch herauf.*

RATCLIFF Du mußt mir den Schlüssel zum Gartentor beschaffen und dem Parkwächter Schnaps geben. Ich muß unbedingt zurückkommen, heute nacht, wenn alle weg sind.

FRAYKEN Na endlich. Spät aber doch. Im September reifen die Pflaumen. Es muß Schnee kommen, bis der Kuckuck Nester baut –

RATCLIFF Verkneif dir die Sprüche. Kann ich mich auf dich verlassen?

FRAYKEN Wie der schwache Mann auf den Sellerie. Frayken versagt nicht, wenn der Apfel fällt. Den hab ich fallen hören – bevor er geblüht hat!

RATCLIFF Still. Es kommt jemand. *Rasch ab mit ihr in den Park.*

KAROLINE *kommt im Gespräch mit dem Hauskaplan. Sie ist mit einfacher Eleganz gekleidet, sieht schön und traurig aus. Um den Hals trägt sie das schmale Goldkreuz, wie vorher* – und Sie glauben wirklich an Wunder?

HAUSKAPLAN Ganz gewiß. Ich finde sie auch gar nicht so unglaublich. Ein starker Geist überschreitet bereits die Grenze dessen, was wir unter natürlich verstehn. Sonst gäbe es keine

Sprache, und keine Schrift. Eine starke Seele mag Kräfte wekken, die einer uns unbekannten Naturwelt angehören. Und die Schöpferkraft schließt so viele Naturen in sich, daß für sie auch das anscheinend Übernatürliche nur natürlich ist. Vielleicht bin ich ein beschränkter Kopf, ein einfacher Mensch – aber ich glaube es halt.

KAROLINE Sie sind gar nicht so einfach, wie Sie möchten.

HAUSKAPLAN Kein Mensch ist so einfach. Aber der Glaube ist einfach. Wie kann man am Wunder zweifeln, wenn man die Liebe kennt?

KAROLINE Gibt es eine Liebe, die mehr als Selbstliebe ist?

HAUSKAPLAN Das wissen Sie doch am besten. Ich werde Ihnen jetzt nichts von der Liebe Christi erzählen.

KAROLINE Warum haben Sie eigentlich so viel Geduld mit mir?

HAUSKAPLAN Einfach. Weil Sie der einzige Mensch in diesem Hause sind, der mir manchmal zuhört. Sonst hätte ich das Gefühl, meine Mahlzeiten ganz unverdient zu verzehren. – Sie sollten jetzt in den Park gehen, zu den jungen Leuten. Die Musik wird Sie aufheitern.

KAROLINE Ich mag sie nicht hören. Die Klarinetten schrillen wie das Geschrei der Gefolterten. Die Pauke dröhnt, wie der Hammer des Henkers, mit dem er das Gerüst aufschlägt. Und die Geigen klagen – wie das Weinen der armen Seele um ihr verlorenes Leben.

HAUSKAPLAN Mein junges Fräulein – ich will Ihnen etwas zeigen. Ich war schon unter dem Grafen Egmont in diesem Haus. Ich kenne seine Geheimnisse. Schaun Sie her – *Lüpft einen Teppich unterm Geländer* Sie können an dieser Wand nichts entdecken. Auch nicht durch Abklopfen, sie ist innen gepolstert. Aber wenn Sie mit einer flachen Klinge zwischen die Bretter fahren, treffen Sie auf eine Feder, die eine Klapptür öffnet. Sie führt zu einem ausgemauerten Raum, der Luft vom Brunnen bekommt. Dort ist man sicher, im Fall von Verfolgungen. Vergessen Sie das nicht? *Läßt den Teppich fallen.*

KAROLINE *leise* Warum zeigen Sie mir das? Sie wissen, daß er Protestant geworden ist...

HAUSKAPLAN Und wir sind katholisch. Ich bin sogar überzeugt, daß es die beste Religion ist. Aber sie lehrt uns die Liebe – zu allen Menschen. Ich habe keine Stellung bei der Inquisition. Ich gehe auch nicht nach Rom, wo man die Posten verteilt. Ich habe zu viel menschliches Elend gesehen. Ich hoffe, Gott wird mir verzeihn, wenn ich fehle.

KAROLINE Er wird Sie belohnen. *Will seine Hand küssen.*

HAUSKAPLAN Tun Sie das nicht. *Geht rasch, trifft in der Tür auf Hoghstraate, der von draußen kommt, neigt den Kopf vor ihm, verschwindet.*

HOGHSTRAATE *sieht ihm nach* Der schaut mich an, als wollt' er mir die letzte Ölung geben. Aber so weit sind wir noch nicht! Glaubst du, daß er lauscht?

KAROLINE *schüttelt den Kopf* Er meint es gut mit uns.

HOGHSTRAATE Vielleicht... Ich traue keinem schwarzen Rock. Was für ein Glück, dich allein zu treffen!

KAROLINE Ich wußte, daß du kommst.

HOGHSTRAATE Hast du gehört?

KAROLINE *nickt.*

HOGHSTRAATE Mach dir deshalb keine Sorgen, Karoline. Es mußte einmal so kommen – und es ist besser so. Ich konnte nicht länger – heucheln. Jetzt hab ich die Arme frei.

KAROLINE Solang man sie dir nicht fesselt! Du mußt fliehen, Roger!

HOGHSTRAATE Ich darf nicht fliehen. Ich werde hier gebraucht. Ich bin der einzige, der alle Verbindungen kennt.

KAROLINE *faßt seine Arme an* Ich habe Angst um dich!

HOGHSTRAATE Es gibt keinen Grund... In ein paar Monaten, Wochen vielleicht, sind wir die Herrn der Lage. –

KAROLINE Und wenn es länger dauert? Morgen kann es zu spät sein! Roger! Bleib nicht in der Stadt! Geh nach Holland, zum Oranien! Dort kannst du mehr tun –

HOGHSTRAATE Dazu ist immer noch Zeit. Ich habe Freunde hier, die mich warnen, sobald man was gegen mich plant –

KAROLINE Die hat jeder – und sie wissen selber nichts. Wenn du fliehst – ich komme mit dir – wohin es auch sei!

HOGHSTRAATE Ich weiß – du würdest es tun. Aber du sollst es nicht. Karoline! *Er legt den Arm um ihre Schultern* Ich will dich nicht mit mir in einen Strudel reißen. Ich – werde durchkommen. Für mich ist es Notwendigkeit. Für dich – wär es ein Zwiespalt. Deine Mutter ist auf der anderen Seite.

KAROLINE Meine Mutter – die ist auf keiner Seite. Und in mir ist kein Zwiespalt. Ich bin ganz bei dir.

HOGHSTRAATE Aber die Religion? Du würdest nicht übertreten.

KAROLINE Nein – ich würde nicht übertreten. Ich glaube, man betet am besten, wie mans als Kind gelernt hat. Mir würde etwas fehlen – ich wäre dann nicht mehr ganz ehrlich, mit mir selbst. Und ich glaube, nur darauf kommt es an.

HOGHSTRAATE *lächelnd* Dann bist du, im Grund, schon eine Protestantin.

KAROLINE Das kann schon sein. Denn im Grunde – ist wohl kein Unterschied. Unser Bekenntnis ist verschieden, aber wenn wir Gott sagen, dann meinen wir das gleiche.

HOGHSTRAATE Die gleiche Hoffnung, auf Wahrheit.

KAROLINE Die gleiche Sehnsucht, nach Frieden.

HOGHSTRAATE Die gleiche Bestimmung – Mitmensch zu sein.

KAROLINE Die gleiche Liebe. Und wenn wir ganz fest daran glauben, dann mag das Wunder geschehen –

HOGHSTRAATE Daß wir frei werden?

KAROLINE Daß wir gerettet werden.

HOGHSTRAATE Daß wir leben dürfen, füreinander!

KAROLINE *nimmt ihr Kreuzchen ab* Das habe ich immer angefaßt, wenn ich mir etwas wünschte, oder – mich fürchtete. Ich habe es nie von mir getan. Willst du es tragen, unter deinem Hemd?

HOGHSTRAATE Ich will es nie von mir tun.

KAROLINE *legt es um seinen Hals* Jetzt werde ich keine Angst mehr um dich haben.

HOGHSTRAATE Jetzt werd ich dich nie verlieren.

Sie umarmen einander. – Die Musik ist heftiger geworden, spielt einen Tanz. Paare erscheinen schattenhaft auf der Terrasse, die sich mit den Händen an den Hüften halten.

KAROLINE Laß mich nicht los! Wir wollen tanzen. Horch! Die Klarinetten zwitschern, wie die Vögel in der Früh!

HOGHSTRAATE Und die Pauken stampfen den Takt der großen Freiheit.

KAROLINE Und die Geigen jubeln, wie die geretteten Seelen im Himmel.

HOGHSTRAATE Im Himmel und auf Erden. Wo die Freude herrscht.

Sie entfernen sich im Tanzschritt auf die Terrasse. – Unter den Tanzpaaren sind Barbara und Ferdinand erschienen, kommen nach vorn.

FERDINAND Ihr Sekretär, der gefällt mir nicht. Ich finde ihn suspekt und zudringlich. Das Stück ist eine einzige Taktlosigkeit.

BARBARA Ich finde es bezaubernd... Aber vielleicht werden wir die ganze Aufführung absagen müssen.

FERDINAND Weshalb? Ich dachte, Sie spielen so gern Theater. Es gibt ja andere Stücke.

BARBARA Es war nur eine Laune von mir.

FERDINAND Sind Sie verstimmt, Barbara? Habe ich etwas gesagt, was Sie verletzt hat?

BARBARA Sie? Aber nein. Sie verletzen mich nie.

FERDINAND Warum sind Sie dann so kühl zu mir? Seit Monaten bemühe ich mich – um Ihre Freundschaft.

BARBARA Sind wir nicht längst gute Freunde?

FERDINAND Sie wissen doch, was ich meine. Freundschaft zwischen Mann und Frau – kann nur mit einem gewissen Punkt besiegelt werden.

BARBARA Dann muß sie unbesiegelt bleiben.

FERDINAND Und weshalb, zum Teufel? Das kapier ich nicht. Wegen dem Auge womöglich? Das sieht man nicht, wenn es dunkel ist. Und manche Damen sagen, es sei mein besonderer kriegerischer Charme. Was soll es sonst sein? Ich habe mich schon messen und wiegen lassen. Bin ich zu dick, zu dünn, zu klein, zu groß, zu alt, zu jung?

BARBARA Ein Mann – der kann dick oder dünn sein, klein oder groß, jung oder alt. Es muß – der Richtige sein, das ist alles.

FERDINAND Und das bin ich nicht? Das hat mir noch keine gesagt!

BARBARA Nicht für mich, Ferdinand. Es gibt so viel andere Frauen – jüngere, schönere, bessere –, für die Sie der Richtige wären!

FERDINAND Ich bin aber nun mal verrückt nach Ihnen! Barbara – wenn es das ist – ich würde so weit gehen – um Ihre Hand zu bitten …

BARBARA Um Gotteswillen! Wollen Sie sich ins Unglück stürzen? Nur weil Sie mich anders nicht haben können? Und hinterher hätten Sie eine Wut auf mich – und würden sie an mir auslassen!

FERDINAND Wer spricht von Unglück? Ich glaube, Sie könnten einen Mann sehr glücklich machen. Grade Sie. Was soll man mit so einer dummen unbescholtenen Gans.

BARBARA *lachend* Unbescholten oder bescholten. Ihr Vater würde es gar nicht zugeben.

FERDINAND Mein Vater – wenn der Sie kennenlernt, der macht Ihnen selbst einen Antrag!

BARBARA Das fehlte noch!

RATCLIFF *kommt herein, gleichzeitig Frayken und ein Diener, der einen Früchteaufsatz trägt und ihn abstellt, dann wieder geht.*

FRAYKEN Haben Sie schon die neuen persischen Früchte gekostet? Man muß ihnen die Haut abziehen, bevor man sie genießt –

RATCLIFF *einen Pfirsich nehmend* Wie es der König Philipp mit den Ketzern macht. *Beginnt, ihn zu enthäuten.*

FERDINAND Auch mit vorlauten Dichtern, dann und wann.

RATCLIFF *essend* Wenn er sie hat. Sonst kann er sie nicht genießen. *Ihm anbietend* Nehmen Sie auch einen?

FERDINAND Danke. Ich habe keine Lust nach solchen Kulturfrüchten.

Wendet sich ab.

RATCLIFF Schade. Sie werden bald alle sein. Sie sind dünn gesät. *Leise, zu Barbara* Sie sollten Hoghstraate warnen. Er hätte nicht herkommen sollen.

BARBARA Hier ist er noch am sichersten.

RATCLIFF *zuckt die Achseln.*

FRAYKEN *hat Wein eingeschenkt* Trinken wir auf alles, was wir lieben.

RATCLIFF Und was wir nicht haben können.

BARBARA Und was wir vergessen wollen.

RATCLIFF Man soll nichts vergessen.

FRAYKEN Nichts auslassen.

BARBARA Nichts übereilen.

FERDINAND Nie aufgeben! Salute!

DAS KLEINE MÄDCHEN, *das mit Albornoz ging, kommt weinend vom Park hereingelaufen, etwas zerrauft, mit einem zerrissenen Schulterband* Er hat mir weh getan! Er ist gemein! *Wirft sich an Fraykens Busen.*

FRAYKEN Aber Lämmchen. Aber Kälbchen. Aber Schneckchen. Es wird nicht so schlimm gewesen sein.

DAS KLEINE MÄDCHEN *schluchzt hilflos.*

ALBORNOZ *ist von der Terrasse her erschienen, etwas unsicher* Dolcina! Was hat sie denn. Es war ein Mißverständnis.

BARBARA Don Albornoz – verlassen Sie mein Haus.

ALBORNOZ Aber – was soll das heißen. Man ist doch hier sonst nicht so spröde.

BARBARA *aufstampfend* Verlassen Sie mein Haus!

ALBORNOZ Sie werden das bereuen.

RATCLIFF Haben Sie nicht gehört, was Madame Blomberg gesagt hat? *Nähert sich ihm drohend* Soll ich ihren Worten Nachdruck verschaffen?

ALBORNOZ *faßt an seinen Degen* Wollen Sie mit mir in den Park kommen?

FERDINAND Halt! Still! Hört Ihr denn nichts? Es trommelt ja.

RATCLIFF Es trommelt –

Die Musik reißt plötzlich ab, man hört kurzes, rasselndes Trommeln von draußen, gleichzeitig flackern im dunklen Hintergrund Fackeln auf, Taktschritte nähern sich, die Tanzenden stieben erschreckt auseinander, im Zimmer stehn alle wie erstarrt. Karoline drängt unwillkürlich zu der verborgenen Tür hin, besinnt sich aber, daß es zu spät ist.

BARBARA *ist zu Karoline geeilt, faßt ihre Hand* Ruhig, Kind. – Es ist nichts. Es wird wegen der Sache mit dem Marquis sein –

FERDINAND Die Leibwache! Die Staatspolizei!

Durch den Haupteingang erscheinen rasch einige bewaffnete Gardisten, in dunklen Uniformen, von einem Offizier angeführt. Auch auf der Terrasse sind Bewaffnete erschienen, fassen Posto.

BARBARA *zu Albornoz* Haben Sie das veranlaßt?

ALBORNOZ *sichtlich außer Fassung – wendet sich an den Offizier* Ich verstehe nicht –

OFFIZIER *tritt zu Ferdinand – flüstert ihm etwas zu. Ferdinand winkt Albornoz heran. Schaut zu Barbara, hebt die Hand. Es ist ganz still geworden, das Trommeln hat aufgehört, die Wachen stehen reglos.*

FERDINAND Ich bitte, den kleinen Zwischenfall zu entschuldigen. Es handelt sich – um eine politische Aktion von großer Wichtigkeit. Sämtliche Gäste werden gebeten, sich durch den bewachten Parkausgang zu entfernen, wo ein Offizier ihre Personalien aufnehmen wird. Das ist eine Formsache. Es hat nichts zu bedeuten.

HOGHSTRAATE *ist zu ihm getreten* Auch nicht für mich?

FERDINAND Ich glaube kaum, Graf Hoghstraate. Warten Sie auf mich. Ich werde Sie in meinem Wagen nach Hause fahren. *Zu Albornoz* Sorgen Sie für die Sicherheit aller Herrschaften.

ALBORNOZ *verneigt sich, geht rasch nach hinten, die Gesellschaft löst sich auf, auch Frayken und das Mädchen verschwinden im Park, nur Ratcliff bleibt. Der Offizier gibt den Gardisten einen Wink, sie untersuchen während des Folgenden rasch und routinemäßig den Raum, lüpfen auch die Wandteppiche, klopfen flüchtig die Wände ab. Karoline beobachtet sie gespannt. Sie steht am Parkausgang, bei Hoghstraate, der auf Ferdinand wartet.*

BARBARA *zu Ferdinand* Gehen Sie auch? Will man mein Haus durchsuchen? Wollen Sie mich jetzt nicht schützen?

FERDINAND *fast ehrfurchtsvoll* Sie bedürfen keines Schutzes, Madame. Es handelt sich nur um Sicherheitsmaßnahmen. *Leise* Der Generalgouverneur Herzog Alba wünscht Sie persönlich zu sehen.

BARBARA Jetzt? Hier?

FERDINAND Sein Wagen ist vorm Hauptportal vorgefahren, mit verhängten Fenstern. Er wartet auf die Räumung des Hauses. Sind Sie bereit, ihn zu empfangen?

BARBARA *nach einer Pause – zu dem Offizier* Ich lasse bitten.

OFFIZIER *geht mit den Wachen.*

FERDINAND *verneigt sich vor Barbara* Darf ich um Urlaub bitten. *Zu Karoline* Seien Sie unbesorgt. Graf Hoghstraate steht unter meinem Schutz.

KAROLINE Das werde ich Ihnen nicht vergessen.

FERDINAND Kommen Sie? *Schaut Ratcliff an.*

BARBARA *rasch, zu Ratcliff* Sie bleiben hier.

FERDINAND Ich nehme an, der Herzog wünscht diese Unterredung ohne Zeugen zu führen.

BARBARA Und ich wünsche die Anwesenheit meines Sekretärs, als Zeugen der Unterredung. Man kann mir das nicht verbieten.

FERDINAND *zuckt die Achseln* Das liegt beim Herzog. Leben Sie wohl.

BARBARA Auf Wiedersehn.

Ferdinand geht, mit Hoghstraate und Karoline, die sie hinausbegleitet.

RATCLIFF Ist es klug, daß ich bleibe?

BARBARA Ich weiß nicht. Ich will nicht allein sein – wenigstens nicht sofort. Ich werde Sie dann hinausschicken, wenn es besser ist. Ich fürchtete auch – Sie könnten nicht wiederkommen. Albornoz war weiß vor Wut.

RATCLIFF Albornoz... Der wird einmal in der Hölle aufwachen und sich wundern, was für ein kaltes Ding zwischen seinen Rippen steckt.

BARBARA Sie sind ein gefährlicher Mensch.

RATCLIFF Der da ist gefährlicher. Passen Sie auf.

BARBARA *zieht einen Schal um ihre Schultern, als ob sie friere.*

OFFIZIER *öffnet die Tür. Draußen bilden die Wachen ein klirrendes Spalier.*

ALBA *tritt ein. Der Offizier schließt die Tür hinter ihm. Alba ist ein Mann um die Sechzig, ergraut, doch straff und ohne Altersspuren.*

Er trägt die gleiche dunkle Uniform wie seine Offiziere, mit einem Stern auf der Brust und einem Capemantel aus schwarzem Samt, den er lässig um die Schultern geschlagen hat. Sein Blick ist klar und kalt, seine Sprechweise höflich und gemessen, wie die eines Mannes, der ohne Stimmaufwand zu befehlen gewohnt ist. Er hat in seiner Haltung nichts Intrigantes oder Martialisches, aber es geht eine Sicherheit und eine Willensmacht von ihm aus, der sich andere Menschen leicht unterwerfen. Er schaut Barbara ruhig an, dann neigt er kurz den Kopf. Barbara erwidert seine Kopfneigung. Sie scheint ein wenig aus der Fassung gebracht – wartet auf sein erstes Wort. Alba wendet den Kopf, mustert Ratcliff, der sich kurz verneigt – zieht die Brauen hoch.

BARBARA Dies ist mein Sekretär, Sir Anthony Ratcliff, der meine Geschäfte führt.

ALBA *immer noch Ratcliff anschauend* Ich habe von Ihnen gehört.

RATCLIFF *lächelt.*

BARBARA Er ist über alle Angelegenheiten orientiert, die Sie wünschen könnten, mit mir zu besprechen, Herzog.

ALBA Vielleicht wünsche ich gar keine Angelegenheiten mit Ihnen zu besprechen... Ich wollte Sie kennenlernen, Madame. Und ich möchte, daß Sie mich kennenlernen. Die beste Form, einander kennenzulernen, ist der Dialog – zwischen zwei Personen. Deshalb bin ich allein gekommen – ohne Sekretär. Ich habe sogar meinen Sohn bitten lassen, sich zu entfernen – der gewiß gern geblieben wäre.

BARBARA Ich respektiere Ihren Wunsch. *Zu Ratcliff* Bitte warten Sie in meinem Schlafzimmer.

ALBA *während Ratcliff geht* Ein intimer Raum, zum Warten.

BARBARA Der nächste, von diesem Saal.

ALBA *lächelnd* Sie werden nicht in die Lage kommen, um Hilfe rufen zu müssen.

BARBARA Damit rechne ich nicht. Auch kann ich mir selbst helfen, zur Not.

ALBA Ich zweifle nicht daran.

RATCLIFF *entfernt sich über die Galerie, ohne zurückzuschauen, schließt die Tür hinter sich.*

BARBARA *hat sich inzwischen gesetzt, weist auf einen Sessel in ihrer Nähe.*

ALBA *tritt näher, bleibt stehen* Zunächst – will ich Ihnen Gelegenheit geben, mich kennenzulernen. Ich hoffe, Sie werden sich dann revanchieren. Sie wissen, ich bin ein alter Militär. Meine Taktik – ist sehr einfach, aber sehr wirksam. Sie besteht aus zwei Grundprinzipien, nämlich: der Überraschung und dem Frontalangriff.

BARBARA Ich verstehe nichts von Taktik. Aber es heißt von Ihnen, Sie hätten noch keine Schlacht verloren.

ALBA Sie werden mich gleich verstehen. Ich habe wirklich noch keine Schlacht verloren, und man glaubt in Fachkreisen wunders was für raffinierte Strategie dahinter stecke. Es steckt aber nichts dahinter, als was ich soeben sagte. Das erste ist die Überraschung. Das zweite die klare Attacke, mit vollem Einsatz. Der Gegner erwartet alle möglichen Manöver, Umgehung, Finte, Flankierung, Scheinangriff, und er ist auf alles mögliche gefaßt, nur auf das eine nicht: glattweg von vorne in offener Front chargiert zu werden.

BARBARA Das klingt einleuchtend. Aber man muß genau wissen, daß man der Stärkere ist.

ALBA Vergessen Sie nicht das Überraschungsmoment. *Er setzt sich* In unserem Fall – ist die Überraschung geglückt. Sie konnten sich auf diese Begegnung nicht vorbereiten. Sie hätten alles eher erwartet, als daß ich selbst hier auftauche. Hätte ich Sie zum Beispiel verhaften lassen –

BARBARA Mit welchem Recht?

ALBA Das ist eine naive Frage, die gar nicht zu Ihnen paßt. Außerdem spreche ich rein theoretisch. Sie hätten sich im Fall einer – plötzlichen Vorladung schon unterwegs einen Plan gemacht. Jetzt kommen Sie nicht mehr dazu. Denn ich gehe ohne Übergang zum Frontalangriff vor. *Er lehnt sich zurück.*

BARBARA Fahren Sie fort. Ich hätte nicht gedacht, daß ein Kurs in Taktik so spannend sein könnte.

ALBA Ich stelle Ihnen jetzt eine Frage, die Sie mit Ja oder Nein beantworten werden, bevor diese Unterredung beendet ist.

Verstehen Sie wohl – ich möchte gar nicht, daß Sie sofort antworten. Aber seien Sie überzeugt, ich werde wissen, ob Sie die Wahrheit sagen oder nicht. – Sind Sie eine Agentin Ihres Sohnes? Arbeiten Sie für eine Erhebung Don Juans gegen König Philipp? Und für seine Machtergreifung? Das ist meine Attacke. Nun ordnen Sie in Ruhe Ihre Front.

BARBARA *nach einer Pause* Haben Sie einen Anlaß zu dieser Frage?

ALBA Mag sein. Das werde ich Ihnen später sagen. Zunächst habe ich mehr als einen Anlaß, nämlich einen Grund. Sogar zwei Gründe, beide gleich gewichtvoll. Da ich den König verteidige, muß ich wissen, wo seine Feinde stehen. Da ich Don Juan liebe, will ich seinen Untergang verhindern. Nun sprechen Sie.

BARBARA Ich habe, im friedlichen Leben, eine Erfahrung gemacht, die Ihrer kriegerischen Taktik ähnlich ist. Vermutlich enthält sie das Geheimnis aller erfolgreichen Politik. Es ist immer am klügsten, seine Ziele unumwunden auszusprechen. Jeder glaubt, man meine insgeheim etwas anderes. Niemand kann sich vorstellen, daß man wirklich sagt, was man meint. Oder was man erreichen will. Wahrheit und Offenheit sind letzten Endes – die gefährlichste Form der Verstellung.

ALBA Stimmt. Denn sie sind au-dessus de la nature. Ein ehrlicher Fuchs wäre beklemmend.

BARBARA Der weiblichen Natur entsprechend, wie man sie zu kennen glaubt, müßte ich jetzt versuchen, Sie einzunebeln. Oder einzuwickeln, in einem Spinnweb. Aber Ihnen gegenüber wäre Schlauheit und Berechnung – viel zu primitiv.

ALBA Ich glaube, ich habe Sie richtig eingeschätzt.

BARBARA Ich glaube, ich schätze Sie richtig ein. Ich werde Ihnen also die Wahrheit sagen, als einzig mögliche Antwort auf Ihren Frontalangriff – und dann wird sich zeigen, wer die Schlacht gewinnt. Aber zuerst – müssen Sie mir noch eine Frage beantworten.

ALBA Nämlich?

BARBARA Warum verteidigen Sie den König? Würden Sie ihn

auch verteidigen, wenn der, der ihn stürzen könnte, besser wäre – als Monarch, und als Mensch?

ALBA Ich werde immer und unter allen Umständen die bestehende Macht verteidigen, ganz gleich, wer sie vertritt. Ich würde niemals einen Umsturz dulden. Macht, die aus einem Umsturz kommt, ist immer zweifelhaft, und bezweifelt sich selbst. Nur die angestammte Macht ist unbezweifelbar, und zuverlässig, auch wenn sie sich mit Gewaltmitteln erhalten muß.

BARBARA Sie halten also Macht an sich für etwas Notwendiges und Erhaltenswertes.

ALBA Das muß jeder, der etwas vom Leben weiß. Macht ist alles, im Geist und im Fleische. Nur Macht erzeugt Großmut.

BARBARA Das ist eine kühne Behauptung.

ALBA Kühn, aber wahr. Und beweisbar. Die Männer erfahren es im Krieg – die Frauen in der Liebe –, daß der Mensch den Menschen nicht schont, solang er fürchten muß, zu unterliegen. Nur der Mächtige kann Gnade üben. Und nur die Gnade ist stärker als das Blut.

BARBARA Und Sie zweifeln nicht daran, daß der Mächtige auch Gnade übt?

ALBA Ich zweifle an gar nichts. Weder an Gott noch am König. Es ist mir ganz gleich, ob Gott existiert, oder ob die Offenbarungen stimmen. Sein Haus steht für uns auf Fels gebaut, und ich dulde nicht, daß man daran rüttelt. Es ist mir ganz gleich, ob der König gut oder schlecht ist. Ich sage ihm die Meinung, und verteidige ihn bis auf den letzten Mann, auch wenn er Unrecht tut. Jede Form von Zweifel ist Verrat. Und Verräter laufen bei mir durch die Spieße. Der Mensch steht nicht über den Dingen, sondern mitten darunter, und er kann nur auf einer Seite stehen. Wer denkt, daß es zwei Seiten gibt, hat schon verloren. Ich bin kein Verlierer.

BARBARA Haben Sie auch niemals an sich selbst gezweifelt? In der Liebe, zum Beispiel?

ALBA Das ist mir passiert, als ich sehr jung war. Je älter ich werde, desto mehr neige ich dazu, die Schuld, im Zweifelsfalle, immer dem anderen Teil zu geben.

BARBARA Das ist allerdings imponierend. Man könnte Angst vor Ihnen haben.

ALBA Darauf lege ich gar keinen Wert. Ich will meine Feinde vernichten, und meine Freunde schützen. Ich will, daß man sich auf mich verläßt. Und das kann man – wenn man es ehrlich meint.

BARBARA So werde ich Ihnen ehrlich sagen, wo ich stehe – auch wenn ich mich damit eines scheinbaren Vorteils begebe. Ich bin keine Agentin meines Sohnes. Ich arbeite weder für noch gegen König Philipp. Ich bin kein politischer Faktor. Sie haben mich – überschätzt.

ALBA Keineswegs. Aber ich glaube Ihnen. Ich habe das erwartet. Sie hätten mich sonst nicht gefragt, warum ich für den König bin.

BARBARA Darf ich Sie noch etwas fragen? Was würden Sie tun, wenn Sie mir nicht glauben würden? Wenn es anders wäre?

ALBA Das weiß ich nicht genau. Ich würde Sie unschädlich machen – so oder so.

BARBARA Und jetzt? Sind Sie jetzt überzeugt, daß ich unschädlich bin?

ALBA Jetzt – bin ich überzeugt, daß Sie mir sehr nützlich werden können. Mir, und der Krone.

BARBARA Sie überschätzen mich immer noch. Ich habe überhaupt keine Verbindungen zu Don Juan, außer der offiziellen, durch Albornoz und Ihre Ämter. Er kennt mich nicht. Er war damals drei Jahre.

ALBA Wir konnten auch nichts anderes herausfinden. Aber – da ist dieser Mann im Schlafzimmer. Er war mein Anlaß – nach dem sie mich gefragt haben. Er hat mich auf den Verdacht gebracht.

BARBARA Ratcliff?

ALBA Nicht persönlich. Er hat Sie bis jetzt noch nicht hintergangen... Aber wir glaubten, er könne der Mittelsmann sein. Was tut er hier? Was hat er mit Ihnen vor? Wozu will er Sie benutzen? Warum arbeitet er für Sie? Vielleicht im Auftrag von Mary Stuart – mit der Don Juan Heiratspläne nährt, um zur Weltherrschaft zu gelangen.

BARBARA Im Auftrag von Mary Stuart! *Beißt sich auf die Lippen.*

ALBA Es ist eine Vermutung. Er könnte ebenso gut für Elisabeth arbeiten – oder für Philipp. Das – möchte ich wissen.

BARBARA Von mir?

ALBA Sie können es erfahren. Nur Sie.

BARBARA Und was liegt Ihnen daran? Sie wollen den Mann loswerden, denke ich? Ich höre, man hat ihn ausgewiesen.

ALBA Das war eine Maßnahme des königlichen Büros. Die Büros tun immer das Falsche. Ich werde ihm die Ausweisungsorder nicht zustellen lassen. Ich will ihn nicht loswerden. Ich will ihn – in der Hand haben, verstehen Sie?

BARBARA Nicht ganz. Warum ist dieser Mann Ihnen so wichtig? Selbst wenn er ein Spion wäre...

ALBA Er ist mehr als ein Spion. Spione hängt man gleich. Solchen Leuten – legt man die Schlinge langsam um den Hals. Und hält sie daran, wenn es lohnt. Im Lauf des letzten Jahres war er in Spanien, in Rom, in Paris und in London – und er hat uns überall sehr große Dienste geleistet. Vielleicht aber auch das Gegenteil. Er ist unser bester Mann – falls er nicht unser gefährlichster Gegner ist. Was er wirklich ist – will ich von Ihnen wissen.

BARBARA Und Sie glauben, ich würde es Ihnen sagen – wenn ich es wüßte? Wie kommen Sie dazu?

ALBA Das kann ich Ihnen erklären. Es gibt nämlich, in der Taktik, noch ein drittes Prinzip, außer dem der Überraschung und des Frontalangriffs. Es besteht darin, daß man sich ebenbürtige Gegner zu Verbündeten macht.

BARBARA Das ist ein Angebot?

ALBA Kein schimpfliches. Ich will Sie nicht kaufen. Sie sollen auch Ihren Vertrauten nicht – ans Messer liefern, um mich so plump auszudrücken. Sie sollen nur auf der richtigen Seite spielen. Und Sie werden es tun. Ich rede jetzt nicht nach Ihrem Mund, sondern nach Ihren Augen.

BARBARA Nach meinen Augen –?

ALBA Ich habe Ihre Augen – belauscht, als Sie mich fragten, warum ich an die Macht glaube. Auch Sie glauben daran. Auch Sie sind kein Zweifler, und kein Verlierer.

BARBARA Ich kann Ihnen darauf nicht antworten.

ALBA Das brauchen Sie nicht. Denn ich verlasse mich auf Sie. Selbst für den Fall, daß der Mann im Schlafzimmer – dort nicht nur Wache steht –

BARBARA *richtet sich auf.*

ALBA *leicht* Das wäre Ihre Privatsache. Und nicht einmal ein Fehler – taktisch gesprochen. Es gibt kein stärkeres Medium, um einen Mann zu binden – und zu beeinflussen. Besonders – wenn er interessant ist. *Er steht auf.*

BARBARA Nun haben Sie mich, wirklich, in Verwirrung gebracht – *Sie lacht ein wenig.*

ALBA Es steht Ihnen gut. Ich kann meinen Sohn begreifen.

BARBARA Er kennt mich nicht – von dieser Seite.

ALBA Das ist sein Fehler.

BARBARA *steht auch auf* Sie wünschen die Unterredung jetzt zu beenden?

ALBA Den taktischen Teil, allerdings. Da ist nichts mehr hinzuzufügen. Das nächste Wort haben Sie. Persönlich möchte ich Sie noch fragen, ob ich Ihnen in irgendeiner Weise erkenntlich sein kann.

BARBARA Erkenntlich – wofür?

ALBA Für Ihr Verständnis, und Ihre Offenheit. Es waren da gewisse kleine Schwierigkeiten, mit den Fiskalämtern. Bekümmern Sie sich nicht mehr darum. Ich werde mit Lixaldius sprechen, daß man Ihre Notas aus den Konfiskationseingängen mit Vorzug erledigt.

BARBARA *ohne Unsicherheit* Ich habe ein anderes Anliegen. Es betrifft den Grafen Hoghstraate. Er ist mit meiner Tochter verlobt.

ALBA Haben Sie dazu Ihre Einwilligung gegeben?

BARBARA Sie liebt ihn.

ALBA Sehr unvorsichtig.

BARBARA Er ist ein Schwärmer. Ein harmloser junger Mensch.

ALBA Ich habe verlernt, an die Existenz harmloser Menschen zu glauben.

BARBARA Ich möchte aber, daß Sie ihn nicht verfolgen!

ALBA Das liegt bei ihm.

BARBARA Auch bei Ihnen! Sie müssen mir versprechen, daß ihm nichts geschieht!

ALBA Ich verspreche Ihnen, daß ich nicht gegen ihn vorgehen werde, solang er mich nicht dazu zwingt. Mehr – könnte ich nicht halten.

BARBARA Das sehe ich ein. Das genügt.

ALBA Seien Sie überzeugt, daß ich alle Rücksichten auf Sie nehmen werde, die möglich sind. Aber – vergessen Sie nicht unseren Kurs in Taktik – drittes Grundprinzip.

BARBARA Ebenbürtige Gegner macht man zu Verbündeten.

ALBA Sie haben gut aufgepaßt. Nun – Adiós! *Er reicht ihr die Hand, hält sie einen Augenblick, geht.*

Man hört draußen den klirrenden Salut der Wachen. Dann leises Trommelrasseln, das sich langsam entfernt.

BARBARA *allein, geht langsam die Stufen hinauf, zur Galerie. Bleibt stehen, schaut zurück, lächelt – halb in Triumph, halb in Verwirrung. Wiederholt leise, fast unbewußt* Ebenbürtige Gegner macht man zu Verbündeten – *Zögert kurz – dann ruft sie* Ratcliff!

RATCLIFF *kommt aus dem Schlafzimmer, schaut sie forschend an* Sie haben die Schlacht gewonnen!

BARBARA Warum glauben Sie das?

RATCLIFF Sie lächeln. Und Ihr Gesicht glüht.

BARBARA Das könnte auch andere Gründe haben. Sie müssen jetzt gehen, Anthony.

RATCLIFF Wollen Sie mir nichts – erzählen?

BARBARA Es lohnt sich kaum. *Beiläufig* Er glaubte, ich sei ein Agent Don Juans. Im Auftrag der Mary Stuart. Durch Ihre Vermittlung. *Schaut ihn an* Das habe ich ihm ausgeredet. Übrigens wird die Ausweisung gegen Sie vorläufig nicht in Kraft gesetzt.

RATCLIFF Das ist – bedenklich.

BARBARA Ich dachte, es wäre erfreulich.

RATCLIFF Einerseits schon. Andrerseits –

BARBARA Ich sehe nicht ein, warum die Dinge immer zwei Seiten haben sollen.

RATCLIFF Das haben sie auch nicht. Sie haben viel mehr als zwei. Ich wäre sowieso nicht gegangen.

BARBARA Trotz der Ausweisung? Stand nicht die Todesstrafe darauf?

RATCLIFF Die muß ich immer riskieren.

BARBARA *leicht* Riskieren Sie nicht zu viel, Anthony. Es wäre schade – um Ihren Kopf.

RATCLIFF Haben Sie Alba gebeten, die Ausweisung aufzuheben?

BARBARA *zuckt die Achseln, läßt ihren Schal fallen* Das weiß ich nicht mehr genau.

RATCLIFF *hebt den Schal auf, legt ihn um ihre Schultern, läßt seine Hände dort* Und wenn ich hier wirklich – etwas Schlimmes begehe? Ein Staatsverbrechen? Oder einen Mord?

BARBARA *verspielt* Wen wollen Sie denn ermorden?

RATCLIFF *im gleichen Ton* Vielleicht den Albornoz. Vielleicht den Alba. Vielleicht ein paar andere... Würden Sie dann mit mir fliehen?

BARBARA Das weiß ich nicht. – Vielleicht würde ich auch zu Ihrer Hinrichtung gehen.

RATCLIFF In Trauer?

BARBARA In meinem schönsten Kleid.

RATCLIFF Um mir eine letzte Freude zu machen?

BARBARA Sie erraten alles.

RATCLIFF Und würden Sie weinen, wenn mein Kopf fällt?

BARBARA Das weiß ich nicht. Das käme auf Ihre Haltung an.

RATCLIFF Nicht auf Ihr Herz?

BARBARA Das Herz weint heimlich – wenn es weint.

RATCLIFF *läßt sie los* Sie sind mir zu grausam.

BARBARA Sie sind mir zu kaltblütig. Und beides stimmt nicht einmal.

RATCLIFF *plötzlich fast drohend* Ihnen sollte man die Haut abziehen – wie diesen persischen Äpfeln –, bevor man sie genießt.

BARBARA *wie im Schreck* Wollen Sie es nicht lieber – mit der Haut versuchen?

RATCLIFF *packt sie – hält sie einen Augenblick dicht an sich gepreßt – sie küßt ihn zuerst.*

BARBARA *leise, benommen* Du mußt jetzt gehen, Anthony.
RATCLIFF Muß ich?
BARBARA Ja. Bis alles schläft im Haus –
RATCLIFF Und dann?
BARBARA Du hast doch den Schlüssel.
RATCLIFF Das weißt du?
BARBARA Natürlich. Frayken hat mirs gesagt.
RATCLIFF *küßt ihren Hals* Wann?
BARBARA In einer Stunde.
RATCLIFF In einer Stunde. *Preßt das Gesicht in ihre Brust – dann geht er rasch.*
BARBARA *mit offenen Lippen, flüsternd* Komm wieder. Komm wieder.

Zweite Szene

Personen: Barbara; Karoline; Frayken; Ratcliff; Hoghstraate; Ferdinand von Toledo; Albornoz; Der Hauskaplan; Demonstranten; Staatspolizei

Der gleiche Raum. Ein früher Morgen im Herbst. Der Park ist voll Nebel. Die Bäume im Hintergrund sind rot. Der Saal ist leer.

KAROLINE *kommt leise herein. Sie trägt einen Morgenrock und leichte Schuhe. In der Hand hält sie eine brennende Laterne – obwohl es schon hell ist –, in der anderen einen Korb mit Lebensmitteln. Sie durchquert vorsichtig den Raum, stellt die Sachen ab, lüpft den Wandteppich, nimmt aus dem Korb ein Messer, führt die Klinge in den Spalt zwischen zwei Brettern. Eine Klapptür öffnet sich lautlos in der Wand. Sie nimmt den Korb und die Laterne auf, verschwindet durch die Tür, läßt den Teppich hinter sich herabfallen.*
RATCLIFF *kommt fast gleichzeitig mit ihrem Verschwinden aus Barbaras Schlafzimmer. Völlig angekleidet. Seine Schuhe trägt er in der Hand. Er beugt sich übers Geländer, bemerkt noch die Bewegung des herabfallenden Teppichs. Geht hinunter, lüpft den Teppich ein we-*

nig – läßt ihn sofort wieder fallen. Lächelt. Streift seine Schuhe an, geht in den Park, die Arme dehnend, eine Melodie summend.

FRAYKENS STIMME *von draußen* Karoline! – Karoline! *Sie kommt herein, mit einem vollgehäuften Frühstückstablett. Sie trägt eine üppige Matinee und eine Spitzenhaube. Ruft wieder* Karoline! *Schaut sich suchend um, stellt das Tablett ab.*

RATCLIFF *kommt aus dem Park zurück* Guten Morgen. Sie suchen Karoline?

FRAYKEN *ironisch* Und Sie sind auch schon hier? – Ich wollte ihr ein Frühstück ans Bett bringen, aber sie war nicht drin. Das Bett ist noch warm.

RATCLIFF Ich glaube, ich habe sie im Park gesehen. – Es wird ein schöner Morgen, wenn der Nebel steigt.

FRAYKEN Ich mag das nicht, daß sie im Nebel herumläuft. Sie gefällt mir nicht. Sie ist so ruhlos, in letzter Zeit.

RATCLIFF Kein Wunder. Wissen Sie nicht, daß gegen Hoghstraate verhandelt wird? Das Tribunal de Sang tritt um neun Uhr zusammen.

FRAYKEN Haben sie ihn denn?

RATCLIFF Das weiß niemand. Man hat Steckbriefe gegen ihn ausgehängt. Tausend Florins Belohnung.

FRAYKEN Warum muß er sich auch da hinein mischen.

RATCLIFF Verstehen Sie das nicht? Sie sind doch selbst aus Flandern.

FRAYKEN Bei armen Leuten kann ich so was verstehen. Aber – ein junger Mensch aus bester Familie! Wie kommt so einer dazu, sich mit Verschwörungen einzulassen.

RATCLIFF Weil er eben aus bester Familie ist. – Zwei Drittel der Männer, die in den letzten Wochen geköpft wurden, tragen Adelsnamen.

FRAYKEN *auf der Parkterrasse* Karoline!

RATCLIFF Laßt sie in Ruh. *Hat sich zu dem Tablett gesetzt, ißt.*

FRAYKEN Damit Sie ihr Frühstück wegputzen können?

RATCLIFF Ich habe Hunger.

FRAYKEN Kunststück.

RATCLIFF Eine überflüssige Bemerkung.

FRAYKEN Also – eure Heimlichtuerei, die finde ich direkt unmoralisch. Wenn man schon lebt, wie ein Turtelpärchen, warum soll man sich was antun.

RATCLIFF Sie haben keine Phantasie. *Klopft ein Ei auf.*

FRAYKEN Was habe ich nicht? – Ich kann mir alle Details vorstellen!

RATCLIFF *heiter* Das ist keine Phantasie. Das ist gemeine Lüsternheit. Aber, was ein Geheimnis bedeutet, das kennen Sie nicht.

FRAYKEN Sie sind ein undankbarer Mensch, Anthony. Wer hat das Zimmer besorgt, in dem Sie die Marquise de Havré beglückt haben? Und habe ich nicht dicht gehalten, wenn dann gleich hinterher das blonde Wäschermädel kam?

RATCLIFF Das habe ich alles vergessen, Frayken. Das habe ich alles vergessen...

FRAYKEN Damals waren Sie ein ganz anderer Kerl. – Aber was Diskretion ist, das weiß ich immer noch. *Mit einem Blick auf Barbaras Schlafzimmertür, die sich gerade öffnet* Wenn ihr mehr Eier wollt, brauchen Sie nur zu läuten. *Geht.*

BARBARA *kommt aus dem Schlafzimmer. Auch sie morgendlich gekleidet.*

RATCLIFF *ist aufgesprungen, eilt ihr entgegen. Sie kommt rasch herunter. Er nimmt sie in die Arme.*

BARBARA *hält seinen Kopf zwischen ihren Händen* Liebster, Liebster, Liebster. Du warst so lang von mir weg.

RATCLIFF Fünf Minuten – sie waren endlos.

BARBARA Fehl ich dir auch so sehr – in jeder Sekunde, in der wir nicht ganz zusammen sind?

RATCLIFF Ich dachte, im Park draußen, wenn du ein Teich wärest, mit Seerosen und Algen und Schlinggewächs, möcht ich in dir ertrinken.

BARBARA Und du, wenn du ein Brunnen wärst, ich möchte dich austrinken – und –

RATCLIFF Ja?

BARBARA Ach – wir sind sehr wahnsinnig. Wir könnten uns totlieben.

RATCLIFF Könnten wirs nur.

BARBARA Dabei war mir nie so wenig nach Sterben zumute – seit ich lebe.

RATCLIFF Es müßte der schönste Tod sein. Aber den gibt es nicht. Höchstens bei Kindern.

BARBARA Die wir, zum Glück, nicht mehr sind.

RATCLIFF Willst du nicht essen?

BARBARA Ich bin zu glücklich. Ich habe nichts als Durst. *Läuft zum Brunnen, taucht die Hände ins Wasser, trinkt aus den hohlen Händen.*

RATCLIFF *folgt ihr*

Bathseba –!

BARBARA *dreht sich zu ihm um*

Mein König?

RATCLIFF

»Und wie sich Tag in Abend –«

BARBARA

»– und Nacht in Morgen ergießt –«

RATCLIFF

»– sei unser künftig Leben
Dem Strom der Zeiten gleich –«

BARBARA

»– der keinen Damm
Und kein Erinnern kennt –!«

RATCLIFF Komm. Der Nebel steigt.

Sie gehen in den Park, dessen rotes Laub in der ersten Sonne aufglüht.

KAROLINE *kommt nach einigen Augenblicken hinter dem Wandteppich vor. Sieht das Tablett, schaut sich erschrocken um. Läßt sich erschöpft auf einen Stuhl sinken, atmet schwer, preßt die Hand aufs Herz. Eine Turmuhr schlägt fern. Sie fährt hoch, wie in angstvoller Erwartung. Zählt* – sieben – acht – neun ... Ich zähle Minuten. Ich zähle Sekunden. Ich zähle Herzschläge. Ich zähle Blutstropfen. Ich zähle – fallende Blätter. Ich sehe sein Blut rieseln, wenn die Blätter fallen – *Bedeckt ihre Augen mit der Hand. Es wird leise und hastig an die Tür gepocht. Sie läuft hin, öffnet. Ein Mann in schwarzer Priesterkleidung steht auf der Schwelle. Sie faßt ihn an den Armen, zieht ihn herein* Endlich! Wie ist es gegangen?

HOGHSTRAATE *wirft den Priestermantel und den Hut ab* Alles geglückt! – Aber ich mußte langsam machen. Ein Pfarrer, der läuft, fällt auf, hierzuland.

KAROLINE Und der Kaplan?

HOGHSTRAATE Ist in einem gewöhnlichen Arbeiterkittel durch die Stadt geschlendert und hat sich meine Steckbriefe angeschaut. Ich verdanke ihm mein Leben, Karoline! Anders wär ich nie durchgekommen. Wie kann ich das nur vergelten.

KAROLINE Er tut es nicht um Vergeltung.

HOGHSTRAATE Ich weiß. Ich werde nie mehr denken, daß es nur auf einer Seite Ideale gibt. Ich werde nur auf den Menschen sehen. Nur auf den Menschen.

KAROLINE *nimmt seine Hände* Ich kann es kaum fassen – daß du gerettet bist – *Unterdrückt ein Schluchzen.*

HOGHSTRAATE *mit einem leichten Schauder* Es war die letzte Chance. In einer Stunde werden sie mein Urteil sprechen. Es kann nur auf Tod lauten. Das wäre nicht das Schlimmste – aber – sie hätten mich auf die Folter gespannt, um Namen und Verstecke herauszupressen. Keiner weiß, wie lang er das aushält...

KAROLINE Du mußt jetzt hinuntergehen. Es könnte jemand kommen. Ich habe alles vorbereitet, Decken, Nahrung, Getränk – du kannst dort ausharren, bis die Flucht gesichert ist.

HOGHSTRAATE Kommst du nicht mit?

KAROLINE Nicht jetzt. Man würde mich suchen. Später vielleicht. In der Nacht.

HOGHSTRAATE Du mußt schlafen, Liebes. Du hast sicher in dieser Nacht kein Auge zugetan. Deine Hände zittern.

KAROLINE Vor Freude. Rasch – ich höre Stimmen. Laß die Tür hinter dir zufallen. Das Licht steht im Gang. *Sie hebt den Wandteppich, er verschwindet. Ratcliff und Barbara kommen aus dem Park. Karoline rafft rasch die Priesterkleidung zusammen, stopft sie unter einen Sessel.*

BARBARA *kommt herein* Karoline! Fehlt dir etwas? Du siehst verstört aus . . .

KAROLINE Mir war kalt.

BARBARA Komm, setz dich mit uns in die Sonne.

RATCLIFF Ich habe Geschäfte, im Haus. Es ist Lohntag heute.

BARBARA Bringen Sie mir dann die Abrechnung, bitte.

RATCLIFF Sobald Sie mich rufen. *Geht.*

KAROLINE Ich möchte auch gehen, mich ankleiden.

BARBARA Bleib, Kind. *Zieht sie auf einen Stuhl neben sich* Ich muß mit dir sprechen. Warum gehst du mir immer aus dem Weg? Warum willst du nie mehr mit mir allein sein?

KAROLINE Es ist nichts zu besprechen, zwischen uns.

BARBARA Ich weiß – du hast Kummer und Sorgen . . . Ich kann verstehen, daß du nicht gern davon sprichst. Aber es heißt, er sei geflohen!

KAROLINE Er wird fliehen. Und ich werde mit ihm gehen.

BARBARA Du willst fort von mir?

KAROLINE Sobald wir die Stadt verlassen können, ohne Gefahr.

BARBARA Weißt du, was das bedeutet? Ein Flüchtlingsleben? Gehetzt und gejagt – und heimatlos, selbst wenn ihr durchkommt. Willst du mir das antun, Karoline?

KAROLINE Dir, Mutter?

BARBARA Auch mir – und dir selbst zuerst. Kannst du nicht warten, bis die Zeit ruhiger geworden ist? Es wird auch für ihn leichter sein, wenn er allein ist. Später kannst du ihm nachreisen. Es mag eine Amnestie kommen, eines Tages . . . Du bist doch hier zu Haus – und geborgen –

KAROLINE *ausbrechend* Ich würde keine Stunde länger in diesem Haus bleiben – als ich gezwungen bin!

BARBARA *läßt ihre Hand los, die sie angefaßt hatte, senkt den Kopf* Was habe ich dir getan?

KAROLINE Frag nicht nach mir, und nach dir! Es gibt andere Menschen auf der Welt! Nach denen fragst du nicht. Schau dich doch um! Wo lebst du hier? Ist das dein Haus? Es wurde vom Hochgericht beschlagnahmt – geraubt und gestohlen! Und wie lebst du hier? Womit werden deine Feste bezahlt, deine Tage und Nächte, dein Wein, deine Kleider? Aus der Konfiskationskasse! Von dem, was man den Ärmsten im Lande wegreißt und aus dem Fleisch schneidet! Du lebst vom Hunger, vom Blut, vom Jammer der Geschlagenen – in Rausch und in Freuden – pfui, du nährst deine Lust an Leichen, an Todesqual! Und ich sollte hier zu Hause sein. *Schlägt die Hände vors Gesicht.*

BARBARA *sitzt starr, aufrecht* Glaubst du, es würde anders in diesem Land, wenn ich anders lebte? Glaubst du, es würde anders – auf der Welt?

KAROLINE Darnach frage ich nicht. Fragt denn der Himmel darnach? Du lebst in Gemeinschaft mit den Schuldigen, mit den Verrätern – mit dem bösen Geist. Vergib es dir selber, wenn du kannst. Ich – kann es nicht.

BARBARA *leise* Weißt du denn nicht, weshalb ich es tue? Weißt du nicht mehr, wie ich vorher gelebt habe?

KAROLINE Du hast es wettgemacht.

BARBARA Und du, Karoline? – Du bist jung – und voll Wärme – du möchtest den Unglücklichen helfen, das Elend lindern... Glaubst du denn, daß das Elend der andren geringer wird, wenn du dich selber elend machst?

KAROLINE *schweigt.*

BARBARA Ich bin elend gewesen – und kein guter Geist hat mich erlöst.

KAROLINE Du verstehst nicht – du willst nicht verstehen, was ich meine.

BARBARA Ich verstehe dich besser – als du mich verstehst. Aber ich kann keine Brücke finden...

KAROLINE Dann gibt es wohl keine. *Wendet sich ab.*

BARBARA *hilflos, bettelnd* Bleib bei mir – Kind –

KAROLINE *hart* Ich kann nicht mit dir und deinem Geliebten unter einem Dache leben.

BARBARA *duckt sich, wie unter einem Peitschenschlag.*

KAROLINE *ist aufgesprungen, starrt einen Augenblick vor sich hin – wie über sich selbst erschrocken –, dann geht sie langsam, ohne Barbara anzuschauen, in den Park hinaus.*

BARBARA *allein, erst wie gelähmt, dann stammelnd, mit bleichen Lippen* Anthony – Anthony – *Lauter* Anthony – *Sie läuft zur Tür, fast schreiend* Anthony! Ratcliff!

RATCLIFF *kommt rasch – schaut sie an, ohne zu fragen –, legt den Arm um sie.*

BARBARA Es ist aus. Es ist aus. Es ist alles zu Ende. *Sie taumelt fast.*

RATCLIFF *umfaßt sie fester.*

BARBARA Nein, hilf mir nicht. *Macht sich los* Es mußte so kommen. Ich war taub und blind.

RATCLIFF Hat sie dir gesagt, daß sie von uns weiß?

BARBARA Sie wird mich verlassen. Auch du wirst mich verlassen. Du sollst mich verlassen.

RATCLIFF Glaubst du, das könnte ich noch? – Dazu ist es zu spät.

BARBARA Ich hab mich verstrickt. Ich hab mir selbst die Schlinge um den Hals gelegt. Da komm ich nicht mehr heraus.

RATCLIFF Du bist schon draußen. Aber du merkst es nicht!

BARBARA Du weißt nichts davon, Anthony. Ich habe versucht, Hoghstraate für sie zu retten. Ich habe alles Mögliche versucht. Aber – ich konnte den Preis nicht zahlen.

RATCLIFF *sehr ruhig* Du mußt klar sehen, was geschieht, Barbara. Der Schritt gegen Hoghstraate war Albas erster Schlag – gegen dich! Er fühlt sich von dir verraten. Er wird seine Macht gegen dich wenden. Das bringt die Entscheidung. Und es ist gut, daß sie endlich fällt. Nicht nur zwischen dir und Alba – auch für uns beide.

BARBARA *starrt ihn an* Alba – Was weißt du von mir und Alba –?

RATCLIFF Viel. Vielleicht alles.

BARBARA Wir haben nie darüber gesprochen.

RATCLIFF Das war nicht nötig.

BARBARA Du warst der Preis! Weißt du das? Ich habe um dich gespielt –! Um dein Leben!

RATCLIFF *nimmt sie sehr zart, führt sie zu einem Sessel, setzt sich auf einen Schemel dicht bei ihr* Ich wußte, daß ich in deiner Hand war – seit der Nacht, in der Alba hierherkam. Seit unsrer ersten Nacht.

BARBARA Und du hast mich trotzdem – geliebt?

RATCLIFF Trotzdem? – Es hat das Spiel erst zur Liebe gemacht. Denn Liebe – wird nicht mit einem Wurf gewonnen.

BARBARA Ich hatte alles vergessen, außer dir. Ich wollte nichts mehr wissen.

RATCLIFF Jetzt mußt du es wissen, Barbara.

BARBARA Was?

RATCLIFF Worum es geht.

BARBARA Vertraust du mir denn? Kannst du mir denn vertrauen?

RATCLIFF *einfach* Ich vertraue dir.

BARBARA *richtet sich auf* Ich bin schwach gewesen. Verzeih mir. Ein Mensch wird schwach, wenn er allein ist.

RATCLIFF Wir sind nicht allein.

BARBARA *beugt sich zu ihm* Sag mir alles.

RATCLIFF Es wird einfach sein. Denn es hat keine zwei Seiten. Ich bin Engländer. Ich kämpfe für England. Das ist alles.

BARBARA Ich dachte, du warst für die Königin von Schottland? Ich hab sie dafür gehaßt.

RATCLIFF Das war ein Abenteuer. Und ich bin ein Abenteurer. Aber damals – hatte ich noch nicht gelernt, daß auch das Abenteuer – ein großes Ziel verlangt. Sonst wird es schal und flach. Es geht nicht um die Macht – und nicht um den Erfolg. Gewinnen oder Verlieren, das ist fast das gleiche. Es kommt auf den Einsatz an. Der aber – muß hoch genug sein, daß es sich lohnt gelebt zu haben – wann immer das Ende kommt.

BARBARA Was ist dein Einsatz?

RATCLIFF Die Zukunft. Unser großes Abenteuer ist die Zukunft. Sie allein ist den Einsatz wert. Wir bilden und formen sie, nach unseren Träumen. Sie ist die Leibesfrucht unserer Phantasie.

BARBARA *glühend* Sprich weiter.

RATCLIFF Ich bin kein Schwarmgeist. Nicht mal ein Reformator. Ich weiß es einfach, mit all meinen Sinnen und Gedanken, wohin die Zukunft stürmt. Denn sie stürmt, wie ein Schiff übers graue Meer, und hol mich der Teufel, es ist ein englisches Kaperschiff!

BARBARA Du bist kein Schwarmgeist. Aber du bist ein Dichter.

RATCLIFF Kann sein. Auch das ist Abenteuer. Und kein geringes. *Er ist aufgestanden, geht hin und her* Alle guten Engländer sind Abenteurer, und lieben die Zukunft noch mehr als sich selbst. Freibeuter und Philosophen, Dichter und Kaufleute – aber keine Spieler! Der Geist setzt nicht auf Zufall. Er trifft die ganze Zahl. – Mein Spiel mit Mary Stuart – das war Zufallswurf, in einen Weiberschoß. Und Alba, Philipp, die große Macht, die Heilige Krone, das ist alles – vorbei! Alles zerschellt, was sich ans Feste klammert. Wir aber treiben auf einem Wrack – und werden die Küste finden. Denn wir wissen die Zahl – die reine Zahl des alten Pythagoras. Unsere Königin aber, die ist kein Weib und kein Mann, die ist Geist von unsrem Geiste – und wenn sie es nicht mehr ist, dann werden wir sie schlachten und in der Brühe essen, wie eine alte Henne. Warum strahlst du so?

BARBARA Ich bin eine Frau. Ich strahle, weil du die Mary Stuart nicht mehr liebst! Und weil du die Königin von England in der Brühe essen willst. Und weil du mit der Zukunft segelst, und keine Angst vor dem Umsturz hast! Wenn das der Alba wüßte!

RATCLIFF Der weiß schon zu viel. Und was er nicht weiß, macht es noch schlimmer. Es ist höchste Zeit, daß wir ihm auskommen. Man kann auch die Täuschung nur bis zu einer bestimmten Hitze kochen, sonst platzt der Kessel. Ich sollte längst nicht mehr hier sein.

BARBARA Warum bist du noch hier –?

RATCLIFF *bei ihr, faßt ihre Hand* Seit ein paar Wochen – liegt jede Nacht ein Boot bereit, in einem versteckten Winkel der Scheldemündung. Ich werde in England erwartet. Ich muß nach England. Denn England ist in Gefahr – und ich weiß jede Ecke, in der sie lauert. Deshalb war ich hier. Das war mein Auftrag. Ich habe ihn gelöst. Ich habe die Zeit nicht vertan.

BARBARA Dann mußt du fort, Anthony.

RATCLIFF Ich gehe nicht ohne dich.

BARBARA Ist England – nicht mehr für dich?

RATCLIFF Du mußt mit mir kommen.

BARBARA Und – Karoline?

RATCLIFF Nur deshalb hab ich gewartet, damit du unbeschwert reisen kannst. Ich glaube zu wissen, wo Hoghstraate ist. Ich weiß Mittel und Wege, die beiden in Sicherheit zu bringen. Was hält dich dann noch hier?

BARBARA Nichts. Ich habe nichts, was mich hält. Ich würde mit dir über alle Meere gehn. Nur mit dir bin ich nicht allein. Nur von dir werde ich gehalten. Ich habe nie gewußt, daß es das gibt auf der Welt.

RATCLIFF Und warum zögerst du noch?

BARBARA Ich kann sie doch nicht zurücklassen, in diesem Land, allein mit ihrem Schicksal, und ganz aus ihrem Leben verschwinden – vielleicht für immer? Sie ist doch mein Kind –

RATCLIFF Einmal mußt du es doch. Sie will ihr eignes Leben, in das du nicht mehr gehörst. Weißt du das nicht? Man behält keine Eltern. Man darf keine Kinder behalten. Man kann nur – sich selbst behalten, und Halt finden, wenn man sein Leben ganz mit einem andern teilt. Auch ich habe nie gewußt, daß es das gibt auf der Welt.

BARBARA Ich weiß nicht, Anthony – ich weiß nicht – ob Er es mit uns vor hat –

RATCLIFF Wer?

BARBARA *klammert sich an ihn.*

FRAYKEN *kommt herein, zum Ausgehen gekleidet, sichtlich aufgeregt* Es ist was los. Ich wollte einkaufen – die Geschäfte sind leer, die Gewölbe geschlossen. Alles rennt in die Stadt – und es ist so still in den Straßen.

RATCLIFF Es wird eine Hinrichtung geben.

FRAYKEN Es ist anders. Es muß – was Besonderes sein. Was Ungewöhnliches. Es ist – direkt unheimlich. Und das Unheimliche ist, es sind keine Hunde mehr da.

BARBARA Keine Hunde?

FRAYKEN Ich meine, die Militärpatrouillen der Spanier, die nennt man hier so, in der Vorstadt. Es ist weit und breit keiner zu sehn, auch die Posten sind fort.

RATCLIFF Sonderbar. Ich muß fragen gehn.

FRAYKEN Ich habs versucht, man kneift die Lippen zusammen, und zuckt die Achseln – und rennt –

BARBARA Still! Was ist das –?

ALLE *stehen lauschend. Man hört ein fernes Brausen, von großen Kirchenglocken.*

FRAYKEN Das ist Sankt Gudula! Und heut ist kein Feiertag!

Das Brausen wird immer stärker, auch kommt etwas dazu, das wie ein Choral klingt, und langsam näher schwillt.

KAROLINE *kommt aus dem Park herein* Es muß etwas geschehen sein. Man hört Leute singen, und schrein!

RATCLIFF *reißt sich herum, will fort.*

BARBARA Geh nicht!!

RATCLIFF Das klingt nicht wie Gefahr –

Die Tür wird aufgerissen, der Kaplan stürzt herein, er trägt einen Arbeitskittel und schwenkt einen Bauernhut in der Hand.

HAUSKAPLAN Sankt Gudula läutet Befreiung! Wissen Sie noch nichts?

RATCLIFF *packt ihn an* Was gibts?

HAUSKAPLAN Alba zieht ab – inmitten seiner schwarzen Garde!

BARBARA Alba – zieht ab –?

HAUSKAPLAN Es heißt, er sei abgesetzt, in Ungnade gefallen, nach Spanien zurückbeordert – es muß in aller Heimlichkeit geschehen sein. Es soll ein neuer Statthalter kommen und Frieden machen. Am Rathaus ziehen sie die Freiheitsfahne auf. *Zu Karoline* Das Tribunal de Sang ist aufgelöst! Alle schwebenden Verfahren sind kassiert – Generalamnestie! Die Menge hat das Gerichtsgebäude gestürmt und verbrennt die Akten.

KAROLINE *schwankt – Barbara fängt sie auf, hält sie in den Armen.*

FRAYKEN Da muß ich hin, das muß ich sehn! *Läuft, schreiend* Freiheit! Freiheit!

RATCLIFF *ihr nachrufend* Ich dachte, Sie machen sich nichts aus Politik!

FRAYKEN *zurückrufend* Das ist keine Politik, das wird ein Volksfest! Es lebe Flandern! *Ab.*

RATCLIFF *geht rasch zu dem Wandteppich, rafft ihn hoch, zieht seinen Dolch, stößt ihn zwischen die Bretter, die Tür geht auf, er ruft* Graf Hoghstraate! Kommen Sie herauf! Die Gefahr ist vorüber! Sie werden hier gebraucht!

KAROLINE *hat sich gefaßt – läuft zu ihm* Was tun Sie denn? – Woher – wußten Sie das?

RATCLIFF *grinst* Ich kenne alte Häuser. Ich war selbst auf ein sicheres Plätzchen erpicht.

KAROLINE Und ich – ich hatte Angst vor Ihnen ... *Spontan* Verzeihen Sie mir!

RATCLIFF Keine Ursache.

HOGHSTRAATE *erscheint, verwirrt, wie geblendet.*

KAROLINE *wirft sich in seine Arme.*

BARBARA Anthony – kann es wahr sein? Glaubst du daran?

RATCLIFF Es muß wohl stimmen. Ich wußte, daß man in Spanien gegen Alba wühlt – aber ich dachte nicht, daß es so rasch dazu kommt.

BARBARA Wenn es stimmt – dann könnten wir reisen! Wir werden reisen!

HAUSKAPLAN, *der sich inzwischen verschnauft hat* Wenn ich nur meine Kleider hätte, daß ich wieder hinaus kann! Man kennt mich hier in der Gegend.

KAROLINE *zieht sie unter dem Sessel hervor* Hier! – Die hatte ich ganz vergessen!

HOGHSTRAATE, *dem Kaplan in seinen Rock helfend* Ich werde nicht vergessen – daß ich sie einmal tragen durfte.

HAUSKAPLAN *etwas geniert* Seien Sie froh, daß Sie sie wieder los sind. Sie wären zu hübsch, für einen Priester. *Er geht rasch. – Vom Hintergrund her ist ein rhythmischer Lärm angeschwollen, wie wenn, von einer schreienden Masse, bestimmte Rufe und Worte im Chor wiederholt werden. Jetzt kommt das Schreien plötzlich in bedrohliche Nähe, wird schärfer, schneidender, und gleichzeitig sieht man Ferdinand von Toledo durch den Park heranstürzen, stolpernd und rennend. Ein paar geschmissene Steine sausen hinter ihm her. Er ist mit Schmutz bedeckt, seine Uniform zerrissen, etwas Blut tröpfelt aus einer Stirnwunde.*

RATCLIFF Heda! Wir bekommen Besuch.

FERDINAND *versucht, seine normale Haltung anzunehmen, verbeugt sich vor Barbara* Madame – es handelt sich um eine schlichte Abschiedsvisite.

BARBARA Was ist Ihnen passiert, Ferdinand? Sie bluten ja!

FERDINAND Entschuldigen Sie meinen Aufzug. Ich hätte mir nie verziehen, diese Stadt zu verlassen, ohne Ihnen, in aller Freundschaft, Lebewohl zu sagen. Auch dachte ich, ob Sie jetzt nicht doch vielleicht auf einem meiner Güter in Kastilien –

BARBARA Setzen Sie sich doch! Wir müssen ihn abwaschen!

FERDINAND *unbeirrt* Sie hätten es dort immerhin mit einer disziplinierten Bevölkerung zu tun. Die Kerls benehmen sich wie die tollen Säue, in der Stadt. Man kann in Uniform nicht mehr unbelästigt über die Straße gehn. Das ist der Dank.

BARBARA Wie unvorsichtig von Ihnen, hier heraus zu kommen. Ich finde es rührend.

RATCLIFF Ich finde es imbezil. Sie bringen Madame Blomberg den Pöbel auf den Hals.

FERDINAND Den Sie vermutlich gegen uns aufgehetzt haben.

HOGHSTRAATE Sie dürfen nicht mehr hinaus! Man wird Ihnen auflauern. Man wird Sie suchen.

FERDINAND Ich habe meinen Degen.

HOGHSTRAATE Der nutzt nicht viel gegen ein paar hundert Fäuste, die sich rächen wollen.

RATCLIFF Auch nicht gegen Pflastersteine.

FERDINAND Ein Soldat muß immer darauf gefaßt sein, zur großen Armee abzutreten. Allerdings hätte ich mir die Sache anders gedacht – heroischer.

RATCLIFF Sie sollten sich ganz unheroisch verstecken.

HOGHSTRAATE Mein Versteck ist noch warm. Warum sollen wir nicht wechseln? Kommen Sie. Ich zeige Ihnen den Weg.

FERDINAND Ich danke Ihnen. Es gibt noch Kavaliere auf der Welt. Aber ich glaube, die Polizei wird bald Herr der Lage sein. Denn die Polizei bleibt spanisch – auch wenn die Regentschaft wechselt. Jetzt – möchte ich mich lieber ein wenig restaurieren – wenn Sie erlauben, Madame.

BARBARA Führ ihn ins Gastzimmer, Karoline.

KAROLINE *faßt Ferdinands Arm* Ich werde Sie verbinden und Ihren Rock flicken.

FERDINAND Ich weiß nicht, womit ich soviel Freundlichkeit verdient habe.

HOGHSTRAATE Aber wir wissen es. – Ich muß jetzt zum Rathaus. Ich werde dafür sorgen, daß das Haus geschützt wird. Geht nicht auf die Straße, bitte! Ich bringe Nachricht, sobald ich Neues weiß. *Er geht rasch, auch Karoline geht mit Ferdinand. Inzwischen ist Frayken wieder hereingekommen. Sie macht einen niedergeschlagenen Eindruck.*

BARBARA Frayken – wie steht es draußen?

FRAYKEN Es ist widerwärtig. Sie haben den Verstand verloren. Wenn sie einen Soldaten allein erwischen, trampeln sie ihn zu Tod, ganz gleich, wer er ist oder ob er was getan hat.

RATCLIFF Das ist schlimm. Es wird die Polizei auf den Plan rufen – und Standgerichte. Denn die Polizei bleibt spanisch – soviel steht fest.

FRAYKEN Und den Mädchen, die mit den Spaniern gegangen sind, schneiden sie die Haare ab und jagen sie nackt durch die Gassen. Was können die schon dafür. Ich muß die kleine Lolotte warnen, in der Wirtschaft drüben.

BARBARA Paß auf dich selber auf, Frayken! Du hast Feinde genug, sie könnten dir auch was anhängen.

FRAYKEN Ach was. Mich will keiner nackt durch die Straßen laufen sehn. Mit oder ohne Haare. *Geht.*

BARBARA Ist es nicht furchtbar, Anthony? Muß es denn immer so sein, daß ein Unrecht das andere zeugt? Und immer so weiter gehn?

RATCLIFF Es gibt ärgeres Unrecht. Das kalte, schleichende. Das hier – ist ein Schleusenbruch. Es wird sich beruhigen.

FRAYKEN *schaut noch einmal herein* Jetzt marschiert schon die Polizei draußen auf. Jetzt wirds wieder Ordnung geben. Sie sperren die Straße ab. *Geht.*

BARBARA Die Polizei –

RATCLIFF Vielleicht eine Sicherheitswache, für Ferdinand. *Man hört Taktschritte draußen.*

BARBARA Sie kommen herauf – Anthony! – Ich habe Angst um dich!

RATCLIFF Um mich? Jetzt, wo Alba fort ist? Wie kommst du darauf?

BARBARA Ich weiß nicht ... Es schnürt mir die Kehle zu ...

Die Tür wird aufgerissen. Ein Trupp Polizisten stampft herein. Sie sehen roh aus, tragen Knüppel und blanke Waffen.

RATCLIFF *tritt ihnen entgegen* Was habt ihr hier zu suchen?

EIN TRUPPFÜHRER Der ist es. *Sie fallen über Ratcliff her, der sich zu wehren versucht. Man reißt ihm die Arme auf den Rücken.*

BARBARA *schreiend* Laßt ihn los! Er ist Engländer! Er hat nichts mit dem Aufstand zu tun! Es muß ein Irrtum sein!

EIN TRUPPFÜHRER *lacht.*

BARBARA Laßt ihn los! *Rennt zur Tür* Hilfe! Ferdinand! Hilfe!

POLIZISTEN *drängen sie von der Tür weg.*

ALBORNOZ *tritt in die Tür.*

BARBARA *weicht zurück, starrt Albornoz an.*

RATCLIFF Albornoz! Befehlen Sie den Kerlen, mich loszulassen! Ihr habt kein Recht –

ALBORNOZ *nimmt ein Papier aus der Tasche, hebt es hoch* Ich verhafte Sie, im Namen des Königs.

RATCLIFF Aus welchem Grund?

ALBORNOZ Auf Grund eines Verdikts, das Ihnen den Aufenthalt in Flandern bei Todesstrafe verbietet. Sie haben dieses Verdikt mißachtet.

RATCLIFF Es ist mir nie zugestellt worden.

ALBORNOZ Ich persönlich habe Ihnen die Order bestätigt. Hier, in diesem Raum. Das kann ich auf meinen Eid nehmen.

RATCLIFF *beißt die Zähne zusammen.*

ALBORNOZ Es liegen außerdem Berichte der Madame Blomberg über Sie vor. Im Geheimdossier der Regierung.

BARBARA Das waren Scheinberichte! Ich wollte Alba hinhalten. Sie besagen gar nichts!

ALBORNOZ Es wird sich herausstellen. Wir halten sie für belastend.

BARBARA Glaub ihm nicht, Anthony.

RATCLIFF Ich glaube dir! Ich glaube dir! Ich glaube –

EIN TRUPPFÜHRER Halts Maul. *Schlägt ihn über den Kopf.*

RATCLIFF *stöhnt auf – in ohnmächtiger Wut.*

ALBORNOZ Führt ihn ab. *Ratcliff wird hinausgeschleppt.*

BARBARA *wirft sich vor Albornoz auf die Knie* Lassen Sie ihn frei! Üben Sie Gnade! Er wird noch heute das Land verlassen! Ich bitte Sie! Ich flehe Sie an! Nehmen Sie – nehmen Sie alles, was ich habe! *Reißt sich in besinnungsloser Not die Goldkette mit dem Rubin vom Hals, hält sie hoch* Nehmen Sie das! Es ist vom Kaiser –

ALBORNOZ *schaut mit kalter Befriedigung auf sie herunter.*

BARBARA Erbarmen Sie sich! Ich tue alles, was Sie verlangen! *Umfaßt seine Beine.*

ALBORNOZ Sie haben genug getan. Erinnern Sie sich? Sie haben mich fühlen lassen, daß ich ein kleiner Mann bin. Nun sehen Sie, daß Sie recht hatten. Ich bin ein kleiner Mann. Und die Rache des kleinen Mannes ist unversöhnlich. Das hätten Sie wissen sollen. Jetzt – können Sie nichts mehr tun.

BARBARA *fährt hoch, als wolle sie ihn an der Gurgel packen* Du Hund! Du Schinderknecht!

ALBORNOZ *stößt sie zurück.*

FERDINAND *kommt herein, indem er sich durch die Wachen durchdrängt, die vor der Tür postiert sind* Was ist hier los? Madame Barbara –

BARBARA Ferdinand! Helfen Sie! Helfen Sie mir!

ALBORNOZ Sie sind hier? Ihre Regimenter warten auf Abmarsch.

FERDINAND Und Sie? Was haben Sie angerichtet? Die Dame steht unter meinem Schutz!

ALBORNOZ Die Dame ist nicht bedroht. Es handelt sich um die Verhaftung und Unschädlichmachung eines Spions.

FERDINAND Wer hat Ihnen den Befehl dazu gegeben?

ALBORNOZ Niemand. Ich bin bis zur Ankunft eines neuen Gouverneurs mit der obersten Polizei- und Vollzugsgewalt in diesem Lande betraut. Wollen Sie meine Beglaubigung sehen? *Zückt ein Papier.*

FERDINAND *nimmt das Papier, starrt hinein, wendet sich betreten an Barbara, die ihn, in einer letzten, zitternden Hoffnung, anschaut* Es stimmt. Ich bin – vollständig machtlos. Ich kann höchstens versuchen, Aufschub zu erwirken, beim Staatsgerichtshof –

ALBORNOZ *lächelt* Man wird sowieso nichts übereilen. Peinliche Verhöre brauchen Zeit. Und sie werden sehr peinlich sein.

BARBARA *murmelt, wie von Sinnen* Aufschub – Aufschub – Aufschub –

FERDINAND Ich werde mein möglichstes tun … Aber ich habe Abmarschbefehl.

ALBORNOZ Sie schließen sich besser meinem Polizeikordon an. Allein würden Sie nicht zu Ihrer Truppe durchkommen.

FERDINAND Es bleibt mir nichts anderes übrig … Leben Sie wohl, Madame … Sie wissen – – Sie wissen – –

ALBORNOZ Sie weiß genug. – Kommen Sie. *Zieht ihn mit sich hinaus.*

BARBARA *wirft sich über einen Sessel, mit dem Gesicht in den Polstern, die Hände an die Lehnen klammernd.*

KAROLINE *kommt herein* Mutter! Was haben sie dir getan? Wo ist Ratcliff?

BARBARA Geh. Laß mich allein. Ich bin schuld. Ich bin schuld. Ich bin schuldig.

KAROLINE Nein! Ich verlasse dich nicht! *Beugt sich zu ihr, hebt sie auf.*

Die Glocken und der Choralgesang in der Ferne haben wieder begonnen, schwellen stärker an, auch der rhythmische Stimmenlärm von der Straße ist wieder hörbar, nur klingen die Stimmen jetzt verändert und scheinen ein anderes Wort zu rufen.

HOGHSTRAATE *kommt durch den Park, strahlend* Karoline! Barbara! Gute Nachricht! Es sind Depeschenreiter eingetroffen, der neue Gouverneur ist ernannt. Sein Name ist – Don Juan d'Austria!

BARBARA *steht ohne Bewegung.*

KAROLINE Hast du gehört, Mutter? Hast du verstanden? Don Juan wird Gouverneur!

HOGHSTRAATE Er soll den Frieden bringen, und einen Staatsvertrag mit Oranien! Es heißt, er sei schon in Luxemburg. Die Leute tanzen und jubeln in den Straßen, es wird Ovationen geben, man weiß, daß seine Mutter hier wohnt!

STIMMEN *draußen* Don Juan! Don Juan!

FRAYKEN *kommt atemlos* Barbara! Sie wollen dich auf den Schultern tragen! Du wirst die mächtigste Frau der Niederlande!

BARBARA *tonlos* Oder die ärmste.

DEMONSTRANTEN *dringen in den Park ein, an ihrer Spitze der Kaplan.*

HAUSKAPLAN Don Juan, und der Friede!

STIMMEN Don Juan! Don Juan!

BARBARA *reißt sich hoch* Packt meine Sachen. Ich muß ihm entgegen reisen!

STIMMEN *brausend* Don Juan! Don Juan!

Dritter Akt

Erste Szene

Personen: Barbara; Don Juan d'Austria; Escovedo, sein Freund und politischer Berater; Karoline; Hoghstraate; Der Narr Labeo, genannt »Die Unterlippe«; Der Leibkoch

Das Innere eines Staatszeltes, Don Juans Feldquartier bei Luxemburg. Es ist mit Purpurstoff ausgeschlagen, der seitliche Eingang mit orientalischen Teppichen doppelt verhängt. Ein rückwärtiger Schlafraum ist durch bewegliche, mit Fahnentüchern bespannte Polsterwände abgeteilt, auf denen heraldische Tiere und die Worte »DON JUAN AUSTRIACUS IMPERATORIS FILIUS DEFENSOR MARIS CHRISTIANORUM«, unter einem Kreuz und über einer aufgehenden Sonne, eingestickt sind. Eine große Seekarte, die die Nordwestküste Europas und die britischen Inseln zeigt, und eine Himmelskarte mit astronomischen und nautischen Zeichen sind an den Zeltwänden befestigt. Ein hölzerner Schiffsschnabel mit einer geschnitzten Galionsfigur, den Propheten Mohammed darstellend, ragt bis zur Decke. Sonst ist die Einrichtung dürftig, ein schmaler Tisch, ein kleiner Speisenaufsatz, ein Sekretär mit Schriftstücken, ein paar Stühle. Ein Kohlenbecken brennt in der Ecke.
Escovedo, ein Mann zwischen zwanzig und dreißig, mit sympathischem, auffallend blassem Gesicht, steht am Sekretär und ordnet Briefschaften.
Der Leibkoch kommt herein, von einem Jungen gefolgt, der ein verdecktes Tablett trägt und gleich wieder verschwindet, nachdem er es abgesetzt hat.

LEIBKOCH Das Frühstück für den gnädigen Herrn.
ESCOVEDO Was ist es?
LEIBKOCH Wie immer. Brot, Früchte und eine Omelette.
ESCOVEDO Mit aller Vorsicht zubereitet?
LEIBKOCH Von mir selbst zubereitet. Soll ich vorkosten?
ESCOVEDO Nicht nötig. Auf dich ist Verlaß.

LEIBKOCH Auf mich ist Verlaß, Herr. Aber auf wen soll ich mich verlassen? Die andalusischen Küchenjungen, die man mir anhängt – wie kann ich wissen, wer ihnen Geld zusteckt? Ich mache schon alles allein, ich möchte auch selber einkaufen, hier auf dem Land, aber der Herzog hat alles leer gefressen, bei seinem Rückzug. Vorige Woche ist mein Hund verreckt –

ESCOVEDO Der kleine Malteser?

LEIBKOCH Der kleine Malteser – an einer Wurst, die aus Madrid für die Herrschaftstafel geschickt worden war. Es war Mortadella, die Lieblingswurst des gnädigen Herrn. Gottseidank roch sie nicht mehr ganz frisch, sonst hätte ich sie dem Hund nicht gegeben.

ESCOVEDO Kann man herausbringen, wer sie geschickt hat?

LEIBKOCH Unmöglich. Sie wissen, wie das ist, Herr. Es geht durch die Hofämter.

ESCOVEDO *in Gedanken* Schade um den kleinen Hund.

LEIBKOCH Sehr schade. – Aber ich frage mich, warum trachtet man einem so gütigen Herrn nach dem Leben? Einem so gütigen Herrn?

ESCOVEDO Darauf gibt es verschiedene Antworten. Eine davon heißt: weil er ein so gütiger Herr ist.

LEIBKOCH Ja, ja, die Welt ist schlecht. Ich bitte um Vergebung. *Will gehen.*

ESCOVEDO *hält ihn zurück* Sag ihm nichts von dem Hund, verstehst du?

LEIBKOCH Ich verstehe, Herr. Er hat schon genug Sorgen.

ESCOVEDO *nickt, schlägt ihm kurz auf die Schulter. Der Leibkoch geht. Escovedo wendet sich zu der rückwärtigen Abteilung, lüpft vorsichtig den Eingangsvorhang, spricht nach hinten* Don Juan? Bist du wach?

DON JUANS STIMME Noch nicht ganz. Ich wasch mir den Schlaf aus den Augen. War schon was los?

ESCOVEDO Nichts Besonderes. Ich habe eine Abordnung der luxemburgischen Bierbrauer weggeschickt, die verlangten, daß du die Produkte ihrer weltberühmten Brasserie probieren sollst.

DON JUAN Pfui Teufel, in aller Frühe. Immerhin wäre mir der Besuch der Bierbrauer noch lieber gewesen, als was mir sonst heute bevorsteht.

Er kommt herein, das Gesicht mit einem Handtuch trocknend. Er ist groß und fast überschlank, sehr elegant in enganliegende, helle Seide gekleidet, und hat eine Art von maurischem Burnus als Morgenrock umgeworfen. Die langen blonden Locken, sorgfältig gepflegt, fallen ihm auf die Schultern. Seine Gestalt ist von elastischer Straffheit, aber seine Bewegungen sind fahrig und nervös, und wenn er nicht auf sich aufpaßt, läßt er die Schultern hängen und die Füße beim Gehen nachschleifen. Er wirkt wie ein Mensch, der gewohnt ist, immer als das Urbild unverwüstlicher Jugend zu erscheinen, und der es manchmal vergißt. Auch sein Gesicht, gewinnend und ungewöhnlich, ist das eines Jünglings, der nicht mehr ganz jung ist, obwohl erst in den Zwanzigern. Er ist fast zu schön, um männlich zu sein, doch von männlichem Ernst gefestigt und von einer heimlichen Trauer unterhöhlt. Seine Haut hält noch die Farbe eines jahrelangen Lebens in Sonne und Wind, aber sie ist wie die von pensionierten Seeleuten, ohne Glanz und Frische. Nur die Augen strahlen in einem beinah unnatürlichen Feuer und können die Wärme oder die Ratlosigkeit von Kinderaugen annehmen.

ESCOVEDO Hast du schlafen können?

DON JUAN Erst als es hell wurde. Die Nachricht von gestern abend hat mich wachgehalten. Was geht mich diese Frau an? Was habe ich mit ihr zu schaffen? Was will sie von mir? Ich kenne sie nicht. Man hört nur das Schlimmste über sie. Es ist nichts als ein Zufall, daß ich von ihr geboren wurde – und sie hat sich wacker dafür bezahlen lassen. Es gab auch Leute, die von einer Wölfin gesäugt worden sind. Darin steckt mehr Verwandtschaft, oder Verpflichtung. *Er geht unruhig auf und ab, ißt zerstreut etwas von einem Apfel, zerkrümelt ein Stück Brot.*

ESCOVEDO Verpflichtet bist du zu nichts. Aber mir scheint es günstig, daß du sie kennenlernst, bevor du in Brüssel Entscheidungen treffen mußt.

DON JUAN Ich will sie nicht kennenlernen! Ich hätte das alles lieber schriftlich erledigt... Ich bin sicher, daß die Stimme der Natur nicht sprechen wird. Nicht einmal flüstern. Vielleicht bedeuten die natürlichen Zusammenhänge überhaupt nichts – die geistigen alles? Ich wurde von Donna Maddalena erzogen – ich bin ein Spanier geworden ... Mir graust bei dem Gedanken, daß ich aus einem deutschen Krautfaß stammen soll ... Ist sie schon angekommen?

ESCOVEDO Im ersten Morgengrauen. Der Provost hat ihr ein Zelt angewiesen. Sie muß die Nacht durch gereist sein.

DON JUAN Auch diese Eile ist ungeheuer ordinär. Was für ein Glück, daß mich Albornoz gewarnt hat – sonst hätte sie mich einfach überfallen. Seine Berichte klingen fürchterlich. Sie scheint keinen ausgelassen zu haben, der eine Hose trägt – einschließlich Albas und seines einäugigen Sohnes ...

ESCOVEDO Das braucht nicht alles wahr zu sein.

DON JUAN Aber das mit dem englischen Spion ist wahr. Sonst hätten sie ihn nicht bei ihr verhaften können. Sind neue Nachrichten gekommen?

ESCOVEDO Ein versiegelter Brief mit dem Brüsseler Eilkurier. An dich persönlich adressiert. *Reicht ihm den Brief.*

DON JUAN *bricht ihn auf, liest, wirft ihn auf den Tisch* Das ist – infam. Das kann mir den Garaus machen.

ESCOVEDO Von Albornoz?

DON JUAN Er schickt mir ein Spottpamphlet, in lateinischen Versen, das an den Hochschulen gegen mich verbreitet wird. Lies diese Zeilen. –

ESCOVEDO *liest halblaut* »– Huno Caesaris filium esse satis est notum – notum – Multi tamen de ejus patrem dubitavere – vere – Verum mater satis est nota in nostra Republica – publica –«

DON JUAN Ein Zweifel an der Vaterschaft des Kaisers! Sie muß das Gerücht aufgebracht haben! Wenn sie behauptet, meine Abstammung sei ungewiß – dann wäre ich erledigt.

ESCOVEDO Warum sollte sie das behaupten? Was hätte sie davon?

DON JUAN *verstört* Ich weiß es nicht ... Aber es ist ihr alles zuzutrauen ... Der Kaiser muß Gründe gehabt haben – daß er so wenig für sie getan hat ...

ESCOVEDO Er hat sich auch um Johanna van der Gheest wenig gekümmert – und Margarete war seine Lieblingstochter. Ich glaube, er hat Menschen leicht vergessen. –

DON JUAN Jedenfalls muß man sie unschädlich machen, bevor sie das Ärgste anrichten kann. Aber wie? Ich kann meine öffentliche Laufbahn in diesem Lande nicht damit beginnen, daß ich meine Mutter einsperren lasse!

ESCOVEDO Vielleicht hat Philipp einen Rat. Man muß an Perez schreiben ...

DON JUAN Philipp! Der hat gewußt, was er mir angetan hat. Warum bestand er darauf, daß ich hierher gehe? Und Perez war der erste, der meine mütterliche Abkunft aufgebracht hat, als ich mich um das Königreich Neapel bewarb. Von dort kommt keine Hilfe.

ESCOVEDO Soll ich sie holen lassen? Es ist besser, du hast das hinter dir.

DON JUAN Noch nicht! Ich muß mich beruhigen. Ich muß meine Nerven in der Gewalt haben. Ruf lieber die Unterlippe. Vielleicht bringt sie mich zum Lachen. Ich muß versuchen, über der Situation zu stehen.

ESCOVEDO *ruft aus dem Eingang* Labeo!

DER NARR LABEO *kommt herein. Er ist ein alter Mann mit hängenden Lippen, hängender Nase, hängenden Tränensäcken. Er ist nicht wie ein Narr gekleidet, sondern trägt einen verschabten Scholarenrock und wirkt mehr wie ein heruntergekommener Philosophieprofessor. Er macht eine rheumatische Verbeugung* Mein gnädiger Herr –

DON JUAN *hat sich an den Speisetisch gesetzt, ohne zu essen* Erzähl mir was, Labeo. Weißt du einen guten Witz, eine lustige Anekdote?

DER NARR LABEO *schüttelt traurig den Kopf* Mir fällt nichts mehr ein, Herr. Mir fällt gar nichts mehr ein. Besonders am Vormittag ... Da ist mein Kopf ganz leer. Und der Magen auch. Ich habe noch nicht gefrühstückt. Der Koch wirft mich hinaus ... Mach einen neuen Witz, Unterlippe – erzähl eine neue Geschichte – oder es gibt nichts. Es ist ein hartes Leben. Mir fällt wirklich nichts mehr ein, mir fällt höchstens was aus, das

Haar nämlich und die Zähne – aber den Witz habe ich auch schon mehr als hundertmal gemacht. Ich bin ein alter Mann, Herr. Ich bin gallenleidend...

DON JUAN *lächelnd* Deshalb bist du doch noch der beste der Narren, wenn auch nicht mehr der witzigste.

DER NARR LABEO Und wenn ich mir mit dem Daumen die Lippe herunterziehe und den Kaiser Karl nachmache – da lacht heute keiner mehr. Früher war das anders. Ich weiß, Sie behalten mich nur noch aus Pietät – weil ich schon bei Ihrem Herrn Vater war... Den Kaiser habe ich oft genug zum Lachen gebracht, obwohl das gar nicht so leicht war. Aber jetzt! Aber jetzt! Mir scheint, es gibt nichts zu lachen...

DON JUAN Traurig, aber wahr.

DER NARR LABEO In Mecheln haben sie fünfhundert Ketzer verbrannt. In Loewen haben sie fünfhundert Papisten geschunden... Das ist keine Zeit für Narren, Herr – wenn alle verrückt sind...

DON JUAN Und du sagst, dir fällt nichts mehr ein? Das war genug für ein Frühstück und eine Flasche Burgunder. *Gibt ihm ein Geldstück* Hier. Und sag dem Provost, er möge die Dame kommen lassen.

DER NARR LABEO Danke, gnädiger Herr. Ich bitte um Nachsicht. Mir fällt nichts mehr ein... *Er schlurft hinaus.*

DON JUAN Recht aufheiternd, Escovedo... Aber es hat mich ein wenig – balanciert. Es gibt noch einfallslosere Narren auf der Welt als mich selber. Vielleicht fällt mir jetzt etwas ein... Sag, wie benimmt man sich? Wie redet man sie an?

ESCOVEDO Ich würde alles vom Augenblick abhängig machen – und davon, wie sie sich benimmt.

DON JUAN Ich habe nie etwas Peinlicheres erlebt. Sie wird mir gewiß ein schreckliches Theater vormachen. Sehe ich ordentlich aus? Sie ist immerhin eine Frau. *Er wirft seinen Burnus ab, fährt sich über die Haare.*

ESCOVEDO Keine Sorge, du wirst ihr gefallen... Soll ich gehn?

DON JUAN Nein, bleib um Gottes willen! Laß mich nicht allein! Sie könnte auf die Idee kommen, mir um den Hals zu fallen.

EIN BEDIENTER *lüpft den Eingangsvorhang.*

BARBARA *kommt herein. – Sie trägt ein einfaches, dunkles Reisekostüm mit langen Ärmeln. Sonst ist sie äußerlich unverändert, nur etwas blaß. Nach einem kurzen Blick auf Don Juan und Escovedo, die sie, nah beieinander stehend, erwarten, geht sie langsam auf Don Juan zu, neigt den Kopf ein wenig und reicht ihm die Hand.*

DON JUAN *nimmt ihre Hand, beugt sich, nach einem kleinen Zögern, zu einem formellen Kuß darüber, ohne sie mit den Lippen zu berühren, dann richtet er sich auf, läßt ihre Hand los, schaut sie an.*

BARBARA *mit einer leisen, aber festen Stimme* Es ist schwer, das erste Wort zu finden. Für Sie wohl noch schwieriger als für mich. Deshalb erlauben Sie, daß ich das Gespräch beginne. Denn ich habe es gesucht.

DON JUAN *vorstellend* Don Escovedo, mein Freund und Adjutant. *Nach einem zögernden Blick auf ihn* Wenn Sie aber wünschen sollten, mit mir allein zu sprechen?

BARBARA Ich möchte keine solchen Wünsche äußern. Es steht alles bei Ihnen. Ich bin gekommen, um mich Ihrer Gnade anzuvertrauen. Glauben Sie nicht, daß ich verwandtschaftliche Rechte geltend machen will. Wenn es möglich wäre – würde ich Sie bitten, zu vergessen, daß wir durch eine nahe Beziehung – verbunden sind. Sie wurde zu früh zerstört, um für Ihr Leben etwas zu bedeuten. Ich komme nicht deshalb. Ich bin Ihnen entgegengeeilt, ohne Ihren Einzug in Brüssel abzuwarten – nicht weil ich Ihre Mutter bin – die ich Ihnen nicht sein durfte. Sondern als eine Frau – in einer großen Not. *Sie schweigt, wie nach einer schweren Anstrengung.*

DON JUAN *nach einer kurzen Überlegung* Nun ist das Wort gefallen. Sie sind meine Mutter. Vergessen kann und will ich das nicht. Der Pflichten, die mir daraus erwachsen, bin ich mir bewußt. Ich werde versuchen, sie zu erfüllen. – Aber die Gnade, die Sie erwähnt haben, ist ein bedenkliches Göttergeschenk. Es ist nicht meine Gnade, sondern die meiner Stellung. Und mit ihr muß ich geizig sein, wie ein Mann, der ein fremdes Vermögen zu verwalten hat. Ich bitte Sie daher, nicht zu viel von mir zu erwarten.

BARBARA *impulsiv* Ich erwarte von Ihnen, daß Sie ein Mensch sind... nicht mehr, nicht weniger. *Leise* Ich weiß, daß meine Person für Sie – mit einem bösen Verdacht belastet ist. Ich bitte Sie, mir – *Bricht ab. Nach einer Pause* Lassen Sie mir etwas Zeit. Ich hab mir wohl doch – zuviel zugetraut. *Sie wendet sich ab.*

ESCOVEDO *nach einem Blick auf Don Juan, geht leise hinaus.*

DON JUAN *in gleicher Distanz von ihr* Wollen wir uns nicht setzen?

BARBARA *wieder ganz beherrscht* Nein, lassen Sie mich stehen. Ich will mich nicht gehen lassen. Ich will Ihnen mein Anliegen vortragen – so kurz und sachlich, wie Sie es wünschen können.

DON JUAN *immer noch kühl, aber mit einer unwillkürlichen Freundlichkeit* Ich muß gestehn – ich habe Sie mir ganz anders vorgestellt.

BARBARA *mit einem leisen Lächeln* Hatten Sie nicht ein Bild von mir?

DON JUAN Ich hielt es für geschmeichelt. Aber es war – unvorteilhaft.

BARBARA Sie sind sehr gütig. Ich wollte, ich könnte Ihnen – mein Inneres zeigen, wie man ein Uhrwerk aufklappt. Aber das geht leider nicht. Das Innere eines Menschen ist nie das gleiche, und vielen Wandlungen unterworfen.

DON JUAN Deshalb muß man sich wohl – an die Tatsachen halten.

BARBARA Oder an sein Gefühl. Denn Tatsachen und Tatsachenberichte sind oft sehr irreführend. Ich nehme an, Albornoz hat Sie mit Berichten versorgt.

DON JUAN *zuckt die Achseln* Das ist seine Aufgabe.

BARBARA Sie wissen also, daß man einen Mann in meiner Wohnung verhaftet hat – der mir sehr nah steht. Man hält ihn unter einem Vorwand gefangen, der nicht stichhaltig ist. Und man bedroht sein Leben – aus Gründen persönlicher Rachsucht.

DON JUAN Es liegt, soviel ich weiß, ein Verdikt der Krone gegen diesen Mann vor –

BARBARA – das Herzog Alba nicht in Kraft setzte. Und Herzog Alba allein hatte die Vollzugsgewalt in diesem Lande.

DON JUAN Wie waren Ihre Beziehungen zu Herzog Alba?

BARBARA Ich habe ihn ein einziges Mal gesehen, bei einer Unterredung, die er herbeigeführt hatte.

DON JUAN Das entspricht seinen Aufzeichnungen. Und Alba pflegt alles aufzuzeichnen. Die Berichte des Albornoz klingen anders.

BARBARA Bringen Sie mich nicht in die Lage, mich gegen solche Berichte verteidigen zu müssen. Sie wissen selbst, daß es gegen Verleumdungen keinen Beweis gibt – als den des Glaubens. Wenn Sie mir Glauben schenken, brauchen wir darauf nicht einzugehen. Wenn Sie mir nicht glauben wollen, kann ich Sie nicht überzeugen.

DON JUAN Sie haben gesagt, Sie erwarten von mir, daß ich ein Mensch sei... das heißt, Sie nehmen es an. Ich erwarte von Ihnen – das gleiche. Ich nehme nicht an, daß Sie Ihren Sohn – belügen werden.

BARBARA Sie werden von mir kein unwahres Wort hören. – Ich liebe diesen Mann – und es gibt keinen anderen in meinem Leben. – Sein Tod wäre für mich – die Vernichtung. Ich bitte Sie um sein Leben und seine Freiheit. Ich habe keine andere Bitte an Sie.

DON JUAN Sie verlangen sehr viel. Dieser Mann ist ein Engländer. –

BARBARA Ist das ein Grund, ihn umzubringen?

DON JUAN Er steht im Verdacht, für England zu arbeiten.

BARBARA Arbeiten Sie nicht für Spanien?

DON JUAN In einem fremden Lande.

BARBARA Das tut jeder auswärtige Diplomat.

DON JUAN Und jeder Spion.

BARBARA Man hat ihm keine Spionage nachgewiesen.

DON JUAN Der Verdacht genügt, um ihn festzuhalten. England ist unser Feind.

BARBARA Wir sind nicht im Krieg mit England!

DON JUAN Aber wir werden es sein.

BARBARA Wünschen Sie diesen Krieg, Don Juan? Und warum wünschen Sie ihn?

DON JUAN Das ist eine überraschende Frage. Natürlich bin ich für diesen Krieg, das heißt, ich wünsche ihn nicht – aber er ist unvermeidlich.

BARBARA Unvermeidlich?

DON JUAN Unvermeidlich. Zwischen England und uns – klafft ein Gegensatz, der sich nicht überbrücken läßt. Wir leben anders, wir denken anders, wir beten anders – und wir wollen die Schätze der Erde anders verwalten. Nie wird der eine sicher sein, solange der andere stark ist. Es ist kein Platz für beide – in einer Welt.

BARBARA Ich glaube, die Welt ist so geschaffen, daß viele darin Platz haben. Auch viele Gegensätze. Ihr werdet sie niemals über einen Kamm scheren.

DON JUAN Wenn wir es nicht tun, tut es der Gegner. Und wir sind dazu berufen, durch Gott und unsere Geschichte.

BARBARA Warum ist Ihr Vater nach San Yuste gegangen? Weil er gelernt hatte, daß die Geschichte ein Meer ist und ihre Gezeiten hat. Wer sie als Kompaß benutzt, der wird von ihr verschlungen. Denn sie weist ins Vergangene. Aber es geht nur um die Zukunft.

DON JUAN Von der Zukunft reden Tollköpfe und Phantasten –

BARBARA Denen sie gehört!

DON JUAN – mir langt die Gegenwart. Unser Tag ist kurz. Man muß ihn zureiten wie ein junges Pferd. *Er weist auf den Schiffsschnabel* Sehen Sie das? Es war das Flaggschiff Mehmed Alis, des türkischen Admirals. Ich habe es selbst gerammt und bin mit dem Säbel auf sein Deck gesprungen. Auch dort gab es keinen Platz für beide auf der Welt. Man nennt mich den Verteidiger der christlichen Meere. Den Retter des Abendlandes. Die christlichen Länder aber muß ich erst erobern – um sie zu retten und zu einen.

BARBARA Das heißt, Sie wollen den Angriffskrieg gegen England.

DON JUAN In meinen Augen ist es ein Verteidigungskrieg.

Würde Philipp nicht zögern, so hätten wir ihn schon gewonnen. Er glaubt, Geld zu sparen, wenn er nicht aufrüstet – aber es wird mehr Geld kosten. Und mehr als Geld. Es wird uns die Weltmacht kosten und das Leben – falls ich nicht handle! Nennen Sie das einen Angriffskrieg?

BARBARA Sie sind also entschlossen, zu handeln – um das zu erhalten oder zu erobern, was Sie die Weltmacht nennen. Für wen? Für Ihr Volk oder für sich selber?

DON JUAN *betroffen* Für das Volk natürlich. Ich selbst habe überhaupt keine Macht. Deshalb kann ich dem Volk nicht nutzen und nicht helfen. Deshalb ist all das Vertrauen, das Europa in mich setzt, eine leere Idolisierung. Ohne Macht bin ich weniger als dieser hölzerne Prophet! Ich muß zur Macht kommen – zu einer Krone, die mir den Rechtstitel gibt, das Recht wiederherzustellen. Auch in diesem Land und in meinem eignen, in dem Unterdrückung herrscht.

BARBARA Würden Sie das Recht auch für die wiederherstellen, die anderen Glaubens sind?

DON JUAN Ich bin für den rechten Glauben. Aber ich würde versuchen, Toleranz zu üben. Ich liebe keine Blutgerichte und keine Scheiterhaufen.

BARBARA Sie lieben sie nicht. Aber Sie werden sie nicht auslöschen. Nicht – mit Ihren Plänen.

DON JUAN Was wissen Sie von meinen Plänen?

BARBARA Daß sie verderblich sind, Don Juan – falls es die sind, die ich meine. Sie sind nicht so geheim, wie Sie glauben. Alba kennt Ihren Entwurf, und er wird ihn in Spanien vorlegen.

DON JUAN Welchen Entwurf?

BARBARA Die Mary Stuart mit Waffengewalt zu befreien, sie zu heiraten und die schottische Krone über die englische zu setzen, um sie dann mit der spanischen zu vereinen.

DON JUAN Es ist mir nicht neu, daß dieser Plan verraten ist. Aber es macht ihn nicht schlechter. Warum halten Sie ihn für verderblich?

BARBARA Ich weiß nicht viel von Politik – aber vielleicht weiß eine Frau und eine Mutter, wo, für den Mann, das Verderbliche anfängt. Denn Männer laufen immer gern im Labyrinth, und die Frauen müssen den Garnknäuel spinnen, damit sie zurückfinden. Sie sind nicht zum Abenteurer gemacht, Don Juan. Und Sie dürfen sich nicht in ein zweifelhaftes Abenteuer verstricken, das keine Zukunft hat. Vielleicht werden Sie denken, ich sei nicht die richtige Instanz, um Sie vor zweifelhaften Frauen und Abenteuern zu warnen. Aber das ist etwas anderes. Der Kaisersohn darf nicht zum Glücksritter werden, wie ein Darnley oder ein Bothwell. Sie haben im Mittelmeer das Abendland gerettet. Wollen Sie es in der Nordsee verspielen?

DON JUAN Wie sind wir auf dieses Gebiet gekommen? Warum spreche ich mit Ihnen – über solche Dinge?

BARBARA Weil es das ist, worüber Sie mit sich selbst sprechen.

DON JUAN *mit einem plötzlich, kindlichen Lachen* Was für eine infam gescheite Frau Sie sind.

BARBARA Finden Sie es infam, wenn eine Frau gelernt hat, zu denken? Ich mußte es lernen. Vielleicht denke ich in Gemeinplätzen, wie man im Volke denkt. Aber nach einer Weile – behält das Volk immer recht. Sie sollten nicht versuchen, Don Juan, die Welt mit Gewalt zu einen. Bleiben Sie auf Ihrer Seite der Welt – und machen Sie sie besser.

DON JUAN *von ihr weggewandt, mit abwesendem Blick auf die Seekarte starrend* Besser, besser, besser. Wissen Sie, was der Zweifel ist?

BARBARA *langsam* Der Zweifel – ist eine heilige Kraft. Er allein kann uns zum Glauben führen.

DON JUAN *wendet sich scharf zu ihr um* Ich habe auf den türkischen Galeeren zwölfhundert christliche Sklavenkinder befreit. –

BARBARA Die ganze Welt sprach von dieser Tat.

DON JUAN Von dieser Tat... Manchmal denke ich, sie wäre besser ungetan geblieben. Vielleicht wären sie in den Serails recht glücklich geworden. Jetzt erzieht man sie in spanischen Klöstern. Wer weiß, was besser ist auf der Welt? Wer kennt Gottes Willen?

BARBARA Man kennt seinen Willen nicht. Aber es kommt in jedem Leben der Augenblick, in dem man ahnt, was er nicht von uns will.

DON JUAN *abrupt* Wenn ich nun diesen Engländer freilasse – weil Sie meine Mutter sind – *Er wehrt mit der Hand einen Einspruch von ihr ab* – ja, deshalb allein – und weil – weil es mir lieb ist, daß Sie meine Mutter sind – *Er bricht fast erschrocken ab.*

BARBARA *schaut ihn an in angstvoller Spannung.*

DON JUAN Wenn ich ihn also freilasse – was wird weiter geschehn? Was haben Sie vor?

BARBARA *zögernd* Ich hatte daran gedacht, mit ihm nach England zu gehn.

DON JUAN Warum sagen Sie: ich hatte daran gedacht?

BARBARA Weil ich – begonnen habe – zu zweifeln.

DON JUAN Wann?

BARBARA In dieser Minute.

DON JUAN Sie haben mich – vor meinen Plänen gewarnt. Sie hatten recht, es war fast wie ein Selbstgespräch. Darf ich es weiterführen? Darf ich davon sprechen, was mir in diesem Lande bevorsteht? *Er geht auf und ab* Man hat mich hierher geschickt, um mich kaltzustellen. Wer? Mein Bruder Philipp, der mich einmal geliebt hat, wie er seinen Vater liebte, und der mich haßt, wie er sich selber haßt. Ich bin hier auf einen verlorenen Posten gestellt, ohne Macht, ohne Geld, ohne Heer. Ich soll mich hier ruinieren. Der Friede, dessen Abschluß man von mir erwartet, wird eine Farce sein. Jeder Grenzgendarm, jeder Dorfgeistliche, jeder Gassenjunge kann ihn brechen. Und ich trage für alles die Verantwortung, das Volk, das mich heute mit Jubel begrüßt, wird mich morgen bespucken. Ich lebe nicht auf dem Land, ich beschlagnahme keine Häuser, ich lasse keine Bauernhöfe plündern... aber jedes Wort, das ich rede, jeder Schritt, den ich tue, wird auf die grausamste Waage gelegt werden. Und Sie, meine Mutter, sind das Zünglein an dieser Waage.

BARBARA *steht mit gesenkten Augen.*

DON JUAN Was wird man sagen, wenn Sie nach England gehen? Ins Lager unserer Feinde? Kann ich – darf ich – Ihnen dazu verhelfen? Schon wenn ich diesen Mann begnadige, wird man mir Korruption vorwerfen. Und was wird geschehn, wenn wir beide in Brüssel sitzen? Verstehen Sie mich recht – ich hätte persönlich – nichts mehr dagegen. Aber es wird, in jedem Fall, ein unaufhörlicher Anlaß zu Verdächtigungen und Wühlereien sein. Sie kennen ja die Verhältnisse.

BARBARA *leise* Ich kenne die Verhältnisse.

DON JUAN Kennen Sie das? *Nimmt das Spottgedicht vom Tisch, hält es ihr hin.*

BARBARA *schaut hinein* Ist es Latein? Ich verstehe es nicht.

DON JUAN Ein erster Gruß von seiten der Humanisten. Es ist darin von Ihrem Lebenswandel die Rede, den man als – öffentlich bezeichnet – und meine Abstammung von Kaiser Karl wird in Zweifel gesetzt.

BARBARA *fährt auf* Das ist – unmöglich!

DON JUAN Offenbar nicht, nach den Quellen der Verfasser. Ich werde als die Frucht mehrerer Väter bezeichnet. –

BARBARA Wer kann – eine so schändliche Lüge in die Welt setzen?!

DON JUAN Albornoz behauptet, daß Sie die Urheberin seien.

BARBARA Dann kann er nur selbst der Urheber sein! Das ist seine Methode! Er ist Ihr Feind, wissen Sie das nicht? Sie sind ihm im Wege. Er wollte Gouverneur werden – er hofft noch immer darauf. Er wird alles tun, um Ihre Stellung zu untergraben.

DON JUAN Ich werde das untersuchen – und mich zu wehren wissen. – Sie haben also – nichts mit diesen Gerüchten zu tun?

BARBARA Glauben Sie, ich würde mich selbst erniedrigen?

DON JUAN *schaut sie an* Nein – das würden Sie nicht. – Es ist gut, daß wir nicht früher darauf zu sprechen kamen – bevor ich Sie kannte. –

BARBARA *faßt sich plötzlich ans Herz, setzt sich auf einen Stuhl.*

DON JUAN Fehlt Ihnen etwas?

BARBARA Geben Sie mir etwas zu trinken.

DON JUAN *schenkt rasch etwas aus einer Karaffe ein, bringt es ihr.*

BARBARA, *ohne ihn anzuschauen, trinkt ein paar Schluck. Sie ist sehr blaß.*

DON JUAN *beobachtet sie besorgt* Ist Ihnen jetzt wohler?

BARBARA *holt Atem. Nach einer Pause – ruhig* Ich werde nach Spanien gehn.

DON JUAN *steht vor ihr, die Hand auf den Tisch gestützt, schaut auf ihr Haar.*

BARBARA Sobald Ratcliff sicher unterwegs nach England ist.

DON JUAN *leise* Ist er dir so viel wert?

BARBARA Er ist mir so viel wert. Auch du bist mir so viel wert.

DON JUAN *beugt sich über sie, hebt sie empor, nimmt sie in die Arme* Mutter!

Er küßt sie auf die Stirn.

BARBARA *birgt das Gesicht an seiner Schulter. Dann tastet sie mit der Hand hoch, fährt über seine Haare und sein Gesicht. Dann macht sie sich los, geht ein paar Schritte, dreht sich zu ihm um, mit einem leichten Lächeln* Hast du einen Spiegel hier? Ich glaube, ich sehe alt aus.

DON JUAN In meinem Schlafraum … Willst du allein sein?

BARBARA Nur – meine Haare richten.

DON JUAN Du findest alles drinnen – *Hebt den Eingangsvorhang.*

BARBARA Danke. *Geht hinein.*

DON JUAN *läßt den Vorhang fallen, steht einen Augenblick – dann geht er zum Ausgang, ruft leise* Escovedo!

ESCOVEDO *kommt herein* Nun? Wie ist es gegangen?

DON JUAN *antwortet nicht. Nimmt ein paar Schriftstücke auf, legt sie wieder hin* Escovedo – du mußt sofort nach Brüssel voraus fahren. Ich glaube, Albornoz arbeitet gegen uns. Du mußt das untersuchen und, wenn es stimmt, ihn kaltstellen, nötigenfalls verhaften lassen, bevor ich einziehe. Und dann habe ich noch – eine andere Mission für dich – die sehr geheim ist. Ich sag es dir später.

ESCOVEDO Und deine Mutter?

DON JUAN Sie wird – nach Spanien gehn.

ESCOVEDO Nach Spanien!

DON JUAN Es ist ihr eigener Entschluß.

BARBARA *kommt zurück. Sie hat ihr Gesicht aufgefrischt, sieht weniger blaß aus und ist völlig gefaßt* Ich muß etwas – gestehn. Ich wollte nicht gern allein reisen – meine Tochter Karoline hat mich begleitet und ihr Verlobter. Darf ich sie dir vorstellen? Ich weiß, es ist eine Zumutung – soviel Familie auf einen Schlag.

DON JUAN Besser auf einen Schlag als in kleinen Portionen. Willst du sie holen, Escovedo?

ESCOVEDO Gern. *Geht.*

BARBARA Du hast gewiß schon von Graf Hoghstraate gehört.

DON JUAN *deutet auf den Schreibtisch, macht die Geste eines Aktenstoßes in seiner Hand* So viel Papier.

BARBARA Du wirst ihn mögen. Selbst wenn er ein Feind ist – ist er ein guter Feind.

DON JUAN Vielleicht kann er ein Freund werden. Ich brauche Freunde – besonders in seinem Lager.

BARBARA Sie hatten es nicht leicht. Sie waren beide sehr tapfer.

DON JUAN *nickt – schaut sie an* Escovedo wird noch heute nach Brüssel reisen – und alles in Ordnung bringen.

BARBARA Mit Ratcliff?

DON JUAN Mit Ratcliff – und mit Albornoz.

BARBARA Dann werde ich bald fahren. – Am besten zu Schiff?

DON JUAN Mit dem sichersten und bequemsten der Flotte. Und dann – ich werde dir einen Brief an meine Mutter mitgeben –

BARBARA *lächelt.*

DON JUAN – an meine Pflegemutter, verzeih, ich habe sie immer so genannt.

BARBARA Du sollst sie auch weiter so nennen.

DON JUAN Sie wird dich – mit aller Liebe empfangen. Sie ist eine wundervolle Frau. Du sollst – in ihrer Nähe leben – und ihr meine Grüße bringen – falls ich sie nicht mehr sehe.

BARBARA Warum solltest du sie nicht mehr sehen? – Ist sie sehr alt?

DON JUAN *zuckt die Achseln – schweigt.*

ESCOVEDO *kommt mit Karoline und Hoghstraate herein.*

HOGHSTRAATE *verbeugt sich kurz vor Don Juan.*

DON JUAN *erwidert seine Verbeugung. Dann geht er auf Karoline zu, nimmt sie bei den Händen, schaut sie an – mit einer großen, gewinnenden Herzlichkeit* Ich habe mir immer eine Schwester gewünscht... Und so – hätte ich sie mir gewünscht. *Küßt sie auf die Stirn.*

KAROLINE Ich bin sehr glücklich – einen Bruder zu finden.

DON JUAN Ich hoffe, wir werden oft zusammen sein. Wir haben eine ganze Jugend nachzuholen.

KAROLINE Wir sind noch jung.

DON JUAN *wendet sich an Hoghstraate* Und Sie, Graf Hoghstraate, sind mir sehr willkommen. Ich hätte auch ohnedies Ihre Bekanntschaft gesucht. Ich möchte Sie, mit besonderen Aufträgen, zu Oranien schicken.

HOGHSTRAATE Zu Oranien?

DON JUAN Ich will mit ihm zur Verständigung kommen. Ich brauche dort einen Unterhändler, dem beide vertrauen können. Und Sie sind bei ihm – was auch geschehen mag – am richtigen Platz.

HOGHSTRAATE Ich werde Ihr Vertrauen nicht enttäuschen, Sire.

DON JUAN Wir wollen allein darüber sprechen – Sie bleiben doch hier, als meine Gäste?

KAROLINE Wir hatten vor, in Brüssel unser Aufgebot zu bestellen.

DON JUAN Das werde ich besorgen. Es ist das Vorrecht des Bruders, der Schwester die Hochzeit zu richten. *Zu Barbara* Wenn du erlaubst?

BARBARA Du könntest nichts Schöneres für mich tun.

DON JUAN *zu Hoghstraate gewandt* Nun wollen Sie sich gewiß hier einrichten? Der Provost wird Ihnen behilflich sein. Ich darf Sie später erwarten?

HOGHSTRAATE Jederzeit. Ich danke Ihnen für Ihre Großmut.

DON JUAN *küßt Barbaras Hand* Leb wohl, Mutter.

BARBARA Leb wohl. *Sie geht mit Karoline und Hoghstraate.*

DON JUAN Bleib, Escovedo. *Er hängt sich in seinen Arm, geht mit ihm auf und ab* Es ist merkwürdig. Es ist doch kein Zufall, von wem man geboren ist... Und ich dachte – hätte sie mich nur mit einem Schuhmacher bekommen! Hätte ich nie an den Wolken des Himmels genascht!

ESCOVEDO Dann wärst du ein anderer.

DON JUAN Ja – dann wär ich ein anderer.

DER NARR LABEO *steckt seinen Kopf durch den Eingangsvorhang, wischt sich mit dem Teppichzipfel die Augen.*

ESCOVEDO Was hat die Unterlippe?

DON JUAN Sie weint ja!

DER NARR LABEO Ach, gnädiger Herr. Ich habe die Dame gekannt – vor einem Vierteljahrhundert. Sie ist jünger geworden... Und Sie, mein Herr, werden älter! Ach, wie schön und traurig ist unser Leben. Man könnte närrisch werden... Mir fällt nichts mehr ein.

DON JUAN Dann geh und sauf dich voll. *Wirft ihm ein Geldstück zu.*

DER NARR LABEO *es auffangend* Es nützt nichts. Mir fällt auch im Rausch nichts mehr ein.

DON JUAN Aber er bringt dich zum Schlaf und zum Schweigen.

DER NARR LABEO Ja, Herr. Das ist das beste. Könnten wir nur unser Leben verschlafen, um in der Ewigkeit nicht aufzuwachen. Ich werde auf Ihren Schlaf trinken, mein Herr. *Geht.*

DON JUAN Wozu halt ich mir einen Narren, wenn er mich noch trauriger macht? Wozu hat mein Vater ihn sich gehalten? Ich bin überzeugt, es ist ihm nie etwas eingefallen.

ESCOVEDO Vielleicht hat der Kaiser ihn gerade deshalb geschätzt. Es ist nicht gut, wenn einem Narren etwas einfällt.

DON JUAN Sag, Escovedo – hast du Angst vorm Tod?

ESCOVEDO *zuckt etwas zusammen* Vorm Sterben wohl mehr als vorm Tod.

DON JUAN Man sagt, daß Menschen sterben, wenn sie sich selbst begegnet sind. Arme Mutter. Mir ist, als hätte ich meinen Todesengel gesehen. Hätte ich nur eine Frau. Ich möchte nicht allein sterben.

ESCOVEDO Wer denkt ans Sterben?

DON JUAN *geht zu dem Kohlenbecken, hält die Hände darüber* Ich habe kalte Finger.

ESCOVEDO Es ist Herbst.

DON JUAN Ja, es ist Herbst.

Zweite Szene

Personen: Barbara; Frayken; Maddalena de Ulloa, Don Juans Pflegemutter; Marques de la Mota, ihr Bruder; Der Haushofmeister

Empfangsraum im Schloß Villagarcia bei Valladolid. Wände aus grauen Steinquadern mit ein paar angedunkelten Bildern und Waffen. Nüchterne, steife Einrichtung. Überm Kamin, von den anderen Bildern isoliert, und als einziges in starken, hellen Farben leuchtend, hängt ein Porträt Don Juans, das ihn in ganzer Gestalt, auf der Brücke seines Flaggschiffs, darstellt. Ledergebundene Bücher auf Simsen und Wandregalen. Im Hintergrund ein hohes Erkerfenster.

Maddalena de Ulloa an einem Stehpult, vor einem aufgeschlagenen Buch. Sie ist eine schöne alte Dame, schlank, mit weißem Haar und sehr feinen Händen. Sie trägt ein dunkles Samtkleid mit Spitzenbesatz und benutzt beim Lesen eine Lorgnette, die an einer dünnen, um den Hals gelegten Silberkette hängt. Der Marques de la Mota steht am Erkerfenster. Er ist ein älterer Herr von besonders gutem Aussehen, auf das er besonders großen Wert legt – grauhaarig, aber noch straff und rüstig, mit sonnengebräunter Haut, scharfen hellen Augen und einem kurzen, gepflegten Spitzbart. Sein Hausrock ist eine schwarz verschnürte Litewka, elegant geschnitten und mit Silbermünzen beknopft.

Es ist Nachmittag. Durch das angelehnte Fenster fällt noch genügend Licht, aber am Stehpult ist bereits eine Lampe angezündet. Ein spärliches Holzfeuer brennt im Kamin.

MARQUES Jetzt geht schon die Sonne weg. Ich hoffe, der Wagen kommt noch bei Tageslicht übern Berg. Die Straße ist voller Löcher seit dem großen Herbstregen.

MADDALENA Es wird Zeit, daß man sie ausbessert. Ich traue mich nicht mehr, in die Stadt zu fahren. Man denkt immer, die Brücke über der Schlucht wird zusammenbrechen.

MARQUES Sobald die Tage länger werden. Sonst wird zu wenig getan. Ich muß die Arbeiter für die ganze Woche bezahlen. Für Stundenlohn kommt keiner mehr, heutzutage. Die Leute werden immer anspruchsvoller.

MADDALENA *lächelnd* Das habe ich schon unseren Vater sagen hören. Und dann meinen Mann, so lang er lebte. Die Leute werden vermutlich seit Erschaffung der Welt immer anspruchsvoller.

MARQUES Und das nennt man dann: Fortschritt.

MADDALENA Nun ja. Sonst würden wir noch in Fellen gehn.

MARQUES Man kann jedenfalls nicht behaupten, daß wir, die Herrschaft, unsere Ansprüche sehr hoch schraubten.

MADDALENA Wir haben es auch nicht so nötig. *Beugt sich über ihr Buch.*

MARQUES Was liest du denn?

MADDALENA Die neue Weltgeschichte, die aus England gekommen ist.

MARQUES Interessant?

MADDALENA Außerordentlich. Sie stellt alles vollständig anders dar, als wir es gelernt haben.

MARQUES Gewiß im Sinne der Tudors und der Reformation.

MADDALENA Nicht einmal. Mehr im Sinne der Humanität. In London soll auch ein Traktat gegen die Todesstrafe erschienen sein, von einem der Hofgelehrten.

MARQUES Da sollen sie erst einmal den Tower abreißen.

MADDALENA Ich glaube, wir kümmern uns besser um unsre eignen Gefängnisse.

MARQUES Du sagst das so vorwurfsvoll, als ob ich sie gebaut hätte. Ich habe noch niemanden einsperren oder verbrennen lassen.

MADDALENA Nein, Carlos, du nicht.

MARQUES Das klang schon wieder vorwurfsvoll.

MADDALENA Es war nicht so gemeint.

MARQUES Dabei schaut man mich bereits schief an unter den Granden, weil du in Gesellschaft gegen die Autodafés redest.

MADDALENA Man kann dich doch nicht für die Ansichten deiner Schwester verantwortlich machen.

MARQUES Ich bin aber selbst dagegen!

MADDALENA Dann haben sie ja recht, wenn sie dich schief anschauen.

MARQUES Aber ich spreche nicht darüber in Gesellschaft!

MADDALENA Das solltest du aber, wenn du dagegen bist.

MARQUES Müssen wir immer streiten?

MADDALENA Das ist doch kein Streit. Es ist eine normale Unterhaltung zwischen lange Jahre zusammenlebenden Geschwistern. *Schaut wieder in ihr Buch.*

MARQUES Ich glaube, du bist nervös.

MADDALENA Ich?

MARQUES Wer sonst? Es ist ja auch kein Wunder. Da schickt man uns diese Weibsperson ins Haus –

MADDALENA Carlos! Wir haben uns vorgenommen, sie nicht mehr so zu nennen. Wir müssen jetzt in ihr die Mutter Don Juans achten.

MARQUES Ich sags ja nur unter uns.

MADDALENA Auch das dürftest du nicht. Nicht, nach Don Juans Brief.

MARQUES Don Juan ist ein Kavalier. Für ihn ist jede Frau eine Heilige –

MADDALENA Ich fand seine Beziehung zu Frauen nicht immer ganz heilig.

MARQUES Du weißt doch, was ich meine. Du willst nur widersprechen.

MADDALENA Ich widerspreche ja gar nicht. Es kann wohl sein, daß er sie – zu günstig geschildert hat. Aus Generosität – und vielleicht auch aus Schonung für mich.

MARQUES Du gibst also zu, daß ich in einer äußerst heiklen Lage bin.

MADDALENA Für mich ist sie heikler als für dich.

MARQUES Natürlich. Natürlich. Für dich ist alles heikler. Aber ich bin offiziell von der Krone zu ihrer Beaufsichtigung eingesetzt!

MADDALENA Und ich, von Don Juan, zu ihrer Freundin.

MARQUES Es ist eine Zumutung sondergleichen. Übrigens denke ich gar nicht daran, mich lange herumzuärgern. Mein Haus ist kein Versorgungsheim. Wenn sie Sperenzien macht, beantrage ich ihre Überführung in ein Kloster. Da kann sie brummen.

MADDALENA Warte doch ab. Erst müssen wir sie kennenlernen.

MARQUES Ich kenne solche Weiber.

MADDALENA Schon wieder.

MARQUES Was schon wieder?

MADDALENA *macht ihr Buch zu* Ich muß gestehn, daß mir selbst angst und bange ist. Die Mutter meines Juan... Ich könnte es nicht ertragen – wenn sie so ist, wie du behauptest.

MARQUES Ich behaupte nichts. Ich habe nur gesagt – Da! Der Wagen!

Man hört von drunten Hufgeklapper und Räderrollen.

MADDALENA Mein Gott, jetzt hab ich Herzklopfen.

MARQUES *ist zum Fenster geeilt, lehnt sich hinaus* Es ist ein Gepäckwagen. Ich dachte, sie hätten ihr in Laredo eine anständige Droschke gestellt. Der Tritt ist so hoch wie ein Kamelshökker. Man muß sie herunterheben...

MADDALENA Wie sieht sie aus? *Folgt ihm zum Fenster.*

MARQUES Schau selber.

MADDALENA Du weißt, daß ich kurzsichtig bin.

MARQUES Soviel siehst du schon.

MADDALENA *neben ihm hinausschauend* Um Himmels willen!

MARQUES Jetzt, bitte, keine voreilige Beurteilung. Man kann nie sagen, wie eine Person wirklich aussieht, solang man sie nicht sprechen gehört hat. Der Mensch gewinnt oder verliert mit seiner Stimme. Das erste Wort ist entscheidend.

MADDALENA Ich muß mich beherrschen. Ich bin es Juan schuldig.

MARQUES Atención. Sie ist schon auf dem Gang.

HAUSHOFMEISTER, *ein Mensch mit einem beleidigten Gesicht, in star-*

rer Tracht und Halskrause, öffnet die Tür, stößt einen Knopfstab auf Die erwartete Dame!

FRAYKEN *kommt herein. Sie trägt ein Cape, einen Federhut und einen spanischen Fächer. Sie geht dicht am Haushofmeister vorbei, der mit einer Verbeugung hinter ihr verschwindet, und bewegt schnuppernd die Nasenflügel* Knoblauch. Nichts als Knoblauch. Ich rieche Knoblauch, wo ich gehe und stehe. Nichts als Knoblauch. Das Essen in diesem Land ist eine Kulturschande. Man tut sogar Knoblauch ins Dessert. Der Wein schmeckt nach Knoblauch. Die Servietten stinken danach. Man hat den Knoblauch in allen Poren. Wenn sich zwei Spanier unterhalten, weht eine Knoblauchwelle durch die Luft, auf hundert Meter Abstand. Ich habe wohl das Vergnügen mit den hohen Herrschaften?

MADDALENA *steht wie erstarrt, versucht krampfhaft zu lächeln.*

MARQUES Sie raten richtig, Madame. Ich hoffe, Sie werden uns nicht auch allzu übelriechend finden.

FRAYKEN Man gewöhnt sich an alles – wenn man muß. Mein Gott, ist es hier ungemütlich. Aber natürlich, sehr vornehm. Das Feuer geht ja aus! Ich werde ein Scheit auflegen –

MARQUES Sehr liebenswürdig. Aber ich pflege das in meinem Hause selbst zu besorgen...

FRAYKEN Drum ist es auch niedergebrannt. Ich bin immer dagegen, daß die Herrschaft selbst etwas tut, wovon sie nichts versteht. Ich bin ganz durchfroren von dem Wind. Der Wind in diesem Land ist fast noch schlimmer als der Knoblauch. Vom Staub nicht zu reden. Und dabei läuft man mit diesen Dingern herum, um sich noch mehr Wind zu machen. Aber – man muß sich der Mode anpassen. *Bewegt ihren Fächer.*

MARQUES, *um etwas zu sagen* Sind Sie gut gereist?

FRAYKEN Haha. Auf die Frage hab ich gewartet. Es war ein Höllenrutsch. So stelle ich mir den Weg ins Fegefeuer vor, für ziemlich gepfefferte Sünder. Erst mußten wir wochenlang in Antwerpen sitzen, bevor wir überhaupt fort konnten. Aber das war noch ein Spaß. Ich mußte nämlich in dem Prozeß gegen Albornoz aussagen. Davon haben Sie doch sicher gehört. Ich war Hauptbelastungszeugin. Ich kannte den Kerl noch von der Zeit, wo er in meinem Etablissement Minderjährige mit dem Rohrstöckchen verdroschen hat. Und ich wußte genau, wieviel Geld er in Brüssel genommen hatte für die Niederschlagung von stinkigen Affären. Den Anblick, wie sie ihn abgeführt haben, um ihn in die Quecksilbergruben zu schicken, gönn ich mir selber nicht. Es war ein Höhepunkt meines Lebens. Nichts ist schöner, als wenn man einen purzeln sieht, der sich immer für groß hielt. Das kitzelt im Bauchfell.

MARQUES So so. So so.

FRAYKEN Aber dann kam die Warterei auf das Wetter. Sauwetter, sage ich Ihnen, immerzu. Eines Tages behaupteten sie, jetzt sei es gut und wir könnten in See stechen. Aber es war immer noch Sauwetter. Es war überhaupt eine Schnapsidee, mit dem Schiff zu fahren. Zu Land wären wir in vierzehn Tagen dagewesen. Aber natürlich, der Herr Admiral muß mit seiner Flotte protzen. Wir hätten mehr Sicherheit, behauptete er. Es war die Sicherheit einer Hausratte in einem Wasserkübel. Wir beteten dafür, daß sie uns erwischen, damit die Schaukelei aufhört. Dann wären wir doch noch nach England gekommen, hintenrum, sozusagen, und dort hätten wir ein gemachtes Bett gefunden, mit Liebe gefedert, Sie verstehen. Aber es hat nicht geklappt. In St. Malo mußten wir wochenlang vor Anker liegen, wegen einer Havarie. Ein verbotenes Nest. Das Bier warm, die Suppen kalt. Und von der Durchfahrt durch die Biskaya will ich schweigen. Man glaubt nicht, wieviel Mageninhalt der Mensch sein eigen nennt, selbst wenn er keinen Bissen ißt. Die Ankunft in Laredo aber, die war das Schlimmste. So etwas von faulem Fisch habe ich auf dem Antwerpener Heringsmarkt nicht gerochen, wenn die Julisonne in die Abfalleimer schien. Es brachte mich um den Rest meines Mageninhalts. Dazu kam dann der Knoblauch –

MARQUES – mit dem Sie Ihre charmante Rhapsodie begonnen haben.

MADDALENA Entschuldigen Sie mich, bitte. Ich habe etwas zu tun … *Geht rasch hinaus.*

FRAYKEN Ja, da braucht es Nerven wie Stricke, um so eine Reise zu überstehn. Und ich bin wirklich von Haus aus nicht allzu zart besaitet.

MARQUES Das glaube ich bestätigen zu können.

FRAYKEN Ich meine körperlich. In Herzens- und Gemütsangelegenheiten bin ich leider viel zu sentimental. Sonst wäre ich nicht hier. Warum ist die Dame so plötzlich davongelaufen?

MARQUES Sie hatte eben – etwas zu tun. Vielleicht so ähnlich wie Sie auf der Biskaya.

FRAYKEN Und dabei habe ich noch gar nichts von der Wagenfahrt erzählt! Dieser Lümmel von Kutscher, vom Knoblauch ganz abgesehen, benahm sich unanständig die ganze Zeit hindurch, mit seinen geblähten Gäulen um die Wette. Und dazu die Stoßerei auf dieser Bauernstraße. Armes Land. Man hat wohl kein Geld hier, um ein bißchen Schotter aufzuschütten. Unvorsichtigerweise hatte ich mich in Laredo breitschlagen lassen, eine Bohnensuppe zu essen. Mit Knoblauch natürlich –

MARQUES Extra für Sie aus List und Tücke hineingetan. *Sehr gereizt* Ich werde Ihnen in diesem Haus nur Wassersuppe servieren lassen. –

FRAYKEN Das wird auch nichts helfen. Der Koch hat bestimmt Knoblauchfinger. Nun ja. Man muß sich einrichten, solang es nicht anders geht. Ich habe nicht die Absicht, den Rest meines Lebens in dieser tristen Umgebung zu verbringen.

MARQUES Auch ich hoffe, daß sich das vermeiden läßt.

FRAYKEN Kleiner Landadel, Traditionsklitsche und so weiter – sicher sehr vornehm, aber mir wäre so was zum Auswachsen. Nichts Halbes und nichts Ganzes. Entweder ein richtiges Aristokratenleben, wie wir es in Brüssel geführt haben, mit Schmiß und Schwung, oder – man arbeitet was. Aber es ist schließlich die Hauptsache, daß es Ihnen hier gefällt.

MARQUES Allerdings, allerdings.

FRAYKEN Ich glaube, ich höre den Wagen.

MARQUES Tatsächlich! Noch ein Wagen? *Man hört wieder Hufklappern und Räderrollen.*

FRAYKEN *zum Fenster* Da kommt sie endlich. Ich hatte schon

Angst, daß es dunkel wird. Es gibt doch Straßenräuber in diesem Land.

MARQUES Wer kommt?

FRAYKEN Barbara! – Ich meine Donna Barbara.

MARQUES Wer kommt?

FRAYKEN Wer soll denn sonst kommen? Erwarten Sie die Jungfrau von Orleans oder die Katharina von Medici?

MARQUES Sie – Sie sind gar nicht die Blomberg?

FRAYKEN Ich? *Schaut ihn an – begreift* Natürlich nicht. Ich bin ihre jüngste Tochter!

HAUSHOFMEISTER *öffnet die Tür, noch beleidigter. Stößt den Knopfstab auf* Die erwartete Dame.

BARBARA *kommt herein. Sie trägt ein Reisekostüm, ähnlich wie in der vorigen Szene, und eine Mantilla mit Pelzbesatz. Ihre momentane Befangenheit verbirgt sie hinter einem besonders liebenswürdigen und graziösen Wesen* Guten Abend! Es tut mir so leid, daß wir verspätet sind. Hoffentlich stören wir hier nicht allzusehr.

FRAYKEN Hier stören wir gar nicht. Hier bringen wir höchstens ein bißchen Leben in die Bude. Wie war die Fahrt? Meine war fürchterlich. Aber ich mußte ja auf das Gepäck aufpassen. In diesem Land wird gestohlen. Jetzt will ich nach unseren Zimmern schauen. Halt! Rennen Sie doch nicht so! *Sie folgt dem Haushofmeister hinaus.*

BARBARA Ich muß für meine Begleiterin um Entschuldigung bitten. Sie ist so gereizt, seit wir unterwegs sind. Vielleicht ist es ein Fehler, Leute zu verpflanzen. Aber sie ist das Treuste auf der Welt.

MARQUES Ich fand sie nur – sehr natürlich. Sehr natürlich. Sie gestatten – Marques Don Carlos de la Mota. *Verbeugt sich* Ich bin wirklich – erleichtert, Madame – erleichtert – daß Sie endlich hier sind. *Er küßt ihre Fingerspitzen* Oh, Sie haben kalte Hände. Sie haben sicher gefroren auf der Fahrt. Und bei uns im Hause ist es leider auch nicht sehr warm. –

BARBARA Mir ist es warm genug. Man fühlt sich schon erwärmt, wenn man so freundlich empfangen wird. Und was für ein schönes Holzfeuer Sie haben! Ich liebe Kaminfeuer. Besonders, wenn sie so gut gelegt sind.

MARQUES *strahlend* Ich mache meine Feuer immer selbst.

BARBARA Das dachte ich mir. Das tun alle richtigen Männer. *Sie tritt näher an den Kamin, schaut kurz zu dem Bild hinauf* Ich bin glücklich – daß ich hierher kommen durfte.

MARQUES Es ist ein bescheidener Platz. Sie werden sich einsam fühlen.

BARBARA Davor ist mir nicht bang. Ich fürchte nur, Ihnen und Ihrer Schwester zur Last zu fallen. Dieser Besuch ist natürlich als ein Übergang gedacht. Bis ich selbst etwas Passendes finde. Ich werde mich sofort darnach umsehn.

MARQUES Das wird Donna Maddalena nicht erlauben. Sie rechnet damit, daß Sie sich hier zu Hause fühlen. Und, insofern ich mitzureden habe, ich könnte es mir – entzückend vorstellen – ganz entzückend – *Er ist hinter sie getreten, nimmt ihr die Mantille ab, mustert ihre Figur.*

BARBARA *dreht den Kopf zu ihm, zieht die Brauen ein wenig hoch* Sind Sie nicht etwas vorschnell in Ihren Erwartungen?

MARQUES Ganz und gar nicht, Madame. Man hat Menschenkenntnis. Besonders was das zarte Geschlecht anlangt. Die Aussicht, mit Ihnen unter einem Dache zu leben, fällt wie ein Sonnenstrahl in meine schon etwas angenebelte Jahreszeit.

BARBARA Sie meinen, in Ihre zweite Jugend.

MARQUES Meine Schwester würde es anders nennen. Meine Schwester ist eine reizende Frau, aber sie ist meine Schwester, und eine Schwester ist überhaupt keine Frau. Wenn ein Mann auf die Dauer ohne weibliche Gesellschaft lebt – dann wird er sauertöpfisch.

BARBARA Davon kann man bei Ihnen nicht viel bemerken.

MARQUES Das macht Ihre Ankunft. Ich merke erst jetzt, wie sehr ich eine Auffrischung nötig hatte. Schon ein Hauch charmanter Weiblichkeit wirkt wie ein Lebenselixier. Ich kann mir denken, daß wir eine sehr harmonische Zeit zusammen haben werden.

BARBARA Unter Harmonie versteht jeder Mensch etwas anderes.

MARQUES Ich meine es durchaus musikalisch. Akkord, Zusammenklang, gemeinsame Tonart und Stimmung.

BARBARA Der Anfang ist jedenfalls – nicht entmutigend.

MARQUES Im Gegenteil, Madame! Ich fühle den Mut meiner Offiziersjahre wiederkehren. Ich stand als Rittmeister in Madrid und als Obrist in Sevilla. Dort ist das Leben anders als hier auf dem Land. Das müssen Sie kennenlernen. Wir könnten zu Ostern eine kleine Reise durch die Hauptstädte machen. Ich werde sofort die Straße reparieren lassen –

BARBARA Bis dahin ist ja noch etwas Zeit.

MARQUES Sie wird im Fluge vergehn. Es ist wohl auch meine Pflicht, Sie in den Hofkreisen einzuführen. Sie wissen, daß ich als eine Art von Maréchal d'honneur für Sie bestellt bin?

BARBARA *lächelnd* Mir hat man gesagt, zu meiner Beaufsichtigung.

MARQUES Das ist ein ganz verfehlter Ausdruck. Ich werde das Vergnügen haben, Ihre Geschäfte zu verwalten und Ihnen alles Lästige aus dem Weg zu räumen. Sie können sich denken, daß Ihnen ein Stoß von Personalakten vorausgereist ist. Übrigens ist auch schon ein Brief für Sie gekommen.

BARBARA Ein Brief? Von wem kann der sein?

MARQUES Der Absender ist mir unbekannt. Wollen Sie ihn anschauen? *Nimmt ein verschlossenes Schreiben aus der Lade, überreicht es ihr.*

BARBARA *öffnet den Brief, schaut hinein* Ich kann leider die Sprache noch zu wenig. Und Sie beherrschen die meine. Würden Sie so gütig sein, ihn mir zu übersetzen?

MARQUES Mit Vergnügen. *Er überfliegt den Brief, während Barbara sich niedersetzt* Es ist ein Bettelbrief. Er wird Sie nicht interessieren.

BARBARA Doch, das interessiert mich. Es zeugt von viel Einbildungskraft – mich anzubetteln... noch dazu vor meiner Ankunft. Oder von einer Notlage, die nichts unversucht läßt.

MARQUES Oder von einer großen Abgefeimtheit... Er behauptet, er sei ein Mitkämpfer von Lepanto. Ein Veteran und Flottenkamerad Ihres Sohnes Don Juan...

BARBARA Was schreibt er?

MARQUES Hauptsächlich Poesie. Er vergleicht Sie eingangs mit verschiedenen Blumen und Gewächsen, zum Beispiel der Birke des Nordens und der Schneerose, die, unter unsere herbere Sonne verpflanzt, in südlicher Erde neue und stärkere Wurzeln ziehen möge –

BARBARA Ganz schön.

MARQUES – um von Ihrem reichen Tau ein paar erbarmungsvolle Tropfen einem Dürstenden zu spenden – schon weniger schön, wie mir scheint –

BARBARA – aber immer noch poetisch –

MARQUES Es wird noch poetischer. »Während Sie Ihren Fuß auf das Land setzen, dessen Bewohner in Ihnen die Mutter unseres größten Helden, unseres letzten Ritters, des Vorkämpfers und Verteidigers unserer höchsten Ideale, der Traumgestalt unserer Sehnsucht verehren – schmachtet ein Mann, der in seiner ruhmreichsten Schlacht an seiner Seite die Brust dem feindlichen Stahle bot...« – etwas viel auf nüchternen Magen –

BARBARA Der Mann braucht Geld, da muß er stark auftragen.

MARQUES *weiter aus dem Brief resümierend* – er sei teilweise erwerbsunfähig infolge seiner schweren Verwundung. Hat eine Hand verloren. Seine Familie lebte in größter Armut. Er selbst habe sein Leben der Literatur geweiht – das merkt man... Er kämpfe vergeblich um etwas Zeit und Ruhe, um ein großes dichterisches Werk zu vollenden. Er wolle Ihren Sohn zur Symbolfigur der Epoche, zur Hauptgestalt eines tragischen Epos erheben... Er fühle die Berufung, der Zeit ihr Spiegelbild vorzuhalten. Jeder Peso, jeder Maravedi sei ihm willkommen – Ihre Wohltätigkeit werde Ihnen von der Nachwelt gelohnt – das scheint sein einziger Rückzahlungsvorschlag zu sein. Der Rest ist Poesie. Unverschämtheit!

BARBARA Schicken wir ihm tausend Maravedis.

MARQUES Tausend? Sie meinen hundert. Aber ich denke, fünfzig wären genug. Reichlich.

BARBARA Ich habe tausend gesagt. Ich meine immer, was ich sage.

MARQUES Madame – Sie wissen noch nicht – Sie kennen den

Wert des hiesigen Geldes nicht. Für tausend Maravedis kauft man schon ein Stück Schlachtvieh – oder eine Tonne Olivenöl – oder ein Fuder Wein –

BARBARA Dann sollten wir zweitausend sagen. Der Mann ist ein Dichter, womit soll er seine Phantasie und seinen Humor befeuchten? Mit einem Fuder Wein? Ich habe für Dichter etwas übrig –.

MARQUES Und wenn ich fragen darf – woher werden Sie die zweitausend, ich meine tausend Maravedis nehmen? Soweit ich informiert bin, ist Ihre Reisekasse – ziemlich erschöpft.

BARBARA Das ist einfach. Sie werden sie mir vorstrecken – bis ich meine Geschäfte mit dem Königlichen Schatzamt geordnet habe.

MARQUES Ich? – Ich – nun gewiß, ich werde sie Ihnen vorstrekken – wenn Sie darauf bestehen, Madame, aber... nun, warum nicht?

BARBARA Warum nicht. Sie sprachen von einer harmonischen Zeit, die uns bevorsteht – musikalisch gemeint... Wie könnten wir einen besseren Auftakt finden, als mit einer netten, unvernünftigen Geste?

MARQUES Gegen einen Unbekannten?

BARBARA Das ist ja das Schöne daran. Sonst wäre es nichts Besonderes. Vielleicht wird er dann ein Pasquill gegen meinen Sohn schreiben, statt eines Lobgesangs, oder eine Satire... oder auch gar nichts. Was kann uns daran liegen? Der Mann muß leben. Er ist ein Hasardeur. Wer soll den Hasardeuren helfen, wenn nicht die Hasardeusen?

MARQUES Bezeichnen Sie sich als eine solche?

BARBARA Natürlich. Als was würden Sie mich bezeichnen? Sie kennen doch mein Leben.

MARQUES Sie sagen das alles so bezaubernd, daß man sich ganz – entwaffnet fühlt. Aber ich nenne das nicht Caritas, ich nenne es Geld zum Fenster hinauswerfen.

BARBARA Es tut so gut, Geld zum Fenster hinauszuwerfen, wenn man weiß, daß es einer auffängt, der es auch nicht verdient hat. Das wird auch Ihnen guttun – im Sinne der erwähnten Auffrischung.

MARQUES Im Sinne der Harmonie – meinetwegen. Aber glauben Sie nicht, fünfhundert wären genug?

BARBARA Wollen Sie handeln – um Ihre Harmonie? Soll ich dreitausend sagen?

MARQUES Madonna, nein, ich schreibe die Anweisung. Die Fama hatte recht – Sie sind eine fürchterliche Frau. Ich habe nie etwas Ähnliches gesehen. Tausend – für einen – nun gut. Sie werden mich noch zum Leichtsinn erziehen.

BARBARA Das wollen wir hoffen. Wie ist der Brief unterzeichnet?

MARQUES *schaut nach* Don Miguel de Cervantes. Die Adresse ist eine der verrufensten Spelunken in Valladolid.

BARBARA Der Name klingt pompös – für fremde Ohren.

MARQUES Nicht für spanische. Bei uns heißt jeder zweite Bettler wie ein Grande – und jeder zweite Grande ist ein Bettler.

BARBARA Was gewiß nicht auf Sie zutrifft, Marques Don Carlos de la Mota.

MARQUES Don Carlos genügt. Ich kann es mir leisten – solang Sie mich noch nicht ruiniert haben. Oder lieber noch: Carlos. Wollen Sie mich so nennen, Donna Barbara?

BARBARA *zögernd* Carlos –?

MARQUES O Gott. Das war gedankenlos.

BARBARA Weshalb?

MARQUES Vielleicht haben Sie – Ihren kaiserlichen Freund, damals – auch Carlos genannt?

BARBARA Stimmt. Aber das stört mich nicht. Es ist lange her. Ich bin nur froh, daß Sie nicht Antonio heißen.

MARQUES Warum nicht Antonio?

BARBARA Nur so. Das würde ich nicht gern sagen. Aber Carlos – macht einen guten Klang.

MARQUES Im Sinne der Harmonie?

BARBARA *mit einem traurigen Lächeln* Im Sinne – meiner Auffrischung. Ich habe sie auch nötig. Wissen Sie, Carlos – als ich mich entschloß, hierherzugehen, das war so etwas wie das Leben aufgeben. Aber man gibt ja nie auf, solang man lebt.

MARQUES Ich glaube – ich kann Sie verstehn. *Nimmt ihre Hand, dreht sie nach oben, küßt zärtlich die innere Handfläche.*

BARBARA *zuckt ein wenig zusammen* Wenn nur der Spitzbart nicht wäre.

MARQUES Mögen Sie den nicht?

BARBARA Er sticht. Er ist im Wege. Man muß einem Mann, in manchen Augenblicken, die Hand unters Kinn legen können. Zum Beispiel, wenn er traurig ist. Und Sie würden um zehn Jahre jünger aussehen, ohne das Ding.

MARQUES Das Ding – *Lacht etwas verlegen* Es ist so eine Art von Tradition. Ich dachte, es macht mich würdiger.

BARBARA Das ist ja der Fehler. Wenn Sie etwas weniger würdig wären, wären Sie gewiß furchtbar nett. Jetzt möchte ich gern Donna Maddalena begrüßen. Oder ist sie beschäftigt?

MARQUES Ich werde sie gleich rufen lassen ... Verzeihen Sie, ich habe noch gar nicht gefragt, ob Sie hungrig sind? Ich habe die primitivste Höflichkeit vergessen. Aber Sie waren zu überwältigend. Wir speisen hier erst um sieben.

BARBARA Mir eilt es gar nicht.

MARQUES Darf ich sonst irgend etwas für Sie tun?

BARBARA Oh ja – kann ich ein Bad haben? Ich war lang unterwegs.

MARQUES Ein Bad? In Spanien?

BARBARA Ist das hier so ungewöhnlich?

MARQUES Nur wegen der Wasserknappheit. Und wegen des Brennmaterials. Und wegen der Dienstboten, Donna Maddalena hat selbst die größten Schwierigkeiten, sie mehr als einmal die Woche zum Wassertragen zu bringen. Sie halten das Baden für irreligiös.

BARBARA Dann lassen wir das. Ich möchte keine Umstände machen.

MARQUES Sie sollen Ihr Bad haben, und wenn ich es selbst besorgen muß –

BARBARA Aber nein, wenn es als Laster gilt.

MARQUES Ich werde kein Opfer scheuen, um Ihnen das Leben hier erträglich zu machen. – *Faßt sich, ohne es zu wissen, an den Bart* A tout à l'heure. *Geht.*

BARBARA *allein – geht bis zum Fenster, schaut in die Schatten hinaus –*

schauert ein wenig – wendet sich ins Zimmer zurück – ihr Blick fällt auf Don Juans Bild, sie tritt näher heran, sieht zu dem Bild hinauf.

MADDALENA *tritt lautlos von der anderen Seite ein. Zögert einen Augenblick, als müsse sie sich überwinden. Dann geht sie entschlossen durchs Zimmer, sieht Barbara vor dem Bild stehen.*

BARBARA *hört ihre Schritte – dreht sich um.*

MADDALENA *bleibt stehen – starrt sie an* Wer sind Sie?

BARBARA Donna Maddalena? Hat Ihr Bruder Sie nicht von meiner Ankunft unterrichtet? – Ich bin Barbara Blomberg.

MADDALENA *mit einem Aufatmen* Mein Bruder ist manchmal ein bißchen zerstreut. Er hat mir nichts gesagt. *Geht zu ihr hin, schließt sie spontan in die Arme* Seien Sie mir willkommen. *Küßt sie auf die Wange, nimmt dann ihren Arm, führt sie zu einem Sitz.*

BARBARA *nach einer Weile* Ich danke Ihnen. Ich bringe Ihnen die Grüße Don Juans.

MADDALENA Er hat mir von Ihrer Begegnung mit ihm geschrieben. Wie fanden Sie ihn? Wie sieht er aus? Wie ist seine Gesundheit? Ich habe ihn jahrelang nicht gesehen – seit er zuletzt nach Italien ging.

BARBARA Unser Zusammensein war kurz. Es war das erste – und vielleicht das letzte. Ich weiß nicht sehr viel über sein Ergehen zu sagen. Für mich war er – ganz neu.

MADDALENA Ich kann mir vorstellen – daß es nicht leicht war.

BARBARA Es war leichter, als ich es mir erhofft hätte. Es war leichter – viel leichter – als alles andere in meinem Leben.

MADDALENA Leichter, den Sohn zu finden – als ihn zu verlieren.

BARBARA Was ich verlor, war ein Kind – um das man trauert, oder leidet, wie ein weggerissenes Stück von sich selber. Was ich fand – war ein Mensch.

MADDALENA Es ist schön, daß Sie das empfinden.

BARBARA Sie haben ihn dazu gemacht. Sie waren der gute Stern auf seinen Wegen.

MADDALENA Warum glauben Sie das?

BARBARA Ich fühlte es, als er von Ihnen sprach. Jetzt – weiß ich es.

MADDALENA Ich bin froh, daß er Sie zu mir geschickt hat. Und ich hatte Angst davor.

BARBARA Das ist verständlich. Ich bin Ihnen völlig fremd –

MADDALENA Nicht deshalb. Es war die Angst – eines schlechten Gewissens. Ich hatte immer ein Schuldgefühl gegen Sie. Seitdem ich wußte, daß es Sie gab.

BARBARA Wußten Sie das nicht immer?

MADDALENA Ich wußte lange Zeit nicht einmal, wer Juans Vater war. Als er gebracht wurde, glaubte ich – er sei ein Kind meines Mannes.

BARBARA Und Sie schenkten ihm trotzdem – Ihre Liebe?

MADDALENA Gerade deshalb. – Ich konnte keine Kinder haben. *Nach einem Schweigen* Ich hatte meinen Mann sehr gern. Er war viel auf Reisen, im Dienst des Kaisers. Wir lebten glücklich zusammen, wenn er bei mir war. Er bat mich, nicht nach der Herkunft des Kindes zu fragen. Ich habe es nicht getan. Ich glaubte manchmal wirklich – seine Mutter zu sein –.

BARBARA Und nun – sind Sie allein.

MADDALENA Don Quixada, mein Mann, starb erst vor ein paar Jahren. Er wurde von einer Lanze getroffen, die gegen Don Juan gerichtet war. Er hat mir sagen lassen, daß er selig gestorben ist. Juan war alles für uns. Sie aber – hatten nichts.

BARBARA Es war gut so – für ihn –

MADDALENA Doch bleibt es ein Raub an Ihnen. Der grausamste, den man einer Frau zufügen kann.

BARBARA Es gibt – noch Grausameres. Man muß es verwinden. Oder – verwandeln. Ich hatte andere Kinder. Ich habe eine Tochter, die mir viel bedeutet.

MADDALENA Warum brachten Sie sie nicht mit?

BARBARA Sie hat geheiratet. Sie ist glücklich.

MADDALENA Was meinten Sie mit – verwandeln? Kann man das Leid, das uns das Leben zufügt, verwandeln?

BARBARA Man muß es können. Sonst überlebt mans nicht.

MADDALENA In was?

BARBARA In eine größere Liebe. In eine Liebe – die nicht mehr besitzen will. *Sie schlägt die Hände vors Gesicht – weint.*

MADDALENA *läßt sie weinen. Berührt sie nicht.*

BARBARA *nach einer Weile* Verzeihen Sie mir. *Richtet sich auf, trocknet ihre Tränen* Ich wollte nicht weinen. Ich hatte noch nicht geweint.

MADDALENA Ich weiß. Man vergißt nichts.

BARBARA Man soll nichts vergessen.

MADDALENA Ich hoffe, Sie werden lange hier bleiben – wenn es Ihnen nicht zu langweilig ist. Ich hoffe, wir werden viel zusammen sein. Ich merke erst jetzt, wie sehr ich eine Auffrischung nötig hatte – durch einen menschlichen Umgang.

BARBARA *lächelnd* Sie leben das ganze Jahr hier mit Ihrem Bruder?

MADDALENA Jahraus, jahrein. Mein Bruder – ist ein reizender Mensch, aber er ist halt mein Bruder, und ein Bruder – ist natürlich kein menschlicher Umgang, auf die Dauer. Man vergißt oft, daß er überhaupt da ist. Nun – ich habe meine Bücher.

BARBARA Wissen Sie, worum ich Sie sehr bitten möchte? Daß Sie mir helfen, die Landessprache zu lernen. Ich möchte lesen können, was man hier schreibt und dichtet.

MADDALENA Hauptsächlich Ritterromane. Aber ich tue es gern. Als wir jung waren, mußte man, bei Hof, noch Sprachen können. Der Kaiser verlangte es von seiner Umgebung, daß man die Sprachen seiner wichtigsten Kronländer fließend beherrschte – wie er selbst. Unter Philipp ist das anders geworden. Er spricht nur spanisch.

BARBARA Philipp – ich werde mit ihm in Verbindung treten müssen. Ich habe Angst davor.

MADDALENA Jeder hat Angst vor ihm.

BARBARA Wovor? Vor seiner Strenge – oder vor seinem Geist? Ist er wirklich so gescheit, wie man sagt?

MADDALENA Er ist so gescheit, daß er schon wieder dumm ist.

BARBARA Ich verstehe, was Sie meinen... Gescheitheit darf nicht zu weit gehen. Sie muß – in Grenzen bleiben.

MADDALENA Ja. Es gibt auch eine Höchstgrenze. Die Dummheit lauert nicht nur am unteren Ende, sondern auch am oberen.

BARBARA Und wo die Dummheit lauert – da liegt das Böse auf dem Sprung.

MADDALENA *beugt sich zu ihr vor* Ich habe Sorgen – um Don Juan. Wissen Sie, daß Escovedo tot ist?

BARBARA Escovedo? Sein Freund?

MADDALENA Er ist in Madrid ermordet worden. Don Juan hatte ihn hingeschickt, um mit Philipp zu verhandeln.

BARBARA *schaut zu dem Bild auf* Kann man ihm helfen? Kann man mehr – als ihn warnen?

MADDALENA Er ist – mehr als gewarnt. Man hat ihm die Schwingen gebrochen. Wir können nichts tun – als hoffen.

BARBARA Gemeinsam hoffen.

MADDALENA Wie gut, daß Sie da sind. *Nimmt ihre Hände.*

BARBARA Es ist merkwürdig –

MADDALENA Was?

BARBARA Mir kommt es vor, als wäre ich heimgekommen.

MADDALENA *streichelt ihre Hand.*

BARBARA Als ich herauf fuhr, an dieser trockenen Schlucht entlang, durch die nackten Berge – und es wurde Abend – da war ich wieder arm, und heimatlos, wie eine streunende Katze. Aber ich hatte keine Angst. Ich war bereit, mich zu wehren.

MADDALENA *nickt.*

BARBARA Ich mußte mich immer wehren, mein Leben lang – auch gegen die, die ich liebte – oder die mich liebten. Selbst gegen Don Juan... Bei Ihnen, zum erstenmal, begegne ich einem Frieden, den ich mir nicht ertrotzen muß – der mich kampflos umfängt.

MADDALENA Wir hatten einen Sohn zusammen.

BARBARA Wir haben ihn noch.

MADDALENA Ein Kind zu tragen und zu gebären, ist viel. Für ein Kind zu leben, ist viel. Ein Kind zu entbehren – und zu verlieren – ist das Schicksal, das Mütter einsam macht. Uns verbindet es.

BARBARA Das Leben wächst sich ein. Es ziehen sich unendlich viele Fasern durch ein Herz, wie das Geflecht von Wurzeln in einem Stück Walderde.

MADDALENA Alle Gestirne geben einander Licht und Schatten.

BARBARA Kein Geschöpf ist allein. *Sie sitzen eine Weile schweigend nebeneinander. Es ist dunkler geworden.*

HAUSHOFMEISTER *kommt mit einem Leuchter herein, stellt ihn auf den Tisch* Es ist angerichtet.

MARQUES *erscheint hinter ihm auf der Schwelle* Wir essen erst in einer Stunde. Das Bad ist bereit...

HAUSHOFMEISTER *geht, mit einem beleidigten Achselzucken.*

MADDALENA Ein Bad? Am Dienstag?

MARQUES Ich habe selbst das Wasser getragen und eingeheizt.

MADDALENA *lächelnd* Das hat er für mich noch nie getan.

MARQUES Du kommst auch nie von einer langen Reise.

BARBARA Das ist wirklich zu gütig von Ihnen.

MARQUES Übrigens – wenn Sie Ihre Haare machen lassen wollen – oder du, Maddalena – ich habe ins Dorf geschickt, daß der Friseur heraufkommt. Ich brauche ihn.

MADDALENA Du? Den Friseur?

MARQUES *zu Maddalena* Du hast doch schon immer gesagt, daß mich der Bart – entstellt. Du wolltest doch längst, daß ich ihn abnehmen lasse.

MADDALENA Ich kann mich absolut nicht erinnern, wann ich das gesagt hätte.

MARQUES In unserem Alter – vergißt man manchmal, was man gesagt hat.

MADDALENA Ich habe sonst noch ein ganz gutes Gedächtnis. *Sieht Barbara an, die unter sich schaut.*

MARQUES *rasch zu Barbara* Die Anweisung habe ich auch schon abgeschickt.

BARBARA Welche Anweisung? Ach so... das ist lieb von Ihnen.

MADDALENA Ihr beide habt wohl schon Geschäfte besprochen?

MARQUES Ja, ja. Kleine Geschäfte.

BARBARA Die sich durchaus harmonisch abzuwickeln scheinen.

MADDALENA *steht auf* Dann will ich Ihnen die Badekammer zeigen, Barbara.

BARBARA *ist auch aufgestanden – lauscht auf etwas* Was ist das für ein Geräusch? Ich höre es schon eine Zeitlang... *Man hört jetzt, ganz von fern, in stampfender Gleichmäßigkeit, einen dumpfen, rhythmischen Trommel- und Paukenschlag.*

MADDALENA Jetzt hör ich es auch.

MARQUES Ein Totenzug.

BARBARA Ein Totenzug?

MARQUES Wenn ein Verwandter des Königshauses oder ein Repräsentant im Ausland gestorben ist, bringt man die Leiche zur feierlichen Bestattung in den Escorial. Sie ziehen immer hier vorbei, auf der Talstraße drunten. Gewöhnlich bei Nacht. Man weiß nie, wer es ist.

MADDALENA Es ziehen viele Tote durch unser Land.

BARBARA *schauert ein wenig.*

MARQUES Man muß das Fenster schließen.

MARQUES Ja, es wird kalt hier am Abend. *Er geht zum Erkerfenster, schließt es.*

BARBARA Es wird kalt. Und man altert. Man zieht mit den Toten.

MARQUES *legt ihr die Mantilla um die Schultern* Sie dürfen nicht vom Altern reden, Barbara. Sie haben die ewige Jugend in Ihrem Blut. Sie werden noch auf meinem Grabe tanzen.

BARBARA *lächelnd* So Gott will, Carlos. So Gott will.

Epilog

Ein Mann mit Handstumpf sitzt – auf der Vorderbühne – an einem Wirtshaustisch, der von oben durch eine Hängelampe beleuchtet ist. Vor ihm ein leeres Glas. Neben dem Tisch steht – stumm, ohne Bewegung – die Kellnerin mit einem Weinkrug. An einem anderen Tisch, weiter weg, halb im Dunkel, sitzen ein paar stumme Trinker. Der ferne, dumpfe Paukenschlag ist noch immer zu hören.

DER MANN *spricht halb zu den Trinkern, halb ins Publikum*

Wißt ihr, für wen die Totentrommel schlägt?
Es ist Don Juan, den man zu Grabe trägt.
Man trägt ihn unerkannt durchs bleiche Land.
Sein Körper ist in sieben Stücke zerschnitten.
Ein Maultier trägt den Kopf, und eins die Hand.
So kommt der tote Ritter heimgeritten.

Ach, seine Zeit war um, noch eh' er fiel.
Doch eine Zeit ist nichts, ein Leben alles.
Die Zeit verweht, wie Dunst und Wolkenspiel
Im Rauschen eines großen Tropfenfalles –
Und mag der Mensch auch wirklich auferstehn
Beim Donner jenes Weltposaunenschalles –
So will doch keiner, keiner sterben gehn.
Des Menschen Zeit ist nichts. Sein Leben alles.

Don Juan ist tot. Viel Fraun und Männer weinen.
Des Abendlandes Stern will dunkler scheinen.
Es heißt, man hab' in Belgien ihn vergiftet,
Es heißt, daß er dem schwarzen Mord erlag,
Von seinem Bruder Philipp angestiftet,
Der doch an seinem Sarge trauern mag –
Ich weiß es nicht. Ich will ihn auch nicht rächen.
Doch könnt' mir seinethalb das Herz zerbrechen.

Ich ward im gleichen Jahr wie er geboren,
Hab auf der Flotte unter ihm gekämpft,
In seinem Dienst die linke Hand verloren,
Was meinen Kampfgeist ziemlich abgedämpft –
Wir waren jung, wir wollten Ruhm und Taten.
Jetzt will ich lieber Wein und Hammelbraten.
Legt ein Geldstück auf den Tisch, die Kellnerin füllt sein Glas.

Was ist das Leben eines Mannes wert?
Nicht mehr als das, was er davon begehrt.
Doch jeder einzle Mann ist unersetzbar,
Sein Recht, in Erd' und Himmel, nicht verletzbar.
In unsrem Fleisch sind wir allein geboren,
Wie Fünklein in der Finsternis verloren,
Und was uns trägt auf diesem schwanken Bau,
Ist Herz und Schoß und Lächeln einer Frau.

So sitz ich hier, und rufe aus der Tiefe,
Lobe die Fraun und schreibe Bettelbriefe.
Und weiß nicht, wenn ich sing von diesem Leben,
Hat's mir ein Gott, ein Teufel eingegeben.
Die Kellnerin macht ein kleines Kreuzzeichen – verschwindet.
Auch die Trinker verschwinden.

Doch weiß ich eins: was auch die Welt uns lehrt –
Des Menschen Bildnis ist des Malens wert.
Er beugt sich vor.
Mein Name ist – längst habt ihr schon erkannt es,
Kein anderer als Don Miguel de Cervantes.
Doch könnt' ich grad so gut ein andrer sein –
Im Bett, im Grabe, beim Gebet – beim Wein.
Während er sein Glas hebt und leert, fällt der Vorhang.

Editorische Notiz

Die Texte dieses Bandes sind chronologisch nach ihrer Entstehung geordnet.

Des Teufels General entstand in der Zeit von Dezember 1942 bis zum Juli 1945 im amerikanischen Exil in Barnard/Vermont. Carl Zuckmayer schrieb »wie in einer Trance den ersten Akt, an dem ich nie ein Wort geändert habe, und den Entwurf des letzten. [...] Die Katastrophe von Stalingrad war damals in Gang, aber noch nicht bekannt, sie entschied sich erst Anfang Februar. Daß ein solches Stück jemals in Deutschland zu Gehör kommen könnte, schien unwahrscheinlich«, berichtete er später, 1966, in seinen Erinnerungen ›Als wär's ein Stück von mir‹. Im Januar 1946 erschien ›Des Teufels General. Drama in drei Akten‹ im Bermann-Fischer Verlag in Stockholm. Am 14. Dezember 1946 wurde es im Schauspielhaus Zürich in der Regie von Heinz Hilpert uraufgeführt; die deutsche Erstaufführung fand am 8. November 1947 in der Regie von Friedrich Brandenburg im Deutschen Schauspielhaus in Hamburg statt (Oderbruch wurde von Bernhard Minetti gespielt). – Im Mai 1948 veröffentlichte die Monatsschrift ›Die Wandlung‹, unter Mitwirkung von Alfred Weber und Marie-Luise Kaschnitz herausgegeben von Dolf Sternberger, (Heidelberg, 3. Jg., H. 4, S. 331 ff.) Zuckmayers

Persönliche Notizen zu meinem Stück ›Des Teufels General‹

Ich erinnere mich genau an einen Nachmittag im Dezember 1942, kurz vor Weihnachten, an dem ich mich entschloß, ›Des Teufels General‹ zu schreiben. Ich stapfte den steilen Waldweg zu unserer eingeschneiten Farm hinauf, der Tragkorb auf meinem Rücken enthielt ungefähr vierzig Pfund

Proviant und Futtermittel, unter anderem einen kleinen Sack mit sogenanntem »Calfs-Manna«, für eine kranke Milchziege, an deren Behandlung ich zwischendurch ebenso intensiv dachte, wie an den Plan zu dem Stück, der schon seit einiger Zeit in mir rumorte. Wir hatten Neuschnee gehabt und dann Frost, die Oberfläche war verkrustet, man konnte weder Skier noch Schneeschuhe benutzen, und ich brach bei jedem Schritt bis weit über die Knöchel ein. Die beiden Hunde liefen hinter mir her und schnupperten an dem Tragkorb, in dem auch ein Stück frisches Fleisch war. Ich glaube, es war Suppenfleisch mit Knochen. An einer bestimmten Wegbiegung, an der die beschneiten Fichten in den letzten Sonnenstrahlen aufglitzerten, blieb ich schwer atmend stehen, wischte mir den Schweiß und sagte laut: »Staatsbegräbnis.« – Die Hunde spitzten die Ohren, ich auch. Jetzt hatte ich den Schluß. Jetzt könnte ich anfangen. Die Frage war nur, ob man ein solches Stück in drei Wochen schreiben könne. Denn ich hatte nur drei Wochen Schonzeit in Aussicht. Meine Tochter Winnetou, damals sechzehnjährig, sollte über die Weihnachtsferien aus ihrer Schule heimkommen und einen gleichaltrigen Jungen zu Besuch mitbringen. Die beiden würden mir drei Wochen lang einen Teil der Stallarbeit, des Holzspaltens und anderer zeitraubender Beschäftigungen abnehmen. Winnetou konnte auch melken. Das war meine Chance. Tatsächlich schrieb ich in diesen drei Wochen den ganzen ersten Akt. Winnetou sei bedankt. Ich machte auch eine ausführliche Skizze zu den beiden anderen Akten, die ich dann erst zwei Jahre später ausarbeitete. Die entscheidende Szene des letzten Aktes, zwischen Harras und Oderbruch, war darin vollständig enthalten.

Dieser *Oderbruch* war schon damals mein Schmerzenskind. Er ist es noch heute – besonders wenn morgens die Post kommt. Seit das Stück in Deutschland gespielt wird, wächst die Oderbruch-Korrespondenz ins Maßlose. Ich wundere mich nicht darüber. Ich habe selbst immer wieder mit ihm gekämpft, und er mit mir, so wie jetzt viele Besucher des Stückes mit seiner Problematik, und dadurch vielleicht mit ihrer eignen, kämpfen. Ich wußte (was manche Besucher des Stückes heute vergessen), daß ich kein Dokumentarstück schrieb. Daß es sich nicht darum handeln konnte, die tatsächlichen Vorgänge der deutschen Wirklichkeit, des deutschen Widerstandes vor allem, darzustellen – sondern ihre Tragik zu symbolisieren. Daß ich Oderbruchs Aktion sehr drastisch, fast überdrastisch gestalten müsse, um jener verzweifelten Lage gerecht zu werden und ihr einen handelnden Ausdruck zu verleihen, die ich selbst empfand, wenn ich an meine Freunde drüben dachte. Wenn ich mir klar machte, daß ich die deutsche Niederlage, die Niederlage des Volkes meiner Herkunft und meiner Sprache, wünschen *mußte* – daß es keinen anderen Ausweg gab, wollte man Deutschlands Befreiung und das Ende einer Weltbedrohung.

Trotzdem konnte ich selbst mich nie mit Oderbruchs Handlungsweise abfinden, obwohl sie mir zwangsläufig erschien. Ebensowenig wie mit der des General Harras, der gegen die Nazis war und ihnen diente, bis er an seinem eignen Zwiespalt zugrunde ging. Damit war er dann, in einem größeren Sinne, entsühnt. Dem, der mit seinem Leben gezahlt hat, kann man die Lossprechung nicht mehr versagen. Oderbruch konnte nicht die Gnade der Entsühnung finden. Er konnte nicht »abgehen« – er blieb – wie der Rächer des Agamemnon – fluchbeladen und schuldverstrickt. Aber es muß wohl einer den Fluch und die Schuld und das Unentsühnbare auf sich nehmen, damit wieder Gnade in die Welt komme. Er brachte damit das schwerste Opfer, er machte sich schuldig mit den Schuldigen, um ihre Macht zu brechen. Deshalb mußte er am Ende sprechen: »Und vergib uns unsere Schuld... und erlöse uns von dem Übel.« – Ihm konnte das Drama nicht Erlösung bringen. Für ihn blieb es eine Tragödie der Verzweiflung.

Wenn man ein Drama schreibt, das Lebensdeutung versucht, so sind seine Gestalten keine Prinzipienträger, sondern Menschen, die leiden und handeln, ihren Weg suchen oder ihn verfehlen. Man rechnet sich die Handlungsweise seiner Personen nicht aus, wie man einen mathematischen Beweis führt, sondern man stellt sie sich vor, wie sie aus ihrem Wesen und Gesetz heraus sein müssen – bis sie von selber handeln und ihre eignen Entscheidungen fällen, die ihnen der Autor nicht mehr vorschreiben kann. Es ist also nicht so, daß man in der einen Figur das verkörpert, was man für unbedingt gut, in der anderen das, was man für unbedingt schlecht hält. Eine solche Schreibart wird zwar immer wieder von Dogmatikern verlangt oder versucht, aber sie erschafft kein Drama. Man möge sich nun zu Oderbruchs erdichteter Handlungsweise stellen, wie man will: es ergab sich hier aus der inneren Situation, daß der Mensch, der das Gute erstrebt, in seiner Not, in seiner ausweglosen Bedrängnis, das Ungute, die verdammenswerte Tat, nämlich den Mord, noch dazu den Freundesmord, auf sich nehmen muß. Denn in der Hölle gibt es keine Engel, und im Umkreis dieses Stückes herrscht, wie schon sein Titel sagt, die Hölle auf Erden.

Ein Lichtblick in dieser verfinsterten Welt, die es zu bannen galt, war für mich von Anfang bis zum Schluß die Gestalt des jungen *Hartmann*. Ohne ihn, ohne den Glauben, daß es ihn gebe, ohne die Hoffnung auf ihn und für ihn hätte ich das Stück nie schreiben können. Heute weiß ich, daß es ihn gab und gibt, daß er mit einem großen Teil der deutschen Jugend identisch ist – und daß ihm seit dem Augenblick, in dem er sehend wurde, in dem er zu fragen begann, noch keine lösende Antwort zuteil geworden ist. Das Recht, auf das Harras ihn zu hoffen hieß, für das Oderbruch kämpfte, ist ihm noch nicht erschienen. Er muß heute wie damals abseits stehen und auf das Ende äußerer Verkettungen warten, das ihm den Weg zur Freiheit, zur Selbstbestimmung, zu einem reineren Ziel eröffnen soll. Aber er hat nicht aufgehört, zu fragen, zu suchen, das Anständige zu wollen, das Gemeine zu verabscheuen und trotz aller Lebensnot weltoffen, zukunftsbereit seine Arbeit zu tun. Seine Existenz ist das Positivste, das Wesentlichste unserer heutigen Situation. Ich bin ihm unter der deutschen Jugend, sowohl den vom Krieg Heimgekehrten als den Heranwachsenden, vielfach begegnet. Wenn das Drama, dessen Aufgabe es nicht sein kann, fertige Lösungen zu geben, sondern zur Klärung beizutragen und einen Weg anzudeuten, diese jungen Menschen in ihrem Selbstvertrauen, in ihrer Zuversicht auf den endgültigen Sieg des Rechtes zu bestärken und zu festigen vermag, so liegt darin sein schönster Erfolg.

Die Uraufführung in Zürich, vor allem aber die Aufführung in Hamburg fand »ein leidenschaftlich interessiertes Publikum« (Emil Belzner); mehrere deutsche Bühnen spielten das Stück nach; im September 1953 wurde die Londoner Aufführung »enthusiastisch« aufgenommen (Georg Hensel). Als jedoch im März 1963 das Stadttheater Baden-Baden das Stück wieder inszenieren wollte, zog Carl Zuckmayer es mit folgender ›Erklärung‹ zurück, die an die deutschsprachige Presse geschickt wurde:
Ich möchte vorausschicken, daß ich zu meinem Stück ›Des Teufels General‹, zu seinem menschlichen und politischen Gehalt, heute wie damals restlos und ohne Einschränkung stehe. Gerade deshalb scheint es mir richtig, daß seine Wiederaufführung nach fast zwölfjähriger Pause nicht gerade zu einem Zeitpunkt erfolgt, in dem es, auf Grund der verschiedenen innerpolitischen Vorfälle und Auseinandersetzungen des letzten Jahres, Anlaß zu Mißdeutungen geben könnte. Es wäre allzu leicht, im positiven oder negativen Sinne, das Stück heute als »Entschuldigung« eines gewissen Mitmachertyps mißzuverstehen. Sein Inhalt ist jedoch die tragische Situation, und schließlich die tragische Entscheidung, von unbescholtenen Menschen, die gezwungen sind, oder sich, wie

Harras, aus Leichtsinn dazu hergegeben haben, einer ihnen verhaßten Gewaltherrschaft zu dienen. Mein Vertrauen auf die guten Kräfte im deutschen Volk, besonders in der Jugend, ist unerschüttert. Ich bin sehr erfreut, daß – wie ich am Absatz der Schulausgabe und an den häufigen Zuschriften Jugendlicher ermessen kann – die heutige Jugend ein so starkes Interesse und waches Verständnis für dieses Stück aufbringt, das sie mit den menschlichen Konflikten einer Zeit konfrontiert, von der sie sonst wenig erfährt. Ich habe vor kurzem eine Laienaufführung durch Schüler ohne Zögern genehmigt, und ich bin überzeugt, daß man sehr bald das Stück auch wieder der breiten Öffentlichkeit des Theaters und dem Meinungskampf der Tagespresse bedenkenlos präsentieren kann.

Saas-Fee, 15. März 1963 Carl Zuckmayer

Die Reaktionen auf diese Entscheidung veranlaßten Zuckmayer zu einer Erläuterung:

Mein *vorläufiger* und *vorübergehender* Verzicht auf Aufführungen meines Dramas ›Des Teufels General‹ hat in der Öffentlichkeit verschiedene Auslegungen gefunden, die nicht ganz meinen Beweggründen entsprechen. Ich wollte nicht, daß das Stück in eine *falsche Diskussion* gezogen wird, wozu es gerade im letzten Jahr – und in der vergangenen Spielzeit 1962/63 in Deutschland und in seinen Nachbarländern vielfache Anlässe gegeben hätte. Das Stück ist heute einerseits historisch anzusehen, andrerseits ganz allgemein und über den Zeitgehalt hinaus als eine Darstellung und Untersuchung der menschlichen Problematik unter der Herrschaft eines Diktaturstaats. Es hat nichts mit heutigen innerpolitischen Auseinandersetzungen oder mit der sogenannten »unbewältigten Vergangenheit« zu tun, unter deren Aspekt es vor einiger Zeit wohl oder übel gefallen wäre. Ich glaube, daß meine vorübergehende Sperrung die Atmosphäre in dieser Beziehung bereinigt hat, und daß die Wiederaufführung in kurzer Zeit ohne falsche Nebenwirkungen möglich sein wird.

Im März 1954 war in der Reihe ›S. Fischer Schulausgabe moderner Autoren‹ des S. Fischer Verlags, Frankfurt am Main, ›Des Teufels General‹ erschienen – in dieser Form wurde im Herbst 1966 auch die neue Fassung des Dramas mit einer Textänderung im dritten Akt veröffentlicht, für die Zuckmayer die Aufführung wieder freigab. Diese Textfassung liegt der Wiedergabe in den Gesammelten Werken zugrunde.

Barbara Blomberg. Ein Stück in drei Akten mit Vorspiel und Epilog erschien 1949 im Bermann-Fischer Verlag in Amsterdam, und zugleich im Bermann-Fischer Verlag, Wien, sowie im Suhrkamp Verlag vorm. S. Fischer, Berlin und Frankfurt am Main. Zur Uraufführung am 30. April 1949 im Deutschen Theater in Konstanz in der Regie von Heinz Hilpert notierte Carl Zuckmayer für die ›Blätter des Deutschen Theaters Konstanz‹, Spielzeit 1948/49, Heft 17:

»To show the past, to mean the present, to build the future«, schrieb Walter Raleigh über seine Weltgeschichte.

Die Wahl eines historischen Vorwurfs für ein Theaterstück kann aus ähnlichem Antrieb, aber auch aus bescheideneren Anlässen kommen. Jeder Vorwurf ist recht, der eine dramatische Fabel ergibt. Das Wesen der Fabel besteht in ihrer besonderen Eignung zum Gleichnis.

Das dramatische Gleichnis ist dreidimensional in seiner Anlage. Seine formalen Elemente mögen sich wandeln. Unerschüttert bleiben die Dimensionen: der Raum, das Wort, der Mensch.

Vielleicht kommt im modernen Drama, wie in der modernen Mathematik, eine vierte, hypothetische Dimension hinzu: die Zeit – nicht als Begriff, abgrenzbar, sondern als Wirkungselement: in ihrer konstanten Relation zum Menschen, zur lebendigen Gegenwart des Menschen, zum Publikum also ebenso wie zu den Darstellern und den dargestellten Gestalten.

Ob mit den Mitteln der Verwandlung oder der Diagnostik gearbeitet wird, der Effekt bleibt der gleiche: Selbsterkenntnis.

Man nehme zum Beispiel das Lachen. Was ist es anderes als der Effekt des Zerr- (oder Hohl- oder Wahr-)Spiegels? Man beobachte Menschen in einem Lachkabinett auf einem Jahrmarkt, wo sie sich über die Verzerrungen der eigenen Gestalt »totlachen« können.

Und wie wäre es dann möglich, ohne das Weinen auszukommen?

Weine man über die Moira, die Anangke oder die Unzulänglichkeit irdischer Zustände – man weint über seinen Bruder, wie über sich selbst, man bringt ein Opfer dar. Auch die öffentliche Darbringung eines Opfers ist, im höchsten Sinn, eine Unterhaltung.

So dient der historische Vorwurf, ob sein Anlaß drei oder dreihundert Jahre zurückliegt, jenem aufregendsten aller produktiven Spiele, das, wie alle Spiele, auch alle Kinderspiele, gleichzeitig eine Ordnung aus dem Chaos zu gewinnen sucht, eine Form aus dem Grenzenlosen.

Im besonderen Fall der ›Barbara Blomberg‹ besteht nicht die Absicht einer Allegorie. Die Diktatur Philipps des Zweiten und der Inquisition ist nicht »die gleiche« wie eine moderne Diktatur. Mit der spanischen Besetzungsmacht in Flandern soll nicht, schlüsselhaft, ein gegenwärtiger oder jüngst vergangener Zustand bespiegelt werden. Gewisse Merkmale aber, etwa in dem Verhältnis zwischen Mensch und Macht, sind auf alle Zeiten bezogen. Auch das Moment der irdischen Unbeständigkeit, des Nichtbleibenkönnens, des Abschieds. Im Geschick einer Frau ereignet sich Lebens Ablauf und Wandel. Die Natur einer Frau trotzt äußeren Mächten, spielt mit ihnen und gewinnt in Überwindung innere Macht. Sie ist immer gefährdet, vom Leben, den Menschen, sich selbst. Wenn sie den Sohn wiedersieht, den man ihr als Kind genommen hat, ist es fast wie eine zweite – geistige – Geburt, dem Tode verwandt, auch der geheimen Harmonie des Lebens. So hat es sich in der Darstellung ergeben, ohne theoretischen Vorsatz. Nun muß das Stück, auf dem Theater, zeigen was es kann. Die Historiker bitte ich um Vergebung für meine freie, oft unbedenkliche Behandlung ihres Materials. Dem Sinne nach und in der menschlichen Substanz mag es doch stimmen.

Als Walther Karsch am 14. Juni 1949 die Berliner Aufführung der ›Barbara Blomberg‹ im ›Tagesspiegel‹ kritisierte, reagierte Carl Zuckmayer in der gleichen Zeitung am 23. Juni 1949 mit

Oder ist sie doch buckelig?
Unerboste, aber unbekehrte Anmerkung
zur Berliner Kritik meiner
›Barbara Blomberg‹

Wenn das Kind buckelig ist, findet's die Mutter am schönsten, sagt man bei uns. Mir gefällt meine Barbara. Ist sie buckelig? Ich denke nicht daran, mit ihren Kritikern disputieren zu wollen. Wer recht hat, wird sich erst später entscheiden. Längst schon mit einem neuen Stück beschäftigt, begnüge ich mich bei diesem damit, daß die Schauspieler es gern spielen und das Publikum es gern sieht. Darin liegt natürlich kein Beweis für oder gegen die Qualität eines Stückes. Aber ich wundere mich. Ich wundere mich über eines, und das muß ich aufnotieren. Ich wundere mich darüber, wie schwer es heute (oder überhaupt?) in der Welt zu sein scheint – und keineswegs nur in der deutschen –, den Sinn hinter einem Spiel verständlich zu machen, wenn es nicht als ideologische These, als Dogma proklamiert wird.

Nun, also, vielleicht liegt's am Stück. Als Dramatiker mag ich danebenhauen. Man rupfe mich, ich habe noch viele Federn. Wenn man mir aber den Epilog rupft, möchte ich Blitze schleudern. Ob er dramaturgisch berechtigt ist oder nicht, er ist ein Gedicht, und von Gedichten verstehe ich was. Er ist ein gutes Gedicht. Wer das nicht glaubt, soll ihn zehnmal abschreiben und auswendig lernen.

Merkwürdig geht es mir mit diesem Stück. Ein Teil meiner Freunde und Bekannten, auf deren Urteil ich den größten Wert lege, hält es für mein stärkstes. Ein anderer hält es für mein schwächstes. Urteile vergehen, Werke bleiben – wenn sie es verdienen. Ich glaube, man wird die »Barbara« zu meinem achtzigsten Geburtstag spielen (ungekürzt). Oder ist sie doch buckelig?

Textgrundlage für die Aufnahme des Stückes in diesen Band ist die oben angegebene Erstausgabe.

K. B.

Inhalt

Carl Zuckmayer

Katharina Knie

Theaterstücke 1927-1930

Herausgegeben von
Knut Beck und Maria Guttenbrunner-Zuckmayer

Band 12705

Wie wichtig es ist, in schwierigen Lebenssituationen nicht allein für sich zu bestehen, sondern sich gegenseitig Hilfe zu leisten, hat Carl Zuckmayer mit deutlichem sozialkritischem Akzent auf unterschiedliche Weise in diesen drei Stücken gezeigt: in *Schinderhannes* durch das Zusammenstehen der Gefährten im Kampf gegen die Ungerechtigkeit, in *Katharina Knie* durch das Eintreten des einen für den andern in der Gemeinschaft, vor allem in Zeiten wirtschaftlicher Not, in *Rivalen* durch Kameradschaft, wenn es gilt, an der Front seinen Mann zu stehen.

»Der handfeste Realismus
aus der rheinhessischen Heimatwelt,
scharfäugig und zupackend.«

Theodor Heuss

Fischer Taschenbuch Verlag

fi 1650 / 1

Carl Zuckmayer

Der Hauptmann von Köpenick

Theaterstücke 1931-1938

Herausgegeben von
Knut Beck und Maria Guttenbrunner-Zuckmayer

Band 12704

»Wir glauben, unsere Zeit hat weder Märchen noch Mythos mehr«, erklärte Bernhard Diebold 1931, »und Zuckmayer schrieb das Märchen – den Mythos.« Er schuf ein Stück mit bühnenwirksamsten Rollen, »seit Gogols Revisor die beste Komödie der Weltliteratur« (Thomas Mann): *Der Hauptmann von Köpenick*. Im *Schelm von Bergen* wird die Vergebung ehelicher Untreue nicht nur menschlich großherzig, sondern auch politisch gedeutet. Zu dieser Zeit nahm Carl Zuckmayer auch den Stoff der Sage um die Menschengestalt annehmende Nymphe Melusine wieder auf.

»Der fast naive poetische Spieltrieb, der als Motor in der männlichen Vitalität spürbar bleibt, fordert sein Recht, nimmt sich sein Recht.«

Theodor Heuss

Fischer Taschenbuch Verlag

fi 1645 / 2

Carl Zuckmayer

Der fröhliche Weinberg

Theaterstücke 1918 - 1925

Herausgegeben von
Knut Beck und Maria Guttenbrunner-Zuckmayer

Band 12703

»Klima und Sonne einer begnadeten Landschaft sind für die Bühnen gewonnen«, war das Echo Hans Sahls auf die Uraufführung von ›Der fröhliche Weinberg‹ – es war der Durchbruch schlechthin. »Naturnähe, Lebensunmittelbarkeit, Wahrheitssuche sollen in Alltagserfahrungen erfaßt und an den gesellschaftlichen Ereignissen der Gegenwart gemessen werden« (*ThomasAyck*), war Carl Zuckmayers Programm geworden. Bevor er es aber zu gestalten vermochte, mußte er sich erproben – dann waren die Grenzen erkannt – der Weg war frei.

»Carl Zuckmayers Gestalten sprechen die kraftvoll unbefangene Sprache des Volkes und die überlegene der Intellektuellen.«

Gertrud von Le Fort

Fischer Taschenbuch Verlag

fi 1643 / 2

Carl Zuckmayer

Ein Bauer aus dem Taunus

Erzählungen 1914-1930

Herausgegeben von
Knut Beck und Maria Guttenbrunner-Zuckmayer

Band 12702

Kern dieses Bandes ist die erste, 1927 erschienene Sammlung der Erzählungen. Literaturkritiker und Leser rechnen sie gleichermaßen zu den »Errungenschaften der deutschen Epik in den zwanziger Jahren« – sie zeigt Carl Zuckmayers Sprache gewordene Begeisterung für die Kräfte, Gewalten und Schönheiten der Natur in ihren vielfältigen Bezügen. Unscheinbares oder verborgenes Geschehen übermittelt er mit Überzeugung und in kraftvollen Sätzen.

»Ich empfehle Sie dem besten Stern, der über dem Geschicke der deutschen Dichtung leuchtet.«
Gerhart Hauptmann

Fischer Taschenbuch Verlag

fi 1644 / 2